NIEDERRHEIN KRIMI

2

Thomas Hesse, Jahrgang 1953. Redakteur bei der Rheinischen Post in Wesel, lebt seit zehn Jahren am Niederrhein. Der gelernte Germanist und Kommunikationswissenschaftler mag das »platte Land« und natürlich Krimis und das (gemeinsame) Schreiben.
Thomas Niermann, Jahrgang 1959. Friedhofsgärtner.
Im Emons Verlag bereits erschienen: *Der Esel* (Niederrhein Krimi 1).

Thomas Hesse · Thomas Niermann

Der Rabe

Emons Verlag Köln

Umschlaggestaltung: Atelier Schaller, Köln
Umschlagzeichnung: Heribert Stragholz
Umschlaglithografie: HDL Repro-Service GmbH, Köln
Satzbelichtung: Stadt Revue Verlag GmbH, Köln
Druck und Bindung: Clausen & Bosse GmbH, Leck
Printed in Germany 1998
ISBN 3-89705-109-5

Für Norbert
in Freundschaft

*»In Christus haben wir Redefreiheit
und vertrauensvollen Zugang zu Gott
durch den Glauben an ihn.«* Epheserbrief 3,17

»Kann denn Liebe Sünde sein?« Zarah Leander

VORSPIEL

21. Juni 1974, 22.55 Uhr, Goch

Shanghai schlief noch nicht. Durch den Schlitz unter seiner Tür fiel ein matter Lichtschein auf den Flur. Anton hängte sich die an den Schnürsenkeln verknoteten Turnschuhe um den Hals und schlich vorbei. Er wußte, was sich hinter der Tür abspielte. Dort saß ein dicklicher, mandeläugiger junger Mann im Lotussitz. Das Pfannkuchengesicht einer Kerze zugewandt. Blicklose Augen starrten in die Flamme. Shanghai meditierte. Zen. Wie jeden Abend.

Es war nicht schwierig, hinauszukommen. Schließlich war das Internat kein Knast. Und es gab eigentlich auch keinen Grund, sich unbemerkt an Shanghai vorbeizumogeln. Sie hatten sich immer gedeckt. Egal, was war. Shanghai war sein Freund.

Aber diesmal war alles anders. So komplett anders. Da gab es nichts zu reden. Er wußte ja selbst nicht, was los war. Totale Verwirrung der Gefühle. Gertrud! Er war nicht mehr von dieser Welt.

Neun Jahre bischöfliches Jungeninternat ›Gaesdonck‹. Bis vor zwei Wochen war seine Welt festgefügt, die Zukunft klar umrissen gewesen. Für seinen Vater und auch für ihn stand fest, daß er Priester werden würde. Die Abitur-Klausuren hatte er bereits hinter sich. Jetzt noch das Mündliche. Geschenkt. In ein paar Wochen würde er die Stube im altehrwürdigen Kollegium Augustinianum, der ›Gaesdonck‹ bei Goch, mit einer Zelle im katholischen Priesterseminar, dem Borromäum in Münster, vertauscht haben.

Aber dann war sie in sein Leben getreten. Gertrud! Das zum Plan.

Er trat in die laue Nacht. Ein großer schwarzer Vogel flatterte heran und ließ sich vor seinen Füßen nieder. Anton wunderte sich. Um diese Zeit? Das halbzahme Tier hatte ihm unter den Jungen den naheliegenden Spitznamen – es war eben auch sein wirklicher Nachname – ›der Rabe‹ eingetragen. Er hatte das vor ein paar Jahren aus dem Nest gefallene Junge gerettet und später wieder ausgewildert. Freiheitsberaubung war ihm zuwider. Nie hatte er herausfinden können, wo das Tier horstete. Aber der Vogel besuchte ihn seitdem täglich. Nach Einbruch der Dunkelheit war er allerdings noch nie aufgetaucht.

Anton joggte los. Für alte Freunde war jetzt keine Zeit. Zwei weiße Turnschuhe leuchteten noch einmal kurz im Mondlicht auf, dann hatte ihn der Schlund der nachtschwarzen, alten Eichenallee verschluckt. Kein Blick zurück. Wozu auch? Gertrud!

Er lief über die Brücke, die den um das Internat verlaufenden Wassergraben überspannte. Unschuld und Jugend lagen hinter ihm. Für immer.

Shanghai hatte sich weit hinausgelehnt. Stumm. Er schloß das Fenster und blies die Kerze aus. Tränen. Ein Rabe schrie.

Fünf Tage später. 26. Juni 1974, Fontenay-sous-Bois bei Paris

Der Mann trug eine sandfarbene Uniform, auf dem Kopf ein topfähnliches, weißes Käppi. Anton war nackt. Gefaltete Hände vor dem Geschlecht. Man hatte ihn gewogen und vermessen. Die Arme auf Einstiche untersucht und ihm wie einem zum Verkauf stehenden Gaul ins Maul geschaut. Man war zufrieden. Anton war topfit. Seine tödliche Verwundung hatten sie übersehen.

»Papiere?«

»Verloren.«

Der Offizier zuckte nicht mit der Wimper.

»Name?«

»Kurt Kain.«

»Mit ›ei‹ oder ›ai‹?«

»Mit ›ai‹, wie in der Bibel.«

Der Offizier hob kurz den Blick, grinste, machte eine wegwerfende Handbewegung.

»Ist auch nicht wichtig. Wir sind Männer ohne Namen. Nationalität?«

»Französisch.«

Jetzt stöhnte der Mann resigniert.

»Das geht nicht. Die Legion nimmt keine Franzosen. Sie sind Österreicher. Okay?«

»Okay.«

»Fünf Jahre. Unterschreiben Sie.«

Fünf Tage vorher. 21. Juni 1974, 23.00 Uhr, Goch

Dort hinten lagen die Häuser der Lehrer. Und dort hatte all die Jahre Gertrud ihren Lebensmittelpunkt gehabt. Keine fünfhundert Meter von seinem entfernt. Dort hatte sie gespielt, gelacht, gelebt. Er konnte es immer noch kaum glauben. Sie hatten die gleiche Luft geatmet und waren sich doch nie über den Weg gelaufen. Täglich hatte er mit ihrem Vater zu tun gehabt. Der pedantische Knauthe. Altphilologe. Wie kam der zu so einer Tochter? Es war unglaublich.

Er brauchte keine Steinchen an ihr Fenster zu werfen. Sie erwartete ihn bereits im Garagenhof. Als sie lächelnd aus dem Nachtschatten trat, mußte er sich den plötzlichen Glücksschauder regelrecht von den Schultern schütteln. Sie mißdeutete die unwillkürliche Bewegung.

»Frierst du?«

Er schüttelte den Kopf. Im Gegenteil. Ihre schmale Hand hatte kurz seinen nackten Unterarm berührt. Erotik pur.

»Komm.«

Sie grinste spitzbübisch. Dicke, rote Zöpfe umrahmten ihr kluges, im Mondlicht milchweißes Gesicht. Er benahm sich wie ein Trottel, aber er hätte sie ewig so anstarren können. Sie war schön.

»Kannst du fahren?«

Jetzt erst sah er das Motorrad. Auf den Gepäckträger war ein Spankorb geschnallt. Gertrud wedelte mit einem Schlüssel.

»Klar!«

Eine schwere 500er BMW. Aber heute nacht hätte er es sich zugetraut, einen Jumbo-Jet zu fliegen.

»Wem gehört das Teil?«

»Meinem Vater.«

Ihn wunderte inzwischen gar nichts mehr. Sie schoben die Maschine den ganzen Grote Laarweg bis zur Hauptstraße runter. Dann ließ Anton den Motor an. Tausend Meter rechts ab lag Siebengewald, der nachts unbesetzte Grenzposten zu den Niederlanden. Er sah sie fragend an.

»Schloß Wissen«, sagte sie schlicht und schwang sich auf den Sozius. Anton gab der Maschine sachte die Sporen und bog nach links Richtung Weeze ab. Immer schneller schossen sie durch die sternklare Nacht. Gertrud legte beide Arme um ihn. Mohammed hätte sich nicht glücklicher fühlen können, als er auf seinem Schimmel direkt ins Paradies hinaufritt.

Neununddreißig Tage später. 30. Juli 1974, Aubagne bei Marseille

Die zweiunddreißig uniformierten jungen Männer standen in Reih und Glied. Es war Nacht. Im Fackelschein wirkten sie mit ihren kahlgeschorenen Schädeln kämpferisch und gefährlich. Die mörderische Grundausbildung der Legion lag hinter ihnen. Auf ein Zeichen hin rissen alle gleichzeitig den Mund auf und brüllten in die Nacht:

»Wir schwören, in Ehre und Treue zu dienen.«

Anton hörte sich selbst zu. Es war eine fremde Stimme, die da schrie. Es war ihm egal.

Neununddreißig Tage vorher. 21. Juni 1974, 23.40 Uhr, Wissen bei Weeze

Er ließ das Motorrad an der verfallenen Vorburg auslaufen und schob es zwischen eine Gruppe völlig aus dem Schnitt gewachsener Eiben. Der würzige Duft von Thuja mischte sich mit dem geheimnisvollen Modergeruch, der aus dem überwucherten Wassergraben stieg. Heimelige Nachtgeräusche. Sie gingen schweigend Hand in Hand. Der Vollmond hing wie ein gelber Lampion über dem alten Gemäuer. Sechshundert Jahre in Stein geronnene Zeit. Die freundliche Beleuchtung überspielte, daß an dem lieblichen Wasserschlößchen der Zahn der Zeit arg genagt hatte. Sie überquerten die Brücke. Ein paar aufgeschreckte Frösche meldeten sich. Dann standen sie unter dem ›dicken Turm‹ im Schloßhof. Überall Kraut und Gehölz. Märchenhaft. Zur Zeit wohnte hier niemand.

»1641 hat Ritter Johann van den Loe der Familie van der Straeten das alles hier abgekauft. Als Mitgift für seinen Sohn Wessel.« Sie wirbelte mit ausgebreiteten Armen herum. Die dicken Zöpfe flogen. »Ist das nicht romantisch? Vielleicht hat Jung-Wessel seiner Angebeteten Lyssbeth van Beerenbroek ja gleich da drüben das Eheversprechen gegeben.« Gertrud wies in Richtung Schloßkapelle. »Neugotik. Im vorigen Jahrhundert im Nazarener-Stil von Vinzens van Statz umgebaut. Dem Statz, dem wir auch die Basilika in Kevelaer verdanken.«

Anton war von Gertruds historischer Beschlagenheit schwer beeindruckt. Aber, Neugotik hin oder her, für ihn zählte im Moment nur das Hier und Jetzt.

»Was hast du denn da im Korb?«

»Was ganz was Feines. Komm.«

Sie lief voraus. Quer über den Schloßhof, wieder durch ein Tor, dahinter über eine Brücke, dann umfing sie der verwunschene Schloßgarten. Bäume, die bereits bei der Errichtung des Schlosses hier gestanden haben mußten. Direkt am Wasser ließen sie sich unter einer mächtigen Trauerweide nieder und picknickten dem Ort entsprechend – feudal. Gertrud malte ihm ihre Pläne aus. Sie würde in Münster Germanistik studieren, Journalistin werden, schreibend die Welt verändern.

Breit glitzerndes Mondband auf schwarzer Tinte, Seerosenteppiche, geöffnete Blütenkelche. Caspar David Friedrich hätte sofort die Pinsel ausgepackt. Sie hatten sich aneinander gelehnt. Sein Arm lag um ihre Schultern. Er dachte an seinen Vater. Das würde schwer werden. Erst als sie die leise Frage drängend wiederholte, merkte er, daß er schon eine geraume Weile geschwiegen hatte.

»Wirst du ins Seminar gehen?«

Er sah ihr ins Gesicht. Und alles war plötzlich ganz klar und richtig und einfach.

»Dann könnte ich dich doch nicht heiraten«, sagte er.

Und dann weinte Gertrud und Anton auch ein bißchen. Und dann taten sie folgerichtig das, was jetzt einfach dran war. Wild, schnell und heftig, später dann zärtlich, langsam und genußvoll.

Drei Monate später. 18. September 1974, irgendwo im Tschad

Der Jeep röhrte über die staubige Piste. Sie waren bereits vor Morgengrauen in der Hauptstadt N'Djamena aufgebrochen. Im Gepäck etliche Diesel- und Wasserkanister, zwei Kisten Cognac und eine Dokumententasche für den Kommandanten des vorgeschobenen Postens in der Djourab-Senke. Dort operierten bereits die Kämpfer der Front de Libération Nationale du Tschad. Ihr Gegner: die von Frankreich gestützte Zentralregierung des seit 1960 unabhängigen Staates. Im vergangenen Jahr hatte sich die Oppositionspartei ›Demokratische Erneuerungsbewegung‹ gegründet. Der Norden kämpfte gegen den Süden, islamische Araber und Berber gegen christliche und animitische Schwarzafrikaner. Doch Staatsoberhaupt Tombalbaye saß dank Frankreichs Unterstützung noch fest im Sattel und betrieb das, was er unter Afrikanisierung des Staates verstand. Es herrschte Willkür und Bürgerkrieg. Die Menschen flohen in Massen nach Nigeria.

Anton kniff die Augen zusammen und starrte in die flirrende Hitze über der holprigen Piste. Ihm war das alles egal.

Die Fahrt war anfangs noch erträglich gewesen. Doch nach sechs Stunden stand die Sonne jetzt hoch über der Dornbuschsavanne. Dreihundert Kilometer hatten sie bereits hinter sich, immer den trockenen Wadi Bahr el Ghazal entlang. Das tote Herz Afrikas. Er brauchte dringend eine Pause.

Anton blickte auf Leszek, seinen Beifahrer. Der schnarchte seit über einer Stunde. Davor hatte er laut polnische Lieder gesungen und in regelmäßigen Abständen leergetrunkene Heineken-Dosen aus dem Fenster geworfen wie Hänsel Kiesel auf den Waldweg. Als das Heineken aus war, hatte er sich an den Cognac gehalten. Das würde Ärger geben. Was ging das ihn an?

Links der Piste kam ein Wasserloch in Sicht. Er ließ den Jeep in den dürftigen Schatten eines der wenigen Bäume ausrollen. In der Nähe stand eine Handvoll Nomadenzelte. Er starrte eine Weile hinüber. Nur Frauen und Kinder. Die Männer waren wahrscheinlich bei den Rinder- oder Ziegenherden. Keine Gefahr. Überhaupt befanden sie sich noch auf sicherem Terrain. Anton stieg aus.

Er wuchtete einen Kanister in die Höhe und goß sich einen Schwall Wasser über Kopf und Oberkörper. Dann trank er wie ein Kamel.

Leszek schnarchte weiter, das weiße Käppi grotesk verschoben. An seinem Mundwinkel hing ein Speichelfaden. Er stank. Anton wandte sich angewidert ab. Ihn ging das nichts an. Falsch! Anton haßte Gewaltgeilheit. Deshalb haßte er den, der sein Kamerad sein sollte. Abrupt drehte er sich um und spuckte dem Schlafenden ins Gesicht. Dann legte er sich unter den Wagen. Den Kopf auf dem rechten Handgelenk, schlief er sofort ein. In der Faust hielt er den entsicherten Armee-Revolver.

Drei Monate vorher. 21. Juni 1974, 2.05 Uhr, Gaesdoncker Straße, Goch

Der Tod kam aus Holland, hatte zwei Promille und fuhr einen blauen Mercedes.

»Es wohnt ein wilder Wassermann in der Burg wohl unter dem See. Des Königs Tochter wollt er han, die schöne junge Lilofee, die schöne junge Lilofee.«

Gertrud sang. Sang wie eine Lerche. Klar und rein und glücklich. Der starke Motor tremolierte dazu in niedrigem Gang. Ihren Helm hatte sie über den rechten Unterarm gehängt. Ihre gelösten Haare flatterten wie eine Fahne im Wind.

Sie schmiegte sich dicht an ihn. Anton spürte ihren warmen Atem im Nacken. Gänsehaut.

Der Tod nahm den Filter seiner Zigarette zwischen die Zähne und drehte den Kassettenrekorder auf volle Lautstärke. *»Let your motor running, over on the highway. Born to be wild.«* Sein Lieblingsstück von Steppenwolf. Er trat voll durch.

Anton unterstrich Gertruds Lied, indem er das Motorrad im Rhythmus sanft hin- und herwiegte. Er hätte ewig so weiterfahren können. Doch in der Ferne tauchten schon die Umrisse der Gaesdonck auf. Dunkel und vertraut. Da war Heimat und Freundschaft gewesen. Aber bald schon würde er das alles hinter sich lassen, in ein neues, glücklicheres Leben aufbrechen, gemeinsam mit Gertrud. Er sah sich um und wußte plötzlich, daß er diesen Moment nie mehr im Leben vergessen würde. Er war auf dem Zenit des Glücks.

Der Tod sprang fauchend wie ein Tiger aus der Deckung der Kurve. Linker Kotflügel gegen Hinterrad. Anton wurde wie ein Tennisball ins

Aus geschleudert. Quietschende Autoreifen, stampfender Gitarrenrock. »*Born to be wild.*«

Anton wühlte sich aus den Strohballen, die unter der Wucht seines Aufpralls über ihm zusammengebrochen waren. Glück gehabt. Er war unverletzt. Die Miete hatte ihm das Leben gerettet.

»Gertrud?«

»*Born to be wild.*«

»Gertrud!«

Er schrie. Dann sah er sie. Sie lag auf dem Asphalt. Die Augen geöffnet. Der Kopf grotesk verrenkt.

Plötzlich war er stumm. Er sah völlig klar. Stille. Der Rekorder im Wagen klickte. Dann das Flennen. Er drehte sich um. Der Mann stand offensichtlich unter Schock. Zu enges weißes Perlonhemd, durchgeschwitzt. Musterkoffer auf der Rückbank des Mercedes. Vertreter. Scheinwerfer stachen wie zwei Lanzen in die Nacht. Unwirklich.

»Was soll denn werden? Ich brauch doch meinen Führerschein!« Der Mann trat hektisch auf der Stelle.

Anton spürte dem fremden Geschmack im Mund nach. Dann wußte er es. Die Flasche Sekt. Es begann in der Brust. Mea culpa, mea culpa, mea maxima culpa. Ihm wurde eng. Dann hatte ihn die Schuld ganz ausgefüllt. Er ging auf den Mann zu, roch die saure Ausdünstung von Schweiß, Alkohol und Angst.

»Ich brauch doch meinen Führerschein!«

Er sah dem Mann ins Gesicht. Sah wie in einen Spiegel. Und was er sah, haßte er. Abgrundtief. Er spuckte dem Mann ins Gesicht, wischte instinktiv das eigene. Dann ging er über die Felder davon.

Drei Monate später. 18. September 1974,
ein Wasserloch irgendwo im Tschad

Er stand im erhöhten Bug eines archaischen Bootes. Sanfter Seegang. Immer, wenn die Nase des Bootes sich hob, konnte er trotz gebeugten Nackens einen Blick auf den Mann erhaschen, der da über das Wasser lief. Er lief einfach übers Wasser. Enorm.

Er kannte den Mann. Ganz genau. Lächelnd, ein bißchen traurig und vor allem friedfertig. Klar, Shanghai! Oder doch nicht?

Man hatte ihm die Hände auf den Rücken gefesselt. Der kleine Mühlstein um seinen Hals wog mindestens seine fünfundzwanzig Kilo. Hinter ihm wurde in fremder Sprache lamentiert. Er starrte in die klare, jadegrüne See und hörte ein Lied.

»Es wohnt ein wilder Wassermann in der Burg wohl unter dem See. Des Königs Tochter wollt er han, die schöne junge Lilofee, die schöne junge Lilofee.«

Er wunderte sich nicht. Er hatte keine Angst. Alles, was geschah, war richtig und gut. Er fing noch einen freundlich-nachdenklichen Blick von dem Mann auf, der sich über das Wasser entfernte. Eine Einladung?

Da wurde er gestoßen.

Bevor er aufs Wasser schlug, weckten ihn die Schreie. Sein Kopf stieß schmerzhaft gegen das Auspuffrohr. Sofort wirbelte er in Bauchlage. Combat-Stellung. Die um die Waffe geballten Hände sicherten wippend in alle Richtungen. Das Schreien kam von den Zelten. Schnell rollte er seitlich unter dem Wagen hervor und ging in Deckung. Frauen stoben Kinder zerrend, tragend in alle Richtungen davon. Panik. Ein Raubtier? Und wieder das schreckliche Schreien. Nicht mehr menschlich. Keuchend. Todesnah.

Wo war Leszek? Er spähte in den Wagen. Nichts. Der Gewehrhalter im Fond war leer. Anton kannte Leszek.

»Nein!«

Er brüllte in die plötzliche Stille und rannte los. Von den Frauen war nichts mehr zu sehen. Irgendwo wimmerte ein Kind.

Anton stürmte ins erstbeste Zelt. Er überblickte die Situation sofort. Kalt, analytisch, distanziert. Leszeks haariger Hintern. Pumpend. Der kleine Junge mit dem gespaltenen Schädel mußte etwa acht Jahre alt geworden sein. Ein mit Hirnmasse besudelter Gewehrkolben. In einem Korb ein Säugling, hochrot vom Schreien. Ein Blick in die irr geweiteten Augen der jungen Frau. Er zielte auf Leszeks Kopf. Unmöglich, so würde er beide töten.

Plötzlich blitzte ein Messer.

»Kurwa jego mac.«

Das Messer fuhr in den Hals der Frau. Leszek schnaufte. Anton zielte lang und sorgfältig.

»Anton, tu's nicht. Das ist nicht deine Sache. Hör endlich auf damit«, sagte jemand von irgendwoher.

Die Stimme drang nicht tief genug in Antons Bewußtsein.

Der Pistolenarm blieb ganz ruhig. Leszek drehte sich um. Er glotzte verständnislos, wollte erklären: »Terrorist, Terrorist!«

Genau dahin, wo die buschigen Augenbrauen zusammengewachsen waren.

»Terrorist, Terrorist!«

Die Uniformhose hing Leszek in den Kniekehlen. Wieder sagte irgend jemand etwas. Anton hörte nicht hin. Taube Wut. Zwischen die Augen ging viel zu schnell. Die Pistole zielte jetzt auf das entblößte Geschlecht.

Rächer-Knarre und Vergewaltiger-Schwanz. Doppelte Obszönität. Anton würgte der Ekel. Der Säugling wimmerte. Er ließ die Waffe sinken. Leszek fiel auf die Knie und weinte hemmungslos. Die Stimme drängte. Diesmal hörte Anton hin.

»Es ist vorbei, Anton. Tu endlich das, was du tun mußt.«

Und plötzlich wußte er genau, wer da sprach. Wußte genau, was er tun mußte. Er war gerufen worden. Bei seinem Namen. Anton blickte auf die Pistole, auf Leszek. Dann nahm er den Säugling und verließ das Zelt. Er würde nie mehr töten. Nie mehr!

EINS

Montag, 15. Juni 1997

Die Frau ihm gegenüber war in Duisburg zugestiegen. Seit Oberhausen flirtete sie ganz offensichtlich mit ihm. Woher sollte sie auch wissen, daß sie keine Chance hatte? Anton Rabe war katholischer Priester. Er war unterwegs nach Wesel, um die vakante Pfarrstelle an der Engelkirche im Stadtteil Fusternberg zu übernehmen.

»Du siehst ja auch nicht schlecht aus.«

Stimmte das? Er betrachtete sich in dem spiegelnden Fenster des Abteils. Volle, sinnliche Lippen, die den Eindruck von Härte und Entschlossenheit, den das markant gespaltene Kinn vermittelte, Lügen zu strafen schienen. Eine etwas groß geratene, gebogene Nase. Wasserblaue Augen in Fältchencorona. Er lachte gern. Waigel-Brauen und eine dichte Kappe schwarzer Haare. Trotz seiner zweiundvierzig Jahre war da viel Jungenhaftes.

»Stimmt. Mein Aussehen ist ganz okay. Ich bin dir ja auch dankbar dafür.«

»Dafür? Warum? Ich hätte dich für klüger gehalten.«

Anton zuckte mit den Schultern.

Die Frau, die ja nicht wissen konnte, daß er im inneren Dialog mit einem stand, den er manchmal ›Herr‹, meist aber ›Bruder‹ oder schlicht ›du‹ nannte, nahm die Geste als Aufforderung, ihren körpersprachlichen Einsatz zu intensivieren. Entblößtes rechtes Knie deckte linkes und bald wieder umgekehrt. Haare wurden zurückgestrichen, Lippen benetzt. Blicke kreuzten sich wie zufällig, dann ein Lächeln.

Anton beschloß, der Sache ein Ende zu machen. Er schob die Ärmel seines Rollis hoch und ließ sie die Tätowierung sehen. Zwei springende Delphine. Marseille. Nach einer durchsoffenen Nacht. Lang war's her. Dann kramte er das Ulmer Echo, die Gefangenen-Zeitung der Düsseldorfer JVA Ulmer Höh, aus seiner Reisetasche. Titelstory: AIDS

HINTER GITTERN! Er hielt sich das Ding – Vorderseite zu ihr – vor die Nase. Die Frau verließ in Dinslaken grußlos den Zug.

Er hielt das Blatt noch eine Weile nachdenklich in der Hand. Knapp zehn Jahre war er Gefangenenseelsorger in Düsseldorf gewesen. Und er hatte den Job gern gemacht. Das Ansinnen des Bischofs, eine Gemeinde in Wesel zu übernehmen, hatte ihn wie ein Blitz aus heiterem Himmel getroffen. Ihn mitten aus der Arbeit gerissen. Eine bittere Pille. Aber er hatte den Bischof nicht umstimmen können. Und jetzt saß er im Zug nach Wesel. Schließlich hatte er ja einmal Gehorsam versprochen.

Die JVA. Hunderte extreme Schicksale komprimiert an einem Ort. Schuld und Sühne, Haß und bisweilen echte Reue, manchmal Aufbruch, meist aber Endstation. Vielen war er Weggefährte gewesen, einigen hatte er auch ganz praktisch helfen können. Das war beglückend gewesen. Und jetzt? Verheiraten, taufen, beerdigen. Kirchenchor und Bastelkreis, Seniorennachmittag und Besinnungswochenenden.

»Sei nicht so überheblich. Du wirst dich noch wundern. Man braucht dich da.«

»Glaubst du, daß ich für so was der richtige Mann bin?«

»Zweifelst du daran?«

»Der Zweifel ist der Zwilling des Glaubens.«

»Schön gesagt. Und so wahr. Aber das sind nicht meine Kategorien.«

»Ein bißchen Wehmut wird wohl erlaubt sein.«

»Natürlich. Aber nimm dich selbst nicht so wichtig. Denk an Elias.«

»Ein Prophet? Merkwürdiger Vergleich.«

»Er hatte Angst.«

»Ich habe keine Angst.«

»Bist du sicher?«

»Vielleicht ein klein wenig. Aber ich werde mein Bestes geben.«

»Ich weiß.«

Der Zug fuhr in Voerde ein. Der Mann an der Abteiltür machte sich zum Aussteigen bereit. Die Zeitung, in der er bis eben gelesen hatte, warf er achtlos ins Gepäcknetz. Als der Zug anruckte, schnappte Anton sich das Blatt. Der Niederrhein-Bote. Er filterte den Lokalteil heraus. Glück gehabt. Drei Seiten aus der Kreisstadt.

In Wesel war ein Säugling verschwunden. Ein Fremder hatte ihn unter einem Vorwand bei der leichtgläubigen Babysitterin abgeholt. Die Kindsmutter, die sich bereits seit geraumer Zeit wegen Medikamenten-

und Drogenmißbrauchs in psychotherapeutischer Behandlung befand, war zusammengebrochen, als sie abends von dem Verschwinden ihres Kindes erfahren hatte. Es gab keine verwertbaren Hinweise auf den oder die Täter. Nachdem sie der Polizei gegenüber mehrfach den Teufel und seine ihm dienstbaren Mächte für die Entführung verantwortlich gemacht hatte, war sie nicht zuletzt wegen Suizidgefahr kurzzeitig im Landeskrankenhaus Bedburg-Hau untergebracht worden.

Der Lokal-Schmock walzte alle Details genüßlich aus. Nach Angaben der Tagesmutter hatte es sich bei dem Entführer um einen untersetzten Südländer mit Schnauzbart gehandelt. Da die Kindsmutter nach Beobachtungen von Nachbarn einen »recht freien Lebenswandel« geführt hatte und häufig in Begleitung »ausländischer Männer« in Innenstadt-Lokalen gesehen worden war, könne es sich, so schloß der Vorort-Enthüller messerscharf, durchaus um den den Behörden nicht bekannt gewordenen Vater des Kindes handeln. Auch daß die Mutter Sozialhilfe bezog, verschwieg die Edelfeder dem Leser nicht. Der Artikel endete mit einem auf die Tränendrüsen drückenden Appell an den Entführer, das Kind, das an einer Allergie leide, schnellstmöglichst der Mutter zurückzubringen. Die Krönung war aber die wirklich kreative Überschrift:

»Es geschah am hellichten Tag – Kidnapping in Wesel
Kind weg: TÜRKE ODER TEUFEL?
Wo ist Baby Babs? Im Sündenpfuhl oder in Istanbul?«

Anton schüttelte von so viel nachrichtlicher Finesse ganz erschlagen den Kopf. Sein Blick sprang in die Autorenzeile. Ferdi Fleischmann, ein Name, den man sich merken mußte.

Friedrichsfeld. Nicht mehr weit bis Wesel. Mit beiden Händen zog er das Schiebefenster herunter und hielt den Kopf in den Fahrtwind. Zur Linken lag das Lippeschlößchen, dann ging's über den Fluß. Er war in Haldern geboren. Dann das Internat. An Wesel hatte er nur noch nebulöse Kindheitserinnerungen. Aber den eigentümlichen, wuchtigen Bau der Engelkirche, die jetzt auf der anderen Seite jenseits der Lippewiesen kurz auftauchte, kannte er.

Der Zug drosselte die Fahrt. Sie fuhren in die Kreisstadt ein. Er sah die Skyline. Was für New York der Doppel-Tower des World-Trade-Centers war, war für die Regiopolis Wesel das Triple-Arrangement der Bahnhofshochhäuser. ›Hübsch häßlich‹ hätte Pater Brown dazu gesagt. Pastor Rabe fand es einfach putzig.

Anton reihte sich in die Schlange der Ausstiegswilligen ein. An das barackenähnliche Bahnhofsgebäude, von architektonischen Wohltätigkeiten bislang verschont, erinnerte er sich noch gut. Ein kurzer Ruck. Der Zug stand. Der alte Herr vor ihm griff nach seinen Koffern. Antons Blick fiel auf die Aufkleber. L.A., Hollywood, Las Vegas. Sieh mal an, der Niederrheiner ist auf der ganzen Welt zu Haus. Er wollte dem Senior-Globetrotter an der Tür behilflich sein, da kam ihm ein auf dem Bahnsteig wartender Rüstig-Kumpel des Metropoliten zuvor. Gespannt lauschte er dem Begrüßungsdialog nach großer Fahrt.

»Na, wie isset, Franz?«

»Muß.«

»'n Alt bei August?«

»Un 'n Körnchen. So wat hasse beim Ami ja nich.«

Niederrheinische Sprachpuristen, bloß nicht weitschweifig und immer direkt. Die beiden gingen schweigend davon. Es war alles gesagt. Men of distinction.

Anton begann, sich in Wesel heimisch zu fühlen.

*

Die Frau war aufgehalten worden. Jetzt sah sie auf die Armbanduhr. Vierzig Minuten zu spät. Ihr Atem ging keuchend. So was durfte einfach nicht passieren. Wenn das der Meister erfuhr. Sie mußte ihre Pflicht erfüllen. Wer erteilte Aufträge nicht korrekt ausführte, wurde bestraft. Und die Strafen waren fürchterlich.

Kalter Schweiß sammelte sich in ihrer Hand, mit der sie bereits den Schlüsselbund hielt. Da zuckte sie zurück. Die schwere Holztür war nur angelehnt. Am liebsten hätte sie sich jetzt umgedreht und wäre einfach davongelaufen. Aber sie durfte, sie konnte gar nicht davonlaufen. Niemand aus der Gruppe hatte jemals davonlaufen können. Da war zu viel Kraft und Herrlichkeit.

Sachte drückte sie gegen das Holz. Die Tür schwang mit leisem Knarren auf. Finsternis. Sie schob sich hinein und lauschte. Sie versuchte, ihren Atem zu kontrollieren. Die Tür zum Keller war ebenfalls nur angelehnt. Wer konnte da unten sein? Sie hätte davon wissen müssen. Schon schnürte wieder die Angst. Aber es gab kein Zurück. Die Zeit drängte.

Sie öffnete die Tür zum Kellerabgang und stand im Licht. Unten war jemand. Sie hörte schwaches Klopfen. Sie gab sich einen Ruck und schlich die Wendeltreppe hinunter. Auf der untersten Stufe stand ein blauer Werkzeugkasten. An der Seite ein Aufkleber. ›Wesels Wasser ist quanzum‹. Ein Handwerker.

Sie trat in den Gang. Und dann hörte sie das Baby. Es schrie krampfartig. Schwach, von fern, aber deutlich. Hunger, Angst, Trauer. Sie erstarrte. Wie lange ging das schon so?

Keine zwei Meter entfernt war er. Ein junger Mann in blauer Arbeitskleidung. Er schraubte kniend an der Gasleitung. Blitzartig fiel es ihr wieder ein. Stadtwerke. Die undichte Absperrmuffe. Er hatte ihr den Rücken zugewandt. Unter der verrutschten Arbeitshose war ein Streifen weißer Unterhose und der Ansatz fleischiger Hinterbacken zu sehen. Reflexartig nahm sie einen langen Schraubendreher aus dem Kasten. Wenn er sich jetzt umdrehte, würde sie zustechen. Ins Auge. Das war das sicherste. Sie konnte so was.

Aber das entfernte Babyschreien schien den Mann nicht zu interessieren. Ohne aufzusehen, brabbelte er im Sprechgesang. Die Ohrstöpsel. Walkman.

Sie entspannte sich ein wenig und huschte unbemerkt in die andere Richtung. Kurze Zeit später stand sie vor dem alten Eichenschrank. Der hatte schon dagestanden, als sie vor zehn Jahren die Stelle angenommen hatte. Stand da, staubig und schwer, als wäre er schon immer dagewesen seit dem Bau des uralten Kellers. Aber sie wußte es besser. Das war kein Schrank. Sie stand vor dem eichenen Tor in eine andere Welt. ›Laßt, die ihr eingeht, alle Hoffnung fahren.‹

Sie schloß die rechte Schranktür auf und verschwand zwischen den Gewändern. Von innen legte sie einen Riegel vor. Nachdem sie zwei Holzstiftchen herausgezogen hatte, ließ sich ein Teil der Rückwand geräuschlos beiseiteschieben. Dahinter befand sich eine große Maueröffnung. Ihre tastenden Finger fanden den Schalter. Licht flammte auf. Sie kletterte durch die Maueröffnung. Nach ein paar Metern erreichte sie links eine Tür. Sie öffnete sie und trat in den sanft beleuchteten Kellerraum. Sofort nahm sie den schreienden Säugling auf. Die Musik, die den Raum knapp oberhalb der Wahrnehmungsgrenze beschallte, beruhigte das Kind nicht mehr. Jetzt ließ es sich nur noch durch Nahrung besänftigen.

Mit der Linken nahm sie die Flasche aus dem Wärmer, prüfte die Temperatur an der Wange. Okay. Der Säugling begann gierig zu trinken. Stille. Endlich. Die Frau zählte Tropfen auf einen Teelöffel. Das Baby schrie noch einmal protestierend, als sie ihm das Sedativum einflößte. Sie gab ihm einen Schnuller. Dann wickelte sie das eingenäßte Kind.

»Es dauert ja nicht mehr lange. Noch sechsmal schlafen, dann hast du es hinter dir. Dann ist es vorbei. Für immer.«

Die Frau begann zu singen. »Aus der Heimat hinter den Blitzen so rot, da kommen die Wolken her. Aber Vater und Mutter sind lange tot, es kennt mich dort keiner mehr ...«

Der Säugling nuckelte geräuschvoll am Schnuller und sah sie mit großen Augen an. Die Frau verstummte. Plötzlich glättete sich ihr angespanntes Gesicht. Die toten Augen begannen zu strahlen. Sie legte das Baby auf den Boden und hockte sich wie ein Kind daneben. Ein fröhliches Spiel mit einem Stofftier begann. Immer wieder stupste sie ihre Nase abwechselnd mit der des Kuscheltiers in den Bauch des Kindes, bis es vor Vergnügen gluckste.

Sie spielten lang, zeitvergessen. Dann zeigte das Sedativum Wirkung. Der Säugling schloß die Augen. Übergangslos straffte sich der Rücken der Frau. Die kindliche Attitüde war verschwunden, der angespannte Gesichtsausdruck wieder da. Erstaunt sah die Frau auf den am Boden schlafenden Säugling, dann auf ihre Armbanduhr. Ihr Blick saugte sich sekundenlang am Zifferblatt fest. Schnell legte sie das schlafende Kind in sein Bettchen, überprüfte die alle technischen Einrichtungen des fensterlosen Raumes steuernde Zeitschaltuhr und verließ verwirrt den Raum. Ihr fehlte Zeit.

*

»Wenn das Leben köstlich gewesen, so war es Mühe und Arbeit gewesen.« Fleischmann faßte es nicht. Er ließ sich die Todesanzeigenfloskel auf der Zunge zergehen. Wer dachte sich bloß so eine verquaste Weisheit aus? Niemand aus der werktätigen Bevölkerung, das stand schon mal fest. Richtig. Eduard Schulze, millionenschwerer Weseler Bauunternehmer, hatte das Zeitliche gesegnet. »In der Blüte seiner Jahre ... plötzlich und unerwartet ... Ernte seines Schaffens ... große Lücke ... trauernder Sohn ...«, sülz, sülz, sülz. Der fette Eddi war hops gegangen. Das war ein Ding.

Um den war es in letzter Zeit ziemlich still geworden. Er hatte aufs falsche Pferd gesetzt und Wesels Starpsychologen, den politisch ehrgeizigen Karl Kranz, unterstützt, obwohl der in der anderen Fraktion gewesen war. Das hatte damals niemand so richtig kapiert. Dann war Kranz des Mordes überführt worden. Ein Riesenskandal. Ziemlich viel schmutzige Wäsche war gewaschen worden, und auch Schulze hatte kräftig was auf den Hut bekommen. Kranz soll ihn erpreßt haben. Man hatte von irgendwelchen Umweltsauereien beim Deichbau in Bislich gemunkelt. Das war nie ganz an die Öffentlichkeit gedrungen. Dazu waren Ed Schulzes Kontakte zu gut. Die ganze Kiste war ja auch im Windschatten der viel spannenderen Mordsache gesegelt. Jedenfalls war Eddi danach gesellschaftlich ins zweite Glied abgetaucht.

Und jetzt war er hin. In der Blüte seiner Jahre. Soso. Vor Fleischmanns geistigem Auge erschien die eher vollfruchtige Gestalt des Bauunternehmers. Wenigstens das mit der hinterlassenen großen Lücke stimmte – rein räumlich gesehen. Er mußte Näheres erfahren.

Fleischmann griff zum Telefon. Der Einfachheit halber rief er gleich im Café Fehr an. Sekunden später hatte er seinen alten Kumpel Georg an der Strippe, den trauernden Sohn.

»Hallo, Hallöchen. Ferdi hier. Wie kam's denn zu dem Ernteunfall?«

»Häh, wat?«

»Na, dein Alter. Den hat's doch mitten in der Ernte seines Schaffens umgehauen. Ich les das gerade in unserm Blättchen.«

»Ernteunfall! Ich glaub, et hackt. Umgekehrt wird ein Schuh draus. Puff in Oberhausen. Beim Säen aus der Furche gefallen, der alte Knochen. Herzschlag. Bums, aus, Exitus. Wobei ich das mit dem ›Bums‹ nicht pietätlos verstanden wissen will.«

Schulze junior wieherte, daß Ferdi den Hörer vom Ohr nehmen mußte. Den Georg mußte man einfach gern haben. Eine Seele von Mensch.

»Wann gibt's denn Streuselkuchen?«

»Freitag. Vorher kann Dechant Bolkendorf nicht aus der Kur anreisen. War ein dicker Kumpel von meinem Alten. Will ihn unbedingt persönlich unter die Erde bringen. Der bastelt wahrscheinlich schon am Heiligenschein für unseren Bordell-Märtyrer. Bist zur Seligsprechung herzlich eingeladen. Anschließend brennen wir bei ›Kamp‹ einen mit Fred. Okay?«

»Gebongt. Ich weiß doch, was sich gehört. Schließlich ist das das Mindeste, was wir für deinen alten Herrn noch tun können.«

Sie röhrten sich gegenseitig ins Ohr.

»Apropos brennen. Der Alte tönte immer ›was du heute kannst besorgen, das verschiebe nicht auf morgen‹. Und da hab ich mich natürlich nicht hängenlassen und bin hier schon 'ne ganze Weile heftig Trauerarbeit am leisten. Willst du nicht ein bißchen ins Fehr rüberkommen und mittrauern? Ist doch zu zweit viel lustiger!«

Fleischmann sah sich in der Redaktion um. Es war fast Mittag. Alle emsig wie die Bienen. Als Dienstältester konnte er vielleicht einen auf Außenrecherche machen. Sein Blick fiel auf das gläserne Büro des Redaktionsleiters. Gäbe es noch Gerechtigkeit, hätte er längst dort sitzen müssen. Der Glaskasten war bereits seit morgens verwaist. Sein im Gegensatz zu ihm studierter Weselinski-Chef weilte zur Pflege der Corporate identity im Mutterhaus des Niederrhein-Boten. Wahrscheinlich ließ der sich bei Lachs und Schampus streicheln, während er hier die Kärrnerarbeit machte. Das mußte anders werden.

»Gesellschaftsrecherche, verstehe. Dafür mach ich mich natürlich frei. Ehre, wem Ehre gebührt.«

»Du sagst es. Vielleicht können wir ja später noch den Ort des tragischen Unglücksfalls in Oberhausen aufsuchen. Kleine In-Memoriam-Nummer, quasi als Hommage an den Alten. Ich lad dich ein.«

»Heidewitzka, Herr Kapitän. Würdig, würdig. Scheinst ja gut bei Kasse zu sein.«

»Die trüben Tage sind dahin. Heute mittag war ich beim Notar. Der ganze Rotz gehört mir.«

Fleischmann wurde grün vor Neid. Jetzt mußte er einfach ein wenig stänkern.

»Firmenleitung. Ist das nicht eine Nummer zu groß für dich?«

»Wer spricht denn von Leiten? Ich sag nur abwickeln, abwickeln, abwickeln. Und dann wird gelebt statt gestrebt. Vamos a la playa, kapierst du, bis die rote Sonne bei Capri im Meer versinkt. Shareholder value und jeden Tag den Kopp zu.«

Fleischmann verstand nur zu gut. »Bis gleich«, hauchte er matt.

Sein Blick fiel auf die alte ›Olympia‹, auf der er seine Artikel zu hacken pflegte, die die Schreibkraft dann später in das System transferieren mußte. Er setzte sich zwar selbst auch an den Computer, aber nur, wenn es sich gar nicht vermeiden ließ. Bisher hatte er sich auf seine Technikverachtung auch noch was eingebildet. Kreative zeichnete so was doch eher aus. Kisch war schließlich auch ohne PC zu Weltruhm gelangt.

Jetzt aber erschien ihm die angegammelte Schreibmaschine wie eine Allegorie auf sein Leben. Die Zeit war vorangeschritten, an ihm vorbei, lediglich die Spuren körperlichen Verfalls hinterlassend. Und nun auch Georg. Die Freundschaft des Upper-class-Dickerchens hatte ihm zwar immer geschmeichelt, aber insgeheim war er, der Mann des Wortes, sich stets als der Überlegene vorgekommen. Und jetzt? Dort Dolce vita und bei ihm nichts als rabotta, rabotta.

Er ging zum Archiv-Regal und zog den Akter A wie Asbach. Er wog die Flasche in der Hand. Sein Blick suchte den Glaskasten des Weselinskis. Taschentuch in den Flaschenhals, Feuerzeug dran und – wumm – rein mit dem Molli in die Angeber-Bude. Aber wahrscheinlich brannte der Stoff nicht mal. Also lieber drei Finger breit in den Kaffeebecher. Ups, das machte Herz und Gedanken frei. Er sah schon klarer.

Was er brauchte, war der absolute Scoop. Einen Mega-Knaller, noch stärker als die schon nicht üble Rote-Zora-Kiste beim Mordprozeß gegen Franz Huismann vor dem Duisburger Landgericht im letzten Jahr. Einen Überhammer, der ihn weit über die piefige Lokalredaktion direktemang ins Machtzentrum des Niederrhein-Boten katapultierte. Er griff die Ausgabe vom Tag und zog sich noch mal den eigenen Artikel rein. »Türke oder Teufel«, das hatte doch was. Verschwundenes Baby und fremder Finsterling. Die Zutaten stimmten. Muttergefühle und Stammtischressentiments in einem Abwasch bedient. Pures Gold. Political correctness hin oder her. Er würde es dem Leser mit der journalistischen Pumpgun besorgen. Breite Streuung. Türke oder Teufel. Sekt oder Selters. Flop or Scoop. Er würde dranbleiben.

*

»Dieses hysterische Frauenzimmer wird langsam zum Problem. Weißt du, daß sie das Bankert sogar zur Taufe angemeldet hat? Zur Taufe! Das muß man sich mal vorstellen. Es war ein Riesenfehler, diese Person in unsere Kreise einzuführen.«

»Ruhe bewahren. Wir brauchten das Kind. Das weißt du so gut wie ich. Keiner konnte damit rechnen, daß das vorgesehene Baby bei der Geburt stirbt. Wir haben uns offensichtlich geirrt. Der Lichtbringer hat es nicht akzeptiert. Ein Engpaß. Noch sechs Tage bis zum großen Fest. Und jetzt haben wir, was wir brauchen. Das ist das Wichtigste.«

»Sie redet. Das ist gefährlich.«

»Sie redet wirr. Niemand nimmt sie ernst.«

»Bist du dir da so sicher? Liest du keine Zeitung?«

»Sehr genau. Türke oder Teufel. Ich war begeistert. Dieser Blindfisch Fleischmann ist ein Glücksfall. Er hat doch alles klar gemacht. Entführung durch ausländischen Vater. Darunter können sich Polizei und Öffentlichkeit etwas vorstellen. Verschwunden im wilden Kurdistan. Darauf wären wir nie gekommen. In ein paar Monaten sind die Akten geschlossen.«

»Dein Wort in Gottes Ohr.«

»Gottes Ohr, das ist gut. Unser Mann im Landeskrankenhaus hat jedenfalls erst mal dafür gesorgt, daß die Frau medikamentös ruhiggestellt wurde. Morgen wird sie entlassen. Dann wird die Angelegenheit ein für allemal bereinigt. Der Rat der Neun hat eine Entscheidung getroffen.«

»Wer, wann, wie?«

»Du. Noch vor dem großen Fest. Damit.«

»Was ist das?«

»Special K. Ketamin Hydrochlorid. Das Neueste auf dem Markt der Designerdrogen. Sozusagen die dritte Generation nach LSD und Ecstasy.«

»Interessant. Wie wirkt das Zeug?«

»Dissoziativ. Es legt nicht den gesamten Körper und seine Nerven lahm, sondern trennt Körper und Geist. Ein bekannter Mediziner hat das Zeug mal an sich selbst ausprobiert und war danach davon überzeugt, mit einer Intelligenz im All zu kommunizieren. Ich sehe da einen echten Markt. Du wirst ihr noch morgen den Stoff über einen deiner Verteiler zukommen lassen und sie dann im persönlichen Gespräch davon überzeugen, daß Fliegen das Größte ist.«

»Ketamin. Nie von gehört. Ist hier auf der Straße völlig neu.«

»So neu ist das gar nicht. Es wird seit über fünfundzwanzig Jahren in der Tiermedizin als Narkosemittel eingesetzt. Aber erst vor kurzem haben amerikanische Drogenpanscher die Grundsubstanz geringfügig modifiziert, und seitdem spacen sich die dortigen Techno-Freaks damit aus. Wir werden es den hiesigen Dogs nicht vorenthalten. Aber erst mal schaffst du es zu ihr. Das große Geschäft wird erst nach dem Fest anlaufen.«

»Wie kommst du dran und in welchen Mengen?«

»Dollar-Zeichen in den Augen, was?«

»Ich denke nur an die Gruppe.«

»Ein echter Altruist. Mach dir keine Sorgen, der Nachschub läuft über einen Tierarzt mit exzellenten Verbindungen. Übrigens einer von uns.«

»Darum mach ich mir keine Sorgen. Die andere Sache droht aus dem Ruder zu laufen. Zuviel Öffentlichkeit. Ist nicht unser Stil. Das ist gefährlich.«

»Du Kleingläubiger. Sonntagnacht ziehen die Ziegenböcke Delos und Zador den Wagen des Lichtbringers über den Himmel. Dann zollen wir ihm Tribut. Und für die Starken wird alles gut.«

*

Anton wurde in der Bahnhofshalle erwartet. Der Mann hielt einen Block, auf dem in großen Buchstaben »Willkommen, Pastor Rabe« stand. Schnell hatte er die paar Reisenden durchgemustert. Aber sein Blick war nicht an Anton haftengeblieben. Zu wenig Pastoral-Credibility.

»Vielleicht hättest du dich etwas sorgfältiger kleiden sollen. Schließlich wirst du nicht Gewerkschaftssekretär, sondern Gemeindepfarrer.«

»Du hast ja recht. Aber auf Gewerkschaftssekretäre ist in dieser Hinsicht auch kein Verlaß mehr. Ich kenn da einen noch aus Münster. Outfit wie Herr Sparkasse persönlich und Hoppla-jetzt-komm-ich-Auftreten wie Bischof Meisner.«

»Anton!«

»Sorry, nichts gegen bischöfliche Mitbrüder.«

»Nichts gegen irgendeinen Mitmenschen!«

Anton schmunzelte, trotz des Rüffels. Er ging auf den Wartenden zu und stellte sich vor. Der Mann war ihm auf Anhieb sympathisch. Eisgraue Mähne, asketisches Gesicht. Der drahtige Körper steckte in Cordhose und Flanellhemd. Breite Hosenträger und unbesockte Füße in Sandalen signalisierten, daß sein Blick auf die wesentlicheren Dinge des Lebens gerichtet war. Ein Typ wie aus der Doppelherz-Reklame: »Ich bin sechzig, aber ich habe die Kraft der zwei Herzen«. Und mit der drückte er dann auch Antons ausgestreckte Rechte.

»Sie habe ich mir eigentlich ganz anders vorgestellt. Älter, gesetzter. Ist ja auch kein Wunder, bei dem Nachwuchsmangel im Verein. Rinus van der Leuen mein Name. Vorsitzender des Kirchenvorstands, so was wie der Kirchengärtner, und ich mach mich auch sonst noch so 'n bißchen in der Gemeinde nützlich. Na, wir werden uns schon noch kennenlernen.«

Johannes Heesters in Rustikalversion, mit genau dessen Akzent.

»Tut mir leid, daß ich nicht Ihren Erwartungen entspreche. Aber trotz Mangel an Bauch und Glatze bin ich leidlich fromm und werd mir auch ansonsten alle erdenkliche Mühe geben.«

Van der Leuen lachte und griff sich Antons Tasche.

»Positiv. Ich meine das positiv. Sie sind eine freudige Überraschung. Seit dem tragischen Herztod von Pastor Wagner – Gott hab ihn selig – treibt das Gemeindeschiff doch führerlos auf hoher See. Wird Zeit, daß ein unverbrauchter Mann mit Pep das Steuer in die Hand nimmt. Da liegt einiges im Argen.«

»Sagen Sie mal, an Ihnen ist ja ein Prediger verlorengegangen. Was, sagten Sie, sind Sie von Beruf?«

Schon lachte Rinus van der Leuen wieder los, nicht im mindesten gepiekt.

»Das mit dem Gemeindeschiff auf hoher See war gut, was? Aber von meiner Vergangenheit später. Würde zu weit führen. Jetzt essen wir erst mal. Klara hat gekocht. Rheinischer Sauerbraten. Vom Pferd, mit Rosinen und Mandeln. Exorbitant. Ich bin auch eingeladen. Natürlich nur, wenn Sie nichts dagegen haben.«

»Wenn Sie nicht mit vollem Mund reden.«

»Niemals bei Sauerbraten. Klaras Kochkunst verschlägt mir jedesmal die Sprache.«

»Dann bin ich ja beruhigt. Da gibt's aber noch ein Problem: Ich bin Vegetarier.«

»Ach Gottchen. Auch das noch. Aber Probleme hat man nicht, Probleme löst man. Mein Vorschlag: Ich verschnabulier Ihre Bratenportion unauffällig mit und schiebe Ihnen dafür mein Salatschüsselchen rüber. An Vegetarismus wird sich Klara schon noch gewöhnen. Es wäre allerdings äußerst unklug, sie gleich mit Sauerbraten-Verweigerung zu verärgern. Aber jetzt kommen Sie. Dahinten, der Benz mit der Schnapszahl im Kennzeichen, das ist meiner.«

Vor dem Bahnhof öffnete sich eine breite, baumbestandene Achse in die Stadt. An deren Ende das alte Berliner Tor. Ein schönes Entree. Sie wandten sich nach links. Und schon war Schluß mit städtebaulichem

Ästhetizismus. Moderner, funktionaler Busbahnhof. Okay. Einsicht in die Notwendigkeiten. Dahinter die Häßlich-Gigantomanie, die er schon aus dem Zugfenster gesehen hatte. Menschensilos. Charme- und schamlos. Unten drin Kneipe, Pommesbude, Videothek. Die Trinität der Volksseele widerspiegelnd. Fressen, saufen, fernsehen.

»Bißchen von oben herab, was? Ist das dein liebender Blick, Pharisäer? Prüfe dich selbst.«

Anton prüfte und schämte sich.

Sie bogen auf die Dinslakener Landstraße ab, fuhren dann links unter der Bahnlinie her. Schon war Anton wieder versöhnt. Sie waren am Fusternberg, dem Sahnestückchen der Stadt. Rechts die zweckmäßige Niederrheinhalle. Naja. Der Schützengarten. Schön. Ruhige, unspektakuläre Bebauung ringsum.

Und da, endlich, die Engelkirche. Lindenumstanden. Zeitlose Moderne. Ein im Wortsinn merkwürdiger Klinkerbau. Ein Schiff, einem großen Tragflächenboot nicht unähnlich. Schön, würdevoll, majestätisch. Nach dem Krieg aus Steinen der völlig zerstörten Stadt erbaut. Mit abgepickt von denen, die eben jene Zerstörung zu verantworten hatten – von stadtbekannten Nazis, denen so tätige Reue ermöglicht wurde. Ob's geholfen hatte? Aus den Ruinen eines alten preußischen Forts, einer Militäranlage, wuchs jedenfalls die ›Friedenskirche zu den Heiligen Engeln‹. Phönix aus der Asche menschlicher Destruktivität.

Anton kam ein riesiger Rochen in den Sinn, würdevoll, majestätisch. Er war hin und weg.

»Nun komm mal wieder auf den Teppich. Ein Haus ist ein Haus, und Steine sind Steine. Richtig voll ist mein Haus doch nur bei Konzerten oder an meinem Geburtstag. Ansonsten beschwert man sich über Glockenläuten. Das hier ist nichts anderes als eine Fabrik. Ein Hammerwerk. Hier soll Bewußtsein geschmiedet werden. Und du bist der neue Werkmeister. Ohne Seelsorge und Glauben gehört mein Haus geschlossen. Und dann wäre es sinnvoller, daraus ein Schwimmbad oder Kino zu machen. In Museen wohne ich nämlich nicht.«

Klar und wahr. Anton glühte. Genau darum war er dem Ruf gefolgt. Oft stellte er sich den, der da mit ihm sprach, wie den bärtigen Che vor, manchmal trug er die Züge seiner Mutter, dann sah er aus wie Gertrud, und auch in der Gestalt von Shanghai, seinem Blutsbruder, den er völlig aus den Augen verloren hatte, kam er daher. Das universelle ›Du‹.

Am Kirchplatz bogen sie ab. Nummer vier. Das Pfarrhaus.

»Hier werden Sie wohnen.«

Anton schaute sich die Häuserzeile an. Anheimelnde Backsteinbauten aus den zwanziger Jahren. Mittendrin das Pfarrhaus. Auf der anderen Straßenseite, genau gegenüber, das Krypta-Portal. Daneben ein Springbrunnen am Kirchberg, bewacht von einem Metallengel mit ausgebreiteten Flügeln.

»Wer ist eigentlich diese Klara?«

»Klara Lommer, Pfarrsekretärin und Küsterin. Halbe Stelle. Aber nur auf dem Papier. Unersetzlich. Die hat Pastor Wagner mittags auch immer noch bekocht. Das sollten Sie sich im wahrsten Sinne des Wortes warmhalten.«

Van der Leuen wuchtete die Reisetasche aus dem Kofferraum.

»Klara ist ein wenig gewöhnungsbedürftig. Sehr still, spröde, fast verschroben. Aber wenn sie jemanden mal akzeptiert hat, treu wie Gold. Eine Seele von Mensch. Vor allen Dingen kocht sie, daß Ihnen bald die Knöpfe von der leider nicht vorhandenen Soutane prasseln werden.«

Da ging schon die Tür auf. Klara Lommer sah vom dreistufigen Eingangs-Treppchen auf die Ankömmlinge. Schüchtern schweigendes Warten. Schwermut schien aus dem Haus zu schwappen. Anton wunderte sich. Der Beschreibung nach hatte er eine viel ältere Frau erwartet. Klara war jung, keine dreißig. Die Augen in dem mienenspiel-freien Gesicht unergründlich, der Strichmund wie eine Kommunikationsschranke. Unschöne Kurzhaarfrisur. Jeans und schmuckloses Sweatshirt. Sie hatte alles getan, um ihre Weiblichkeit nach außen zu negieren.

»Mein Gott! So sieht also eine ›Seele von Mensch‹ aus.«

»Du solltest dich nicht von Äußerlichkeiten täuschen lassen.«

»Okay, okay. Aber die Form läßt sich nie ganz vom Inhalt trennen.«

»Richtig. Aber schau genau hin, unter das Scheinbare.«

Sie begrüßten sich schlicht.

»Das Essen ist fertig. Ich habe Ihnen etwas ganz Besonderes gekocht.«

Sekundenbruchteile öffnete sich der Strich zur Parallele. Sie lächelte. Und noch ehe es die beiden Männer verhindern konnten, hatte sie sich die schwere Tasche geschnappt und war im Haus verschwunden. Van der Leuen breitete achselzuckend die Arme aus.

»So ist sie halt. Aber Sie werden schon noch miteinander warm werden.«

Das gemütliche Eßzimmer ging nach hinten raus. Die Möbel alt, mit Schnitzereien verziert. Ein Regulator tickte. Kein Filmausstatter hätte Pfarrhausatmosphäre so paßgenau hinbekommen können. Anton fühlte sich sofort wohl.

Van der Leuen schwadronierte die ganze Zeit fröhlich. Anton hörte nur mit halbem Ohr hin. Sie nahmen an einem schweren Tisch Platz. Blütenweißes Leinen. In der Mitte, fast unerreichbar, eine dreistufige Etagere mit Gebäck. Anton konnte von seinem Platz aus in den Garten sehen. Eine schöne Anlage. Leider völlig verkrautet. Am Rand der einzigen ordentlichen Rabatte steckte eine Grabegabel. Jemand hatte begonnen, Ordnung zu schaffen.

Van der Leuen war seinem Blick gefolgt.

»Klara ist damit völlig überfordert. Wenn Sie wollen, komme ich morgen wieder und mach da draußen weiter.«

»Herzlich gerne. Aber darf ich Ihnen das zumuten? Schließlich kann ich auch selber ein wenig Hand anlegen.«

Van der Leuen lachte.

»Muten Sie, muten Sie. Gärtnern ist schließlich mein Hobby. Kümmern Sie sich lieber um die Kirche. Neulich sind wieder dicke Putzplacken ganz oben aus dem Fries geplatzt und auf die Straße gefallen. Das ist gefährlich. Da muß unbedingt etwas passieren. Der Kirchenvorstand hat bereits ein Gutachten eingeholt. Der ganze Bau muß eingerüstet werden. Außerdem hat irgendein hiesiger Kasper mal auf Tauben an der Kirche geschossen. Dabei sind Teile der Bleiverglasung beschädigt worden. Das könnte in einem Rutsch mitsaniert werden. Und dann ist da noch die Stützmauer am Kirchberg. Das Erdreich drückt die Krone langsam, aber stetig immer weiter nach außen. Ein Sachverständiger der bischöflichen Behörde in Münster war bereits vor Ort und hat dringenden Handlungsbedarf angemahnt. Alles in allem steht da ein Projekt ins Haus, das in die Hunderttausende gehen wird.«

Anton seufzte schwer.

»Da bin ich ja genau der Richtige, Bau- und Verwaltungsfachmann, der ich bin.«

»Hör auf zu jammern. ›Ärmel aufkrempeln, zupacken, aufbauen‹, das Lied kennst du doch. Und ich meine da nicht nur die Bausanierung.«

»Daß du Franz Josef Degenhardt zitierst, erstaunlich.«

»Warum nicht? Im übrigen weht der Heilige Geist bekanntlich, wo er will.«

»Verzeih, Freund. Kapier schon. Und gerade deswegen liebe ich dich. Unbedingt. Gib mir Kraft.«

»Hab ich schon.«

Klara trug auf. Anton merkte plötzlich, daß nur für zwei gedeckt war.

»Essen Sie nicht mit uns, Frau Lommer? Bitte tun Sie uns doch den Gefallen.«

Klara sah ihn erstaunt an.

»Ich weiß, wo mein Platz ist«, sagte sie einfach und war schon wieder hinter dem breiten Vorhang, der Küche und Eßzimmer trennte, verschwunden. Anton lauschte der Melodie des kurzen Satzes nach. Nichts von Bitterkeit, ärgerlicher Ironie, Ablehnung. Da hatte ihm jemand schlicht gezeigt, wo seine Grenze war. Damit er Bescheid wußte. Friedliche Koexistenz. Aber komm mir nicht zu nahe. Fast beneidete er Klara. Unprätentiös ehrlich. Respekt.

Van der Leuen schaufelte unbeeindruckt im Allegro. In den kurzen Pausen nach dem Schluckvorgang sonderte er stakkatoartig Gemeinde-Infos ab.

»Heute abend Begrüßung durch Kirchenvorstand ... Kindergartenrat morgen ... KAB-Skatturnier ... Kreuzbund-Treffen ... Silberhochzeit ... Krankenbesuch ... Taufgespräch ... die kommende Kevelaer-Wallfahrt ...«

Ein Manager-Posten. Anton schwindelte es.

»Ich bring das nicht.«

»Oh doch!«

»Und dann müßten Sie sich in den nächsten Tagen mit der Zentralrendantur in Verbindung setzen. Da gibt's noch ein paar Fragen wegen des neuen Haushaltsplans.«

Der spachtelnde Kirchen- und Gartenfreund hatte von irgendwoher einen dicken, eng mit Zahlen bedruckten Reader auf den Tisch gezaubert.

»Damit sollten Sie sich schnell vertraut machen. Ist wichtig.«

Anton schob den Teller weg. Verschmähte Kartoffeln, Rotkohl und Salat.

»Ich will zurück in den Knast.«

»Bist du doch längst.«

»Du machst mir Mut.«

»Ein kleiner Scherz. Also befrei dich. Ich bin ja bei dir.«

Anton schob den Stuhl zurück. Er streckte sich. Po-schultermäßig an Sitz und Lehne lang abgestützt, gedoppelter Fuß unterm Tisch, verschränkte Hände hinterm Kopf.

»Ich boxe, wissen Sie. Und ein cleverer Fighter studiert seinen Partner und läßt ihn kommen.«

Van der Leuen staunte. Schluß mit Schaufelei. Besteck jetzt im Adagio.

»Also Kindergartenrat, KAB, Kreuzbund und Wallfahrer können mich erst mal ›de Söck läcke‹, wie der Niederrheiner sagt. Kommen lassen. Verstehen Sie? Hochzeit, Krankenbesuch und Taufgespräch geht klar. Kirchenvorstand heute abend läßt sich wohl nicht vermeiden. Und –«

Van der Leuen wollte etwas sagen, verschluckte sich aber, trotz Essensaufnahme nun im Largo.

»– meine zweite Passion ist das Trompeteblasen.«

Anton griff sich den Reader, rollte ihn zur Wurst, setzte ihn fanfarenmäßig an.

»Also, täterätätä, willkommen Zentralrendantur. Aber ich spiele nicht vom Blatt. Da brauch ich Nachhilfe. Kommen lassen. Verstehen sie? Immer kommen lassen.«

Das Besteck hatte endlich Ruh. Ein Engel ging durch den Raum. Van der Leuens offener Mund formte sich zu einem breiten Grinsen.

»Sie gefallen mir. Boxen und Trompete. Wunderbar! Und immer das Wesentliche im Blick. Ist wie beim Ackern. Was nützt der neue Aussaatplan, wenn man nicht weiß, wo die Vorjahreskultur stand.«

Er griff den Reader und dirigierte damit seinen nächsten Satz. »Verzeihen Sie mir die Erwartungslawine. Sie haben ja völlig recht. Es findet sich alles. Hängen Sie sich das Ding aufs Klo, falls mal das Papier ausgeht.«

Der Nachtisch kam. Sie löffelten ein wenig in Moll. Dann machte van der Leuen Anton auf das kleine Wandschränkchen aufmerksam. Hennessy, Schwenker, eine Blechdose ›Schwarze Weisheit‹. Sie wechselten in bequeme Sessel. Klara brachte Kaffee. Ein strahlender C-Dur-Akkord. Schweigendes Süffeln. Kleinschlückig, genußvoll, solidarisch. Anton schenkte zweimal nach. Dann hatte van der Leuen endlich die schwarze Weisheit in blauen Dunst vernebelt.

»Bis denn mal, Pastor.«

Anton winkte huldvoll und gähnte.

Er nickte ein und wurde erst vom Klappern des Geschirrs wieder geweckt. Wie lange hatte er geschlafen? Sein Blick suchte den Regulator. Keine zehn Minuten. Aber er war weit weg gewesen.

Er tappte zur Küche und teilte den Vorhang. Klara stand vor dem Spülbecken, hob mit beiden Händen Schaum heraus und ließ hineinblasend Flocken fliegen. Er sah nur ihr Profil. Glatt, entspannt, lächelnd. Die Schwermut war weg. Der kleine Raum atmete Glück, kindliche Freude. Und dann sah er es. Sie war schön.

Behutsam ließ er den Vorhang wieder zurückfallen und schlich auf Zehenspitzen davon. Er hatte einen Blick hinter das Scheinbare genommen.

*

Hauptkommissarin Susanne Straaten hatte eigentlich Feierabend machen wollen. Aber nachdem ihre Karriere einen Quantensprung getan hatte, waren Überstunden an der Tagesordnung. Halb fünf. Jetzt verabschiedete sich bei ihr zu Hause die Tagesmutter. Aber Jonas, ihr dreizehnjähriger Sohn, hatte gleich noch Klavierunterricht in der Musikschule. Vor achtzehn Uhr würde er nicht wieder zu Hause sein. Über eine Stunde geschenkte Zeit. Vor ihr stapelten sich Akten. Sie griff an.

Anfang des Jahres hatte es eine Sensation im trutzigen Klinkerbau der Weseler Kreispolizei-Behörde an der Reeser Landstraße gegeben. Kripo-Hauptkommissar Arthur Greven, der Chef des K11, einer Abteilung des Ressorts ›Zentrale Kriminalitäts-Bekämpfung‹, die sich mit Kapitalverbrechen beschäftigte, hatte sich in den Ruhestand verabschiedet.

Die anschließenden Diadochen-Kämpfe endeten mit einem Knaller. Susanne hatte die begehrte Leitungsposition erhalten. Trotz schwerer persönlicher Handicaps. Sie war mit achtunddreißig Jahren die jüngste in der Runde der Chef-Sessel-Aspiranten. Alleinerziehende Mutter und Feministin ohne Parteibuch. Spielte nicht Skat, und die Bundesliga war ihr so fremd wie Wojtyla die gesellschaftliche Wirklichkeit. Ihr größtes Manko: Sie war eine Frau. Dazu noch attraktiv und intelligent. Daß sie sich trotz alledem bewarb, hatte hausinterne Heiterkeitsstürme ausgelöst. Jetzt saß sie auf Grevens Stuhl. Unerklärlicher Betriebsunfall des Patriarchats.

Arthur Greven, bei Kollegen und Klientel als Niederrhein-Maigret geachtet wie gefürchtet, hatte seine Laufbahn mit der Aufklärung des spektakulären Mordfalls Laura Meister abschließen können. Susanne war damals Mitglied der Mordkommission und in den Fall auch persönlich involviert gewesen. Nach etlichen Irrungen und Wirrungen hatte Greven Karl Kranz, einen hochgeachteten Weseler Psychologen und aktiven Päderasten, des Mordes überführen und damit den zu Unrecht angeklagten Franz Huismann entlasten können. Laura Meister, Frontfrau der lokalen Frauenbewegung, war Kranz auf die Schliche gekommen. Deshalb hatte sie sterben müssen.

Laura war Susannes Freundin gewesen. Und dann war da noch die Sache mit Susannes Sohn Jonas, der wegen ihrer eigenen Borniertheit auch fast in die Fänge von Karl Kranz geraten wäre. Nur der Durchblick eines ihrer Kollegen hatte Schlimmeres verhindert. Seitdem hatte der bei ihr einen Riesenstein im Brett. Und eben jener Durchblicker klinkte gerade mit dem Ellenbogen ihre Bürotür auf.

»Denn es gibt ja den Bäcker und Tchibo...« intonierte er mit einer Stimme irgendwo aus Franky-Boy und Hella von Sinnen herausgemendelt.

»Vorsicht, die Schuhe«, wollte Susanne rufen. Zu spät! Einer von zwei Kaffeebechern auf dem Tablett nahm Fahrt auf. Bautz. Schon war er in einem ihrer Pumps gelandet, die sie, in der irrigen Annahme, nicht mehr gestört zu werden, von den brennenden Füßen geschleudert hatte. Milchkaffee bis zum Spann. Beide starrten fasziniert in die hellbraune Brühe. Susanne hatte sich als erste gefaßt.

»Jetzt komm bloß nicht noch auf die Idee, Blumen reinzustellen.«

Dem Kaffeeschmeißer – Gesichtshaut gut durchblutet – war das Fiasko mit den Rosen im Gummistiefel sofort voll präsent. Er hatte seine Chefin – und Angebetete – damals mit dem floristischen Überraschungsgeschenk einladen wollen. Das flexible Gefäß war eingeknickt und hatte Susannes Schreibtisch unter Wasser gesetzt. Die gesamte Kreispolizeibehörde hatte irgendwie von dem Fehlschlag erfahren und ihn wochenlang damit aufgezogen. Nun folgte die Flucht nach vorn.

»Man muß ja nicht immer nur Schampus daraus saufen. Du kriegst diese Tasse, und ich nehme –«

Susanne wurde die ganze Szene zu bizarr. Schon war sie um den Schreibtisch herum und leerte den Kaffee-Pump im Waschbecken. Der Kollege hatte sich inzwischen den ›Kriminalist‹ vom Schreibtisch gegriffen, auseinandergefetzt und zu Kugeln zusammengeknuddelt.

»Nimm das, Susanne. Einfach reinstecken, und ruckzuck ist der Treter wieder trocken.«

Susanne wollte es nicht glauben. Die Fachzeitschrift. Ihre Unterstreichungen und Randkommentare. Morgen sollte sie ihr Referat über Verbrechensprävention halten. Und jetzt das. Stunden der Fachrecherche in Sekunden zur Schuhdrainage. Dieser Mensch. Sie trippelte wie Pina Bauschs Wuppertaler Tänzer beim Pas de deux. Ihr Mund formte sich zum A. Großgeschrieben. Und dann kam Ton hinzu.

»Aus dir mach ich Chicken McNuggets. Du Stöffel!«

Der quietschnasse Pump düste auf Kollisionskurs heran. Der Kollege duckte sich geschickt weg. Spritziger Aufschlag an der Bürotür. Die öffnete sich – Sesam – sofort.

»Was ist denn hier los? Dritter Grad, oder was? Ruhe bewahren, Freunde, der Menschenrechtsbeauftragte ist da.«

Herein schob sich ein Zwei-Meter-Recke. Bauch, Hosenträger, Schulterhalfter, Schweißflecken unter den Achseln. Ein Typ wie aus dem Seyfried Comic.

»Barfuß im Regen tanzen wir zu zweit...«, summte er anzüglich, die Kaffeeschweinerei auf dem PVC und Susannes hübsche Zehen fest im Blick. Die jüngeren Kollegen kannten den saurieralten Schlager aber nicht, und so blieb der erwartete Brüller im Mantel der Geschichte stecken. Trotzdem, allgemeine Entspannung.

Susanne hatte inzwischen wieder hinter ihrem Schreibtisch Platz genommen. Der Recke setzte sich auf den Besucherstuhl davor. Nicht ohne sich vorher den Kuchenteller vom abgestellten Tablett zu greifen. Noch ein genüßlicher Happen, und schon war auch das zweite Stück entsorgt. Die hungrige Susanne schwelgte in Gewaltphantasien.

Das waren sie also, ihre zwei liebsten Kollegen. Mehr als das. Zwei Freunde. Seit ihrem kometenhaften Aufstieg hatte sich der überwiegende Teil der Kollegenschaft in Neid-Guerilleros, Heckenschützen oder lästige Wadenbeißer verwandelt. Da tat Loyalität gut. Sie mußte das pflegen. Was zählte schon Kaffee im Schuh und daß einer von ihrem Tellerchen gegessen hatte? Für die beiden war sie schließlich die Prinzessin. Quatsch, die Königin. Unangefochten.

Die beiden unterschieden sich wie das Steak vom Fischstäbchen. Scholten, der Hüne, Anfang fünfzig, ohne Anhang, was Susanne nicht wunderte. Ein Bulle alter Schule. Vorgesetzte und die meisten Kollegen waren der Meinung, daß sich diese Schule endgültig überlebt haben sollte. Respektlos bis zur Frechheit, hart bis zur Brutalität, teilte gern aus, konnte aber – und mußte ständig – auch einstecken. Ein mutiger Gerechtigkeitsfanatiker. Und genau deswegen war seine Karriere irgendwie steckengeblieben. Scholten wäre es nie eingefallen, deswegen seinen Stil zu ändern.

Der weitaus schmächtigere Kaffee-Attentäter hieß Justus Meier. Er war in Susannes Alter und damit der jüngste der drei Meier im K11. Zwecks Unterscheidung schlicht Meier drei genannt. Weit nach hinten gerutschte Kurzhaarfrisur über einem Gesicht, mit dem er den jetzigen Werbeträger für Brandt Zwieback locker von der Tüte hätte verdrängen können. Aber ihn lockte keine Model-Karriere. Er zog es vor, Kriminaler zu sein, und bastelte seit Jahren an einem Schimanski-Image. Ohne Erfolg. Sein schütterer blonder Schnurrbart wollte genausowenig wachsen wie seine Oberarmmuskulatur, um deren Pflege er sich mangels Zeit nie so recht kümmern konnte. Kollege Scholten bewunderte er offen, die Chefin liebte er. Heimlich – wie er glaubte.

Weil es ihm zum Glück nie gelang, sein weiches, sensibel-intelligentes Wesen mit dem nach Schweiß und Smegma müffelnden Rambo-Machismo vieler Kollegen zu maskieren, mochte ihn Susanne ganz besonders. Sie wußte über eine Freundin – was er nicht wußte –, die in der lokalen Literaturgruppe ›Kopfweide‹ mittat, daß er unter Pseudonym Lyrik verfaßte. Sie wußte – was er nicht wußte – schon seit langem von seinem Verschossensein. Und vielleicht hätte sie ihn sogar ermutigt, wenn nicht das Fiasko ihrer gescheiterten Ehe noch so präsent gewesen wäre. Jonas, ihr Beziehungs-Seismograph, was Lover anging, mochte Meier drei jedenfalls ausgesprochen gern. Mit dessen Rettung hatte er auch ganz schön Punkte gemacht. Aber mit dem Thema ›feste Beziehung‹ war sie erst mal durch. Und überhaupt, mit einem Kollegen, so was ging doch nicht gut.

Scholten hatte endlich den Mund leer. »Echt lecker.« Er wischte seine Hände an den Oberschenkeln ab. »Ich komme gerade aus der Klapse in Bedburg-Hau. Die Frau ist zu wie ’ne Auster. Kein Wort. Sie will mit der Kripo nur sprechen, wenn weibliches Personal anrückt. Hat mich echt wütend gemacht. Schließlich geht es um ihr Kind. Als ich sie ein bißchen wachrütteln wollte, hat mich der anwesende Weißkittel in sein Büro gebeten.«

Susanne konnte sich die Szene lebhaft vorstellen. »Dienstaufsichtsbeschwerde?«

»Quatsch. Der Mann war vernünftig. Er hat mich umfassend ins Bild gesetzt. Ohne diese Zicken von wegen ärztlicher Schweigepflicht. Die Fachtermini hab ich nicht mehr präsent. Fakt ist, die Frau hat 'nen Hau. Und das nicht erst seit dem Verschwinden des Babys. Saufen, drücken, Trips et cetera.«

»Vielleicht hat sie ja doch selbst was mit dem Verschwinden des Kindes zu tun«, meldete sich Meier drei. »Im Rausch getötet oder einfach vernachlässigt, bis es gestorben ist. Und jetzt versucht sie, mit Hilfe der befreundeten Babysitterin die Sache durch eine vorgetäuschte Entführung zu verschleiern.«

Scholten winkte ab. »Ist nicht. Die Babysitterin ist zwar ein bißchen doof, aber über jeden Verdacht erhaben. Habe ich selber überprüft. Und die hat ausdrücklich von einem Mann als Entführer gesprochen.«

Susanne massierte ihre Stirn. »Ich glaube auch nicht, daß die Mutter das Baby getötet hat. Dann hätten wir längst die Leiche. Acht Kollegen von uns und vier aus Duisburg sind inzwischen an dem Fall dran. Bisher null Ergebnis. Das Kind ist jetzt seit zwei Tagen weg. Keine Erpresser-Forderung, kein Lebenszeichen. Das wächst sich zu einer großen Sache aus. Der Staatsanwalt ruft mich fast stündlich an.«

»Und deshalb mußt du noch heute mit der Frau sprechen«, insistierte Scholten. »Auch wenn die Mutter mit der Entführung nichts zu tun hat, sie ist der Schlüssel. Die muß endlich auspacken, mit wem sie Kontakt hatte, wer der Vater des Kindes ist.«

Er tippte auf den Niederrhein-Boten, der auf dem Schreibtisch lag.

»Fleischmann ist zwar 'ne hirnverbrannte Knallcharge, aber diesmal hat das blinde Huhn in den Körnersack gepickt. Entführung durch ausländischen Vater. Liegt doch nahe. Schließlich hat die Frieda nachweislich mit etlichen Ausländern rumgemacht. Wahrscheinlich ist das Baby längst in Anatolien.«

Meier drei schüttelte den Kopf. Er wußte, warum Scholten diese Lösung präferierte. Hoffendes Wunschdenken. Beziehungsdrama. Dann wäre das Kind unversehrt.

»Busunternehmen, Flughäfen, Grenzschutz, alle seit Samstagabend informiert. Da ist nichts rausgegangen. Das Kind ist noch hier.«

Susanne karussellte kurz auf dem Drehstuhl, bis sie durchs Fenster in die Aue blicken konnte. Wattewolken über sattgrünen Weiden. Schwarzbuntes Milchvieh und Schafe, Rollerblader auf dem Deich. Kinder ließen einen Drachen der bereits tiefstehenden Sommersonne entgegensteigen. Dunkle Angst-Phantasien tropften ihr ätzendes Destillat in Susannes Hirn.

»Und wenn die Mutter mit ihrer Geschichte vom Satan doch richtig liegt? Ein Sex-Maniac. Kultischer Mißbrauch. Davon hört man doch in letzter Zeit häufiger.«

Scholten lachte unfroh auf.

»Aber nicht hier bei uns am Niederrhein. Nie was von mitbekommen. Und ich bin schon ein ganzes Weilchen im Beruf. Bleib auf dem Teppich, Susanne. Ich hab mich mit dem Psycho-Arzt natürlich auch über das, was die Frau in dieser Richtung abgesondert hat, auseinandergesetzt. Reine Zwangsvorstellungen. Das sagt ein Studierter. Und der muß es doch schließlich wissen.«

Meier drei hieb in die gleiche Kerbe.

»Kinderverbraucher gehen anders vor. Woher sollte so einer denn wissen, daß ein Kind bei dieser dämlichen Babysitterin abzugreifen ist? Nein, nein, das hier ist eine Beziehungstat. Scholten hat recht. Du mußt mit der Mutter sprechen. Noch heute.«

Susanne wischte sich über die Augen, als könne sie den dunklen Schleier wegschieben. Wie schön es da draußen war. Und doch war das nur eine Seite der Wirklichkeit. Sie weigerte sich zu glauben, daß das nur die Talmi-Oberfläche war, obwohl sie wußte, daß es andere, sehr dunkle Welten gab. Gleichzeitig existierend. Nebeneinander. Plötzlich hatte sie einen merkwürdigen Gedanken. Die Welt da draußen war nur Projektion der Innenwelt. Alles Gedachte war Wirklichkeit. Makro- und Mikrokosmos eins. ›Wohl dem, der frei von Schuld und Fehle bewahrt die kindlich reine Seele‹. Warum hatte sie bloß diesen ätzenden Beruf. Sie gab sich einen Ruck. Was sollte das? Sie mußte ihren Job machen.

»Ich fahre. Noch heute abend. Mit mir wird die Frau sprechen.«

*

Susanne düste mit Tempo die Reeser Landstraße runter bis zum Amtsgericht, dem ehemaligen Jungengymnasium. Links ab auf den Ring, quer durch die ganze Stadt. Tempo dreißig. Sie fluchte. Es zuckte im rechten Fuß. Aber sie war schließlich Polizistin. Vorbei am Heuberg-Bad, dann links über die Bahnlinie Holland-Ruhrgebiet. Schermbecker Landstraße, vierspurig. Am klassenlosen Bürgertreff Aldi in die Kurt-

Kräcker-Straße rein. Sie war am Fusternberg. Links die schlichte Gnaden-Kirche, evangelisch. Rechts ein paar Häßlich-Wohnbunker, kapitalistisch. Dann der Supermarkt, daneben das Ärztehaus. Schuhkarton-Design in Waschbetonoptik. Sparkasse, Apotheke und Lotto-Bude. Naja. Alles da, was der Mensch so braucht. Überall gleich. Austauschbar. Sie war am Ziel.

Kurz vor Ladenschluß. Auto an Auto. Sie quetschte ihren Lada direkt vor dem Ärztehaus in eine nur halbbelegte Lücke, Hinter- und Vorderrad links auf dem freien Doppelparkplatz für Behinderte. Sie sah zur Frauenarztpraxis Rosenbaum hoch. Gero hatte sie schon von oben ausgemacht und gab Zeichen, alle Finger abgespreizt. Susanne verstand die Freundin sofort. Noch zehn Minuten. Mist. Sie haßte Warten.

Aber überall gibt's Kasper, die für Kurzweil sorgen. Dieser hier war Mitte vierzig. Sauber ausrasiertes, bis aufs Doppelkinn heruntergezogenes Mongolenbärtchen. Ohrring, Minipli, Kugelbauch. Jogginganzug, türkis. Tennissocken, weiß. Badelatschen. Rechts Gipsarm, links Goldkettchen. Vom Ärztehaus in die Lotto-Annahmestelle. Da war er wieder. TV-Today unterm Arm, HB im Mundwinkel. Hoppla, jetzt komm ich. Susanne war hin und weg.

Aber der Mann hatte seinen Unterhaltungswert noch nicht ausgereizt. Jetzt zog er alle Register. Gipsarm in der Hüfte, TV-Today-Marschallstab in der Linken, baute er sich vor ihrer Windschutzscheibe auf. Herrisches Klopfen der Glotzen-Gazette auf die Kühlerhaube. Susanne war so entzückt, daß sie ganz vergaß, das Seitenfenster herunterzukurbeln. Bebendes Doppelkinn, zuckendes Bärtchen. Dschingis Khan sagte was. Auf Ton wollte sie nicht verzichten. Rasch holte sie das Versäumte nach. Und schon schnarrte es an ihr Ohr.

»Jetzt fährste mal sofort deinen Polski-Fiat hier wech, Frollein. Aber ganz schnell. Is dat klar?«

Susanne nahm ihren Finger zum Mund und machte auf Ingrid Steeger.

»Behindertenparkplatz blockieren. Unverschämtheit.«

Inzwischen waren bereits einige Passanten stehengeblieben.

Susanne ließ ihn die volle Länge ihres gereckten Mittelfingers sehen. Schon war er am Seitenfenster.

»Fräulein, ich sach et nich nochma. Du fährst jetzt hier wech, sonst setzt et wat.«

Wären Stühle da gewesen, die Passanten hätten sich spätestens jetzt erwartungsvoll gesetzt. Susanne beschloß, noch eine Kohle draufzulegen.

»Verpiß dich, du Schwuchtel, oder ich petz deinem Freund, daß du hier fremdbaggerst.«

Das genügte. Der Freizeit-Sheriff tickte durch. Schon hatte er die Fahrertür aufgerissen. Susanne griff sofort beherzt zu und machte kräftig Shake-Hands mit dem durch die Schlabber-Klamotten nur dürftig abgepolsterten Gemächt. Das Lockenköpfchen jodelte wie Stephanie Hertel beim Grand-Prix der Volksmusik.

Die Beifahrertür wurde geöffnet. Geros rote Mähne wedelte von oben hektisch ins Wageninnere.

»Was ist denn hier los?«

»Pausenclown! Wegen der Wartezeit. Laß uns abhauen. Was Besseres kommt nicht nach.«

Rückwärtsgang, und dann – go – um die nächste Ecke.

»Sag mal, spinnst du eigentlich? So ein Zirkus direkt vor der Praxis. Bloß keine übertriebene Rücksicht wegen meiner Reputation. Mein kleines Blaues leih ich dir trotzdem.«

»Ach komm, Gero, du hast mit der kurzen Lachnummer doch nichts zu tun. Trotzdem sorry. Aber kleines Blaues? Wofür das denn?«

»So was tragen Politessen doch, oder nicht? Wenn dich einer erkannt hat, darfst du ab morgen Strafzettel ausschreiben.«

Susanne kicherte.

»Auch schön. Immer an der frischen Luft.«

»Zumindest haben die geregelte Arbeitszeiten und kriegen ihren Alltag ohne fremde Hilfe in den Griff.«

Das saß. Schluß mit Lacherei. Susanne warf einen überraschten Blick auf ihre Freundin. Sie war untypisch blaß und verkniffen.

»Du bist sauer wegen des Babysittens. Unverschämter Überfall, ich weiß. Aber ich muß die Mutter des entführten Kindes unbedingt heute noch mal in Bedburg befragen. Sie wird zwar schon morgen entlassen, aber bis ich sie dann vor dem Schreibtisch habe, vergeht möglicherweise wieder ein Tag. Das können wir uns nicht leisten. Schließlich geht es um einen Säugling.«

Geros linke Hand berührte sachte Susannes rechten Unterarm.

»Das ist es doch nicht. Ich hab volles Verständnis für deinen Job. Auch dafür, daß du den Jungen abends nicht allein in der Wohnung lassen willst. Ich helfe dir gern, das weißt du.«

»Was ist dir dann über die Leber gelaufen?«

Sie hatten inzwischen die Innenstadt erreicht. Susanne bog in die Brandstraße ein und fand direkt am Riesenzylinder des Wasserturms einen Parkplatz. Gero schneuzte sich wütend. Links und rechts der Nasenwurzel glitzerte etwas. Susanne stellte den Motor ab, machte aber keine Anstalten auszusteigen.

»Ich kapier das einfach nicht. Da haben wir High-Tech-Medizin und ausgefeilte Psychologie. Ein Heer von Sozialpädagogen, Seelsorgern und Soziologen. Und trotzdem passiert immer wieder so eine gottverdammte Scheiße. Wie vor hundert Jahren.«

Susanne lehnte sich zurück, Gero nach vorn.

»Erzähl.«

»Das Mädchen ist neunzehn. Kurz vor dem Abi. Erzkatholisches Elternhaus. Sie wird schwanger. Sie ist verzweifelt. Sie steht im Regen. Allein. Das mit der Nächstenliebe entpuppt sich als hohle Phrase. An die Eltern kann sie sich nicht wenden. Der Pfarrer verweist sie an die katholische Beratungsstelle, nicht ohne ihr das Sündhafte ihres Wollens vor Augen zu führen. In der Beratungsstelle redet man ihr die Abtreibung dann erst mal erfolgreich aus.«

»Was gibt's zu knöttern? Du hast doch nie einen Hehl daraus gemacht, daß du als Christin auch gegen Abtreibung bist.«

»Ich bin gegen das Töten, das Zerstören und Kaputtmachen jeden Lebens. Und ich bin Christin, weil Jesus immer mit den Ausgestoßenen war.«

»Aber gegen Abtreibung wäre er auch gewesen.«

»Wahrscheinlich schon. Aber er hätte andere Lösungen gefunden als die leider rein männliche Greisenriege seiner offiziellen Nachlaßverwalter.« Gero wischte sich mit beiden Händen übers Gesicht. »Vor vierzehn Tagen ist das Mädchen mit Papas Wagen in den Aaper Busch gefahren. Wollte sich und das Kind mit Autoabgasen abtreiben. Ein Jogger hat sie gefunden. Was man so rechtzeitig nennt. Heute war sie zur Nachsorge bei mir. Bleibende motorische Störungen in der rechten Körperhälfte. Das Baby ist auch nicht ohne Schaden davongekommen. Abitur ade. Wenigstens braucht sie sich nicht mehr um Streß mit den Eltern zu sorgen. Die haben sie nämlich rausgeschmissen.«

»Caritas, betreutes Wohnen, das katholische Mutter-und-Kind-Heim am Birkenfeld. Da wird sich schon eine Lösung finden.«

»Klar. Das seh ich alles. Ich bin auch die letzte, die sagt, daß alles

Schrott ist. Aber warum immer erst, wenn das Kind schon in den Brunnen gefallen ist?«

Susanne, die mehr aus eingeschlafener Gewohnheit als wegen echter inhaltlicher Auseinandersetzung der Kirche fernstand, sah sich plötzlich in ungewohnter Rolle.

»Bist du nicht ein bißchen ungerecht zu der alten Mama Amtskirche? Daß die immer schlüssige Lösungen für alle gesellschaftlichen Probleme parat haben soll, ist ein bißchen viel erwartet, oder?«

»Ich hab dran geglaubt. Aber jetzt nicht mehr. Empfängnisverhütung, der Umgang mit wiederverheirateten Geschiedenen, die Haltung zu Schwulen und Lesben, das traditionelle Ausgrenzen von Frauen, das Ausblenden weiblicher Positionen und jetzt die Verweigerung des Beratungsscheins. Nein. Zu wenig Bewegung. Zu verknöchert. Ich finde mich da nicht mehr wieder, das ist nicht mehr meine Heimat. Ich trete aus.«

Der Satz schien im Wagen nachzuhallen. Die beiden Frauen sahen sich einen Moment wie erschrocken an. Es ging gegen sechs. Fernes Glockenläuten.

Eine Fahrradklingel schrillte. Gero kurbelte die Seitenscheibe runter. Jonas steckte den verwuschelten Blondschopf herein. Kurzer Blick hin und her, dann war er wieder draußen. Spontaner Jubel.

»Bingo. Damenbesuch bei Jonas Straaten. Das heißt Limo, Fernsehen und Pizza bis zum Abwinken.«

Gero klappte den Arm, Handfläche nach oben, aus dem Fenster. Sofort klatschte Jonas' Rechte darauf.

»Gebongt, Bruder.«

»Okydoky, Schwester.«

Gero betrachtete den Jungen voller Sympathie. Ihre Tochter wäre jetzt etwa im gleichen Alter. Wie sie wohl gewesen wäre? Der Unfall vor zehn Jahren. Ihr Mann und ihre Tochter waren sofort tot gewesen. Das war Vergangenheit. Zurück blieben Erinnerungen an Glück, es gab keine offene Wunde mehr. Trotzdem, sie hatte sich nie vorstellen können, in dieser Richtung noch mal einen neuen Anlauf zu starten. Sie freute sich auf den Abend mit Jonas. Lächelnd nahm sie die Hand ihrer Freundin.

»Bis später, und –«

Susanne sah sie fragend an.

»Danke!«

ZWEI

Dienstag, 16. Juni 1997

Der Hahn weckte ihn. Anton brauchte ein paar Sekunden, um zu begreifen, wo er war. Er glitt aus dem Bett, öffnete Fenster und hölzerne Läden. Fahles, graues Licht. Wieder schrie der Hahn. Anton sah auf die Uhr. Zehn nach sechs. Daran würde er sich erst gewöhnen müssen. Und dann sah er ihn. Ein Zwerghähnchen, das sich mächtig in Nachbars Garten aufplusterte. Mit einem Luftgewehr hätte er das Problem ruckzuck im Griff.

»Waidmanns Heil, alter Vegetarier.«

»Guten Morgen.«

Anton trat einen Schritt zurück und begann sein morgendliches Gymnastikprogramm.

»Danke für die gute Nacht. Schenk mir noch einige davon. Und unserem kranken Nachbarn auch. Ich bitte dich, laß mich heute und immer meinen Jähzorn im Zaum halten. Weite meine Perspektive, daß ich von mir absehen kann. Hilf mir dabei, fair zu sein. Gib mir einfach Kraft für die Liebe.«

»Mach ich.«

»Danke, Herzensfreund. Amen.«

Anton wuchtete sich vom Boden hoch und ging ins Badezimmer. Er putzte sich die Zähne und sprang dann ungewaschen in seine Sportklamotten. Sekunden später trat er in den grauen Morgen.

Der oft trübe Himmel des Niederrheins war ihm seit Kindertagen vertraut. Was Region-Fremde als bedrückend empfanden, heimelte ihn an. Der tiefhängende Himmel schien sich sanft wie eine Decke direkt an die Dinge dieser Welt zu kuscheln. Er liebte den Dunst, der über allem schwebte. Das war doch etwas anderes als die nackte Klarheit des Südens, diese zudringliche Fröhlichkeitsanimation. Am Niederrhein wurde angenehm schwerblütige Lebensauffassung jedenfalls nicht gleich mit Depression verwechselt. Anton hatte immer das Gefühl, in dieser weichgezeichneten Landschaft mehr bei sich zu sein. Subjekt und Objekt rieben sich hier nicht knirschend in hartem Kontakt. Da schien immer noch etwas dämpfend dazwischenzusein. Die Dunstglocke hatte etwas heimelig Beschützendes.

Ein leichter Nieselregen setzte ein. Anton war's zufrieden und lief los. Nicht lange und er war in den Lippe-Wiesen. Er lief in gleichmäßig zügigem Rhythmus. Immer wieder ließ er die geballte Linke vorschießen, um zwischendurch mit der rechten Schlaghand Haken zu schwingen, Geraden zu stoßen. Kontrollierter Atem, Endorphin-Happening im Hirn. Er war glücklich.

Der eichenumstandene klassizistische Schinkel-Quader des Schill-Denkmals kam in Sicht. 1809 waren hier die elf Offiziere des Schillschen Husaren-Regiments, das sich ohne Befehl und ohne Fortune gegen Napoleon erhoben hatte, standrechtlich erschossen worden. Anton umrundete das gußeiserne Mahnmal. Elf idealistische junge Männer mit patriotischen Motiven. Ausgelöscht. Auf einen Schlag. War es die Sache wert gewesen? Für was sich Menschen umbrachten. Anton schüttelte den Kopf.

»Die wußten, warum sie starben. Weißt du, warum du getötet hast?«

Das fällte ihn auf der Stelle. Er ging in die Knie, hielt sich beide Ohren zu. Aber vor *ihm* konnte er die Ohren nicht verschließen. Nicht mehr. Er wußte nicht, warum er getötet hatte. Hatte damals überhaupt nicht darüber nachgedacht. Es war ihm egal gewesen. Das Geschehen in Afrika war ihm sofort wieder so präsent, als wäre es gestern gewesen. Der Hinterhalt, in den sie geraten waren. Das kurze, verlustreiche Feuergefecht. Er hatte den Rückzug der anderen gedeckt. Es war nicht persönlicher Mut, sondern purer Reflex gewesen, der ihn hatte ausharren lassen. Während die Kameraden sich mehr oder weniger geordnet zurückzogen, hatte er in der Deckung abgewartet, bis der Gegner nachsetzte. Dann hatte er die Panzerfaust auf den ersten der heranrasenden Jeeps abgefeuert.

Der Wagen war in einem Feuerball zerborsten. Panische Konfusion bei den Verfolgern, rettende Minuten für die Fliehenden. Johlend hatten ihm die Kameraden später auf die Schulter geklopft. Ein Teufelskerl, ein Held. Es war ihm gleichgültig gewesen. Genauso gleichgültig wie das Schicksal der Kämpfer in dem von ihm zerstörten Jeep.

»Wirst du mir das jemals verzeihen?«

»Ach, Anton. So läuft das doch nicht. Erlösung gibt's für die, die um-

kehren. Und ich habe dich gerufen. Also. Die Frage ist, ob du dir selbst verzeihen kannst.«

»Niemals. Ich bin ein Verworfener. Erst Gertrud und dann die Männer, auf deren Seite ich heute wahrscheinlich stehen würde.«

Die Handflächen waren von den Ohren über die Augen gerutscht.

»Hilf mir, Freund. Ich geh daran kaputt.«

»Hör auf, dich selbst zu beweinen. Denk an das, was du den Verzweifelten im Knast gesagt hast.«

»Aber die hatten die Chance, für ihre Schuld zu bezahlen.«

»Jeder hat diese Chance. Also steh auf und tu, was du tun mußt.«

Anton hob das brennende Gesicht in den Regen. Sein Blick streifte das klotzige Mahnmal und verlor sich in der Weite der Flußauen.

Er sprang hoch, boxte tänzelnd mit einer verbissenen Schlagfolge das Vergangene weg. Dann trabte er weiter. Er würde kein selbstmitleidig sabberndes Weichei sein. Er würde sich mit allen Kräften an der nie zu begleichenden Rechnung abarbeiten.

Zur Linken lag die Werkstätte für benachteiligte Jugendliche. Geradeaus ›Bergemann‹, ein metallverarbeitender Betrieb. Hinter den Fabrikfenstern ließ ein Trennschneider glitzernde Funken sprühen. Anton, allegorisch gestimmt, assoziierte den Schweif des Sterns von Bethlehem. So ermutigt legte er noch einen Zahn zu und überquerte den bereits ziemlich belegten Werksparkplatz. Vorbei an der Schrebergarten-Kolonie ›Lippeblick‹. Gerade, als er rechts ab neben der Bahnlinie zum alten Wasserwerk durchstarten wollte, wurden die Fensterläden der ersten Laube aufgestoßen.

»Ich werd verrückt. Pastor Rabe. Im Sauseschritt unterwegs zur Nottaufe? Oder müssen Sie sich nach dem Treffen mit den grauen Kirchenvorstandseminenzen von gestern abend ein bißchen abreagieren?«

Anton schlug einen Haken und trabte zurück an den Metallzaun der Anlage. Van der Leuen im rotblaugestreiften Bademantel grinste breit über den Geranien vor dem Fenster, die füllige Silbermähne schlafverwuschelt.

»Morjen, Morjen. Immer unter Aufsicht hier im Dörfchen. Unerkannt morgendlich ein bißchen durch die Landschaft hoppeln ist wohl nicht. Muß ich mich erst wieder dran gewöhnen.«

»Na, nun seien Sie mal froh. Noch hundert Meter weiter, und Sie wären unter Garantie Oma Bierbaum, der alten Kanzelschwalbe, in die Arme gelaufen. Um diese Zeit geht die immer mit ihrem Hund raus. Die würde uns glatt zu den Evangelen konvertieren, wenn an ihr der Gemeindepfarrer im Jogginganzug wie der Leibhaftige persönlich vorbeigedüst käme.«

»Und wieder ein Schäfchen für die Herde der Rechtgläubigen gerettet. Herr van der Leuen, hiermit ernenne ich Sie feierlich zu meinem persönlichen Sicherheitsbeauftragten.«

»Mach ich doch gerne, Pastor. Aber kommen Sie mal rein in die gute Stube. Ich mach uns 'nen brühheißen Tee. Kamille, Minze, Fenchel. Wundermischung aus eigenem Anbau. Gesunder Einstieg in den Tag.«

Anton winkte schaudernd ab.

»Besten Dank, ein andermal vielleicht. Aber sagen Sie, was machen Sie hier eigentlich um diese Zeit? Bißchen früh für Gartenfreuden, oder?«

Van der Leuen grinste und legte verschwörerisch den Zeigefinger über die Lippen.

»Ich wohne hier. Ist ja eigentlich nicht erlaubt. Offiziell bin ich bei Klara Lommer gemeldet. Aber mein Lebensmittelpunkt ist hier im Garten.«

Anton wurde der Mensch immer sympathischer. Autonome, etwas angeschmummelte Lebensklugheit. Neugierig spinxte er durchs Fenster in die Laube. Verschossene Vorhänge, Blümchentapete. Das Kreuz über der Tür im Hintergrund hatte sich vom oberen Nagel gelöst und hing kopfunter. Ein Regal, in dem sich Bücher, zum Teil aufgeschlagen, stapelten. Das konstant gen Norden weisende Pendel der Wanduhr daneben signalisierte, daß hier die Zeit stehengeblieben war. Van der Leuen schneuzte geräuschvoll in etwas Kariertes, das größenmäßig auch als Geschirrtuch hätte dienen können.

»Wenn es Ihnen recht ist, komm ich nachher vorbei und mach ein bißchen im Pfarrhausgarten weiter.«

»Herzlich gerne. Vielleicht können wir ja zusammen zu Mittag essen. In Sachen Kirchensanierung brauch ich sowieso noch ein paar Nachhilfestunden.«

Anton wandte sich zum Gehen, aber van der Leuen hatte noch etwas auf dem Herzen.

»Herr Pastor, Sie haben Klara ja jetzt kennengelernt. Leider hat sie nicht die Gabe, die Herzen im Sturm zu erobern, und Sie wirken, als hätten Sie Ihren Kram auch ganz gut allein im Griff. Aber ich bitte Sie, geben Sie Klara eine Chance und behalten Sie sie als Haushälterin und

Sekretärin. Für Sie ist es bestimmt nicht zum Nachteil, und für Klara wäre alles andere eine Katastrophe. Die hat doch sonst nichts und niemanden.«

Anton hätte es dem Älteren gern in die Hand versprochen. Einer, der sich sorgte. Irgendwie nett.

»Klara hat doch Sie. Sie wohnen doch offiziell sogar bei ihr.«

»Ich halte ein bißchen die Hand über Klara, mehr nicht. Die ist ganz für sich. Sie läßt niemanden wirklich an sich ran. Trotzdem, ich mag sie.«

Anton mußte an die heimlich beobachtete Szene in der Küche denken. Klara war offensichtlich glücklich gewesen. Eine merkwürdige Frau.

»Keine Sorge. Alles bleibt beim alten. Ich bin viel zu gespannt auf die Perle, die ja wohl in der Auster stecken muß. Sonst würden Sie sich nicht so für sie ins Zeug legen.«

Van der Leuen ging nicht auf den flapsigen Ton ein.

»Schön zu hören. Wissen Sie eigentlich, daß man Austern erst töten muß, um an die Perle zu kommen?«

Sie starrten sich wortlos an.

»Bis nachher, Pastor.«

Schon war van der Leuen in seiner Laube verschwunden. Anton trabte nachdenklich in den Regen.

*

Er drehte das Wasser von heiß auf kalt. Weiteratmen nicht vergessen. Krebsrot trat Anton aus der Dusche. Unten in der Küche rumorte jemand. Schnell zog er sich an und ging die Treppe hinunter, seinem ersten Arbeitstag als Gemeindepfarrer entgegen.

Klara hatte ihm Spiegeleier gemacht. Der Geruch ausgebratenen Specks hing in der Küche. Das fing ja gut an. Anton schüttelte sich und versuchte, nur durch den Mund zu atmen. Gesenkten Hauptes starrte er unglücklich auf den fettigen Berg, der sich auf seinem Teller häufte. Das Geklapper an der Spüle verstummte. Er hob den Kopf und traf Klaras prüfenden Blick. ›Nun iß doch‹, schien der zu sagen. ›Ich kann nicht‹, signalisierte er mit Dackelblick.

Schon hatte sie den Teller gegriffen, ihr Fuß den Deckelheber des Mülleimers betätigt. Die Eierpampe flutschte gut geschmiert vom Geschirr. Klara wandte sich wieder zur Spüle, reinigte Teller und Pfanne sorgfältig. Dann ging sie vor dem Kühlschrank in die Hocke, griff sich Margarine und zwei frische Eier. Sekunden später brutzelte Speckfreies in der Pfanne.

»Das mit dem Sauerbraten. Ich dachte, es wäre wegen dem Pferdefleisch. Sie sind Vegetarier.«

»Sie haben gemerkt, daß ich nichts davon gegessen habe?«

»Natürlich. Ich bin nicht blind. Sie hätten mir das sofort sagen sollen.«

»Ich wollte Sie nicht verletzen.«

»Verletzen, womit? Ich habe Respekt davor, wenn jemand Achtung vor unseren Mitgeschöpfen hat.«

»Und produzieren Gebratenes aus fast allem, was zwei und vier Beine hat«, versetzte er anzüglich in ihren Rücken. Und schon tat es ihm leid. Zu spät.

Sie drehte sich um und sah ihn ohne Groll an.

»Ich tue immer, was von mir erwartet wird. Im übrigen war ich bisher der Meinung, daß der Mensch erst einmal aufhören sollte, dem anderen ein Wolf zu sein, ehe er sein moralisches Dilemma am Schnitzel in der Pfanne abarbeitet. Aber möglicherweise bin ich da ja im Unrecht. Ich werde mich umstellen.«

Touché. Anton zog es vor, zu schweigen, und duckte sich hinter den Niederrhein-Boten.

Er überflog die Schlagzeilen. Steuer- und Rentenreform. War wichtig. Pflichtschuldig begann er zu lesen. Mit mäßigem Erfolg. Er kriegte kaum die eigene popelige Steuererklärung hin. Den umfänglichen Aufmacher kapierte er erst recht nicht. Aber schließlich war er ja auch Seelsorger, nicht Buchhalter. Entschlossen blätterte er zum Sportteil durch. Schalke hatte schon wieder zu Hause verloren. Mist. Er war im Lokalen angekommen. Nichts Neues im Fall Babs Bachmann, dem unter so merkwürdigen Umständen verschwundenen Baby. Der Redakteur hatte diese einfache Information auf einen satten Hundertzwanzig-Zeiler hochgejazzt. Antons Blick suchte die Autorenzeile. Und richtig. Ferdi Fleischmann. Er hatte es geahnt.

Anton legte die Zeitung weg. Klara knetete Teig.

»Entschuldigen Sie, Klara. Das mit dem Braten gerade war eine saublöde Bemerkung. Wir müssen uns halt erst noch aneinander gewöhnen. Aber das klappt schon. Eigentlich bin ich nämlich ein ganz verträglicher Mensch.«

Klara ging mit keinem Wort auf die Entschuldigung ein.

»Zu Mittag mache ich Ihnen einen Wirsing-Strudel.«

Anton war platt.

»Sie sind ein Schatz. Ich habe übrigens van der Leuen eingeladen.«

Klara nickte.

»Der arbeitet schon draußen im Garten. Das Essen wird reichen.«

»Fein. Dann werde ich mich auch mal an die Arbeit machen.«

Er ging nach nebenan, in den Raum, der als Pfarrbüro diente. Alles peinlich aufgeräumt. Hier arbeitete jemand, der nichts schleifen ließ. PC, Scanner, Faxgerät, Kopierer. Alles da. Allein für die Bedienung der Geräte mußte er Klara schon behalten, dachte Anton. Er griff sich den großen Terminkalender und blätterte ihn flüchtig durch. Sein Blick blieb an dem Namen Bachmann hängen. Die kleine Barbara war in der nächsten Woche zur Taufe angemeldet. Barbara, Babs? Er ging mit dem Dater zurück in die Küche.

»Sagen Sie mal, Klara, der Tauftermin hier in der nächsten Woche, Barbara Bachmann, ist das das entführte Kind?«

Klara zuckte die Schultern.

»Weiß ich nicht. Ich kenne die Mutter nicht. Sie ist nicht aus unserer Gemeinde. Warum sie das Kind ausgerechnet bei uns taufen lassen will, ist mir schleierhaft. Aber ich habe ihr gleich gesagt, daß das wahrscheinlich Schwierigkeiten gibt.«

Sie dachte eine Weile nach. Dann setzte sie verächtlich hinzu: »Sie hat nach Alkohol gerochen.«

Damit war für Klara der Fall erledigt.

*

Es klingelte an der Haustür. Sekunden später steckte Klara den Kopf in Antons Arbeitszimmer.

»Sie ist da.«

»Wer?«

»Na, Frau Bachmann, über die wir vorhin gesprochen haben. Die Taufe nächste Woche. Die Frau ist ganz verstört. Will sie unbedingt sprechen. Haben Sie jetzt Zeit, oder soll ich ihr einen anderen Termin geben?«

»Nur herein mit ihr. Zeit für Menschen zu haben ist schließlich mein Job. Nie jemanden wegschicken, Klara.«

Die Frau machte einen verwirrten, gehetzten Eindruck. Obwohl sie ihre Hände ständig knetete, war die rechte, die sie Anton zur Begrüßung hinhielt, ungesund kalt. Ihre geweiteten Pupillen waren ständig in Bewegung. Noch im Stehen begann sie hektisch zu sprechen.

»Mein Kind ist verschwunden. Davon haben Sie bestimmt in der Zeitung gelesen. Aber die sind alle auf dem falschen Dampfer. Ihr Vater soll's gewesen sein. Ist doch Quatsch. Ich weiß, wer's war. Hier gehen schreckliche, unglaubliche Dinge vor. Sie müssen mir helfen!«

Übergangslos begann die Frau zu weinen. Anton bugsierte sie zum Sofa. Bevor er das weitgeöffnete Fenster zum Garten schloß, warf er einen Blick hinaus. Van der Leuen arbeitete direkt darunter.

Ein Sessel wurde umgeworfen. Anton riß es herum. Die Frau war weg. Hektisches Absatzknallen im Flur, dann fiel die Pfarrhaustür ins Schloß. Anton stürzte hinterher.

»Was ist denn los? Warten Sie doch!«

Aber sie reagierte nicht auf sein Rufen. Anton blieb auf dem Bürgersteig stehen und sah ihr ratlos nach. Die Frau rannte, als wäre der Teufel hinter ihr her.

*

Agnes verachtete Gewalttätigkeit, Schmerz, Tod. Nicht, daß sie ohne Angst gewesen wäre, oh nein. Sie fürchtete die Dunkelheit, die Masken, das Leiden anderer. Sie haßte Ungerechtigkeit und Unterdrückung. Und deshalb war sie immer dann zur Stelle, wenn der Schmerz unerträglich wurde, und stellte sich zur Verfügung. Sie konnte alles aushalten. Sie war eine Retterin.

Agnes malte wunderschöne Bilder, aber sie konnte weder lesen noch schreiben. Niemand hatte es ihr beigebracht. Auch Erik nicht, ihr starker Freund und Vertrauter. Sie hatte es längst aufgegeben, ihn deswegen zu bedrängen. Manchmal glaubte sie, daß er es, trotz all seiner Schläue, selbst nicht konnte. Das Reden hatte ihr niemand erst verbieten müssen wie all den anderen. Schweigegebot. Arkandisziplin. Unnötig. Sie war stumm. Stumm erschaffen. Aber sie hörte und verstand vieles. Eine kluge Beobachterin im Hintergrund. Erik war der einzige Mensch auf der Welt, mit dem sie sich unterhalten konnte. Dafür war sie dankbar.

Nicht, daß sie gegenseitig all ihre Gedanken lesen konnten. Nein, schließlich waren sie eigenständige Persönlichkeiten. Aber sie hatten es verstanden, das, was gesagt werden mußte, ohne die Hilfe von Schall und Trommelfell ins Bewußtsein des anderen zu pflanzen.

Agnes fand das völlig normal. Sie wußte, daß es ging, daß es so etwas gab. Wie so vieles anderes, das die Welt der anderen da draußen nicht erklären konnte. Sie wunderte sich nicht. Vielleicht manchmal ein bißchen über die vielen, die wie Korken an der Oberfläche dümpelten, von den Schrecken der Tiefe abgeschlossen. Für Agnes war die Wirklichkeit ein Karfunkelstein mit tausend schillernden Facetten, der ständig neue Muster warf. Total normal.

Erik, ihr Schädelbruder, wußte auch Bescheid, war aber weitaus nüchterner. Vielleicht lag es an dem Altersunterschied von zehn Jahren. Er konnte mit der Welt in Kontakt treten, sprechen, ja schreien. Aber er zog es vor, im Hintergrund zu bleiben. Wollte seine Ruhe haben. Er trat mit seinen Bärenkräften nur in Erscheinung, wenn es sich gar nicht mehr verhindern ließ. Wenn er Agnes, die er abgöttisch liebte, unterstützen mußte. Meist murrend, aber immer verläßlich.

Und so hatte er sich auch jetzt knurrend verabschiedet, als es darum ging, der Frau in den Keller zu folgen.

»Häng dich nicht rein, dann kommst du auch nicht rein.«

»Du hängst immer mit drin.«

»Um so schlimmer. Aber verlaß dich nicht drauf. Irgendwann bin ich weg. Und dann für immer.«

»Dann geh doch.«

Er ging. Agnes war mit der Frau allein. Der traurigen Frau, die sie so gut kannte, die sie liebte, die sie ständig mit wachender Sorge begleitete. Und doch wußte die Frau nichts von ihrer Existenz. Ein Korken. Agnes hatte oft versucht, mit ihr in Kontakt zu treten. Vergeblich. Die Frau tat Böses. Aber Agnes wußte, daß sie nicht böse war. Was die Frau tat, das machte sie, weil man ihr selbst Schreckliches angetan hatte und immer noch tat. Weil sie in die finstere Welt des Abseitigen verstrickt war. Mißbraucht. Opfer und Täterin zugleich. Der teuflischen Dialektik des Bösen unterworfen.

*

Die Frau hatte das Baby gewickelt und gefüttert. Nun wiegte sie es sanft.

»... wie bald, ach wie bald kommt die stille Zeit, da ruhe ich aus. Und über mir rauscht die schöne Waldeinsamkeit, die schöne Waldeinsamkeit.«

Warum sie bloß immer dieses traurige Lied sang?

»Das ist doch nicht traurig, Agnes. ›In dir ist Stille und Zuflucht, in die du dich jederzeit zurückziehen kannst, um du selbst zu sein‹.«

Erik hatte es also doch nicht übers Herz gebracht, sie allein zu lassen. Wie immer. Agnes lächelte.

»Wie schön. Hast du das gedichtet?«

»Nein, Hermann Hesse. Einer, der uns verstanden hätte.«

Agnes ließ die Gedichtzeile wohlig in sich nachschwingen. Und Erik träufelte weiter süße Verführung in ihr Ohr.

»In fünf Tagen ist für das Würmchen doch alles vorbei. Und dann die schöne Waldeinsamkeit und Schweigen und kühler Rasen über der ganzen Sache. Du kannst eh nichts machen.«

Agnes sah auf das unschuldige Baby. Dieses hilflose Verlassensein. In ihr krampfte sich alles zusammen.

»Das werden wir ja noch sehen. Ich werde das Kind retten. Und du wirst mir dabei helfen.«

Und dann war die Frau weg, und Agnes – tränenüberströmt – begann sofort mit dem Kind zu spielen. Als die Frau zurück war, meldete sich Erik zerknirscht.

»Ich werde dir helfen, Kleines. Nun hör auf zu flennen.«

Er konnte es einfach nicht aushalten, wenn Agnes, der körperliche Schmerzen nichts anhaben konnten, vor Kummer weinte.

*

Klara hatte abgeräumt, gespült und sich dann für die Mittagspause nach Hause verabschiedet. Van der Leuen wollte noch ein wenig im Garten werkeln. Anton überlegte, wozu er die Pause nutzen könnte. Nach Sofa war ihm nicht, am Schreibtisch wartete genug Arbeit. Aber dann ging er doch am Arbeitszimmer vorbei in den Keller. Er zog Hemd und Jeans aus, kickte die Schuhe in die Ecke. Dann streifte er die Boxhandschuhe über.

*

Gero hatte sich vorgenommen, es dem Gemeindepfarrer in der Mittagspause persönlich zu sagen. Ihr Entschluß, aus der Kirche auszutreten, stand fest. Aber sie wollte das Schiff nicht klammheimlich mit einem schnöden Verwaltungsakt verlassen. So was lag ihr nicht. Beim Amtsgericht eine Erklärung unterschreiben und das war's dann? Billig. Schließlich hatte sie achtunddreißig Jahre lang dazugehört, war, wenn auch ungefragt, mit der Taufe feierlich in die Gemeinschaft aufgenommen worden. Jetzt war sie es sich einfach schuldig, dem Gemeindeoberhaupt auch persönlich ihre Gründe darzulegen, warum sie nicht mehr dazugehören wollte.

Die Arzthelferinnen waren schon alle gegangen. Sie schloß die Praxis ab und stieg mit gemischten Gefühlen das Treppenhaus hinunter. An der Engelkirche war jetzt ein Neuer. Das hatte sie von einer Patientin gehört. Pastor Rabe. Wie passend. Nomen est omen. Vor ihrem geistigen Auge erschien das Bild eines alten, galligen Pfaffen in Soutane. Ohgottohgott. Sie kannte so was aus Kindertagen.

Als sie bereits zum dritten Mal den Werbeslogan für eine Sonnenmilch im Schaufenster der Apotheke unten im Haus gelesen hatte, gestand sie sich endlich ein, daß sie trödelte. Das gab's doch nicht. Sie hatte Schiß. Wütend warf sie den Kopf in den Nacken, den dicken roten Zopf über die Schulter. Pah, dem moralinsauren alten Knacker würde sie was erzählen.

Gero schritt aus wie beim Geherwettbewerb. Es war ja nicht weit. Kurt-Kräcker-Straße um die Ecke, schon lag das mächtige Kirchenschiff vor ihr. An ›Gertis Kaffeestübchen‹ genau gegenüber dem Kindergarten stoppte sie unschlüssig. Bisken wat zu schnuppen? Das hatte ihr seit Kindertagen vor wichtigen Prüfungen geholfen. Sie betrat die Trinkhalle.

»Hey Gerti, für zwei fünfzig Gemischtes.«

Gero schritt mehrmals die Front der süßen Verführer ab. Zwei Riegel Kinderschokolade, saure Pommes, Cola-Fläschchen, Lakritzschnecken, Teufelchen …

»… oder doch lieber für fünfzig von den Schokonüssen.«

Gerti wechselte stoisch aus. Sie war Kummer von ihren kleinen wählerischen Kunden gewohnt.

»Und zwei Mäusespeck oben drauf.«

Gero stieß die Tür mit dem Fuß auf. Die Hände brauchte sie, um in der Tüte zu grabbeln.

»Mach's gut, Gerti.«

»Tschö Gero, und einen schönen Gruß an Herrn van Vickeren.«

Dr. van Vickeren war der Zahnarzt unten im Ärztehaus.

Gero reagierte sofort. Der angebissene Mäusespeck verfehlte die Kiosk-Besitzerin nur um Haaresbreite.

»Gerti, du bist ein Aas. Aber ich liebe ja meinen Dealer.«

*

Fleischmann hatte mal wieder die Arsch-Karte gezogen. Interview mit dem neuen Pfarrer an der Engelkirche. Es war zum Heulen. So würde das nie was mit dem ganz großen Scoop. Normalerweise mußte der Volontär solche Schnarch-Termine übernehmen. Randvoll mit Rächerphantasien dachte er an die letzte Redaktionskonferenz.

»Sie haben doch eine gewisse Affinität zum Zölibat, Fleischmann«, hatte sein verhaßter Chef anzüglich seinen Arbeitsauftrag begründet.

Alle hatten gefeixt, sogar die neue Sekretärin. Und die war selbst solo und nicht mehr gerade taufrisch. Obwohl es in Liebesdingen für ihn bisher immer irgendwie dumm gelaufen war, hatte er vorgehabt, sie zum Essen einzuladen. Trotz plissiertem Hals und wahrscheinlich dito Hintern. Anschließend Cappuccino bei ihm zu Hause. Aber mit ihrem albernen Gekichere hatte die Ziege endgültig vergeigt. Sollte die doch Cappuccino beim Ball der einsamen Herzen saufen.

Kamerabewehrt machte er sich auf zum Fusternberg. Am Berliner Tor kam ihm eine Gruppe junger Frauen entgegen. Eine davon – die hübsche Blonde – kannte er. Hatte gerade Abitur gemacht und verdiente sich als freie Mitarbeiterin beim Niederrhein-Boten ihre ersten journalistischen Sporen, bevor das Studium begann. Fleischmann straffte sich und ließ den unvermeidlichen Trench lässig flattern. Die Zigarette wechselte vom einen in den anderen Mundwinkel. Gebleckte Zähne. Daumen-, Zeige- und Mittelfinger gereckt an ausgestrecktem Arm. Genauso, wie es die Backstreet Boys oder die Jungs von der Wiking-Jugend machten.

»Hallo, Hallöchen! Alles frisch, Babes?«

Die Blonde tuschelte auf ihn zeigend. Die Mädels jauchzten in heller Begeisterung. Fleischmann wuchs um drei Zentimeter.

»Ist das der geile Dickmops, der die Sekretärin immer Honey nennt?« giggelte eine viel zu laut. Nicken vom Blondschopf. Fröhlich prustendes Trompeten der sich eilig Vorbeischiebenden. Fleischmann sank in sich zusammen. Na warte. Blondy würde nur noch Meldungen tippen. Dafür würde er sorgen. Geschlagen steuerte er das ›Paulaner‹ an und ließ sich ein großes Weizenbier geben. Heute war irgendwie nicht sein Tag.

*

Schokonüsse einwerfend überquerte Gero die Straße. Zuckerflash. Jetzt ging es ihr schon besser. Innerlich rüstete sie auf. Im Sport hätte man so was Doping genannt.

Am Kirchplatz vier, das Pfarrhaus. Sie zögerte einen Moment. Wahrscheinlich lag der Zausel ja auf dem Ohr. Aber die Lakritzschnecken hatten sie kiebig gemacht. Gerade als sie die Hand zur Klingel ausstrecken wollte, öffnete sich die Tür. Gärtner Pötschke, zwei erdverkrustete Holzschuhe in der Hand. Wo war der Strohhut?

»Sind Sie Pastor Rabe? Doktor Rosenbaum mein Name. Kann ich Sie kurz sprechen?«

»Jederzeit, schöne Frau. Aber ich bin der Gärtner, wie ja unschwer zu erkennen ist. Kommen Sie mal rein. Gleich rechts die Treppe runter. Ich hab den Pastor im Keller rumoren hören.«

Sprach's, schlüpfte in die Klumpen und klapperte davon.

Gero stieß die Tür auf.

»Hallo?«

Nichts. Dumpfe Schläge, quietschende Geräusche vom Kellerabgang her. Sie steckte die Süßigkeitentüte weg. Die Kellertür war nur angelehnt. Na, wenigstens pennte der alte Knabe nicht. Entschlossen stieg sie die Treppe runter. Das hellerleuchtete Eingangsrechteck eines Kellerraumes. Gero blieb wie angewurzelt stehen.

Der Mann trug nichts als Socken, Unterhose und gepolsterte Handschuhe. Mit denen drosch er verbissen auf einen tanzenden Sandsack ein. Gero schnupperte. Es roch nach dem Schweiß, der den Oberkörper des muskulösen Sportlers wie eingeölt wirken ließ. Überrascht stellte sie fest, daß ihr der Geruch durchaus nicht unangenehm war. Irgendwie animalisch. Noch einmal blähte sie die Nüstern. Obwohl völlig anders, assoziierte sie Stallgeruch. Reno, ihr Pony damals. In den Ferien hatte sie oft auf dem Heuboden über den Pferdeboxen schlafen dürfen. Das war fast dreißig Jahre her.

Der Boxer hatte sie noch nicht bemerkt. Gero bemerkte die Tätowierung auf seinem Unterarm. Und dann fiel es ihr wieder ein. Die Patientin hatte erzählt, daß Pastor Rabe vorher Knast-Seelsorger gewesen war. Wahrscheinlich war das hier einer von den schweren Jungs, den er in persönlicher Nachsorge auf den Pfad der Tugend zurückbringen wollte. Gero fand das prima. Vielleicht war dieser Rabe ja doch kein Klotzkopf. Sie räusperte sich.

»Entschuldigen Sie, ich möchte zu Pastor Rabe.«

Anton fuhr so überrascht herum, als hätte man ihm in den Hintern getreten.

»Der Gärtner hat mich ins Haus gelassen. Er sagte, der Pastor sei hier unten.«

Anton starrte die Frau mit aufgerissenen Augen an. Das dicke rote Haar, die milchweiße Haut, die Sommersprossen im freundlich-klugen Gesicht. Gertrud, kein Zweifel. Zwar zwanzig Jahre älter, aber so hätte sie ausgesehen. Vor Aufregung bekam er rote Ohren. Gero deutete den Farbwechsel prompt miß.

»Nun mal keine Panik. Ich bin zwar Frauenärztin, aber der Anblick von Männern in Unterhosen schmeißt mich nicht gleich um. Bringen Sie mich doch bitte jetzt zum Pastor.«

Der Boxer starrte sie immer noch mit offenem Mund an. Scheint nicht der Hellste zu sein, dachte Gero. Hatte vielleicht zu oft was auf den Kopf gekriegt. Jetzt reagierte er doch, sah an sich herab und grinste.

»Natürlich, sofort.« Anton zog sich schnell was über. »Kommen Sie mit. Ich hole den Pastor.«

Sie stiegen die Kellertreppe hinauf. Im Erdgeschoß hielt der Verschwitzte eine Tür auf.

»Nehmen Sie doch hier im Arbeitszimmer Platz. Es dauert nur ein paar Minuten.«

»Soll ich nicht lieber ein anderes Mal wiederkommen?«

Aber der Sportler war schon in großen Sprüngen die Pfarrhaustreppe hinaufgepoltert. Gero bekam Angst vor der eigenen Courage. Wenn der Pope hörte, warum sie ihn aus dem Mittagsschlaf geholt hatte, würde er neben sofortiger Exkommunikation womöglich gleich noch einen Exorzismus vorschlagen. Aber jetzt war es zu spät.

*

Nach einem halben Liter Weizenbier ging es Fleischmann schon wieder viel besser. Sein unzerstörbares Selbstbewußtsein meldete sich zurück. Was wußten denn diese grünen Dinger schon? Irgendwie hatte er es im Urin, daß die ganz große Geschichte seiner harrte. Und dann würden ganz andere Frauen auf ihn aufmerksam werden. Aber das Glück ließ sich nicht zwingen. Da hieß es Ruhe bewahren. Also bestellte er sich erst mal einen weiteren Humpen.

Seine Gedanken wanderten zum Fall des entführten Babys. Wenn er in der Sache vorne mit dabei wäre, das würd's bringen. Träumerisch sah er auf den platanenbeschirmten Platz. Ein imaginärer Hans Meiser fragte ihn: ›Wie ist es Ihnen bloß gelungen, schneller als die Polizei zu sein?‹

Da näherte sich eine Gestalt kinderwagenschiebend dem Berliner Tor. Eine Frau wie eine Litfaßsäule, nicht nur wegen ihrer Körperlichkeit. Sie wirkte einfach irgendwie plakativ. Jeder wußte auf hundert Meter Entfernung genau, wo er sie hinzustecken hatte.

Das hennagefärbte Haar und der Palästinenser-Feudel um den Hals verwiesen auf ihre geistige Heimat, das linksliberale Gedankengut der Siebziger. Ein Schüßchen Öko: häßliche, aber um so gesündere Fußbekleidung. Eine Prise Pax Christi: Taizé-Taube und Leinentasche mit Aufdruck vom letzten Kirchentag. Und natürlich Frauen-Power: »Runter mit dem Männlichkeitswahn« stand auf dem Sticker an der rohseidenen Bluse über der ausladenden, aber konsequent antiautoritär nicht weiter eingeengten Brust. Das Ganze wurde durch die Antitrendy-Mode, die in ihrem selbstbewußten Verzicht auf jeglichen Chic persönliche Autonomie und finanzielle Potenz der Trägerin beeindruckend herausstrich, zum Gesamtkunstwerk abgerundet. Wie auch die Jahre vergehen, bleibt die Erinn'rung doch jung. So was trugen heute nur noch Lehrerinnen.

Fleischmann jedenfalls war beeindruckt. Sofort war Hans Meiser vergessen. Er kniff die Augen zusammen. Die kannte er doch. Kein Zweifel, das war diese durchgeknallte Studienrätin Vera von der Mark. Nur ungern dachte er an ihr letztes Zusammentreffen zurück. Damals hatte er keine gute Figur gemacht. Er duckte sich hinter einen Balken, der den rustikalen Aufbau über dem Tresen stützte. Zu spät. Veras Falkenauge hatte ihn schon erspäht. Es hätte allerdings auch des Stamms einer hundertjährigen Buche bedurft, um Fleischmanns ausladenden Körper zu verbergen.

Vera hatte die weit geöffnete Kneipentür erreicht. Ihr Schatten fiel über den geduckten Fleischmann, der unvorsichtigerweise gleich vornean Platz genommen hatte. Vera machte sich nicht die Mühe einzutreten. In bester Lehrerinnenmanier schräpelte sie gleich von draußen ins Lokal.

»Schau, schau, der Herr Fleischmann. Hockt da wie Helmut Qualtinger selig. Und das Bierchen schmeckt auch schon am Mittag.«

Fleischmann, beide Hände wie schützend um sein Weizenglas, grinste dümmlich. Zu irgendwelchen Schlagfertigkeiten ließ Vera ihm allerdings auch keine Chance.

»Lokal-Journalismus«, jodelte sie. »Jetzt erschließt sich mir endlich der volle Wortsinn. Wahrscheinlich Wirtschaftsrecherche.«

Fleischmann öffnete die Augen wieder in der irrigen Annahme, es sei vorbei. Aber Vera hatte noch einen Pfeil im Köcher.

»Sie sollten lieber die Promille-Grenze auch an der Schreibmaschine einhalten. Was Sie da manchmal absondern, qualifiziert direkt für den Idiotentest.«

Jetzt reichte es. Er war schließlich wer. Repräsentierte die freie Presse. Vierte Gewalt und so. Er straffte sich so ruckartig, als hätte Vera ihm in den aus-, für so was aber durchaus einladenden Po gekniffen. Die aber hatte sich und den Kinderwagen schon hoch erhobenen Hauptes weitergeschoben. Wieder mal eins zu null für den Lehrkörper.

Am Tresen war es merkwürdig still geworden. Fleischmann spinxte erst links, dann rechts. Er hatte die volle Aufmerksamkeit. Selbst der Wirt stand wie versteinert da, Geschirrtuch und zu polierendes Glas in der Hand.

»Einen Asbach, doppelt«, brach er matt das konzertierte Schweigen.

Als hätte er den Taktstock gesenkt, setzte das Gebrabbel ringsum wieder ein. Fleischmann kippte den Weinbrand. Nie war der so gut wie heute. Aber dann stutzte er. Fast hätte er sich verschluckt. Wie kam die Schreckschraube denn an einen Kinderwagen? Die war doch solo. Ihr eigenes Kind fuhr sie da nicht spazieren, da war er sich ganz sicher. Der Zug war abgefahren. Wahrscheinlich wollte die taube Nuß ein bißchen Mutter spielen. Fleischmanns von Natur aus schon ausgeprägte Phantasie begann, alkoholgefeuert, Purzelbäume zu schlagen.

Man kannte das doch. Frauen, die das biologische Klassenziel verfehlt hatten, waren zu allem fähig. Und schon war der gedankliche Brückenschlag zum Fall des entführten Babys gelungen. Fleischmann wurde immer aufgeregter. Noch ein Doppelter. Die waren doch alle auf dem falschen Dampfer! Nix ausländischer Vater. Und der ganze Schmu vom Teufel schon gar nicht. Vera von der Mark, diese liebeskranke, gestörte Möchtegern-Mama, hatte sich das Kind gekrallt. Fleischmann fiel es wie Schuppen von den Augen. Er war sich jetzt ganz sicher. Und er war der einzige, der duchblickte. Karriere, ich komme.

Fleischmann hopste wie elektrisiert vom Hocker. Fast hätte er vergessen zu zahlen. Der Mantel des hinausstürzenden Journalisten wehte wie der von Darkwing-Duck im Einsatz. Ich bin der Schrecken, der den Tag durchflattert. Schnöde verlassen schalte sein Weizenbier im Glas. Der Unterarm des Wirts winkte scheibenwischermäßig vor dem Haupt.

»Wat war dat denn?«

»Rasender Reporter.«

»Muß an deine Preise liegen. Machen einen halt rasend.«

»Halt de Leffel.«

Fleischmann umrundete, jede Deckung nutzend, einmal das Berliner Tor. Jetzt mußte er dranbleiben. Aber von Vera keine Spur. Doch da, da war sie! Gerade verließ die Studienrätin samt Kinderwagen das Kaufhaus ›Hansa‹. Fleischmann hetzte, das Rot der Fußgängerampel mißachtend, hinterher. Der Fahrer des Streifenwagens stieg voll in die Eisen. Fleischmann hing halb über der Kühlerhaube. Das Wort trudelte mit Karacho wie ein unberechenbarer Meteor aus den Tiefen des semantischen Raums und passierte ungehindert Ferdis biersedierte Endkontrolle.

»Hornvieh!«

Er hatte nur noch ein Ziel auf dem Schirm: Vera von der Mark. Daß es sich bei der grünweißen Karosse, deren Kühlerhaube er mit blanker Faust beulte, um einen Streifenwagen handelte, nahm er nicht wahr. Um solche Marginalien konnte er sich jetzt wirklich nicht kümmern. Dafür brannte sich dem perplexen Fahrer die Physiognomie des unwirschen Dickmopses unauslöschlich ins Hirn. Aber bevor er reagieren konnte, war der schon im Menschengewimmel der Fußgängerzone verschwunden.

Vera hielt vor dem Schaufenster des Öko-Ladens ›Spinnrad‹. Intensiv dachte sie über den Ankauf eines dort ausgestellten ›Soda-Streamers‹ nach. Trotz ihrer fünftausend Mark netto im Monat rechnete sie akribisch die Kosten ihres Mineralwasser-Verbrauchs gegen Investition und Folgekosten des Gerätes auf. Nach einem Jahr könnte das Projekt schwarze Zahlen schreiben.

Überhaupt, von der Öko-Bilanz her war das Gerät ein Muß, zog man die Energieverschwendung, wenn die schweren Wasser-Kästen auf der Straße durchs halbe Land geschaukelt wurden, ins Kalkül. Aber die Keime. Was war mit den Keimen? Und sie war doch so empfindlich.

Während Vera rechnete, hatte sich Fleischmann unauffällig an das unweit montierte Kinderspielgerät gestellt. Ein darin sitzendes kleines Mädchen sah den dicken Onkel mit kugelrunden Augen an.

»Drehst du mal?«

Fleischmann gab gehorsam Schwung, ohne hinzusehen. Sein Blick hing an Vera. Was glotzte die denn da so lange? Er drehte, kein Ohr für das Quieken des Kindes. Erst als er resolut am Arm zurückgerissen wurde, verschaffte sich die Restwirklichkeit um ihn wieder Gehör.

»Sind Sie verrückt geworden?« kreischte das hysterische Organ der alarmiert aus einem Geschäft gestürzten Mutter.

Betroffen sah Fleischmann auf den sausenden Mädchenkörper, der sich nur noch mit Mühe gegen die Fliehkraft in der rotierenden Karussell-Schüssel halten konnte. Schon hatten Mamas Hände das Kind herausgerissen. Empört wandte sie sich wieder an Fleischmann. Aber bevor sie eine erneute Schimpfkanonade loslassen konnte, übernahm das Mädchen und übergab sich erst mal würgend über Fleischmanns teure italienische Slipper. Etwas sickerte durch das geflochtene Obermaterial. Fleischmanns Zehen rollten sich zusammen.

»Bißchen überdreht, die Kleine«, raunzte er unwirsch. Aber dann mußte er weiter, denn Vera schob rüber zur Buchhandlung. Vor der Auslage blieb sie stehen.

Plötzlich fühlte sich Vera irgendwie beobachtet. In der spiegelnden Scheibe suchte sie das Terrain hinter sich ab. Hatte sich da nicht gerade einer mit wehendem Mantel hinter einer Säule an der Apollo-Passage versteckt? Vera war sofort alles klar. Vergewaltigungen fanden schließlich höchst selten in abgeschiedener Waldeinsamkeit statt. Sie begann zu trippeln. Am liebsten wäre sie losgerannt. Aber die Passanten ringsum wirkten beruhigend. Sie mußte Gewißheit haben. Mit mühsam erkämpfter Gelassenheit wechselte sie zur Apotheke gegenüber. Aus den Augenwinkeln nahm sie gerade noch wahr, wie ein wehender Mantel hinter dem Ansichtskarten-Ständer eines Schreibwaren-Geschäfts verschwand. Also doch. Vera gab Gas. Ohne sich umzudrehen, tourte sie mit Tempo die Einkaufsmeile bis zum Kaufhof runter, dann linksab in die Kreuzstraße.

Nichtsahnend stieg der Kaufhof-Hausmeister die Rampe des Parkhauses empor. Oben auf dem Gehsteig blähte ein sommerlicher Windhauch seinen grauen Kittel.

Vera bremste abrupt. Der Finsterling hatte ihr den Weg abgeschnitten. Da unten sollte es also geschehen. Aber nicht mit ihr. Sie wußte schließlich Bescheid. Wendo, Selbstverteidigung. Jetzt gab's Saures.

Sie ließ die Bremse des Kinderwagens herunterklacken, dann – Kiai – trat sie dem Unhold furchtlos entgegen. Birkenstock gegen Schienbein und fliegende Handkanten, daß Bruce Lee seine helle Freude gehabt hätte.

Fleischmann, der wie gebannt von der gegenüberliegenden Straßenseite die furiose Nahkampfszene mitverfolgt hatte, sah alarmiert dem davondüsenden Kinderwagen-Gespann hinterher. Jetzt war er sich ganz sicher. Die hatte Dreck am Stecken. Und war brandgefährlich obendrein. Er mußte sich sputen. Gerade kurvte die Studienrätin, zwei Reifen der Baby-Karre in der Luft, im Laufschritt um die Ecke Brandstraße. Dranbleiben, Fleischmann.

*

Anton kam aus der Dusche. Schnell riß er seine Sonntags-Ausgeh-Uniform aus dem Schrank. Schwarzer Anzug – silbernes Kreuz am Revers – Socken, Schuhe, alles schwarz, weißes Hemd, gedeckte Krawatte. Fertig. Zufrieden betrachtete er sich im Spiegel. Gemessenen Schrittes begab er sich nach unten.

Gero war aufgesprungen, als sich die Tür des Arbeitszimmers öffnete. Jetzt war es an ihr, in sprachlosem Staunen zu glotzen. Anton ging mit freundlichem Lächeln und ausgestreckter Hand auf sie zu.

»Entschuldigen Sie meinen Aufzug von vorhin. Ich hatte einfach nicht mit Besuch gerechnet.«

Gero hatte die Sprache wiedergefunden. Grinsend schüttelte sie ihm die Hand.

»Ich muß mich entschuldigen, Herr Pastor. Doktor Gertrud Rosenbaum mein Name. Einfach so hereinzuplatzen ist unverzeihlich.«

»Das geht schon in Ordnung. Dies ist ein offenes Haus. Ich war so perplex vorhin, weil Sie mich an jemanden erinnern, den ich vor langer Zeit sehr gut gekannt habe. Sie könnten die Zwillingsschwester sein, haben sogar den gleichen Vornamen. Warten Sie, ich zeig Ihnen was.«

Anton begann, im Schreibtisch zu wühlen. Gero beobachtete ihn mit Wohlwollen. Smarter Bursche. Beim Casting für ›Die Dornenvögel‹ hätte er Richard Chamberlain die Hauptrolle streitig machen können.

Anton hatte gefunden, was er suchte. Mit einem Foto kehrte er zur Sitzgruppe zurück.

»Nehmen Sie doch bitte Platz. Schaun Sie mal. Das könnten doch Sie sein.«

Gero griff nach dem Foto und ließ sich in einen Sessel fallen. Ein etwa achtzehnjähriges Mädchen auf einem Pferd. Die Ähnlichkeit war wirklich verblüffend.

»Erstaunlich. Wer ist das?«

»Gertrud Knauthe, die Tochter eines meiner damaligen Lehrer.«

»Was ist aus ihr geworden?«

Der Regulator tickte in die Stille. Pastor Rabe schien weit weg zu sein. Dann straffte er sich.

»Sie ist tot.«

Kurzes Stirnmassieren, dann war das Lächeln wieder da.

»Wußten Sie eigentlich, daß nach jüdischem Glauben jeder Mensch einen Schutzengel als Doppelgänger hat?«

Gero richtete sich auf der vorderen Kante ihres Sessels auf. Der Pastor war ihr sympathisch. Aber sie wollte jetzt kein theologisches Seminar.

»Herr Pastor, ich bin gekommen, um Sie von meinem Entschluß, aus der Kirche auszutreten, in Kenntnis zu setzen.«

Der erwartete Stimmungswechsel blieb aus, das freundliche Gesicht blieb glatt.

»Und da haben Sie sich gleich in die Höhle des Löwen aufgemacht. Hut ab. Sie sind eine Kämpfernatur. Ich mag das. Also reden wir darüber.«

Gero lehnte sich aufatmend zurück und begann, ihre Gründe darzulegen. Pastor Rabe hörte konzentriert zu. Als sie geendet hatte, sagte er schlicht:

»Sie haben recht.«

Gero war platt. Der ganze Pfarrhausbesuch lief von Anfang an ganz anders, als sie es erwartet hatte.

»Inhaltlich trifft Ihre Kritik ins Schwarze. In ihrer Konsequenz geht sie aber meiner Meinung nach voll daneben. Wer sich abwendet, hält Veränderung nicht für möglich. Und das ist, verzeihen Sie mir das harte Wort, schwächliche Resignation und unfair gegenüber der Kirche obendrein. Daß Veränderungen so langsam kommen, mag man bedauern. Aber sie bewegt sich doch.«

Gero saß schon wieder kerzengerade ganz vorn an der Kante. Ihre Augen blitzten wütend.

»Leider in die falsche Richtung. Sehen Sie denn nicht, daß die Fenster, die Papst Paul XXIII. mit dem zweiten vatikanischen Konzil aufgestoßen hat, eins nach dem anderen wieder geschlossen werden? Nehmen wir nur mal Bischof Dyba. Glauben Sie wirklich, daß flächendeckendes Kirchengeläut am ›Tag der unschuldigen Kinder‹ und Verweigerung des Beratungsscheins auch nur eine einzige Abtreibung verhindern? Überhaupt, was hat sich denn in den letzten dreißig Jahren an der Rolle der Frau in der Kirche verändert? Frauen dürfen lektorieren, küstern und putzen, Mädchen inzwischen Meßdienerinnen sein. Wirklich revolutionäre Veränderungen! Und dann der lang erwartete neue Erwachsenenkatechismus. Mit so was sollte ich den jungen Frauen in meiner Praxis in Sachen Sexualmoral mal kommen.«

Anton klatschte lachend in die Hände.

»Sie sind ja eine richtige Motzkugel.«

Was bildete sich denn der ein? Motzkugel. Frechheit. Trotzdem konnte Gero nicht anders, als sich dem unerwarteten Fröhlichkeitsausbruch anzuschließen.

»Ich eine Motzkugel und Sie eine Ulknudel, wenn ich an die kleine Unterhosen-Scharade von vorhin denke. Geht ja ganz schön launig zu hier im Pfarrhaus.«

Anton kicherte.

»Tja, warum denn auch nicht? Katholisch und trotzdem gut drauf. Kaum zu glauben, was? Sie schlagen den Sack und meinen den Esel. Sie kritisieren doch bloß den Apparat. Das ist zwar Ihr gutes Recht, aber es bleibt eben doch nur Motzerei, weil Sie die Bewegung an der Basis, das Wollen und die Praxis vor Ort in den Gemeinden nicht im Blick haben. Anderes Beispiel: Marx würde doch mit Recht im Grab rotieren, wenn man seine Ideen nur im Licht der Verlautbarungen der SED-Greise sehen würde. Die Basis hat Druck gemacht, und irgendwann waren sie weg, die alten Köppe.«

»Die Montagsdemo gestern hier in der Gemeinde habe ich dann wohl verpaßt. Übrigens ein ganz schönes Outing: Neuer Gemeindepfarrer wünscht seinen Kirchenoberen das Schicksal der untergegangenen DDR-Nomenklatura. Tja, neue Besen …«

Anton kriegte immer mehr Spaß an der Diskussion. Die Frau war klasse. Frech, intelligent, mit Hang zu ethischem Rigorismus.

»Immer diese Schnellschüsse und -schlüsse. Ganz im Gegenteil. Ich bin ja mit meiner Kirche und der Mehrzahl ihrer offiziellen Vertreter zufrieden. Trotz des enormen Reformbedarfs. Aber das mit der untergegangenen DDR ist doch ein gutes Beispiel. Die Leute haben nicht mehr mitgemacht, sind innerlich ausgetreten. Aus guten Gründen. Aber das Ende vom Lied war eben nicht Reform, sondern totale Zerschlagung. Beim großen Kehraus hat man die vielen Errungenschaften gleich mit auf den Mist befördert.«

»Starker Vortrag. Aber nehmen wir nur mal das Kirchenvolksbegehren. Davon spricht doch heute kein Mensch mehr.«

»Das sagen Sie.«

Anton nahm die neueste Ausgabe ›Kirche und Leben‹ vom Couchtisch und warf sie Gero zu.

»Lesen Sie das mal. Vier Sonderseiten mit den Beschlüssen des Diözesanforums. Da wird Ihnen das Herz aufgehen.«

»Diözesanforum? Was ist das denn?«

Anton warf in gespielter Verzweiflung die Arme hoch.

»Oh Heiland hilf! Mach diese Frau sehend. Da treffen sich monatelang Laienvertreter aus allen Gemeinden der Diözese auf der Jugendburg Gemen, um sich an all den Themen, die Sie vorhin angeschnitten haben, abzuarbeiten und Sie, Sie nehmen innerhalb der Kirche nur ein großes Schweigen wahr.«

Gero überflog die Seiten und staunte. »Ja« zur gesetzlichen Pflichtberatung in katholischen Schwangerschaftsberatungsstellen, zur Empfängnisverhütung, zum Frauen-Diakonat, zur Diskussion um das Priesteramt für Frauen usw. Sie rollte das Blatt zusammen und stand auf.

»Ich darf das doch mitnehmen?«

»Klar. Der Fairneß halber muß ich noch sagen, daß diese Beschlüsse nichts Verbindliches haben, sondern Wünsche des Kirchenvolks sind, die der Bischof nach Rom tragen wird.«

»Na, hoffentlich landen sie da nicht gleich im großen Vatikan-Papierkorb.«

»Das hängt davon ab, ob es in dieser Kirche genügend Menschen gibt, die am Ball bleiben.«

Gero merkte plötzlich, daß sie die Hand des Pastors schon viel zu lange festhielt. Aber er machte auch keine Anstalten, loszulassen. Für Sekunden standen sie mit ausgestreckten Armen da und sahen sich an. Ein merkwürdiger Prickel, den Gero lange schon nicht mehr empfunden hatte. Hastig machte sie sich los. Anton brachte sie bis zur Haustür.

»Überlegen Sie es sich doch noch einmal. Jedes Austreten ist schließlich irgendwo anders ein Eintreten. Und ob es da dann besser ist? Ich hab da meine Zweifel.«

*

Vera von der Mark hatte ihr Ziel schon vor Augen. Nur ein Stückchen die Straße runter lag Dileks Änderungsschneiderei. Ein sicherer Hafen, in den sie erst einmal einlaufen wollte, um ihre aufgepeitschten Nerven bei der Freundin mit einem Glas Tee zu beruhigen. Trotz der nur langsam abebbenden Panik war Vera stolz auf sich. Dem Fiesling hatte sie es besorgt. Wehrhafte Lehrerin, rough and tough enough. Wie der geglotzt hatte, als sie ihm eine semmelte. Damit hatte er bestimmt nicht gerechnet. Zum Schießen. Sie brannte darauf, Dilek von dem Abenteuer zu berichten.

Dilek und Vera hatten sich im multikulturellen Freundeskreis kennengelernt und gleich ihre gemeinsame Vorliebe für Esoterisches festgestellt. Das und handfeste geschäftliche Interessen – Vera mußte in regelmäßigen Abständen ihre Klamotten zum Weitermachen in die Schneiderei geben – schweißte natürlich zusammen. Und so wurde Vera gleich mit großem Hallo begrüßt. Schnell legte sie ihren Finger über die Lippen.

»Anna, meine Nichte«, erklärte sie. »Zum Glück schläft die Kleine und hat von der ganzen Sache nichts mitbekommen. Also, das muß ich dir erzählen.«

Flugs wurde der Kinderwagen zwischen den schallschluckenden, an langen Stangen hängenden Kleidungsstücken geparkt.

Fleischmann, der alles von der gegenüberliegenden Straßenseite beobachtete, wurde immer aufgeregter. Was sollte das denn jetzt? Wurde hier das Kind versteckt gehalten? Das wäre ja ein Ding. Die Geistesgestörte hatte also eine Komplizin. Da taten sich ja Abgründe auf. Sein Blick fiel durchs Schaufenster auf die lange Reihe Herrenanzüge im hinteren Teil des Ladens. Und plötzlich kam ihm eine Idee, die sich nach kurzer Reflexion zur Gewißheit verdichtete. Ja, so war es gelaufen! Die stämmige Türkin hatte als Mann verkleidet das Baby gekidnappt. Eine irre Sache. Er war ja einer richtiggehenden Verschwörung auf der Spur.

Die beiden Frauen wechselten ins Hinterzimmer. Fleischmann ließ sich nicht abhängen. Er mußte alles erfahren. Schon war er durch die Toreinfahrt auf dem Hinterhof. Kurzes Orientieren, dann hatte er das richtige Fenster ausgemacht. Mist, zu hoch. Aber ein echter Frontberichterstatter gibt so schnell nicht auf.

Für seine Körperfülle und den beachtlichen Alkoholspiegel klomm er erstaunlich flink auf den Kleinwagen, der direkt unter dem Fenster geparkt war. Mit trockenem Plop wölbte sich dessen Dach konkav. Fleischmann focht das nicht weiter an. Unter den Sims geduckt hatte er beide Frauen voll im Blick. Er machte seine Kamera schußbereit. Leider konnte er kein Wort von dem, was drinnen gesprochen wurde, verstehen. Aber schließlich gab es auch genug zu sehen.

Vera und Dilek hatten es sich inzwischen in der gemütlichen Küche am Tisch bequem gemacht. Kerzen und Räucherstäbchen brannten, auf dem Samowar dampfte Tee. Dilek legte mit ernster Andacht der Freundin das Tarot. Nach allem, was vorgefallen war, wollte Vera natürlich wissen, ob ihr weitere Unbill ins Haus stand.

Fleischmann traute seinen Augen nicht. Sofort kam ihm das verworrene Zeug, das die Mutter des entführten Babys angedeutet hatte, in den Sinn. Da konnte man doch mal wieder sehen. Die Kreise schlossen sich. Irgendwie steckte in allem ein Körnchen Wahrheit. Cum grano salis, wie der Lateiner sagt. Fleischmann hatte schließlich Abi. Daß es sich da drinnen um schwarzmagische Rituale handelte, sah doch ein Blinder. Und in dem merkwürdigen Ding, aus dem sich die zwei ständig ein undefinierbares Gebräu zapften, blubberten bestimmt Peyote-Pilze. Rituelle Trance. Carlos Castaneda. Fleischmann wußte Bescheid.

Das Baby hatte zu quäken begonnen. Vera eilte, es aus der Mäntel-Gruft zu befreien. Dilek ging zum Küchen-Büfett und holte ein Messer heraus. Irgendwo mußte doch noch ein Stück hart gewordenes Fladenbrot sein. Das Baby könnte an einem Kanten suckeln und würde noch ein wenig Ruhe geben.

Vera, das Kind auf dem Schoß. Dilek, das Brotmesser in der Hand. Fleischmann begann vor Aufregung auf und ab zu wippen. Die Sorge um das Kind und ein schmerzhafter Druck auf der Blase. Das gute Weizenbier. Er knipste, was das Zeug hielt. Gefahr im Verzug. Jetzt mußte die Polizei her.

Und wie aufs Stichwort schob sich die Nase eines weißgrünen Wagens durch die Toreinfahrt. Die Mieterin aus dem dritten Stock hatte es einfach nicht mehr mitansehen können, wie drei Zentner Lebendmasse das Dach ihres Kleinwagens zur Vogeltränke deformierten. Der Fahrer des Streifenwagens traute seinen Augen nicht. Die versoffene Fettbacke von vorhin. Na warte. Kasernenhofton:

»Hände in den Nacken und runterkommen.«

Kurze Schrecksekunde. Aber Fleischmann war Reservist und gehorchte sofort. Bißchen schwierig ohne Zuhilfenahme der oberen Extremitäten. Der Einfachheit halber rutschte er auf dem Po über Windschutzscheibe und Kühlerhaube talwärts.

»Gut, daß Sie da sind, Herr Wachtmeister. Ich kann Ihnen alles erklären. Aber davon später. Da drinnen geht Unglaubliches vor.«

»Für Sie vielleicht. Mir ist so was seit über dreißig Jahren nicht fremd, Sie Spanner.«

Schlagartig wurde sich Fleischmann der Zweideutigkeit seiner Lage bewußt. Sofort Ulrich-Wickert-Attitüde:

»Um Himmels willen. Der Schein trügt, guter Mann. Es ist nicht so, wie Sie denken. Fleischmann mein Name. Ich bin Journalist.«

»Für die ›St. Pauli Nachrichten‹«, feixte der Beamte.

Der Ehrliche ist halt immer der Dumme. Aber jetzt platzte dem lokalen Enthüller der Kragen. Er konnte auch anders.

Schnarrend: »Da drinnen wird das entführte Baby gefangengehalten. Wenn Sie jetzt nicht sofort Hauptkommissarin Susanne Straaten verständigen, gebe ich Sie höchstpersönlich auf der Titelseite des Niederrhein-Boten zum Abschuß frei.«

Das wirkte. Der Beamte kam ins Nachdenken. Wenn an der Geschichte was dran war? Andererseits hätte man mit der Fahne des Dicken einen Panzerschrank aufschweißen können. Der war doch voll wie 'n Eimer. Trotzdem, er mußte sich Gewißheit verschaffen. Flugs waren die Handschellen vom Lederkoppel gelöst.

»Hände auf den Rücken.«

Klick-klick, schon war Fleischmann rücklings an eine Wäschestange gekettet. Mit gezogener Waffe verschwand der Schutzmann im Haus. Fleischmann litt Höllenqualen. Ein Königreich für einen Baum. Aber er kam ja nicht mal an den Reißverschluß ran. Sein Blick streifte über die Karrees der Fenster. Überall bewegten sich Gardinen. Fleischmann schloß die Augen. Die freie Presse wieder mal am Pranger. Entspann dich. Bauchatmung. Die Stimme seines Therapeuten, mit dessen Hilfe er seit kurzem die paar Schwachstellen seiner Persönlichkeit auszumerzen suchte, drang aus dem Off seines Bewußtseins. ›Sie müssen lernen, loszulassen. Einfach loslassen.‹ Und das tat Fleischmann denn auch. Notdurftgedrungen. Panta rhei.

Inzwischen waren die beiden Frauen und der Beamte in den Hof getreten und gruppierten sich fröhlich diskutierend um den Gemarterten. Niemand kam auf die Idee, ihn loszumachen. Langsam erschloß sich Fleischmann aus dem munteren Geschnabbel ringsum der wahre Sachverhalt. Er sank in sich zusammen. Aber es war noch nicht genug gelitten. Dilek hatte den Kausalzusammenhang zwischen feuchtem Hosenbein und biologischer Ursache begriffen. Mit lautem Juchzen geierte sie, tief in der Hüfte einknickend, los.

»Hast du noch 'ne Pampers mit, Vera? Das Riesenbaby hat Lulu gemacht.«

»Sie sind wirklich ein Ferkel«, empörte sich der Schutzmann, endlich die Fessel lösend.

Vera grinste. Aber dann erhaschte sie Fleischmanns tief verwundeten Blick. Genauso schauten immer die Kinder von der Spendentüte bei der Caritas-Sammlung. Eine Mitleidswoge schwappte hoch und schlug über ihr zusammen. Ihn hatte doch schließlich die Sorge um ein entführtes Baby getrieben. All das Ungemach aus uneigennützigen Motiven. Ein verhinderter Held und Retter. Ein irregeleiteter Stöffel zwar, aber gutherzig. Diese Behandlung hatte der Mann einfach nicht verdient. Was der brauchte, war jemand, der ein bißchen auf ihn achtgab, die Hand drüberhielt. Vera hatte schon so eine Idee, wer das künftig sein könnte.

»Hol doch mal eine passende Hose aus deinem Fundus, Dilek.«

»Die Größe hab ich nicht. Schließlich bin ich Schneiderin, nicht Segelmacherin.«

»Dilek!« zischte die Oberstudienrätin professionell.

Das wirkte.

»Ich werde ihm einen deiner Röcke bringen. Dürfte hinkommen.«

Vera achtete nicht auf das freundschaftsgefährdende Gemosere. Sie hatte nur noch Augen für den neuentdeckten Helden. Er war irgendwie stattlich. Daß ihr das vorher nie aufgefallen war. Warum war sie den bloß immer so angegangen? Gemein. Aber schon mußte Vera ihre Aufmerksamkeit wieder dem sich gerade störend im Amtston zu Wort meldenden Schupo zuwenden.

»Beamtenbeleidigung, Anstiftung zur Körperverletzung, Sachbeschädigung, Voyeurismus, falsche Anschuldigung, Erregung öffentlichen Ärgernisses und«, der Schutzmann wippte kurz nachdenkend auf den Hacken, »Störung der öffentlichen Ordnung durch fahrlässig herbeigeführte Trunkenheit.«

Vera stampfte mit dem Fuß auf.

»Jetzt ist aber gut. Der Mann ist mir persönlich bekannt. Seine Personalien haben Sie ja. Die paar Kleinigkeiten bringen wir später ins Lot.«

Polizist wie Journalist blieb die Spucke weg. Vera ging voll in ihrer neuen Rolle auf.

»Die Chefin des K11, Susanne Straaten, ist übrigens eine Duz-Freundin von mir. Der hier von Ihnen an den Tag gelegte Übereifer könnte sich als fatale Karrierebremse erweisen.«

Wag dich nicht unbestellt ins Lehrerzimmer! Der Schutzmann hatte kapiert. Jetzt galt es, noch ein bißchen das Gesicht zu wahren. Drohend zu Fleischmann:

»Sie hören noch von uns.«

Weg war er. Glücklich blickte Vera in die in verstörter Dankbarkeit strahlenden Augen des so unschuldig gebeutelten Nachrichtenmannes. Sie hätte ihn knuddeln können. Wie schön war es doch, wenn man jemanden hatte, um den man sich sorgen konnte. Äugskenkneifend verschämtes Lächeln.

»Nun bringen Sie sich mal in Ordnung. Das wird schon wieder. Ich ruf Sie an.«

Von Dilek keine Spur. Fleischmann – dümmlicher Gesichtsausdruck – trollte sich dienernd. In den zwischenzeitlich getrockneten Slippern quatschte es wieder vernehmlich. Vielleicht sollte er während der Dienstausübung lieber Gummistiefel tragen. ›Glücklich ist, wer vergißt, was nicht mehr zu ändern ist.‹ Fleischmann haßte Walzer.

*

Nachdem Anton sich von Gertrud Rosenbaum verabschiedet hatte, ging ihm wieder der merkwürdige Auftritt der Mutter des entführten

Kindes durch den Sinn. Was war mit ihr losgewesen? Erst dieser überbordende Mitteilungsdrang und dann die panische Flucht. Was war der Grund dafür? Hatte er sich ungeschickt verhalten, etwas Falsches gesagt? Anton rätselte ohne Ergebnis. Eins stand fest: Die Frau war in Not. Er konnte die Angelegenheit nicht einfach auf sich beruhen lassen. Klara hatte zwar die Adresse der Frau – das Trapp-Hochhaus an der Esplanade –, aber keine Telefonnummer. Weder Auskunft noch Telefonbuch konnten weiterhelfen. Er mußte persönlich vorbeigehen, und zwar sofort.

Er startete auf seinem Rennrad in die Innenstadt. Es war nicht weit. Schon schwang Peter Minuit in der Moltkestraße vom Bug seines Bronzeschiffes das Seil, um in Manhattan festzumachen, das er zuvor den Ureinwohnern abgekungelt hatte. Anton ließ den alten Gauner aus Wesel links liegen und bog in die Esplanade ab.

Zur Rechten lag der wohl teuerste Parkplatz der Republik. Hier hatten die Vorkriegsgaswerke gestanden, und die Nachgeborenen mußten tief in die Tasche greifen, um das Erdreich zu entseuchen. Auf Wunsch eines Investors, der hier einen Konsum-Tempel hochziehen wollte. Daß der kalte Füße bekommen würde, konnte schließlich keiner ahnen. Oder doch? Jetzt parkten Wesels Karossen wenigstens auf sauberem Grund. Das Trapp-Hochhaus direkt dahinter war bei der Planung des Riesen-Einkaufszentrums mit auf die Abrißliste gesetzt worden. Inzwischen war es fast komplett entmietet. Aber ein paar Bewohner hatten sich noch gehalten.

Anton stutzte. Direkt vor dem Haus parkte ein ihm wohlbekannter alter Mercedes. WES-EN-666. Ohne Zweifel. Van der Leuens Wagen. Was machte der denn hier? Aber dann hatte er ihn auch schon entdeckt. Der alte Mann begutachtete gerade in dem erst vor kurzem und wohl auch nur kurzfristig hier angesiedelten Geschäft mit Schöner wohnen-Sortiment einen überdimensionalen Gartenzwerg. Er schien sich bereits entschieden zu haben. Jetzt hatte auch er Anton vor der großen Schaufensterscheibe erkannt. Grinsend hielt er seine Errungenschaft hoch und winkte ihn in den Laden. Aber Anton wehrte kopfschüttelnd ab. Keine Zeit. Gartenzwerge waren so ziemlich das letzte, was ihn jetzt interessierte. Er mußte wissen, was mit der Frau los war.

Die Eingangstür des Hochhauses war nur angelehnt. Dämmrige Atmosphäre. Das Treppenhauslicht reagierte nicht. Anton orientierte sich an der Klingelleiste. Frau Bachmann mußte irgendwo ganz oben wohnen. Mist. Bestimmt war auch der Aufzug kaputt. Bingo. Ein schlichtes Pappschild bestätigte seine Befürchtung. Er klingelte mehrfach und machte sich an den Aufstieg.

Totenstille in dem riesigen Haus. Es roch nach Verlassenheit. Während er die Treppe hochstieg, fühlte er sich an Jack Nicholson in ›Shining‹ erinnert. Ihn fröstelte.

Plötzlich hörte er etwas von oben durch den Treppenschacht kommen. Irgend etwas Großes, Schweres war da heruntergeworfen worden. Das Ding schlug immer wieder geräuschvoll am Geländer an. Mit einem Entsetzensschrei sprang er an die Wand zurück, als es im Dämmer an ihm vorbeigesaust kam. Kein Zweifel möglich. Deutlich hatte er die Hand wahrgenommen, die sich direkt vor seinen Augen im Gestänge des Geländers verfangen hatte und Sekundenbruchteile später mit häßlichem Knacken weitergerissen wurde. Ein Körper. Eine Ahnung blitzte in Antons Hirn auf.

Kurze Zeit später ertönte das grauenhafte Geräusch eines Aufschlagens. Anton raste laut »Feuer, Feuer« rufend nach unten. Die Angst vor einer Brandkatastrophe würde sicher einen der wenigen Bewohner vor die Türe treiben.

Die Rechnung ging auf. Schreckensbleich starrte bereits ein altes Ehepaar auf den blutigen, grotesk verrenkten Körper, als Anton unten ankam. Inzwischen hatte er sich wieder gefangen.

»Stehen Sie nicht rum. Notarzt und Polizei. Schnell.«

Er kniete neben dem Körper nieder, und seine Ahnung wurde zur Gewißheit. Das entstellte Bündel Mensch war Frau Bachmann. Ihr Gesicht wirkte seltsam entspannt, die Augen waren friedlich geschlossen. Er hielt sein Ohr vor Mund und Nase. Nichts. Um ganz sicher zu gehen, griff er sich den unversehrt gebliebenen rechten Unterarm und suchte den Puls. Vergeblich.

»Warum müssen Menschen bloß so sterben? Womit hat sie das verdient?«

»Niemand hat so etwas verdient!«

»Aber warum? Warum duldest du so etwas?«

»Weil ihr frei seid.«

Antons Blick fiel auf den Handballen der toten Frau. Direkt an der Daumenwurzel war etwas eintätowiert. Ein Stern. Ein Davidstern. Und doch anders. Irgendwo hatte er das Zeichen schon einmal gesehen.

Ein ersterbendes Martinshorn vor dem Haus. Der im Laufschritt herankommende junge Mann im wehenden weißen Kittel tat sich sichtlich schwer mit einem großen Alu-Koffer. Zwei Sanitäter folgten.

»Treten Sie zurück.«

*

Susanne sah sich suchend nach Meier drei um. Scholten wies grinsend mit dem Daumen nach draußen.

»Unser zartbesaiteter Kollege mußte mal an die frische Luft. Wahrscheinlich kotzt er gerade ins Straßenbegleitgrün.«

Susanne hatte vollstes Verständnis. Am liebsten hätte sie dasselbe getan. Der Anblick der toten Frau war schrecklich. Erst gestern hatte sie ihr noch gegenübergesessen. Und jetzt das. Sah verdammt nach Selbstmord aus. Motive hatte die junge Frau ja genug. Wie gut, daß sie die Vernehmung nicht auf die lange Bank geschoben hatte. Jetzt würde die Fahndung nach dem entführten Baby noch schwieriger werden.

»Ich hab mich oben in der Wohnung mal umgesehen. Nichts. Kein Abschiedsbrief. Ein bißchen merkwürdig ist das schon. Die Wohnungstür sperrangelweit auf, im Wohnzimmer brabbelt der Fernseher vor sich hin, und auf dem Herd konnte ich gerade noch ein übrigens vorzügliches Gulasch vor dem Anbrennen retten. Die Frieda war zwar ganz offensichtlich plemplem, aber kochen konnte sie.«

Susanne schüttelte ungläubig den Kopf.

»Du scheinst eine anthropologische Mutation zu sein, Scholten. Wir haben hier eine Leiche, und du schwärmst von Gulasch. Ich werd nicht mehr.«

»Was hat denn das eine mit dem anderen zu tun? Das Gulasch oben war vom Rind.«

»Du bist ein Vieh.«

So sehr ihr Scholten auch ans Herz gewachsen war, Susanne haßte seine geschmacklose Pietätlosigkeit, mit der er auch jetzt wieder den coolen Big-Daddy raushängen ließ. Sie starrte ihn wütend an. Sofort wurde Scholten wieder sachlich.

»Sieht so aus, als ob sie ganz plötzlich aufgestanden und wie auf Befehl einer inneren Stimme einfach losgeflogen sei. Kurzschlußhandlung.«

Susanne wandte sich an einen der Männer von der Spurensicherung, die sie aus Duisburg wegen der Brisanz, den der Vorgang im Zusammenhang mit der Kindesentführung bekam, angefordert hatte. Vielleicht hatte da ja jemand nachgeholfen. Sie wollte sich später keine Unterlassungen vorhalten lassen.

»Irgendwelche Hinweise darauf, daß jemand bei ihr war?«

»Sieht nicht so aus. Aber wir müssen uns die Wohnung noch genauer ansehen.«

Inzwischen machten sich zwei Männer in grauen Kitteln daran, den Körper der toten Frau in einer wannenähnlichen Konstruktion mit Tragegriffen abzutransportieren. Der Mediziner, der die Leiche untersucht hatte, trat zu Susanne.

»Fremdeinwirkung?«

»Kann man jetzt noch nicht sagen. Die Leiche weist keine Schuß- oder Schnittverletzungen auf. Ob vor dem Fall ein Kampf stattgefunden hat, ob sie geschlagen wurde, wird man, wenn überhaupt, erst nach der Obduktion sagen können. Schließlich wurde der Körper bei dem Sturz durch den engen Treppenschacht regelrecht durch den Wolf gedreht. Fakt ist, daß die Frau unter Strom stand.«

Susanne hob die Augenbrauen.

»Das würde passen. Die Frau soll ja Schwierigkeiten im Umgang mit Drogen und Alkohol gehabt haben.«

»Welchen Stoff genau die Frau zu sich genommen hat, wird ebenfalls erst nach der Obduktion feststehen. Aber eins kann ich ihnen schon jetzt sagen. Um Alkohol hat es sich mit Sicherheit nicht gehandelt.«

Das bestätigte den Eindruck, den Susanne von der Frau gewonnen hatte. Sie war sich immer sicherer, daß hier eine Selbsttötung vorlag.

*

Steile Karrieren gibt's nicht zum Nulltarif. Da muß investiert werden. Vor allem eins: Zeit. Etwas, von dem Susanne nie genügend hatte. Die Leitung eines so großen Kommissariats war eine spannende Aufgabe, und Susanne ging voll in ihr auf. Aber für sie als alleinerziehende Mutter wurde es immer schwieriger, ihr Familienleben mit den Anforderungen dieses Streßjobs in Einklang zu bringen. Seit ihrem Aufstieg gehörten geregelte Arbeitszeiten der Vergangenheit an. Immer wieder Termine außer der Reihe. So auch heute abend.

Ihrem Sprößling Jonas schien die Situation am wenigsten auszumachen. Mit dreizehn könne er gut auf sich selbst aufpassen, betonte er bei jedem von Susannes Abendterminen. Wahrscheinlich hatte er sogar recht. Waren es mütterliche Schuldgefühle oder die überspannte Sorge einer Frau, die beruflich nur mit Verbrechen zu tun hatte? Susanne fühlte sich jedenfalls einfach besser, wenn Jonas abends nicht allein in der Wohnung war. Und so mußten immer öfter Freunde als Babysitter herhalten. Susanne war es manchmal schon richtig peinlich.

Voller Neid dachte sie an ihre männlichen Kollegen. Die hatten solche Probleme nicht. Entweder waren sie solo, oder die Frau zu Hause sorgte für die Brut und hielt ihnen die lästigen Banalitäten des Alltags vom Hals. So konnten sie sich ausschließlich ihrer Karriere widmen. Vielleicht sollte sie ja doch noch einmal darüber nachdenken, ihren ehelosen Zustand zu beenden. Aber sie war ein gebranntes Kind.

Nachdenklich fiel ihr Blick auf Meier drei. Der war schon ganz in Ordnung. Wenn er doch bloß nicht immer versuchen würde, auf hardboiled zu machen. Und diese unsäglichen Cowboy-Stiefel. Aber irgendwie süß. Sie mußte lächeln. Und plötzlich wußte sie, wer heute wieder einmal dran war.

*

Meier drei fühlte den Blick seiner Vorgesetzten wie einen wärmenden Sonnenstrahl. Er sah nicht von der Akte auf. ›Könnt ich zum Augenblicke sagen, verweile doch, du bist so schön…‹ Warum merkte diese Frau bloß nicht, wie sehr er sie verehrte? Er konnte sich doch nicht so einfach erklären. Er war halt kein Draufgänger, eher ein Mann der leisen Töne. Lyrik, Poesie, das lag ihm. Mit einem Gedicht hätte er ihr alles sagen können. Aber auf die softe Tour standen Frauen heute ja nicht mehr. So hatte es jedenfalls in der letzten Ausgabe von ›Fit for Fun‹ gestanden, die er, seitdem er seinen Körper imageverbessernd im Box-Club stählte, regelmäßig las. Softies waren megaout. Clint Eastwood-Typen hatten Konjunktur. Seitdem stakelte er in diesen höllisch engen Absatzstiefeln herum. Und die Lederhose kniff im Schritt. Aber wat mut, dat mut.

Er hielt es nicht mehr aus und hob nun doch die Augen. Ihre Blicke trafen sich. Ihr Lächeln war wie eine sanfte Berührung. Meiers Wangen röteten sich. Wie schön sie war. Die langen schwarzen Locken, die sanft das schöne, energisch wirkende Gesicht umrahmten. Ihre frauliche Figur. Er liebte einfach alles an ihr. Auch, oder vielleicht sogar gerade ihr

Bäuchlein und die sanften Rundungen um die Hüfte, weil das ihrer Schönheit die Schärfe nahm. Süß, wie sie immer versuchte, ihre vermeintlichen Schwachstellen mit Schlabberpullovern zu kaschieren. Er lächelte zurück.

»Gerade hat mich der Staatsanwalt angerufen. Die Frau hatte eine ganz neue Designerdroge drin. Ketamin, eine minimale Abwandlung eines alten Narkosemittels aus der Veterinärmedizin. Es ist der erste Todesfall in Deutschland. Die Superhirne in Duisburg laufen langsam heiß. Sie fragen sich, ob da bei der Markteinführung bereits Verteilungskämpfe laufen. Ob in diesem Zusammenhang die türkische Mafia das Kind entführt hat, um Druck zu machen.«

»Das würde erklären, warum bisher noch keine Forderungen gestellt wurden. Die ganze Sache läuft hinter den Kulissen«, warf Meier drei ein.

Susanne wiegte nachdenklich den Kopf.

»Möglich ist natürlich alles. Aber ich hab die Frau persönlich kennengelernt. Und ich kann mir einfach nicht vorstellen, daß dieses arme Hascherl in Mafia-Kreise verstrickt gewesen sein soll.«

Plötzlich bekam ihre Stimme Timbre und schlug aus der Sachlich- in die Bitte-Bitte-Tonlage um. Meier drei war sofort hin und weg. Oxytocin-Überschwemmung im Hirn. Alles, alles. Dein Wunsch ist mir Befehl. Mein Geld und Gut, mein Leben, meinen Körper. Beim Gedanken an verschenkte Körper bekam er wieder rote Ohren. Aber im Moment ging es um weitaus Praktischeres.

»Heute um halb sieben ist eine Konferenz in Duisburg. Da muß ich dabei sein. Könntest du dich so bis gegen halb zehn um Jonas kümmern?«

Trotz innerlichen Aufstöhnens zuckte Meier drei nicht mit der Wimper. Mist, ich hab doch heute Sport.

»Gern, Susanne. Jonas und ich, wir können ja gut miteinander.«

Das stimmte wirklich. Wenn er auch ein abendliches Zusammensein mit der Mutter vorgezogen hätte. Nur blöd, daß er auf das Training verzichten mußte. Aber plötzlich hellte sich seine Miene auf. Er hatte eine Idee. Eine großartige Idee. Das war seine Chance, sich Susanne mal als harter Bursche, als tougher Boxer zu präsentieren. Die würde Augen machen. Er war zwar noch blutiger Anfänger, aber heute abend würde er sich schon ins rechte Licht setzen.

»Wie wäre es, wenn ich Jonas mit zum Training nähme? Du holst ihn dann in der Turnhalle der Böhlschule ab. Du weißt schon, man geht von der Neustraße aus rein.«

»Ist doch prima. Wußte gar nicht, daß du so sportlich bist. Was treibt ihr denn da?«

Meier drei freute sich diebisch und hielt dicht. Überraschung! In Gedanken sah er sich schon seine Sportkameraden ausknocken, während Susanne staunend in der Hallentür stand.

»Och, nur so 'n bißchen Ausgleichstraining. Wirst du ja nachher sehen.«

*

Zu Unrecht haftet dem Amateur-Boxsport das Image des Gefährlichen, des Brutalen an. Statistiken über das Verletzungsrisiko im Sport besagen das Gegenteil. Trotzdem. Hartnäckig hält sich – besonders unter Müttern – die Mär, daß im Box-Club nur tumbe Straßenschläger herangezogen werden. Aber Meier drei war schließlich Junggeselle, und mütterliche Gefühle waren ihm ziemlich fremd. So lief er Punkt achtzehn Uhr mit Jonas in der Halle an der Neustraße auf. Schülertraining. Jonas war sofort begeistert.

Während die Jungen Fußball spielten, um sich aufzuwärmen, gesellte sich Meier drei zu Hoschi, dem Trainer und guten Geist des Vereins. Der knapp Sechzigjährige muschelte irgendwas in einem Nebenraum zwischen Handschuhen, Sandsäcken, Seilchen und Bandagen.

»Hör mal, Hoschi. Ich bin so 'n bißchen in die Mutter von dem Jungen, den ich da vorhin mitgebracht habe, verknallt.«

Hoschis Kopf tauchte grinsend aus den Tiefen einer mit Trainingsgerät vollgestopften Stellage auf.

»Boxen statt beichten. Mal was anderes. Pfarrer Sommerauer antwortet natürlich wie immer gerne. Kumpel, wo drückt der Schuh?«

Meier drei zierte sich noch ein wenig und druckste rum:

»Also, wenn wir beide so gegen halb zehn ein bißchen sparren könnten, wäre das riesig. Du könntest mich ja – natürlich nur rein trainingshalber – ein paar angedeutete Treffer landen lassen. So zum Lernen, wie so was auszusehen hat.«

Hoschi geierte los, daß die Jungs ihr Spiel unterbrachen und staunend zur Tür reinlugten.

»Soso, paar Treffer landen. Verstehe. Verstehe vollkommen. Meierchen, ich leg dir einen Stunt hin, daß sich Bud Spencer alle zehn Finger nach mir lecken würde.«

Meier drei war sich ob so viel Begeisterung plötzlich nicht mehr sicher, ob er es nicht doch ein wenig übertrieb. Ärgerlich wedelte er mit der Hand die neugierig grinsenden Jungen weg. Schon wurde weitergebolzt.

»Nicht zu dick auftragen, Hoschi. Die Frau ist intelligent.«

»Mach dir mal keine Sorgen. Die merkt nix. Ich sorg dafür, daß du der Frau nachhaltig als Tiger in Erinnerung bleibst.«

»Hoffentlich hat sie keine Katzen-Allergie«, orakelte Meier drei. Aber da flog krachend die Tür auf, und Jonas wankte stöhnend herein. Er preßte beide Hände über das rechte Auge.

»Ich bin mit einem zusammengeknallt. Tut verdammt weh«, wimmerte Jonas, sich nur mit Mühe die Tränen verkneifend.

»Laß mal sehen, Junge.« Hoschi pfiff durch die Zähne. »Das wird ein ganz schönes Veilchen werden.«

Schnell hatte er eine eiskalte Limo-Dose aus dem Kühlschrank gegriffen und kühlte damit die anschwellende Augenregion des Jungen.

»Ist halb so schlimm. Setz dich mal zehn Minuten auf die Bank und halt das Ding drauf. Und am besten gar nicht mehr dran denken.«

Zehn Minuten später reihte sich Jonas wieder lachend bei den anderen ein, die sich tänzelnd an den Sandsäcken abarbeiteten. Immer mehr Boxer trudelten ein. Der kleine Zeiger der Uhr war auf die Neun gerutscht. Meier drei hielt sich auffällig häufig an der Tür auf. Von dort konnte er den Schulhof übersehen. Und da kurvte auch schon Susannes Wagen um die Ecke. Meier drei gab Hoschi ein Zeichen.

Als Susanne die Halle betrat, prallte sie fast augenblicklich zurück. Eine schreckliche Szene. Direkt vornean vermöbelte ihr sanfter Kollege gerade mit fliegenden Fäusten einen älteren Mann, der sich offensichtlich kaum wehren konnte. Da, jetzt ging er zu Boden, rappelte sich aber wieder hoch. Sofort drosch Meier drei mitleidlos wieder auf ihn ein. Entsetzlich. Jetzt riß es dem Alten förmlich die Beine weg. Regungslos blieb er am Boden liegen. Mit Siegerlächeln tänzelte Meier drei um sein Opfer. Daß er dem Liegenden nicht seinen Fuß auf die Brust setzte, war alles. Susanne faßte es nicht. Wie hatte sie sich so in ihm täuschen können. Ihr Wut- und Entsetzensschrei ließ für ein paar Sekunden die Zeit in der Turnhalle stillstehen.

»Aufhören, Meier drei, du brutales Schwein.«

In ihrem Zorn war sie blind für das Feixen ringsum. Schon war sie auf dem Weg zu dem Malträtierten, um Erste Hilfe zu leisten. Da kam Jonas aus dem Nebenraum auf sie zugerannt.

»Hallo, Mama!«

Susanne blieb wie angewurzelt stehen. Das Veilchen sprang ihr ins Auge wie ein Blaulicht bei Nacht.

»Ja, seid ihr denn alle verrückt geworden hier?«

Mit beiden Armen barg sie den Jungen an ihrer Brust. Jetzt stammelte Meier drei auch noch irgendwas von Fußball. Der hatte wirklich kein Feeling für die Situation. Susanne bedachte ihn mit einem vernichtenden Blick.

»Wir sprechen uns noch.«

*

»Dieses Ketamin ist wirklich eine Super-Sache. Die Frau ist geflogen wie der sterbende Schwan. Ich hab ihr das Zeug persönlich vorbeigebracht. Die dumme Kuh war mir auch noch dankbar. Der Rest war ein Kinderspiel. Die war wie unter Hypnose. Ich hab ihr eingetrichtert, genau beim Nachrichten-Gong im Fernsehen loszufliegen. Ich hatte dann noch über zehn Minuten Zeit, zu verschwinden. Einfach genial.«

»Ja, ich habe schon mitbekommen, daß alles zufriedenstellend verlaufen ist. Die Polizei wird von Selbstmord ausgehen. Das mit dem Ketamin wird man erst mal unter der Decke halten. An der Sache haben die Bullen intern noch genug herumzuknabbern.«

»Genau das macht mir ein bißchen Sorgen. Wegen der neuen Droge werden die den Fall so schnell nicht zu den Akten legen. Da bleiben die erst mal dran und wühlen.«

»Und wenn schon. Laß sie doch wühlen. Wenn wir das Zeug erst in größeren Mengen auf den Markt werfen, wird es so oder so Wirbel geben. Hauptsache, du hast in der Wohnung keine Fingerabdrücke hinterlassen.«

»Ich bin kein Anfänger.«

»Hat dich im Haus jemand gesehen?«

»Nein. Da wohnt ja auch fast niemand mehr.«

»Sehr gut. Noch fünf Tage bis zum großen Fest. Vorher können wir keine Überraschungen mehr gebrauchen. Danach wird für uns alles gut.«

»Bist du dir da so sicher?«

»Du mußt die Zeichen zu deuten wissen. Ein erstes kleines Opfer ist gebracht, und es scheint, der Lichtbringer hat es angenommen. Am Sonntag bringen wir ihm etwas absolut Reines, Unschuldiges dar. Dann werden wir unseren Bund mit Blut erneuern. Denn das Edle soll über das Unedle, das Starke über das Schwache herrschen.«

DREI

Mittwoch, 17. Juni 1997

Nachbars Zwerghahn hatte sich noch nicht einmal gemeldet, aber Anton war schon hellwach. Langsam sickerte fahles Morgenlicht in die vergehende Nacht. Er hatte schlecht geträumt. Wovon? Er konnte es schon nicht mehr sagen. Aber ein ungutes Gefühl blieb. Die Ahnung einer bevorstehenden Katastrophe.

Er betete für die junge Frau und ihr verschwundenes Baby. Noch immer stand er unter dem Bann des gestrigen Vorfalls. Es war lange her, daß er mit der grausamen Wirklichkeit des Todes so unmittelbar in Kontakt gekommen war. Und das hier, in dieser friedlichen Stadt.

»So ist das Leben. Schön und schrecklich.«

»Wem sagst du das?«

»Na dir. In diesem schnuckeligen Pfarrhaus, in dieser imposanten Kirche, in dieser friedlichen Gemeinde, in dieser biederen Stadt, da kannst du allzu leicht vergessen, daß das Eis dünn ist, auf dem ihr alle steht. Diese Bilderbuch-Wirklichkeit ist nur Schein, das Böse der Welt immanent.«

»Aber warum? Hast du denn keine Macht darüber?«

»Das Gute ist keine Frage der Macht, sondern der Entscheidung. Und wie solltet ihr das können – ohne das Böse?«

»Scheiß Dialektik! Auf dem Rücken so vieler Unschuldiger. Und die Gerechtigkeit? Wo, bitteschön, bleibt da die Gerechtigkeit?«

»Die vollkommene Gerechtigkeit ist das Ziel. Aber das liegt nicht in dieser Welt. Ihr müßt euch nur auf den Weg machen. Schließlich habe ich gezeigt, wo's langgeht.«

»Blöd nur, daß dabei so viele auf der Strecke bleiben.«

»Niemand bleibt auf der Strecke. Das verspreche ich.«

»Dein Wort in Gottes Ohr.«

»Worauf du dich verlassen kannst.«

An Schlaf war nicht mehr zu denken. Anton zog seinen Trainingsanzug an und lief nach unten zum Briefkasten. Der Fall des entführten

Babys wurde inzwischen auch im Hauptteil des Niederrhein-Boten abgehandelt. Die Polizei trat ganz offensichtlich auf der Stelle. Die kleine Barbara Bachmann blieb wie vom Erdboden verschluckt. Man hatte ein Phantombild des Entführers erstellt. Ein Allerweltsgesicht mit Schnäuzer, Sonnenbrille und Kappe. Südländischer Typ, hätte aber auch durchaus als Einheimischer durchgehen können. Angeblich waren etliche interessante Hinweise aus der Bevölkerung eingegangen, denen die Polizei mit Akribie nachging. Das Übliche.

Anton schüttelte den Kopf.

»Bitte, rette dieses Kind. Laß ein Wunder geschehen. Ein einziges, kleines Wunder, wie in den alten Tagen. Gibt's denn keine Schutzengel mehr?«

»Aber selbstverständlich. Die sind unterwegs. Aber nicht geflügelt und mit Flammenschwert, sondern in Menschengestalt. Nur der Mensch kann dem Menschen Engel sein. Und Wunder ereignen sich ständig. Du mußt sie nur als solche erkennen. Vertrau mir.«

»Tu ich ja. Ist aber manchmal verdammt schwer. Vielleicht spreche ich ja nur mit mir selbst? Der Glaube nichts als Projektionsfläche meiner Hoffnungen und Wünsche, meines Gewissens.«

»Das geht schon in Ordnung. Mir ist es gleich, wie du es nennst. Hauptsache, du bleibst unterwegs. In die richtige Richtung. Meine Sache braucht Begeisterte.«

Anton hielt es nicht im Haus. Er tat das, was er immer tat, wenn er innerlich aufgewühlt war: sich Bewegung, Raum, Weite verschaffen. Er schwang sich auf sein Fahrrad und trat verbissen in die Pedale. Quer durch die noch schlafende Stadt bis zum Dom und weiter die Fischertorstraße runter. Pesthauch von den Faulsilo-Testikeln der Kläranlage. Dann hatte er die Stadt verlassen. Er war am Strom.

Pastellfarbene Weite bis zum Horizont. Die Welt war so unsagbar schön. Immer so weiterfahren, raus aus der Enge, alles hinter sich lassen, kein Blick zurück. Heute hier, morgen dort.

Anton atmete tief durch und lachte sein spontanes Glücksgefühl in die Landschaft. Kleine Fluchten. Das war okay. Aber sein Weg führte nicht ins Blaue, er hatte ein Ziel. Sein Blick verlor sich mit dem Strom am dunstigen Horizont, und eine große Ruhe und Sicherheit kam über ihn.

›Wer nur den lieben Gott läßt walten und hoffet auf ihn alle Zeit, den wird er wunderbar erhalten, in aller Not und Traurigkeit.‹ Anton radelte die Rheinpromenade runter und sang das alte Kirchenlied mit feuriger Begeisterung.

Der Bademeister, der gerade das Gittertor des Freibades öffnete, winkte ihm lachend zu. Ein Verrückter. Offensichtlich betrunken.

So war es! Voll bis zum Rand.

Zur Linken dümpelten Jachten im Sporthafen. Anton hatte kein Auge dafür. Denn jetzt kam der riesige Aue-See in Sicht. Tiefgrün und spiegelglatt. Anton bog in den Wanderweg ein, der rund um das von Sträuchern und kleinen Bäumen umstandene Gewässer führte, stieg ab und parkte sein Rad in einem Gebüsch. Daß keine zwei Meter entfernt ein Hollandrad am Boden lag, bemerkte er nicht. Anton lief sofort los. Eine Runde um den See. Acht Kilometer. Danach noch ein wenig schwimmen. Reinigung von Körper und Seele. Ein so begonnener Tag mußte einfach gut werden.

An diesem Morgen hatte eine junge Frau das gleiche Bedürfnis verspürt. Bereits eine Viertelstunde vor Antons Eintreffen hatte sie sich joggend auf den Weg um den See gemacht. Folgerichtig erreichte sie ihren Ausgangspunkt dementsprechend früher wieder. Auch sie bemerkte das Rad des anderen nicht.

Die Frau dampfte unter gymnastischen Übungen ein wenig ab, dann ging sie zu der kleinen Sandbucht, die sich hier am See gebildet hatte. Dichtes Strauchwerk schloß vor neugierigen Blicken ab. Sie sah sich einen Moment um, dann zog sie sich aus, versteckte ihre Sachen im Farn und sprang mit einem langgezogenen Hechtsprung ins Wasser. Mit kraftvollen, regelmäßigen Zügen schwamm sie weit in den See hinaus.

Kurze Zeit später tauchte Anton auf, riß sich den verschwitzten Jogginganzug vom Leib und sprang, wie Gott ihn erschaffen hatte, an selbiger Stelle ins erfrischende Naß. Er kraulte, bis er nicht mehr konnte, dann dümpelte er in Rückenlage mitten auf dem See. Plötzlich bemerkte er die Schwimmerin. Mindestens fünfzig Meter entfernt. Aber daß es sich um eine Frau handelte, war trotz der Entfernung eindeutig. Die langen roten Haare hatten sich dicht an den Kopf gelegt. Im Wasser aber fächerte die Pracht sich auf und wurde bei jedem Schwimmstoß wie eine Schleppe mitgezogen. Sofort wurde Anton sich des Fehlens einer Badehose bewußt. Die Frau wendete jetzt und begann, zum Ufer zurückzuschwimmen. Mist, wenn die vor ihm da war und es sich am Strand gemütlich machte, konnte er Wasser treten, bis die Haut schrumpelig wurde. Oh, Herr im Himmel, hilf.

»Was denn, schon wieder ein Wunder? Soll es jetzt Badehosen regnen?«

»Mir egal! Schick Finsternis, schlag die Frau mit Blindheit, Geschlechtsumwandlung wäre auch nicht schlecht.«

»Dann hättest du aber ein Problem. Ihr laßt doch Frauen zum Ordinariat nicht zu.«

»Doch nicht bei mir!«

Anton merkte, daß von der Seite keine Hilfe zu erwarten war. Die Sache mußte er allein durchstehen. Er kraulte, als wäre ihm der weiße Hai auf den Fersen. Er mußte einfach als erster am Ufer sein. Völlig ausgepumpt, aber nah am Strand, sah er sich nach der Schwimmerin um. Die mußte auch mächtig Gas gegeben haben. Keine fünf Meter entfernt tauchte ihr Kopf nach wuchtigen Schwimmstößen rhythmisch aus dem Wasser auf. Jetzt hatte er Grund unter den Zehen. Und da erkannte er sie. Gertrud Rosenbaum. Das wurde ja immer besser. Offensichtlich strebte sie dem selben Punkt am Ufer zu. An Rausgehen war nicht mehr zu denken.

»Guten Morgen, Frau Doktor. Daß wir uns so schnell wiedersehen!«

»Schau, schau, Pastor Rabe. Wollen Sie dem Heiligen Franz Konkurrenz machen und zur Abwechslung den Fischen predigen, oder was hat Sie zu morgendlicher Stunde ins Wasser getrieben?«

In züchtigem Abstand flachsten beide, nur den Kopf über dem Wasserspiegel, eine geraume Weile hin und her. Frau Doktor schien es nicht eilig zu haben. Aber Anton hatte um acht einen Termin, die Kirchensanierung stand ins Haus. Jetzt drängte langsam die Zeit. Also Augen zu und durch.

»Leider treffe ich Sie immer in etwas unzulänglicher Bekleidung. Würde es Ihnen etwas ausmachen, sich kurz umzudrehen, bis ich mich angezogen habe?«

Gero kicherte.

»Mein Gott, sind Sie prüde. Jetzt zieren Sie sich doch nicht so, schließlich habe ich Sie in Unterhosen kennengelernt.«

Es half alles nichts. Die Frau wollte ihn einfach nicht verstehen.

»Das mit der unzulänglichen Bekleidung war eine freundliche Untertreibung. Im Augenblick fehlt sie mir völlig.«

Gero lachte schallend.

»Mein lieber Schwan, wenn das der Bischof wüßte. Aber trösten Sie sich, mir geht es genauso.«

Jetzt war es an Anton, zu grinsen.

»Da fällt mir aber ein Stein vom Herzen. Geteiltes Leid ist halbes Leid. Und schließlich sind wir keine kleinen Kinder mehr. Ich geh jetzt raus. Mir wird kalt.«

Sprach's und stürmte tröpfchenstiebend aus dem Wasser. Gero wollte nicht spannen, aber ihr Blick saugte sich wie von selbst an der Rückansicht des Pastors fest. Und was sie sah, gefiel ihr. Unschuldige Erotik. Schließlich war der Mann nicht zu haben und ja auch von Amts wegen jenseits von Gut und Böse. Gero rief sich zur Ordnung. Sie war doch kein schwärmerisches junges Mädchen mehr, das sich in den Kaplan verknallte.

Schnell tat sie es dem Nackedei nach. Minuten später radelten sie gemeinsam über den Aue-Deich der Stadt entgegen.

Anton war merkwürdig still. Aus den Augenwinkeln betrachtete er immer wieder die Frau neben sich. So würde er heute mit Gertrud zusammensein, wenn die schreckliche Sache damals nicht passiert wäre. Als Paar, als Mann und Frau. Zum ersten Mal stellte er sich mit Wehmut die Frage, ob seine Entscheidung zur Ehelosigkeit wirklich die richtige gewesen war. Er erschrak über sich selbst. Die Sache hier mußte ein Ende haben, bevor es Komplikationen gab. Er mußte den Kontakt mit Gertrud Rosenbaum meiden. Doch dann hörte er sich sagen:

»Wissen Sie, ich bin ja neu hier und kenne so recht noch niemanden. Wie wäre es, wenn wir heute abend zusammen essen gingen, und Sie erzählen mir etwas über die Stadt. Sie sind doch Fusternbergerin und kennen die Verhältnisse.«

Was war denn jetzt los? Anton schlug das Herz bis zum Hals. Er mußte den Blick abwenden, und so entging es ihm, wie Gero freudige Röte in die Wangen stieg.

»Gerne, sehr gerne. Und wenn wir schon zusammen essen gehen, sollten wir das mit dem blöden Sie auch lassen. Meine Freunde nennen mich Gero.«

Anton konnte den Engel neben sich wieder anschauen. Spontan streckte er seine Rechte rüber, die Gero ohne Umschweife herzhaft drückte.

»Ich heiße Anton.«

Sie lächelte ihn an. Anton war selig. Und hätte er nicht endlich ihre Hand losgelassen, wären sie beide auf die Nase gefallen. So glücklich war er seit über zwanzig Jahren nicht mehr gewesen. Aber er mußte seine Gefühle kanalisieren. Die Sache durfte nicht aus dem Ruder laufen. Schließlich hatte er ein Versprechen gegeben. Und zu seinem brüderlichen Freund würde er immer in unverbrüchlicher Loyalität stehen. Aber warum mußte die unbedingte Liebe zu ihm eine Liebe zu Gero ausschließen? Konnte sie nicht die Dritte in ihrem Bunde sein? Häretische Gedanken. Nein, nein, nein! So was war mit seiner Kirche nicht zu machen. Er befand sich auf gefährlichen Abwegen. Gleichzeitig wußte er, daß ihn nichts und niemand davon abhalten konnte, Gero heute abend wiederzusehen. Schuldbewußt merkte er, daß sein Freund schon eine geraume Weile geschwiegen hatte.

»Bist du sauer?«

»Nein, ich bin bei dir!«

*

Im Trakt der Weseler Kreispolizeibehörde, in dem das 11. Kommissariat untergebracht war, ging es trotz der frühen Stunde so geschäftig zu wie in der Großstadtredaktion einer Tageszeitung. Die Türen der Büros links und rechts des Flures standen offen. Telefone klingelten, Drucker ratterten, Männer mit aufgekrempelten Hemdsärmeln liefen, Fax-Mitteilungen lesend, hin und her. Kaffeeduft und beißender Zigarettenqualm waberten durch die Etage.

Nachdem festgestellt worden war, daß die Mutter des entführten Kindes kurz vor ihrem Tod eine hierzulande fast völlig unbekannte Designerdroge konsumiert hatte, war der Fall noch brisanter geworden. Hinzu kam, daß Experten die Tätowierung auf dem Daumenballen der Frau als ›Drudenfuß‹, ein schwarzmagisches Zeichen, identifiziert hatten. Die ersten wirren Einlassungen der Frau bekamen so ein ganz neues Gewicht. Möglicherweise hatte sie in Kontakt mit einer Geheimgesellschaft, einer kriminellen Loge oder satanischen Sekte gestanden. Die simple Theorie einer Kindesentführung durch den Vater war der Befürchtung gewichen, daß es hier um weit mehr ging. Waren der Tod der Frau und die Entführung nur die kurz an der Oberfläche aufgetauchte Spitze eines Eisberges? Strickten irgendwelche Dunkelmänner hinter den Kulissen an einem weit größeren Ding? Aus einer Routineangelegenheit war ein Fall von höchster Priorität geworden.

Susanne blieb einen Moment im Flur stehen und nahm das Bild in sich auf. So hatte sie es gern. Der Apparat lief auf Hochtouren, und sie hielt alle Fäden in der Hand. Zügig ging sie, links und rechts grüßend, auf ihr Büro ganz am Ende des Ganges zu. Das war ihre Chance. Jetzt konnte sie zeigen, daß die umstrittene Entscheidung, sie auf den Chefsessel zu setzen, gerechtfertigt war.

Meier drei, der an der Kaffeemaschine werkelte, wurde nur mit einem kühlen Gruß bedacht. Susanne wußte zwar inzwischen, daß sich Jonas das blaue Auge beim Fußballspiel geholt hatte, aber der Kollege sollte ruhig noch ein bißchen schmoren. Boxsport. War doch ätzend. Er sollte ein für allemal mitkriegen, daß die Rauhbein-Nummer bei ihr nicht zog.

Sie warf die mitgebrachten Zeitungen auf ihren Schreibtisch und ließ sich auf den Drehstuhl fallen. Die Presse, auch die überörtliche, fing langsam an, Fragen zu stellen. Sorgenfalten begannen Susannes Stirn zu krausen. Sie war hoch gestiegen, konnte aber über diese Geschichte auch tief fallen. Versagte sie, würden Presse und Kollegen sie in der Luft zerreißen. Schnelle Ergebnisse mußten her.

Ohne vorheriges Klopfen wurde die Tür aufgerissen, und Scholten lärmte herein. Verdutzt über die eisige Atmosphäre, die ihm entgegenschlug, blieb er mitten im Raum stehen.

»Ist jemand gestorben? Dicke Luft? Hat Meierchen einen fahren lassen?«

Susannes Gesicht hellte sich unwillkürlich auf.

»Vorsicht, Scholten. Mach bloß den Kollegen Meier nicht an, sonst haut der dich um.«

Scholten äugte wie ein Schellfisch.

»Wat?«

»Kollege Meier drei boxt seit neuestem. Ein echter Killer. Ich hab mich gestern persönlich davon überzeugen müssen.«

»Aber das war doch bloß Spaß«, versuchte Meier drei zu erklären.

»Und ich hab ja auch so gelacht«, giftete Susanne.

Scholten verstand die ganze Aufregung nicht genau, breitete aber theatralisch die Arme aus.

»Meierchen, komm an meine Brust. Du machst mich glücklich. Boxen! Herrlich. Daß aus 'nem Ochsen einmal ein richtiger Bulle werden kann, so was! Umgekehrt hat man ja schon öfter davon gehört.«

Meier drei wandte sich, mit der flachen Hand vor der Stirn wedelnd, ab.

»Wunder gibt es immer wieder ...«, schmetterte Scholten zitatensicher so laut, daß die drei das Türklopfen überhörten. Ein schmächtiger, unscheinbarer Mittfünfziger schaute herein. Wenn er über den Frohsinn, der bei niederrheinischer Polizeiarbeit herrschte, überrascht war, ließ er es sich jedenfalls nicht anmerken.

»Gruber mein Name. Bin ich hier richtig im Büro von Frau Straaten?«

Susanne fiel es sofort wieder ein. Der vom Landeskriminalamt angekündigte Sektenexperte. Sie sprang auf und ging dem Mann durch die abrupte Stille mit ausgestreckter Hand entgegen.

»Völlig richtig. Nehmen Sie Platz, Herr Gruber. Die beiden Herren sind die Kollegen Scholten und Meier. Wir haben noch zehn Minuten bis zur ›großen Lage‹ im Konferenzraum. Der Staatsanwalt muß jeden Moment eintreffen. Einen Kaffee?«

Die zwölfköpfige Kommission, die seit dem Verschwinden des Kindes an dem Fall arbeitete, war noch gestern abend um vier weitere Kollegen von der Kripo Duisburg aufgestockt worden. Nach der Veröffentlichung des Phantombildes waren etliche Hinweise aus der Bevölkerung eingegangen. Jedem einzelnen wurde mit äußerster Sorgfalt nachgegangen. Bisher ohne irgendein Ergebnis. Mehr als ein halbes Dutzend Beamte waren in der Stadt unterwegs, um das Umfeld der toten Frau zu durchleuchten. Aber kein Hinweis auf mögliche Entführer. Es war zum Verzweifeln.

»Da unten kommt er. Der Staatsanwalt ist da«, meldete Meier drei von der Fensterbank.

Susanne erhob sich.

»Also gehen wir. Im Konferenzraum ist ein kleiner Imbiß vorbereitet.«

Shakehands mit dem Staatsanwalt. Susanne stellte ihre Mannschaft vor. Gruber, der als erster referierte, um sich möglichst früh wieder verabschieden zu können, bat um Verdunkelung. Es folgte ein Vortrag, unterstützt durch Folien und Dias, über den facettenreichen rituellen Satanismus. Im Raum breitete sich konzentrierte Stille aus. Fasziniert tauchten die Ermittler in eine dunkle, ihnen bis dato unbekannte Welt ein.

Gruber stellte kurz die unterschiedlichen Traditionen von altägyptischen Mythologien über Kelten, Wicca-Kulte, gnostische Vorstellungen bis hin zu westafrikanischen und haitianischen Voodoo-Praktiken dar, die im Satanismus der Moderne gemischt und praktiziert werden.

Schnell konzentrierte er sich aber ganz auf die Person des 1947 verstorbenen Okkultisten und sogenannten Sexualmagiers Aleister Crowley.

»Es gibt zahlreiche praktizierende Orden und Geheimlogen. Da ist der ›Ordo Templi Orientis‹, die ›Fraternitas Saturni‹, der ›Temple of Set‹, die ›Church of Satan‹, das ›Black Omen‹, um nur ein paar zu nennen. Die Bandbreite reicht von sich intellektuell, philosophisch gebenden Logen über vulgär-satanistische Provinzvarianten bis hin zum Black-Metal-Satanismus der Musikszene. Ich will Sie nicht mit Einzelheiten langweilen. Bleiben wir beim Vermächtnis des Aleister Crowley, um die Denkstruktur dieser Leute zu verstehen. Bis heute ist er der Spiritus rector und Ideenlieferant für fast alle Gruppen und ihre Rituale geblieben.«

»Worum geht's denn den Leuten bei dem ganzen Mummenschanz?« meldete sich eine Stimme aus dem Dunkel.

»Es geht schlicht um Macht. Ich zitiere aus dem von Crowley formulierten thelemitischen Gesetz: ›Das Gesetz des Starken, das ist unser Gesetz und die Freude der Welt. Tu was du willst, soll sein das ganze Gesetz.‹«

Empörtes Geraune.

»Es kommt noch besser. Am Schluß heißt es, ich zitiere: ›Der Mensch hat das Recht, all diejenigen zu töten, die ihm dieses Recht zu nehmen suchen. Die Sklaven sollen dienen.‹«

»Der pure Faschismus!« Meier drei war aufgebracht.

Gruber wiegte nachdenklich den Kopf.

»Naja, jedenfalls wird de facto eine Zwei-Klassen-Gesellschaft ausgerufen. Die ›Gods‹ und das Palindrom dazu, die ›Dogs‹. Ich zitiere: ›Die Dogs sollen machtlos dienen, die Gods regieren. Wer zu schwach zum Überleben ist, sei verdammt und tot! Amen.‹«

Die Vorhänge wurden wieder aufgezogen. Scholten hatte im Schutz der Dunkelheit die Schnittchenplatte abgeräumt. Jetzt meldete er sich kauend zu Wort.

»Herr Kollege, ist ja echt spannend, was Sie so drauf haben. Aber was hat das mit unserem Fall zu tun? Reicht eine kleine Tätowierung aus, um solche Zusammenhänge zu konstruieren? Diese Zeichen findet man doch überall. An Hauswände gesprüht, die Jugendlichen tragen so was als Modeschmuck. Überall Satanisten am Werk? Unsinn. Das ist so 'ne Welle. Und was ist mit dem verschwundenen Baby? So was macht doch keiner, nur um nach Feierabend Spökenkiekerei zu betreiben. Nein, nein. Bleiben wir mal auf dem Teppich. Ich erinnere an das Auftauchen einer neuen Droge. Wahrscheinlich sind da Verteilungskämpfe ausgebrochen. Gangs, die sich um Marktanteile bekriegen. Der unbekannte Kindsvater hängt da wahrscheinlich mit drin. Vielleicht sollte er mit der Entführung unter Druck gesetzt werden. Zugegeben, auch nur eine Theorie. Aber organisierte Kriminalität, das sagt einem Praktiker wie mir halt mehr als verquaster Mystifax.«

Gruber ließ sich nicht aus der Ruhe bringen. Feines Lächeln.

»Warum bauen Sie ein Gegensatzpaar auf? Beim Satanismus handelt es sich oft schlicht um organisierte Kriminalität. Die Grenzen verschwimmen. Sehr häufig finden sich hier Straftaten im Bereich des Drogen- und Waffenhandels, der Pornographie, Prostitution und in pädophilen Umfeldern. Das Einritzen bzw. Tätowieren magischer Symbole in Hand oder Unterarm ist übrigens eine typische Strafe für Verletzungen der sogenannten Arkandisziplin, des Schweigegebots. Und was das verschwundene Baby angeht ...«

Gruber machte eine Pause.

»In vier Tagen ist Sommersonnenwende. Ein satanisches Hochfest. Ich zitiere noch einmal das ›Liber Al vel Legis III‹ des Aleister Crowley: ›Opfert Tiere, kleine und große, und danach ein Kind, aber nicht jetzt.‹«

Grabesstille. Gruber packte seine Unterlagen zusammen. Der Staatsanwalt seufzte schwer. Susanne ergriff als Leiterin der Kommission das Wort.

»Fassen wir zusammen. Vermutlich haben wir es nicht mit einer simplen Kindesentführung zwecks Gelderpressung zu tun. Ob irgendeine Mafia oder okkulte Sekte oder beides zusammen dahintersteckt, sei erst einmal dahingestellt. Wir müssen das Baby finden. Schnell. Zwei von Ihnen klappern alle Drogerien, Lebensmittelmärkte und Apotheken ab. Das Kind braucht, falls es noch lebt, hypoallergene Säuglingsnahrung. Finden Sie raus, wo so was in größeren Mengen eingekauft wurde. Zweitens: die neue Designer-Droge. Drei Kollegen kämmen die offene Drogenszene durch. Zwei weitere haken bei allen Tierärzten im weiteren Umfeld nach, ob es irgendwelche Unregelmäßigkeiten im Zusammenhang mit dem Narkosemittel Ketamin gegeben hat. Drittens: Wir müssen die Identität des Vaters klären. Fünf Mann hören sich in jeder in Frage kommenden Kneipe nach dem Umgang der Mutter um. Sie soll häufig mit Ausländern zusammengewesen sein. Ich möchte, daß Sie ihr

Bild in jeder Tee-Stube, in jedem Bethaus, in jedem Asylbewerberheim herumzeigen. Es müßte doch mit dem Teufel zugehen, wenn sich nicht jemand an die Frau und ihren damaligen Freund erinnert. Der Rest wühlt den gesamten Kreis nach allem durch, was nur entfernt nach Sekte, Geheimzirkel oder Loge riecht. Außerdem möchte ich möglichst schnell eine Liste aller angezeigten Mißbrauchsfälle mit rituellem Hintergrund auf dem Schreibtisch haben. Zapfen Sie Landes- und Bundesbehörden an. Geht das in Ordnung, Herr Staatsanwalt?«

Der nickte, von so viel Energie ganz erschlagen. Susanne rieb sich die Hände.

»Haben Sie noch irgend etwas, Herr Staatsanwalt?«

»Im Moment nicht. Ich glaube, Sie haben die Sache im Griff.«

*

Die Frau hatte erledigt, was ihr aufgetragen worden war. Das Baby war versorgt. Sie schloß das schwere Portal sorgfältig ab. Kalter Schweiß stand ihr auf der Stirn. Es ging ihr nicht gut, schon seit Tagen nicht. Tief sog sie die frische Luft in ihre Lungen. Ihr war schlecht. Die Sommersonne übergoß alles ringsum mit freundlichem Glanz, aber in ihr war nur eisige Nacht. Ihr Herz raste. Und jetzt wieder dieses schmerzhafte Stechen im Unterleib. Sie mußte sich an der Wand abstützen. Als ob ihr ein spitzer Gegenstand hineingestoßen würde. Die Frau biß in ihren Handballen. Irgend etwas Schreckliches wollte aus dem Dunkel des Unterbewußten an die Oberfläche steigen. Aber sie wußte, daß das nicht gut war. Bloß das nicht. Mit Macht versuchte sie, ihre Gedanken in eine andere Richtung zu drängen. Was war bloß los? Die üblichen Auswirkungen des prämenstruellen Syndroms? Das konnte es nicht sein. Sie wartete schon seit Wochen auf ihre Tage. Sie gab sich einen Ruck. Sie war krank. Irgend etwas mußte geschehen. Sie brauchte Hilfe. Einen Arzt.

*

Gero hatte es sich angewöhnt, die Praxis während der Mittagspause nicht zu verlassen. Mit einer Tüte Äpfel und dem Niederrhein-Boten machte sie es sich auf der Untersuchungsliege bequem. Minuten später war sie fest eingeschlafen.

Ein merkwürdiger Traum: Sie spazierte über einen Waldweg. Vor ihr zwei Männer. Zwei Freunde, den Arm um die Schulter des jeweils anderen gelegt. Zwei, die sich liebten. Und sie, sie war allein. Dann drehte sich der eine um. Anton. Sie wollte vor Sehnsucht und Schmerz weinen. Sie konnte Anton nicht haben, seine Liebe war schon vergeben. Aber da breiteten beide lachend die Arme aus und nahmen sie in die Mitte. Und dann ging es nicht mehr um Haben, sie *war* einfach nur noch glücklich.

Das Klingeln an der Praxistür ließ sie hochfahren. Ihr Blick suchte die Wanduhr. Kurz nach zwei. Verdammt. Was sollte das? Die Sprechstunde begann doch erst um drei wieder. Sie rang den Wunsch nieder, sich einfach totzustellen. Neugier und Pflichtbewußtsein behielten die Oberhand.

Vor der Tür stand eine schmale, gehetzt wirkende Frau. Ein Blick in das aschfahle, verkniffene Gesicht genügte, um Gero davon zu überzeugen, daß sie richtig gehandelt hatte. Die Frau brauchte Hilfe.

»Nehmen Sie doch noch einen Moment im Wartezimmer Platz. Ich bin gleich für Sie da.«

Die Frau nickte nur. Gero ging in den Ordinationsraum, ließ schnell Zeitung und Apfelkitschen verschwinden und wusch sich die Hände. Am verwaisten Anmeldungstresen stoppte sie kurz und warf einen Blick in den Terminkalender. Nein, ihr war nichts durchgegangen. Die Frau kam unangemeldet. Gero setzte sich an den Praxiscomputer.

»Waren Sie schon einmal bei uns?«

Nichts.

»Haben Sie Ihre Versichertenkarte dabei?«

Nichts.

Gero hob erstaunt den Kopf. War die Frau wieder gegangen? Schnell ging sie in das über Eck liegende Wartezimmer. Abrupt blieb sie in der Tür stehen. Die Frau saß im Schneidersitz in der Kinderecke auf dem Boden und wiegte eine Puppe im Arm. Noch hatte sie sie nicht bemerkt. Geros Gedanken rasten. Die Frau war offensichtlich psychisch krank. Hier ging es nicht um ein normales Frauenleiden. Oder vielleicht gerade doch? Gero war eine vehemente Vertreterin des ganzheitlichen Ansatzes und hatte neben ihrer Facharztausbildung auch eine psychotherapeutische Zusatzausbildung absolviert. Sie setzte sich neben die Frau auf den Boden.

Was für ein Unterschied zu dem gequälten Ausdruck, den die Frau an der Praxistür gezeigt hatte. Alles Verkniffene, Fahle war verschwunden. Rosige Haut, lachende Augen. Sie wirkte um Jahre verjüngt. Lächelnd hielt sie Gero die Puppe hin. Gero drückte sie an die Brust.

»Das ist eine schöne Puppe. Wie heißt sie denn?«

Die Frau zuckte die Achseln. Gero, die nichts mehr haßte als plumpe Vertraulichkeiten, wechselte trotzdem instinktiv zum Du.

»Ich heiße Gero. Wie ist dein Name?«

Die Frau schüttelte den Kopf.

»Willst du oder kannst du es nicht sagen?«

Mit einem traurigen Ausdruck in den Augen legte die Frau ihre flache Hand über die Lippen. Gero verstand und nestelte Block und Kuli aus der Seitentasche ihres Kittels.

»Dann schreib ihn doch einfach auf.«

Wieder schüttelte die Frau traurig den Kopf.

»Na, macht ja nichts. Wie alt bist du denn?«

Jetzt war das lustige Lächeln wieder da. Die Frau hielt fünf Finger ihrer rechten und drei ihrer linken Hand in die Höhe. Gero war erschüttert. Keinen Moment dachte sie daran, daß sie da jemand veralbern wollte, daß etwas simuliert wurde. Neben ihr saß ein achtjähriges Mädchen mit dem Körper einer erwachsenen Frau. Warum war sie gekommen? Woher? Wo waren ihre zweifellos vorhandenen Betreuer? Dann hatte Gero eine Idee.

»Aber malen, das kannst du doch?«

Die Kind-Frau nickte eifrig mit dem Kopf.

»Dann komm mal mit. In meinem Zimmer dahinten hab ich Papier und Buntstifte.«

Die Frau folgte willig. Gero kramte Malutensilien hervor, die sie immer bereithielt, weil viele Mütter ihre kleinen Kinder mangels Betreuung mit zur Untersuchung bringen mußten. Die Frau begann zu malen und schien alles um sich herum zu vergessen. Gero betrachtete sie fasziniert. Sie mußte herausfinden, wo diese Frau hingehörte. Vermutlich war sie aus irgendeiner Einrichtung in der Nähe weggelaufen und aus purem Zufall bei ihr hereingeschneit. Die Sache würde sich schnell aufklären lassen.

»Mal ein schönes Bild. Du hast alle Zeit der Welt. Ich bin nur kurz nebenan, laß aber die Tür offen.«

Die Frau nickte, ohne von ihrem Bild aufzusehen. Gero ging in den

Nebenraum, setzte sich an den Schreibtisch und begann, Nummern von verschiedenen psychiatrische Einrichtungen aus dem Telefonbuch zu suchen. Aber noch ehe eine Verbindung zustandegekommen war, spürte sie ein merkwürdiges Kribbeln im Nacken. Den Hörer in der Hand drehte sie sich um. In der Tür stand die Frau, schreckensstarr. Mit weit aufgerissenen Augen sah sie auf die große Farbtafel an der Wand, die eine nackte Frau, zur Hälfte ohne Haut und Fettschicht zeigte, damit man Muskelpartien und Sehnen studieren konnte. Die Stumme hielt beide Arme wie abwehrend vor sich, die Finger weit gespreizt. Geros Blick wechselte zwischen der Frau und der Tafel hin und her. Sie kapierte.

»Du brauchst keine Angst zu haben. Das ist bloß ein Bild. Schau mal, was ich damit mache.«

Gero nahm die Tafel von der Wand, öffnete das Fenster und warf sie einfach hinaus. Keine Gefahr, daß jemand etwas auf den Kopf bekam, dachte sie noch kurz, unten drunter befand sich ein Flachdach. Als sie sich wieder umdrehte, war der Raum leer. Sie hörte gerade noch, wie die Praxistür ins Schloß fiel. Sofort stürzte sie hinterher. Auf dem Flur stieß sie schmerzhaft mit ihrer eben zurückgekehrten Sprechstundenhilfe zusammen und verlor wertvolle Sekunden. Schnell trat sie ans Fenster, das nach vorne zur Straße raus ging: Gerade verließ die Frau das Ärztehaus. Gero hatte keine Chance. Entschlossen ging sie zum Telefon und informierte die Polizei. Sollten die die Entsprungene wieder einfangen. Sie griff sich den Zeichenblock und betrachtete das von der Frau gemalte Bild. Gero, die so schnell nichts schocken konnte, war entsetzt.

*

»Ja, hallo, schön, mal wieder von dir zu hören«, juchzte die Redaktionssekretärin in den Hörer.

Fleischmann runzelte am nicht weit entfernt plazierten Schreibtisch die Augenbrauen. Offensichtlich wieder Privatgespräche auf dienstlicher Leitung. Und vielleicht versuchten jetzt gerade Stadtdirektor, Bürgermeister oder – nicht auszudenken – der Vorsitzende vom Weseler Spielverein vergeblich, mit Fakten, Fakten, Fakten zu ihm durchzudringen. Na warte. Ihr Mittun bei der allgemeinen Lustigmache neulich war noch nicht vergessen. Der würde er jetzt mal zeigen, wo der Hammer hängt.

»Wir sollten dringend mal wieder einen Kaffee zusammen trinken, Vera.«

Vera! Durch Fleischmann ging ein Ruck. Ruhe bewahren. Veras gab's schließlich viele, nicht nur die eine. Aber schon spürte er, wie die Blicke der Sekretärin sich an ihm festsaugten.

»Ja, Kollege Fleischmann ist da.«

Fleischmann stieg Empörungsröte aus dem Kragen. Kollege, von wegen! Wo kam die denn her? Wahrscheinlich aus dem Osten. Aber bevor er der Tippse den Klassenunterschied deutlich machen konnte, sagte sie:

»Frau von der Mark will Sie sprechen. Soll ich durchstellen?«

Also doch. Die Schreckschraube. Instinktiv hatte er bei der Nennung dieses Namens beide Arme hochgerissen, die jetzt hektisch Abwehr wedelten.

»Auf Dienstreise, Expedition oder so, erkrankt oder – warten Sie – besser gleich verstorben«, zischte er der Sekretärin rüber, die die Sprechmuschel mit der flachen Hand abdeckte.

»Aber ich hab ihr bereits gesagt, daß Sie im Hause sind«, tuschelte die zurück.

Wie kam das Biest eigentlich ohne zu fragen dazu? In der Hitliste von Fleischmanns Lieblingsfeinden hatte sie sich damit von einer der eher unteren Positionen direktemang auf Platz eins der Charts katapultiert. Die würde er noch Mores lehren. Aber jetzt griff er erst einmal ergeben zum Hörer.

»Hallo, Hallöchen. Fleischmann hier. Was kann ich für Sie tun, Frau von der Mark?«

»Ich wollte mich bloß mal erkundigen, ob bei Ihnen alles in Ordnung ist. Aber wie ich höre, sind Sie ja wieder obenauf. Find ich prima, daß Sie sich nicht gleich unterkriegen lassen, auch wenn mal was in die Hose geht.«

Fleischmann war, was selten vorkommt, sprachlos. Ihm brach der Schweiß aus. Die hatte wirklich Haare auf den Zähnen.

Vera merkte sofort, daß sie unbeabsichtigt eine kaum verheilte Wunde wieder aufgerissen hatte. Stänkern war doch gar nicht ihre Absicht gewesen. Im Gegenteil, sie wollte zarte Bande knüpfen. So mühte sie sich schnell um Schadensbegrenzung. Mit dem Timbre weicher Mütterlichkeit in der Stimme sagte sie:

»Entschuldigen Sie, ich wollte wirklich nicht anzüglich sein. Ich wollte Ihnen lediglich mitteilen, wie sehr ich Ihren journalistischen Einsatz für die Schwachen, für die Opfer, für dieses entführte Baby eben, schätze. Auch wenn Sie bei mir natürlich auf der falschen Fährte waren.«

»Ich glaube, ich muß mich bei Ihnen entschuldigen, Frau von der Mark«, hauchte Fleischmann matt.

»Ach was«, trompetete es fröhlich zurück, »Schwamm drüber. Und was heißt da eigentlich immer ›Frau von der Mark‹. Lassen Sie uns doch das blödsinnige Kriegsbeil begraben. Sagen Sie einfach Vera zu mir.«

Fleischmann glaubte nicht, daß er das jemals über die Lippen bringen würde. Wollte die ihn verarschen? Zorn stieg in ihm hoch. Aber dann fiel sein Blick auf die Sekretärin. Der wuchsen schon Rhabarber-Ohren. Hatte die nicht neulich mal was vom Frauentreff erzählt? Wahrscheinlich kannte sie die von der Mark daher. Nicht auszudenken, wenn über diese Schiene sein peinlicher Hinterhof-Auftritt den Kollegen bekannt würde. Bloß jetzt die von der Mark nicht verärgern. Die abgedrehte Studienrätin hatte ihn voll in der Hand. So schraubte er schnell den Sender von atmosphärischer Störung auf High Fidelity.

»Du hast völlig recht, das waren doch alles nur Mißverständnisse. Vera, was für ein hübscher Name. Ich heiße übrigens Ferdi.«

»Du sagst es, alles nur Mißverständnisse. Und um die auszuräumen, sollten wir mal zusammen essen gehen. Wie wär's mit heute abend?«

Fleischmann hatte schon jetzt keinen Appetit mehr. Hinzu kam, daß er seit über zehn Jahren mittwochs abends im Café Fehr mit Kumpeln Doppelkopf spielte. Nur Exitus galt bei diesem rituellen Treffen als ausreichende Entschuldigung für Nichterscheinen. Und Fleischmann konnte sich auch gar keinen anderen Grund vorstellen. Bisher. Sein Blick fiel auf die Sekretärin, die andächtig lauschte. Entsetzt hörte er sich sagen:

»Herzlich gerne, Vera, paßt mir prima. Als Single hätte mir doch bloß wieder einer dieser einsamen Abende bevorgestanden.«

Vera war hin und weg. Genauso ging's ihr auch immer. Da trafen ja zwei Seelenverwandte aufeinander. Der Himmel hing voller Geigen.

»Wie wäre es denn mit dem ›Paulaner‹? Da gibt's heute ofenfrische Haxen«, wagte Fleischmann vorzuschlagen. Aber Vera wieherte darob nur eine Koloratur rauf und runter.

»Paulaner! Haxen! Ferdi, denk doch mal an deine Figur. Nichts da, wir gehen zum Vegetarier. Canapé in Dinslaken. Um halb acht hol ich dich in der Redaktion ab. Ciao, Ferdilein.«

Fleischmann vergaß sowohl den Hörer aufzulegen wie den Mund zu schließen. Ferdilein! Er faßte es nicht. Das mußte ein böser Traum sein. Spinatgnocchi statt Schweinshaxe, Domina statt Doko-Kumpel. Und wahrscheinlich gab's bei den Gemüse-Willis nicht mal Bier. Er fühlte sich jetzt schon, als hätte er drei Pfund abgenommen. Vor lauter Gram. Und dann traf ihn die Erkenntnis wie ein Keulenschlag. Die von der Mark wollte ihn anbaggern. Vom Subjekt zum Objekt der Begierde. So schnell kann's gehen. Und er mußte gute Miene zum bösen Spiel machen. Ihm gefror das Blut in den Adern.

*

Pastor Rabes Stimme schallte den Kellerabgang hinunter:

»Klara, haben Sie eine Ahnung, wo meine Aktenmappe abgeblieben sein könnte?«

Klara antwortete, ohne zu überlegen.

»Im Eßzimmer hinter der Tür.«

Sie kniete vor der geöffneten Waschmaschine, die Hände auf einen mit Schmutzwäsche gefüllten Korb gestützt. Wie in Trance hatte sie in die dunkle Öffnung gestarrt. Erst mit der Stimme des Pastors war die Wirklichkeit zurückgekehrt. Wie lange kniete sie schon so? Wie war sie überhaupt in den Keller gekommen? Klara wußte es nicht. Sie sah auf die Uhr. Mein Gott, schon halb vier. Was war in den letzten Stunden passiert?

Aufs Äußerste beunruhigt füllte sie die Maschine. Es war ja nicht das erste Mal, daß ihr Zeit fehlte. Aber in letzter Zeit häuften sich diese Vorfälle. War sie dabei, verrückt zu werden? Plötzlich stutzte sie. Langsam nahm sie aus dem Schmutzwäschekorb einen Arbeitsoverall. Wem gehörte der? Dem Pastor bestimmt nicht. Dafür war das Ding viel zu klein. Aber wem sonst? Sie wusch nur ihre Arbeitskleidung und die Wäsche ihres Chefs im Pfarrhaus.

Mit dem Overall in der Hand lief sie die Kellertreppe hoch und stürmte, ohne anzuklopfen, ins Arbeitszimmer. Anton sah überrascht vom Schreibtisch auf.

»Gehört das Ihnen?«

Anton schüttelte nur stumm den Kopf.

»Sind Sie ganz sicher?« insistierte Klara.

»Nun schauen Sie doch mal auf die Größe. Das würde mir ja niemals passen.«

Klaras Gesicht verdüsterte sich. Dann fiel ihr Blick auf ein an die Brusttasche genähtes Namensschildchen. Erik! Sie kannte keinen Erik. Pastor Rabe hatte sich schon wieder seiner Arbeit zugewandt. Klara verließ leise den Raum, aber innerlich schrie sie vor Verzweiflung. Irgend etwas Unerklärliches machte den Boden, auf dem sie bisher so sicher zu stehen geglaubt hatte, schwanken. Sie hatte Angst.

*

Gero sah in den Sommerhimmel. Abendrot leuchtete hinter vereinzelten Schäfchenwolken. Wie im Bilderbuch. »Maria backt Plätzchen«, hatte ihre Mutter früher dazu immer gesagt. Ein Abend wie geschaffen für eine Radtour durch die schöne niederrheinische Landschaft. Mit einem Menschen, der interessante Gespräche verhieß, versuchte sie vor sich selbst ihre Vorfreude zu rechtfertigen. Aber da war noch etwas anderes. Ein aufregender Prickel, der mit der Lust an intellektueller Fechterei nichts zu tun hatte.

Sie lehnte ihr Rad an die Pfarrhausmauer und klingelte an der Eingangstür. Die Haushälterin hatte offensichtlich schon Feierabend gemacht, denn Anton öffnete ihr persönlich.

»Gero, wie schön. Setz dich doch noch einen Moment ins Arbeitszimmer. Ich bin gleich soweit.«

Ihr war es recht. Sie hatte sowieso vorgehabt, ihm noch etwas zu zeigen. Sie machte es sich auf dem breiten Ledersofa bequem und kramte das Bild, das die merkwürdige Frau in ihrer Praxis gemalt hatte, aus der Umhängetasche. Schon stürmte Anton, Schuhe in der Hand, herein, setzte sich auf die Ecke des Couchtisches und begann, die Adidas-Treter überzustreifen. Da bemerkte er Geros ernste Miene.

»Stimmt was nicht? Was hast du denn da?«

Gero, schon wieder völlig von dem Bild gefangen, sah ihn ratlos an.

»Genau darüber wollte ich mit dir sprechen. Schau dir das mal an. Vielleicht kannst du dir ja einen Reim darauf machen.«

Anton nahm das Bild, betrachtete es eine Weile mit gerunzelter Stirn und sah sie dann fragend an.

»Wer hat das gemalt?«

Gero erzählte ihm von der Frau in ihrer Praxis. Anton schaute skeptisch.

»Zwei Seelen in einer Brust? Bist du dir sicher, daß nicht jemand bloß einen üblen Scherz mit dir treiben will?«

»Völlig sicher. Das war echt. Ich hatte es definitiv mit einer Achtjährigen im Körper einer erwachsenen Frau zu tun. Das ist keine der üblichen Störungen, bei der die geistige Entwicklung einfach auf dem Stand eines Kindes stehengeblieben ist. Dann müßte sie Betreuer haben. Aber die Polizei konnte nicht feststellen, daß jemand in irgendeiner Einrichtung abgängig ist. Nein, die Frau organisiert ihr Leben selbst. Ich bin mir ganz sicher, daß wir es hier mit einer multiplen Persönlichkeit zu tun haben.«

»Doktor Jekyll und Mister Hyde?«

»Die Sache ist meist viel komplizierter. Jemand, der an multipler Persönlichkeitsstörung leidet, spaltet sich oft in eine ganze Reihe verschiedener Einzelpersönlichkeiten auf, die alle ihr Eigenleben führen, die zum Teil nicht einmal voneinander wissen. Da gibt es Männer und Frauen, Kinder und Erwachsene, alle im Körper eines Menschen. Alle mit verschiedenen Charakteren, besonderen Funktionen.«

»Hör auf, Gero. So was würde doch sofort auffallen.«

»Eben nicht. Die Hauptpersönlichkeit ist stets eine Meisterin im Organisieren. Es kommt zwar immer wieder zu Vorfällen, die den Betroffenen dann selbst unerklärlich sind. Aber sie leben damit, müssen damit leben. Das heißt Angst und Dauerstreß. Bei ihrer Umwelt gelten solche Leute meist nur als etwas wunderlich.«

Anton betrachtete das Bild noch mal.

Ganz oben flog etwas, das wie ein Vogel mit Rüssel aussah, über einer gezackten Säge. Darunter ein Kinderkopf, da, wo der Mund hätte sein müssen, ein großes, schwarz ausgemaltes Loch. Er tippte mit dem Finger darauf.

»Da hat die Stumme sich wohl selbst gemalt.«

Gero nickte.

Gemeinsam schauten sie das Bild weiter an. Plötzlich stutzte Anton. Links unten, klein in der Ecke, war ein Zeichen, das er kannte.

Er machte Gero darauf aufmerksam. »Weißt du, was dieses Symbol hier bedeutet?«

Sie schüttelte den Kopf.

»Ich habe es schon einmal gesehen. Auf dem Daumenballen der toten Mutter des entführten Kindes. Ob da ein Zusammenhang besteht?« Beide starrten wieder auf das Bild.

»Da unten – vielleicht geht ja meine Phantasie mit mir durch –, das sieht doch wie eine Opferung aus«, sagte Gero plötzlich.

Am unteren Bildrand war eine Reihe von stilisierten Männchen zu sehen. Schwarze Pyramidenkörper mit Strichbeinchen und -armen. Die Köpfe auf der Spitze stehende Dreiecke, rote Augen, die unteren Gesichtshälften geschwärzt. Maskierte in Umhängen, schoß es Anton durch den Kopf. Einer hielt ein Bündel mit Kopf – ein Baby? – über etwas, daß wie ein nicht näher definierbares Tier aussah, in das ein anderer eine Art Schwert stieß. Ein bedrückendes Bild. Was auch immer gemeint sein sollte, es war auf keinen Fall etwas, das in die Erlebniswelt einer Achtjährigen gehörte.

*

Bei Schönhubers in der Minuitstraße war Gartenfest. Von den Nachbarn war niemand eingeladen. Dafür kam eine ganze Reihe auswärtiger Gäste, die die Parkplätze vor dem Ärztehaus und der Tanzschule an der Ecke zuparkten. Kultivierte Menschen, die sich, Gläser in der Hand, bei gedämpfter Unterhaltung langsam durch den dicht abgepflanzten Garten bewegten. Selbst die Handvoll Kinder, die mitgebracht worden war, tobte nicht lärmend umher, sondern drückte sich eher verschämt herum.

Noch einmal glühte der Posaunenengel auf der benachbarten Engelkirche im Abendrot auf. Ein herrlicher Sommertag ging zu Ende, die Dunkelheit setzte langsam ein.

Ganz hinten im Garten stand ein großes Blockhaus. Licht schimmerte anheimelnd durch die zugezogenen rotweißkarierten Vorhänge. Blasmusik vom Band ertönte. Gerade nur so laut, daß sich auch der empfindlichste Nachbar nicht gestört fühlen konnte. Mit der einsetzenden Dunkelheit begab sich die Gesellschaft in die Hütte. Die Tür wurde von innen verriegelt und die Lautstärke der Musik noch einmal um ein paar Dezibel verringert.

Hätte einer der Nachbarn einen Blick in die Hütte werfen können, er wäre höchst erstaunt gewesen. Das Häuschen war leer. Ein alter Teppich war gegen die Wand zusammengerollt, eine hölzerne Falltür in der Mitte des Raums lag aufgeklappt. Darunter gähnte der steinerne Abgang in ein finsteres Gewölbe.

*

Fleischmann kurvte schon seit geraumer Zeit mit seinem Silber-Metallic-BMW durch die Dinslakener Altstadt. Überall Fußgängerzonen und Einbahnstraßen und natürlich nirgendwo ein freier Parkplatz. Schon mehrmals waren sie dicht am Ziel vorbeigeschoben. Fleischmann fühlte sich wie ein Jet-Pilot in der Warteschleife. Und jetzt fing auch noch seine Passagierin an zu knöttern:

»Ich hab's doch gleich gesagt. Wären wir mit der Bahn gefahren, dann wären wir jetzt schon am Schnabulieren.«

Fleischmann zuckte entschuldigend mit den Achseln. Nervös trommelten seine Finger auf das lederbezogene Sportlenkrad. Am liebsten hätte er Frau Schlauschlau eine gesemmelt. Konnte die nicht mal eine Minute den Mund halten? Schon bei der Abfahrt in Wesel war die Räsoniererei losgegangen. Er hatte den Fehler begangen, dezent die Anzahl der Zylinder und die Pferdestärken, die unter der Haube seines geliebten Wagens schlummerten, zu erwähnen. Darauf hatte Vera mit unschuldigem Lächeln von einer psychologischen Studie über die Kompensation maskuliner Defizite durch PS-starke Autos, sogenannte Komplex-Karossen, zu berichten gewußt. Nein, wie lustig.

»Bei toter Hose viel unter der Haube, könnte man die ganze Sache auf den Punkt bringen«, kicherte Vera, sich verschämt wie ein Mädchen auf den Mund schlagend.

Fleischmann lächelte pflichtschuldig. Er faßte es nicht. Die Studienrätin wäre an jedem Stammtisch mit offenen Armen aufgenommen worden. Erzählte man sich so was im Lehrerzimmer? Kein Wunder, daß die Jugend verrohte, daß Begriffe wie Höflichkeit, Anstand, Sitte zu verdächtigen Vokabeln verkommen waren.

Da, ein freier Parkplatz. Fleischmann setzte Blinker. Aber bevor er einparken konnte, schoß ein schmuddeliger Kleinwagen in die Lücke. Adrenalinflash. Wer fuhr denn hier den BMW? Schon hing er halb aus dem Seitenfenster.

»Ähj, du Scheißhaufen, mach dich da wech, oder ich reiß dir die Eier ab!«

Vera konnte bei aller Mißbilligung über die Wortwahl nur bewundernd staunen. Muttis Liebling war ja ein richtiger Haudegen.

Aber Fleischmann hatte jetzt keine Zeit, ihre anerkennenden Blicke zur Kenntnis zu nehmen. Denn gerade entfaltete sich aus dem Schlichtgefährt ein Typ, der irgendwie mit Conan dem Barbaren verwandt sein mußte. Die Hand fragend hinter das Ohr haltend kam er langsam, aber um so bedrohlicher auf den BMW zu. Fleischmann ließ die Scheibe hochsirren und verriegelte alles, was zu verriegeln war. Vera deutete seine Fummelei an der Tür allerdings miß.

»Ferdi, das hast du doch nicht ernst gemeint. Du wirst doch nicht aussteigen und dem jungen Mann etwas antun. So was hast du doch nicht nötig. Bitte, fahr weiter.«

Fleischmann, der nichts anderes vorgehabt hatte, gab dermaßen Gas, daß es Vera fast die dritten Zähne in den Schlund gerissen hätte.

»Du hast völlig recht. Mein verdammter Jähzorn. Geben wir dem Jungen noch mal eine Chance.«

So blöd war die ja gar nicht. Menschenkenntnis jedenfalls hatte sie. Gerade noch konnte er seine Rechte davon abhalten, ihr freundschaftlich das Knie zu tätscheln, da erhielten sie Landeerlaubnis. Ein halbes Stündchen Fußmarsch – so was tut ja gerade auch vor dem Essen gut –, und schon kam das Canapé in Sicht. Fleischmann lechzte inzwischen fast nach Grünkern-Puffer und Tofu-Schnitzel. Aber kaum eingetreten, winkte der Maître milde lächelnd ab. Alles voll. Fleischmann frohlockte. Neue Hoffnung keimte auf. Mehr als ein vegetarisches Restaurant konnte es in Dinslaken doch nicht geben. Vor seinem geistigen Auge erschien ein opulenter Grillteller mit Fritten und Djuvec-Reis. Aber Veras Juchzen erstickte jegliche Aussicht auf Fleischeslust im Soja-Keim.

»Huhu, Gero!«

Vera hopste, die Arme wie eine Cheer-Leaderin über dem Kopf schwingend, auf der Stelle.

»Schau mal, Ferdi, da hinten sitzt Frau Doktor Rosenbaum. Die kenne ich aus dem Frauentreff. Da sind noch zwei Plätze frei. Komm mit!«

Frauentreff! Schon wieder. Eine geradezu kriminelle Vereinigung. So was gehörte doch verboten. Sein Blick fiel auf Veras Bekannte. Die sah ja umwerfend aus. Er war schon fast wieder versöhnt. Plötzlich stutzte er. Das war doch nicht möglich! Pastor Rabe. Kein Zweifel. Der Begleiter der sexy Frauentrefflerin war der neue Gemeindepfarrer der Engelkirche. Es war zwar wegen verschiedener unerfreulicher Ereignisse doch nicht mehr zu dem persönlichen Kontakt zwischen ihnen gekommen, aber er kannte das markante Gesicht von dem Foto, das dann dank des Volontärs doch noch im Niederrhein-Boten erschienen war.

Hatte er da was nicht mitbekommen? Zölibat passé, Keuschheitsgelübde auf dem Misthaufen der Kirchengeschichte? Die Beichte nahm der der rothaarigen Schönheit doch bestimmt nicht ab. Nun schau mal schau. War er da einem handfesten Eklat auf der Spur? Fleischmanns Interesse war in doppeltem Sinne geweckt. Willig ließ er sich von Vera am Oberarm durch das überfüllte Lokal zerren.

»Hi Gero, ich hoffe, wir stören nicht? Sind die beiden Plätze noch frei?«

Gero schaute wie versteinert. Ausgerechnet Vera, die Schwadroneuse, Hauptfigur der Esoterik-Fraktion in der feministischen Szene Wesels. Nein, nein, nein, nicht setzen, wollte Gero rufen, die Plätze liegen genau über einer Wasserader, gefährliche Erdstrahlen, Elektrosmog, bad vibrations! Diese Labertasche konnte sie jetzt einfach nicht ertragen. Aber noch ehe sie etwas sagen konnte, hatte Anton schon freundlich zum Platznehmen aufgefordert.

*

Die Gäste des Schönhuberschen Gartenfestes schritten schweigend durch den abwärtsführenden unterirdischen Gang. Der Schein mitgebrachter Kerzen warf unruhige Schatten an die feuchten Ziegelwände. Von fern klang düsteres Harmoniumspiel. Weihrauchgeruch hing in der abgestandenen Luft. Die Kinder drängten sich dicht zusammen.

Der Gang mündete in einen größeren, ebenfalls aus Ziegeln gemauerten Raum, der mit kultischen Gegenständen ausgestattet war. Die Wände waren mit schwarzen und roten Stoffen behängt. An der Stirnseite des Raumes befand sich eine Art Altar, ebenfalls ganz mit schwarzem Tuch verhüllt. Darüber hing das Bild eines Ziegenbocks mit halb menschlichem Antlitz. Die gräßliche Fratze Baphomets. Darunter ein goldenes, auf dem Kopf stehendes Kreuz. Die düstere Szenerie wurde von etlichen schwarzen Kerzen auf schweren Kandelabern beleuchtet.

Den Kindern wurde bedeutet, vor dem Altar niederzuknien und zu warten. Die Erwachsenen verließen den Raum durch eine schwere Tür rechts neben dem Altar und gelangten in einen weiteren kurzen Gang, der profan von einer nackten Glühbirne beleuchtet wurde. Aus einem kleinen Nebenraum war schwach das Wimmern eines Säuglings zu hören.

Die Mitglieder der Gruppe begannen, sich mit stummem Ernst gegenseitig die Gesichter weiß zu schminken. Dann zogen sie sich bis auf die Haut aus. Aus einem Mauerdurchbruch an der Stirnseite des kurzen Ganges holte der Anführer der Gruppe lange, schwarze Kapuzen-Kutten hervor und verteilte sie an die Gruppe. Sich selbst stülpte er eine Maske über, die dem Kopf eines Ziegenbockes nachempfunden war, und legte eine mit rotem Satin gefütterte Kutte an. Dann wurden die Kinder geholt.

Schweigend, nur vom Harmoniumspiel begleitet, zwängten sich Kinder und Erwachsene nacheinander durch die Maueröffnung und gelangten durch einen Schrank, der die Öffnung von außen verbarg, in die weiträumigen Gewölbe unterhalb der Krypta der Engelkirche.

Diese Keller waren auch Außenstehenden durchaus bekannt. Es war eine ehemalige Militäranlage der Preußen. Die historische Gesellschaft hielt hier regelmäßig Begehungen ab, es existierten etliche Veröffentlichungen über dieses festungsgeschichtlich bedeutsame Bauwerk. Es war ebenfalls bekannt, daß von den begehbaren Gewölben weitere Räume und Gänge abgingen. Sie waren jedoch nach Schleifung der Festung verschüttet oder im Laufe der Zeit mit Bauschutt verfüllt und zugemauert worden. Viele Häuser im weiten Umkreis um die Kirche standen auf Ruinen des ehemaligen Forts. Von der heimlichen Kultstätte, die sich hinter dem harmlos wirkenden Schrank befand, ahnte allerdings niemand etwas.

Die Vermummten begannen zu singen, fremdartig, eindringlich, hypnotisierend. Der Meister mit der Maske führte die kleine Prozession in einen großen Raum, der sich direkt unter dem Taufbecken in der darüber liegenden Krypta befand.

An der einen Seite hatten bosnische Kriegsflüchtlinge alte Möbel, Geräte und Baumaterialien eingelagert, die sie später mit zurück in ihre Heimat nehmen wollten. Unter der Decke, von silbrigem Dämmmaterial ummantelt, zog sich der Warmluftschacht der Kirchenheizung hin. Die vielen flackernden Kerzen tauchten alles in ein unwirkliches, furchteinflößendes Licht.

Die Sektenmitglieder bildeten einen großen Kreis, die Kinder wurden in die Mitte geschoben. Der Gesang schwoll an, immer ekstatischer begannen sich die Singenden hin- und herzuwiegen. Der Meister trat in das Innere des Kreises, zog ein schwarzes, mit magischen Symbolen besticktes Samtsäckchen hervor und stach mit einem Dolch ein Loch hinein. Ein nach Schwefel riechendes weißes Pulver rieselte heraus.

Der Gesang steigerte sich. Der Meister schritt im Kreis einen spitzen Winkel ab. Das rieselnde Pulver zeichnete eine deutliche Spur.

Dann kreuzte er die sich gegenüberliegenden Winkelschenkel so lange mittig, bis er wieder am Ausgangspunkt angelangt war. Ein Pentagramm war entstanden, in dessen Mitte sich die Kinder zusammendrängten. Der Meister hob einen Moment beide Arme in die Höhe. Die Singenden steigerten sich zur Raserei. Dann ließ er abrupt die Arme fallen. Totenstille.

»Herr der Finsternis, wir verlachen die Engel, denen dieses Gemäuer geweiht ist. Sie sind schwach. Sie haben keine Macht, und er nicht, dem sie dienstbar sind.«

Beifälliges Kreischen der Umstehenden. Dann einstimmig:

»Wir verlachen sie!«

»Herr der Finsternis, du hast die Macht, denn dein ist das Reich und die Kraft und die Herrlichkeit.«

»So ist es«, antwortete der Chor, »laß uns teilhaben an deiner Macht.«

»Herr der Finsternis, genau über uns steht der Taufstein, in dem die ›Dogs‹ ihre Brut dem Sklavengott weihen. Wir spucken auf ihn.«

Der Meister zog ein weiteres Säckchen unter seinem Umhang hervor und verstreute den Inhalt wahllos auf den Boden.

»Der Leib Christi! Wir spucken auf ihn.«

Die Umstehenden jubelten und spuckten aus. Dann wurde dem Meister ein schreiender Säugling gereicht. Mit beiden Händen hielt er das Baby hoch über die Köpfe der Kinder.

»Herr der Finsternis, sieh dieses reine Wesen. Dir sei es geweiht. Aber nicht mit Wasser, wie es der Sklavengott verlangt, mit Blut werden wir es in die Gemeinschaft mit dir hineingebären.«

»So sei es!« riefen die Umstehenden und nahmen ihren Gesang wieder auf.

Der Meister führte die Gruppe, weiterhin das schreiende Baby in die Höhe haltend, zurück zu dem Schrank. Sekunden später war der Spuk vorbei. Diesseits der düsteren Pforte.

*

Fleischmanns Gefühle pendelten noch etwas unentschlossen zwischen Enttäuschung und Befriedigung. Die umwerfend gutaussehende Frauenärztin hatte ihm gerade wie beiläufig eine durchaus plausible Erklärung für ihr Tête-à-tête mit dem geweihten Mann in fremdem Revier geliefert. Beide waren sie vegetarische Vollwertjünger. Für die gab's in Wesel halt nichts Adäquates.

»Ich weihe Pastor Rabe gerade ein bißchen in die besondere Mentalität der Fusternberger ein. Die Engelkirche ist schließlich seine erste Stelle als Gemeindepfarrer. Er kommt ja sozusagen direkt aus dem Knast. Da hab ich ihn ein bißchen unter meine Fittiche genommen.«

Fleischmann lachte über den kleinen Scherz höflich mit. In Gedanken war er aber immer noch bei ›unter die Fittiche nehmen‹. Versonnen betrachtete er Geros frauliche Erscheinung. Nur einmal unter diese Fittiche und dann sterben. Daß Vera als Glucke viel besser taugte, entging ihm völlig. Überhaupt hatte er sie schon fast vergessen. Seine Aufmerksamkeit gehörte ungeteilt Gero, dem Schwan.

Okay, eine Skandalgeschichte schien sich da nicht anzubahnen.

Der sonst eher mißtrauische Fleischmann war nur allzu gern bereit, es zu glauben. Aber dafür war der Weg frei, dieses Prachtweib ungehemmt anzubaggern. Der qua Beruf entmannte Geistliche stellte ja keine Konkurrenz dar.

Fleischmann beäugte ihn kritisch.

Sah ja ziemlich kernig aus, das Herzchen. Wahrscheinlich schwul. Mehr als Halleluja jodeln hatte so einer doch nicht drauf. Da hatte ein Fleischmann schon mehr zu bieten. Und jetzt lieferte ihm die Klassefrau auch noch die passende Steilvorlage.

»Sie sind Journalist, Herr Fleischmann? Wie aufregend. Das war auch mal ein Jugendtraum von mir.«

Fleischmann nahm den Ball freudig an, und dann dribbelte er und dribbelte und dribbelte.

Anton sah aus dem Fenster, Gero mühte sich, ein Gähnen zu unterdrücken, Vera war in das Studium der Speisekarte vertieft. Erst der an den Tisch tretende Kellner schaffte es, Fleischmanns Salbadere zu unterbrechen. Die inzwischen ziemlich ausgehungerte Vera bestellte die Karte rauf und runter.

»Für mich nur einen kleinen Salat und ein Mineralwasser«, orderte Fleischmann mit neidischem Blick auf die athletische Figur des Pastors bescheiden. Dann wandte er sich mit Feuereifer wieder Gero zu.

Was war denn hier los? Salätchen und Mineralwasser? Vera kriegte die Tür nicht zu. Ihr Blick wanderte zwischen dem Dickmops und der femininen Lichtgestalt ihr gegenüber hin und her. Und dann kapierte sie endlich, was da lief. Da suchte jemand hormonellen Anschluß. Aber nicht unter dieser Nummer. Dafür würde sie sorgen. Ein böses Glitzern trat in ihre Augen.

*

Auf dem Altar lag ein zuckender Ziegenbock, Vorder- und Hinterläufe zusammengebunden, das Maul mit starkem Klebeband umwickelt, die Augen so weit verdreht, daß fast nur noch das Weiße zu sehen war. Harmoniumspiel. Die Kinder knieten vor dem Altar. Hinter ihm stand der Meister, hielt eine auf dem Kopf stehende Bibel in die Höhe und zitierte Texte aus dem Missale Romanum in pervertierter Form.

Aus der Tür neben dem Altar trat eine verschleierte Frau in einem rotschwarzen Kleid. Der enganliegende Schleier, der das Gesicht freiließ, war über der Stirn mit einem goldenen, auf der Spitze stehenden Dreieck bestickt, in dem ein Pentagramm angedeutet war. Auf dem weißgeschminkten Gesicht stach ein umgekehrtes, blutrotes Kreuz ab, das über den Nasenrücken verlief und mit seinem Fuß die Spitze des Dreiecks berührte. An den Katheten des Dreiecks befanden sich zwei stilisierte Ziegenhörner, die sie als höhere Mitwirkende des Kults auswiesen.

Ein Raunen ging durch die Gemeinde. Auf ausgestreckten Armen hielt die Frau den nackten Säugling. Gemessenen Schrittes trat sie neben den Meister, der jetzt mit tragender Stimme deklamierte:

»Gloria Deo, Domino Inferi, et in terra vita hominibus fortibus.«

Im Chor fielen die Erwachsenen ein:

»Laudamus te, benedicimus te, adoramus te, glorificiamus te propter magnam potentiam tuam: Domine Satanas, Rex Inferus Imperator omnipotens.«

Der Meister zog erneut seinen Dolch hervor, zeigte ihn der Gemeinde, bevor er ihn neben einen am Kopf des gefesselten Tieres bereitstehenden Kelch ablegte. Dann nickte er der Frau zu.

Sie nahm den Dolch mit beiden Händen und hielt ihn hoch über den Kopf des Tieres. Atemlose Stille. Ihr Blick fiel auf die angstvoll verdrehten Augen, die zitternden Flanken der wehrlosen Ziege. Sie konnte es nicht.

Agnes war sofort zur Stelle.

Der schwere Dolch zitterte in den Händen der Frau, als wäre sein Gewicht zu groß für sie.

»Geh weg, Agnes. Das ist nichts für dich. Ich mach das schon.«

»Danke, Erik, es muß getan werden, sonst bestrafen sie die Frau.«

Plötzlich riß die Frau dem Tier mit einer Hand den Kopf ins Genick und stieß den Dolch in die gereckte Kehle. Ein dicker Blutstrahl schoß heraus, den sie mit dem Kelch auffing. Durch die Gemeinde lief ein befriedigtes Stöhnen.

Die Frau setzte den Kelch ab und öffnete mit einem Schnitt die Bauchdecke des noch zuckenden Tieres. Sie griff in die Eingeweide und schnitt das Herz heraus. Auf einem goldenen Tablett zerteilte sie es in viele kleine Stücke. Dann legte der Meister den wimmernden Säugling in ihre blutbesudelten Hände.

*

Vera wurde immer unglücklicher. Ihr Herzbube ließ sie einfach links liegen. Und je mehr sie seine Mißachtung spürte, um so stärker wurde der Wunsch, ihn für sich zu gewinnen. Aber all ihre Versuche, mit Witz und Geist das Gespräch an sich zu ziehen, waren bisher gescheitert. Gegen einen Fleischmann kam sie einfach nicht an. Aus lauter Verzweiflung hatte sie bereits die dritte Flasche des süffigen Öko-Biers aus dem Hause Pinkus Müller geordert. Aber sie hatte noch immer nichts Handfestes im Magen. Auch Gero und der Pastor warteten noch auf ihr Essen. Mein Gott, das dauerte ja ewig hier.

»Macht ihr erst einen Vierjahresplan, bevor was in die Pfanne gehauen wird?« grölte sie, schon etwas angesoffen, dem Kellner hinterher. »Dann bring mir mal zwischendurch ’nen Grappa, doppelt, damit ich wenigstens ein paar Kalorien reinkriege.«

Totenstille. Vera freute sich. Endlich Mittelpunkt. Und endlich wandte sich auch der knuffige Ferdi wieder ihr zu. Besorgtes Flüstern:

»Du solltest mit dem Trinken vorsichtig sein. Ich glaub, du hast genug.«

Vera tätschelte dem sich windenden Journalisten die feiste Wange und schmetterte laut und vergnügt:

»Genug ist nicht genug, genug kann nie genügen…« Konstantin Wecker ließ grüßen.

Fleischmann lag es auf der Zunge, mit »Neulich, do hamst die Vera erschlogen« zu antworten, aber er hatte ja bloß Mineralwasser gehabt. So wandte er sich nur mit indigniertem Kopfschütteln ab.

Gero und Pastor Rabe bekamen endlich ihr Essen, während sich Vera den Tresterschnaps reinzog. Jetzt würde sie mal andere Saiten aufziehen. Zwei Leute waren hier überflüssig, absolut überflüssig. Wäre doch gelacht, wenn sie das Pfäfflein samt Begleitung nicht zum Aufbruch motivieren könnte.

»Also, was ihr Obermufti Wojtyla da in Rom jetzt wieder zum Thema Laieneinsatz in der Kirche losgelassen hat. Schrill!«

Pastor Rabe hatte den Mund voll, sah sie aber interessiert an.

»Na ja, als Pole hat er's eben nicht mit Leihen«, sagte Vera.

Der erwartete Empörungsaufschrei über so viel rassistischen Chauvinismus blieb aus. Vera rollte mit den Augen. Ja, kapierte der Gipskopf denn nicht? Sie versuchte es noch einmal.

»Mit ›eih‹, nicht mit ›ai‹, verstehen Sie? Polen! Mafia! Nix leihen, klemm und klau, capito?«

Offensichtlich nicht. Unbeeindruckt begann Rabe, einen Vortrag über das segensreiche Wirken von Laien in den Gemeinden zu halten. Vera winkte dem Kellner mit ihrem leeren Glas und nahm eine Olive von Pastor Rabes Salatteller.

»Ich darf doch?« Schmatz, schmatz. »Delikat.«

Schon legte sie den sauber abgekauten Kern ins Grüne zurück und kippte ihr inzwischen nachgefülltes Glas.

»Kennen Sie den schon? Kommt 'n Pope zum Frauenarzt…«

Rabe schüttelte interessiert lächelnd den Kopf. Vera gab auf. Dumm wie Stulle. Ein objektiv inferiorer Depp. Geschlagen wandte sie sich Fleischmann zu, der ihr allerdings, nur noch eine Backe auf der Sitzfläche, die kalte Schulter zeigte. Stakkatoartig redete er auf seine schon etwas in sich zusammengesunkene Nachbarin ein.

Diese treulose Tomate. Na warte.

Einer von Fleischmanns hinteren Hosenträgerclips hatte sich gelöst. Unauffällig hakte Vera ihn am überhängenden Tischtuch fest.

Fleischmann hatte in seinem Leben bestimmt noch nie so viel Wasser auf einmal in sich hineingegossen wie an diesem Abend. Das mußte einfach irgendwann Wirkung zeigen.

Vera gluckerte noch ein bißchen Pinkus und wartete ungeduldig darauf, daß Ferdi die Blase zwickte. Es dauerte nicht lange.

»Entschuldigen Sie mich einen Augenblick, Frau Doktor. Muß mir mal das Näschen pudern.« Harharhar.

Und dann folgte, womit schon der Suppenkasper für Furore gesorgt hatte. Krach, Bumm, Peng, schon war abgeräumt. Gero starrte stumm auf dem ganzen Tisch herum.

»Hei, wie da die Soße fließt und sich auf das Kleidchen gießt«, zitierte Vera schadenfroh, aber treffend in nur leichter Abwandlung den frühen Bänkelbarden Ulrich Roski. Sie war schließlich Deutschlehrerin.

Geros Blick wanderte in ihren Schoß, wo sich jetzt die vorzügliche Gemüselasagne wärmend bemerkbar machte. Das neue Sommerkleid. Verdammte Hacke. Schon stand sie Fleischmann kerzengerade gegenüber. Clint-Eastwood-Blick. Dann gab's links, rechts was ins verdutzte Journalistengesicht.

»Sie Vollidiot!«

Gero rauschte in Richtung Toiletten davon und Fleischmann mit wehender Schleppe hinterher.

»Gott, ist mir das peinlich. So warten Sie doch!«

Aber weit kam er nicht. Vera hatte ihren Fuß auf das schleifende Tischtuch gestemmt. Fleischmanns Hosenträger spannte sich mächtig. Der nachgebende Clip traf den bereits angeschlagenen Nachrichtenmann wie ein Dumdum-Geschoß ins Kreuz. Spontanes Jodeln und Schuhplattler. Anton lachte brüllend. Fröhliche Da-capo-Rufe der anderen Gäste. Bombenstimmung im Gemüseladen.

*

Der Meister träufelte aus einer Phiole Flüssigkeit in das noch warme Blut im Kelch.

»Seht den Kelch der Fleischeslust, der Lebensfreude schenkt.«

Dann machte er mit dem Kelch und dem goldenen Tablett, auf dem das zerteilte Ziegenherz lag, die Runde und bot jedem an. Alle aßen und tranken davon, auch die Kinder. Nur ein kleines Mädchen wandte voll Ekel den Kopf ab, als ihm das rohe Muskelfleisch gereicht wurde. Sofort griffen Erwachsenenhände zu und hielten den Arm des Mädchens fest. Mit dem rituellen Dolch ritzte der Meister schnell dreimal die schneeweiße Innenseite des Unterarms. Dann aß und trank auch das Kind, bevor es weinend zusammenbrach.

Die Gemeinde hatte ihren Gesang wieder aufgenommen. Immer ekstatischer wiegten sich die Kuttenträger hin und her. Das Zeremoniell näherte sich seinem Höhepunkt.

Der Meister trat wieder hinter den Altar und nahm der verschleierten Frau das Baby ab. Er hielt es hoch über das eben geopferte Tier.

»Herr der Finsternis, schenke diesem reinen Wesen den ersten Tod.«

»So sei es«, rief die Gemeinde im Chor. Das Harmonium setzte wieder ein.

»Du Lichtbringer, gebäre dieses Wesen in unsere Gemeinschaft.«

Er bettete das schreiende Baby zwischen die Eingeweide der aufgeschlitzten Ziege.

»Aus Schleim und Blut ist die Pforte, durch die du unwiderruflich in unsere Gemeinschaft trittst. Auserwähltes, glückliches Wesen, bald werden wir dich im zweiten Tod auf ewig mit Satan vereinen.«

Die Umstehenden jubelten. Das Harmoniumspiel schwoll an. Die kollektiv genossene Droge begann Wirkung zu zeigen. Die ersten Tanzenden warfen ihre Kutten ab. Männer wie Frauen begannen, sich untereinander wahllos an den entblößten Körpern zu erregen. Und der Meister heizte sie, seine Kutte ebenfalls abwerfend, noch an.

»Tut, was ihr wollt! Laßt alle Hemmungen fahren. Ihr seid Gods. Nehmt euch, was und wen ihr wollt. Sexualität ist die größte Kraft des Menschen. Macht sie euch dienstbar. Nur so könnt ihr die höchstmögliche Energie erfahren.«

Er griff sich, nackt bis auf die Baphomet-Maske, das eben mit dem Dolch gezüchtigte Mädchen. Die Gemeinde vereinigte sich in einer wüsten Orgie, in die die Kinder miteinbezogen wurden.

Still hob die verschleierte Frau den wimmernden Säugling aus den Eingeweiden des Opfertiers und schmiegte es an ihre Brust. Durch die Tür neben dem Altar verließ sie den Ort des Exzesses. Tränen spülten Wimperntusche-Schlieren über ihre weißgeschminkten Wangen.

*

Nach ihrem ziemlich überstürzten Abgang aus dem launigen Lokal in Dinslaken hatte Gero keine Lust mehr auf nächtliche Radtouren. Mit reichlich Wasser und unter Zuhilfenahme einer ganzen Rolle Toilettenpapier hatte sie zwar die ärgsten Spuren der Sauce aus ökologisch unverdächtigen Tomaten von ihrem Kleid getilgt, dafür klebte ihr jetzt der quietschnasse Rock an den Oberschenkeln. Schweigend schoben sie ihre Räder. Anton grinste immer noch wie ein Honigkuchenpferd. Aber das konnte Gero gottlob nicht sehen, denn sie mieden auf der Suche nach einem Taxi-Stand gut ausgeleuchtete Bereiche.

Am Bahnhof hatten sie Glück. Gleich drei Droschken. Und vornean ein Typ wie Joschka Fischer, bevor er ins Maso-Lager abgedriftet war. Ledermütze und -weste, Drei-Tage-Bart, Selbstgedrehte im Mundwinkel, heftig bei der Taz-Lektüre. Warum bloß immer diese albernen Pferdeschwänzchen? Ach Gott ja, times they are changing. Jedenfalls würde der keine Zicken wegen zweier Fahrräder im Kofferraum machen.

Während Anton mit dem Fahrer die Räder verlud, trippelte Gero ungeduldig, den Rucksack schützend vor den Schoß gepreßt. Schon wurde die Jung-Joschka-Adaption unruhig.

»Unterleibsbeschwerden oder was?«

»Es ist soweit. Soll aber 'ne Hausgeburt werden. Wackenbrucher Straße, Wesel-Fusternberg, eilt ein bißchen«, konterte Gero, sich in den Fond zwängend.

»Ach du liebe Scheiße«, trötete der Fahrer unternehmungslustig, »daß ich das noch erleben darf«, und startete durch wie Telly Savallas auf Einsatzfahrt.

»Geht's noch?« erkundigte er sich weit nach hinten gebeugt, während er wie ein Tiefflieger durch Friedrichsfeld düste. Gero würgte der Pesthauch von ›Van Nelle Zware‹. Mattes Nicken mit angehaltenem Atem. Aber dann nahm Anton ihre Hand. Und plötzlich war der ganze Wirbel vergessen. Dieser verschmitzte Mund, die von ständiger Lachbereitschaft zeugenden Fältchen um die wissenden Augen. Der Tausch tiefer Blicke. Seit Jahren hatte sie nichts so erregend Intimes wie die sanfte Berührung dieser Hand erlebt. Allein dafür hatte sich der Abend gelohnt.

Quietschende Reifen. Der Wagen stoppte ruckartig. Gero erwachte wie aus einer Trance. Schon war der Fahrer um den Wagen geeilt und riß die hintere Tür auf. Gero stieg aus dem Wagen. Der Taxi-Mann glotzte auf das feuchte Polster.

»Blasensprung«, sagte sie lakonisch.

»Soll ich nicht doch lieber einen Arzt -?«

»Nicht nötig, der Mann hier ist ausgebildete Hebamme.«

Jung-Joschka zerfloß vor Bewunderung. Emanzipation verschärft, Patriarchat abgewirtschaftet. Das Lederkäppi weit in den Nacken geschoben zählte er nicht einmal nach, was ihm Hebamme Anton in die

Hand drückte. Schnell wurden die Räder entladen. Völlig baff starrte er den beiden hinterher. Jetzt hatte er den Kumpels aber was zu erzählen. Hoffentlich trocknete der Beweisfleck auf dem Rücksitz nicht so schnell weg.

Gero und Anton standen unter der Tür. Das Minutenlicht war bereits erloschen, aber der Abschiedshändedruck dauerte an. Gero hätte gern irgendwas von ›noch einer Tasse Kaffee bei mir‹ gesagt oder wenigstens den Arm um seine Schulter gelegt, ihm einen unschuldigen Abschiedskuß auf die Wange gedrückt. Aber es ging nicht. Seltsame Hemmung. Was war denn los? Sie war doch eine erwachsene Frau. Aber sie schauten sich nur unverwandt an. Und es war wie eine Liebkosung. Dann ließ Anton ihre Hand los und verschwand rückwärtsgehend im Dunkel.

»Schlaf gut, Gero. Bis bald.«

Bis bald. Die zwei Worte schwangen wie Glockenklang in ihr nach.

*

Auf dem Nachhauseweg stoppte Fleischmann seinen Wagen auf der Brücke des Wesel-Datteln-Kanals. Voller Mordlust sah er auf seine inzwischen friedlich schnarchende Begleiterin. Kurz erwog er, ihr den Wagenheber zum Beschweren ins Dekolleté zu schieben, und dann ab mit dem hinterlistigen Frauenzimmer übers Geländer. River of no return.

Da öffnete Vera die Augen, registrierte Fleischmanns gierigen Blick, das Stehen des Wagens. Mit spitzbübischem Lächeln begann sie, an ihrer Bluse zu nesteln.

»Mach mit mir, was du willst, Ferdi!«

Fleischmann schrak zusammen. Ja, konnte die denn Gedanken lesen? Dann kapierte er. Von Erschrecken zu nackter Panik.

»Ich werde doch den Schwips einer wehrlosen Frau nicht ausnützen.«

»Warum bist du bloß immer so ritterlich, Ferdilein?« lallte Vera, bevor sie wieder wegratzte.

Fleischmann wußte es auch nicht. Kick down und ab durch die Mitte. Nacht des Grauens. Aber gerade noch mal davongekommen.

*

Anton radelte in beschwingten Schlangenlinien über den breiten Fahrradweg der Friedensstraße nach Hause. Plötzlich war er wieder in der Vergangenheit. Dreiundzwanzig Jahre zurück. Schlangenlinien mit dem Motorrad auf der Gaesdoncker Straße bei Goch. Er spürte förmlich Gertruds heißen Atem im Nacken. Gipfel des Glücks. Selbst der jähe Filmriß damals konnte ihn jetzt nicht runterziehen. Fortsetzung folgt. Waren sie nicht schon mittendrin? Am Bahndamm stiegen Nebel auf.

Erst der Anblick des angestrahlten Posaunenengels, der sich auf dem Dach der alles überragenden Engelkirche grünspanblinkend vom nachtschwarzen Himmel abhob, brachte ihn wieder in die Gegenwart zurück. Er bog nach links in die Fusternberger Straße ab. Was hatte sie bloß damals gesungen? Er kriegte es nicht mehr zusammen. Irgendwas von einem wilden Wassermann, der unter der glatten Oberfläche des Sees sein Unwesen trieb.

Und plötzlich hatte er das Gefühl, ganz nah an einer wichtigen Erkenntnis zu sein. Sein Blick suchte erneut den fliegenden Engel über dem stilisierten Flammenmeer auf dem Kirchendach. An irgend etwas erinnerte ihn das. Aber woran? Er wußte, daß es enorm wichtig war. Aber je mehr er versuchte, den Schleier wegzuziehen, um so mehr atomisierte sich die Assoziationskette. Ein durcheinandergewirbeltes Mega-Puzzle. Aber er wußte, daß er alle Teile hatte.

Er überquerte die Kurt-Kräcker-Straße. Links von ihm war der Abhang, der weit unterhalb des Straßenniveaus den Blick auf ein kurzes Stück des Festungsgemäuers freigab, das unter der Krypta lag. Schießscharten wie leere Augenhöhlen. Früher war das alles ebenerdig gewesen, die jetzige Krypta bereits der erste Stock der Festungs-Redoute. Von dort aus hatten preußische Kanoniere die Lippe-Auen im Visier gehabt. Jetzt hätte man nicht einmal mehr die Kanalisation unter der weit oberhalb liegenden Straße perforieren können. Ein Freizeithistoriker hatte in dankenswerter Eigeninitiative unter diesen jetzt fast überall unterirdisch liegenden Räumen noch den Teil eines weiteren Kellergeschosses freigelegt. Und er glaubte felsenfest an noch mehr tieferliegende Gewölbe. Jedenfalls war die Engelkirche, neben der kürzlich arg erdbebengeschädigten Kirche in Assisi, eines der ganz wenigen Gotteshäuser mit vier Stockwerken.

Fast wäre Anton an der mit Staketen abgezäunten Vertiefung, die sich an der Südseite der Kirche auftat, achtlos vorbeigeradelt. Da veranlaßte ihn etwas, das er nur aus den Augenwinkeln wahrgenommen hatte, abrupt die Bremse zu betätigen.

Da, noch mal. Hinter einer der sich nach innen verengenden Schießscharten hatte kurz ein Licht aufgeleuchtet. Sekundenlang starrte er wie gebannt. Er glaubte schon, sich getäuscht zu haben, da war das kurze Aufflackern wieder da.

Wie elektrisiert trat er in die Pedale, bog zum Kirchplatz ab und sprang nur Sekunden später vor dem Krypta-Portal gegenüber dem Pfarrhaus vom Rad. Feuer im Kirchenkeller. Er war sich ganz sicher. Es konnte nichts anderes sein. Einbrecher? Da unten gab's nichts zu stehlen. Und bei dem Licht hatte es sich auch nicht um eine Taschenlampe gehandelt. Das war zweifelsfrei eine offene Flamme gewesen.

Er riß den Krypta-Schlüssel heraus und fummelte am Schloß. Schon krachte die schwere Holztür gegen die Wand. Mit der Faust hieb er auf den Lichtschalter. Hastig griff er sich den Feuerlöscher neben der Tür und schnupperte. Nichts. Es roch nicht nach Rauch. Nur der unverwechselbare Kirchengeruch hing in der Luft. Nach kaltem Weihrauch, ausgeblasenen Kerzen und ein bißchen nach Putzmitteln. Anton suchte am Abgang der nach unten führenden Wendeltreppe den Lichtschalter für das Kellergewölbe. Er fand keinen. Mist. Da erinnerte er sich an die Taschenlampe im Sicherungskasten links der Tür.

»In der Ruhe liegt die Kraft.«

Anton sah zu der alten Kreuzigungsgruppe im Eingangsbereich, die vom Riemenschneider-Schüler Veit Stoss geschnitzt worden war, und machte eine hastige Kniebeuge.

»Stimmt leider nicht immer. Wenn ich mich jetzt nicht ranhalte, wird dir da drüben möglicherweise bald ganz schön warm.«

»Ruhe bewahren ist immer richtig. Schließlich hab ich in den letzten zweitausend Jahren mit euch noch nie kalte Füße gekriegt.«

Anton hatte jetzt keine Zeit für Allegorisches. Aber zumindest war die kopflose Panik kühler Überlegung gewichen. Im Schein der Taschenlampe stieg er in das dunkle Gewölbe hinab. Unten leuchtete er nach rechts, dahin, wo die Gasanschlüsse waren. Alles in Ordnung. Er folgte dem engen Gang, der sich links in weiteren Verästelungen auftat. Immer noch kein Rauchgeruch. Nirgendwo ein Lichtschein. Die Second-Hand-Möbel der bosnischen Flüchtlinge waren unversehrt. Um ganz sicher zu gehen, knipste er die Lampe aus.

Er stand in völliger Finsternis. Aus einer der offenen Schießscharten wehte ein lauer Windhauch herein. Hier war alles in Ordnung. Er mußte sich geirrt haben. Da hörte er Musik, wie durch dicke Mauern gedämpft. Irgendwo im Gemäuer orgelte jemand, da gab's nichts dran zu deuteln. Irgendwas von Palestrina, registrierte er trotz gesträubter Nackenhaare sachlich.

Fast eine volle Minute stand er in der Finsternis und lauschte der düsteren Komposition. Gaukelten ihm seine Nerven etwas vor? Jetzt glaubte er auch noch monotonen Gesang zu hören, ähnlich dem mittelalterlicher Mönche.

Er gab sich einen Ruck, knipste die Lampe wieder an und ging in die Richtung, aus der die Musik zu kommen schien. Der Strahl der Taschenlampe wischte über den unebenen Boden. Plötzlich blieb er abrupt stehen. Er hielt die Lampe hoch über den Kopf. Kein Zweifel. Was er da zu seinen Füßen sah, war bei seiner ersten Begehung vor zwei Tagen noch nicht dagewesen. Ein großes Pentagramm. Das gleiche Symbol, das er en miniature auf dem Daumenballen der toten Frau im Trapp-Hochhaus gesehen hatte. Und auf dem Bild der Stummen aus Geros Praxis. Anton glaubte nicht an Zufälle. Was ging hier vor?

Während er noch auf das Symbol am Boden starrte, riß die Musik ab. Auf einmal fühlte er sich beobachtet. Ein Gefühl, das er noch allzu gut von Nachtpatrouillen kannte, wenn sie in von Freiheitskämpfern kontrolliertem Gebiet operierten. Lag da jemand im Hinterhalt? Er bedeckte den Kopf der Taschenlampe mit der Hand und lauschte in die Dunkelheit. Die Grabesstille wurde immer bedrohlicher. Er glaubte, fast körperlich die Anwesenheit von Menschen zu spüren. Menschen, die nichts Gutes im Schilde führten.

Und plötzlich schrie ein Baby auf. Kurz nur, als habe jemand es sofort wieder zum Schweigen gebracht. Anton fuhr herum. Der Strahl der Taschenlampe traf einen alten Schrank.

Das kalte Neonlicht der Deckenbeleuchtung flammte auf. Jemand stieg, von der Krypta kommend, die Wendeltreppe hinab. Mitternacht.

VIER

Donnerstag, 18. Juni 1997

Anton war aufs höchste alarmiert. Schnell lief er zu den aufgestapelten Möbeln und duckte sich hinter ein wuchtiges Sofa. Jetzt hatte der von oben Kommende das Treppenende erreicht. Die Schritte verharrten einen Moment. Der Jemand begann, eine Walzermelodie zu pfeifen. Anton mußte unwillkürlich grinsen. Er hatte als Kind auch immer gepfiffen, wenn er allein in den Keller mußte. Dann trat eine Gestalt um die Ecke und blieb vor dem großen Pentagramm auf dem Boden stehen. Anton entspannte sich. Van der Leuen. Wo kam der denn jetzt her?

»Nicht erschrecken! Ich bin's, Pastor Rabe.«

Trotzdem zuckte der so unerwartet Angesprochene heftig zusammen.

»Sorry. War nicht meine Absicht. Aber was schleichen Sie auch wie das Phantom der Oper hier nach Mitternacht rum?«

Van der Leuen hatte sich schon wieder gefaßt.

»Dasselbe könnte ich Sie fragen. Und von Schleichen kann ja wohl überhaupt keine Rede sein«, raunzte er. »Komme gerade aus ›Auerbachs Keller‹. Kegeln. Als ich hier vorbeilaufe, steht die Krypta-Tür auf. Daß Sie noch ein Sofa brauchen, hätten Sie mir ruhig sagen können. Dann hätten wir das tagsüber erledigt.«

Anton blickte auf das fette altdeutsche Teil vor sich und grinste.

»Spaß beiseite. Ich hab von draußen durch eine der Schießscharten Kerzenschein oder so was bemerkt. Ich bin natürlich nachsehen gegangen. Den Lichtschalter hab ich nicht gefunden. Also mußte ich mich mit der Taschenlampe behelfen.«

Van der Leuen konnte schon wieder schmunzeln.

»Mutig, mutig. Zur Geisterstunde allein in dunklen Katakomben. Wußten Sie, daß es hier Fledermäuse gibt? Und Vollmond ist auch.«

»Ich bin ja auch in Angstschweiß gepökelt«, flachste Anton lässig, obwohl die Beschreibung ziemlich genau den Tatsachen entsprach. Dann wurde er wieder ernst.

»Hier stimmt was nicht. Sehen Sie hier, das merkwürdige Zeichen auf dem Boden? Das war neulich, als wir hier unten waren, noch nicht da.«

Van der Leuen warf einen kurzen Blick auf das Pentagramm und winkte dann mit einer wegwerfenden Geste ab.

»Das sind Jugendliche, die hier ihre Spielchen treiben. Hab schon zweimal welche erwischt. Ist ja auch reizvoll hier. Kommen Sie, ich zeig Ihnen was.«

Van der Leuen ging voraus. Unterwegs zeigte er immer wieder auf Sprüche, die an die Wände geschrieben waren. ›Kai liebt Laura‹, ›Johnny was here‹ usw. Vor einer schweren Eisentür blieben sie stehen. Van der Leuen drückte mit der Schulter dagegen. Laue Nachtluft wehte herein. Sie standen direkt vor dem steilen Abhang, der von der Fusternberger Straße hinabführte.

»Hab ich's nicht gesagt? Hier kommen sie rein und raus. Wenn man von außen einen Stock durch den Schlitz zwischen Tür und Wand steckt, kann man leicht den schweren Haken, der die Tür von innen verriegeln soll, aus der Öse heben.«

Van der Leuen schloß die Tür und brachte den Haken wieder in Position.

»Da müssen wir bei Gelegenheit mal was dran machen.«

Der Alte wandte sich zum Gehen. Für ihn schien die Sache damit erledigt. Aber Anton faßte ihn am Arm.

»Moment, das ist noch nicht alles. Ich habe deutlich Harmoniumspiel gehört. Und so etwas wie Babyschreien.«

Das Gesicht des Alten knautschte sich in tausend Lachfältchen zusammen. Er zitterte und bebte, dann prustete er los, als habe er einen Lachsack verschluckt.

»Um Mitternacht immer unbedingt einen Colt mit Silberkugeln und angespitzte Holzpflöcke mitführen, wenn's ins schaurige Gewölbe geht.«

Mit Wehmut dachte Anton daran, mit wieviel Respekt man früher dem Gemeindepfarrer begegnet war. Aber van der Leuen deutete seine säuerliche Miene richtig und schaltete ab.

»Kleiner Scherz, okay? Sie haben ja recht. Ich weiß hier unten nur ziemlich gut Bescheid und kenne die Ursachen für solche Phänomene. Wenn der Wind durch die Schießscharten geht, verursacht er manchmal Geräusche wie ein Harmonium. Und das mit dem Babyschreien – wissen Sie, ich bin Katzenbesitzer. Wenn die rollig sind, geht's ziemlich rauh und laut zu.«

Anton gab keine Antwort. Da hatte kein Wind gepfiffen. Aber er hatte keine Lust, für weitere Heiterkeitsausbrüche zu sorgen. So schwieg er darüber, daß ihm das Symbol zum dritten Mal in den letzten Tagen untergekommen war. Er würde Gero das Symbol zeigen. Aber als sie an die Stelle kamen, deutete van der Leuen von selbst auf das Pentagramm.

»Genau an dieser Stelle hat sich das sogenannte Wunder vom Fusternberg abgespielt. In den Bombennächten 1945 haben hier unten die umliegend wohnenden Bürger Schutz gesucht. Dann ist eine Fliegerbombe eingeschlagen und genau über dem Gewölbe, da, wo jetzt der Taufstein steht, steckengeblieben. Durch göttliche Fügung ist sie nicht explodiert. Bei den dankbaren, auf so wunderbare Weise Geretteten ist dann später der Plan gereift, hier eine Friedenskirche zu bauen.«

Anton versuchte, sich in das damalige Geschehen hineinzuversetzen. Es mußte der absolute Horror gewesen sein. Wesel war in mehreren großen Wellen alliierten Flächenbombardements fast völlig ausradiert worden. Was mußten die Männer, Frauen und Kinder hier empfunden haben, als die Stadt im Inferno versank, sie aber, das herabsausende Damoklesschwert buchstäblich schon im Nacken, dann doch gerettet wurden?

Sie stiegen schweigend die Wendeltreppe hinauf. Oben ging van der Leuen zum Sicherungskasten.

»Es gibt übrigens keinen Lichtschalter für die Beleuchtung unten. Sie müssen die Sicherung hier umlegen, schauen Sie.«

Schon standen sie im Dunkeln. Nur das ›Ewige Licht‹ vor der ›Immerwährenden Hilfe‹ strahlte wie ein funkelndes Auge in die Finsternis. Sie tappten zum Krypta-Portal. Anton verschloß es sorgfältig von außen.

»Es heißt ja, daß es da unten möglicherweise noch weitere Gänge gibt. Ist da was dran?«

Van der Leuen winkte ab.

»Ach, es wird viel geredet. Da geht wohl immer mal wieder die Phantasie mit einigen durch. Früher, ja, da ganz bestimmt. Aber das ist heute doch alles verfüllt und zugemauert. Ich hab mich ziemlich intensiv mit der Festungsgeschichte beschäftigt. Das ist alles kalter Kaffee.

Bei der Schleifung der Anlage ist ganze Arbeit geleistet worden. Da ist nichts mehr.«

Ein kurzer Gruß. Anton ging nachdenklich zum Pfarrhaus.

*

Gero bestrich ihr Brötchen dick mit Nutella, aber dann blieb der süße Verdauungshemmer doch unberührt auf ihrem Frühstücksbrettchen liegen. Sie redete nicht mit vollem Mund. Und gerade jetzt hatte sie viel zu erzählen. Ihr gegenüber kaute Susanne Straaten mit vollen Backen. Sie konnte es sich leisten. Ihre Rolle beschränkte sich erst einmal aufs Zuhören.

Gero hatte ihre Freundin zum gemeinsamen Frühstück gebeten, um ihr die Sache mit der merkwürdigen Frau zu berichten. Sie war in der Nacht aus einem wilden Traum hochgefahren, und sofort hatte sie das, was Anton am Vorabend über den möglichen Zusammenhang zwischen der stummen Frau und der toten Mutter des entführten Kindes gesagt hatte, wieder im Kopf. Sie mußten irgend etwas tun. Aber mit einem Kinderbild und einem Sack voll Spekulationen bei der Polizei aufkreuzen? Unmöglich. Im privaten Rahmen konnte sie der ermittelnden Freundin vielleicht ein paar wichtige Hinweise geben. Und Susanne war ganz Ohr.

»Okay, lassen wir das mit dem MPS-Phänomen mal beiseite. Ist ein bißchen viel. Das muß bei mir erst mal sacken.« Susanne wischte mit einer abschließenden Geste Krümel von der Brust und lehnte sich zurück. »Du meinst also, die gestörte Frau weiß etwas über den Aufenthaltsort des verschwundenen Babys?«

»Ich weiß, daß sich das alles verrückt anhört. Es ist nur so ein Gefühl, aber ich glaube, daß es sich bei dem, was auf dem Bild dargestellt ist, nicht um ein gewesenes, sondern erst noch kommendes Ereignis handelt.«

»Wieso hat sich die Frau, oder soll ich lieber das Kind sagen, nicht an die Polizei gewandt?«

Gero überlegte einen Moment.

»Ich weiß es nicht. Vielleicht steckt sie selbst in der Sache mit drin. Das ist doch ein typisches Muster. Opfer werden zu Mittätern gemacht, und schon ist man sich ihres Schweigens sicher. Die Frau spaltet sich in verschiedene Persönlichkeiten auf, sie dissoziiert, weil sie selbst Opfer extremer Gewalt geworden ist und vielleicht immer noch ist.«

Susanne wiegte skeptisch den Kopf. Gero sprang auf und begann in der kleinen Küche auf- und abzugehen.

»Ob das was mit deinem Fall zu tun hat, kann ich nicht sagen. Aber ich bin mir sicher, daß das Bild einen rituellen Mißbrauch darstellt, bei dem ein Baby eine Rolle spielt. Und in Wesel ist nun mal ein Baby verschwunden.«

Susanne dachte an die verworrenen Aussagen der Mutter des entführten Babys und an den Vortrag des LKA-Experten. Vielleicht war ja doch was an der Sache dran. Sie nahm noch einmal das Bild und betrachtete es eingehend.

»Kann ich das mitnehmen?«

»Nein, Susanne, das mußt du verstehen. Dann kriegt das Ganze einen offiziellen Charakter. Ich bin mir sowieso nicht sicher, ob ich mich nicht hart an der Grenze zur Schweigepflichtverletzung bewege. Laß das mal zwischen uns. Eine private Information.«

Susanne nickte.

»Okay, Gero. Viel können wir mit dem Bild sowieso nicht anfangen. Da muß schon mehr kommen. Trotzdem danke.«

Gero kam sich plötzlich ein bißchen blöd vor. Die Story war wirklich abenteuerlich.

»Ich bin mir sicher, daß die Frau wiederkommen wird. Dann werd ich versuchen, dich dazuzuholen. Als Freundin, nicht als Kommissarin.«

*

Durch die Katakomben des ehemaligen Fusternberger Forts zog eine melancholische Trompetenballade von Miles Davis. Anton stand im untersten Keller unter einem vielarmigen Leuchter und blies voll inbrünstigen Gefühls. Übergangslos wechselte er vom Jazz ins Klassische. Trumpet Tune von Henry Purcel. Er beherrschte sein Instrument.

Ein Gutes hatten die Ereignisse der letzten Nacht jedenfalls gehabt. Er hatte einen idealen Übungsraum gefunden. Fernab von Menschen, die sich gestört fühlen könnten, mit einer berauschenden Akustik. Noch ein paar barocke Schnörkel, dann mußte er das Instrument von den Lippen nehmen. Sein Ansatz war mangels Training nicht mehr der allerbeste. Aber das würde jetzt anders werden.

Er stieg die geschwungene Steintreppe hoch in den darüberliegenden Keller. Durch die Schießscharten fiel Sonnenschein in breiten Bahnen auf den Ziegelboden. Das nackte Neonlicht tat ein übriges: Alles, was in der Finsternis der Nacht so unheimlich gewirkt hatte, stellte sich nun äußerst profan dar. Vielleicht hatte van der Leuen ja recht, und er war seinen überreizten Nerven auf den Leim gegangen.

Nachdenklich betrachtete er den alten Eichenschrank, der in der Ecke stand. Aus der Richtung hatte er das Harmoniumspiel und auch das Babyschreien zu hören geglaubt. Er ging zu dem alten Möbel hinüber. Nicht schön, aber antik und somit wahrscheinlich wertvoll. Er öffnete eine der Türen.

Nur einen Meter entfernt, aber durch die Rückwand des Schrankes getrennt, wurde Anton über einen kleinen Bildschirm beobachtet. Als er die Schranktür öffnete, entsicherte der Beobachter eine automatische Waffe.

Anton fand nichts Aufregendes, nur Fahnenstangen und Wimpel für die Fronleichnamsprozession. Prüfend klopfte er gegen die Rückwand.

Der Beobachter im dahinterliegenden Raum riß die Waffe hoch und richtete sie auf den Mauerdurchbruch.

Anton wandte sich ab. Etwas hatte ihn abgelenkt.

Da fegte doch jemand. Der gepfiffenen Walzermelodie nach konnte es sich nur um einen handeln. Er ging um die Ecke, und richtig: Rinus van der Leuen beim Saubermachen. Das halbe Pentagramm war schon zusammengekehrt.

»Was machen Sie denn da?« rief Anton ärgerlich.

Van der Leuen fuhr herum.

»Scheint ja zur Tradition zu werden, daß Sie für mich hier den Bullemann geben, Herr Pastor. Irgendwann trifft mich noch mal der Schlag.«

»Wer hat Ihnen denn gesagt, daß Sie das Zeichen wegfegen sollen?« schnauzte Anton, merkte aber an van der Leuens hochgezogenen Augenbrauen sofort, daß er übers Ziel hinausgeschossen war. Schnell setzte er nach: »Entschuldigen Sie den Ton. Ich bin wegen letzter Nacht wohl etwas überreizt. Das Zeichen wollte ich noch jemandem zeigen.«

Van der Leuen hob bedauernd die Schultern.

»Tut mit leid, das konnte ich ja nicht ahnen. Nu isses zu spät.«

Anton lächelte versöhnlich. Wahrscheinlich hatte der Alte ja recht, Schwamm über die ganze Sache. Er machte sich ja nur lächerlich.

*

Gero hätte sich nicht träumen lassen, daß ihre Vermutung über das Wiedererscheinen der merkwürdigen Frau in ihrer Praxis so schnell Wirklichkeit werden würde. Aber als sie, wegen des ausgedehnten Frühstücks etwas später, gegen neun in der Praxis auftauchte, kam ihr schon eine ihrer Sprechstundenhilfen entgegen.

»Kommen Sie schnell, Frau Doktor. Wir haben da eine ganz merkwürdige Patientin. Sagt keinen Ton. Ich glaub, die ist nicht ganz richtig.«

Die sonst so resolute Helferin war sichtlich überfordert. Gero drängte sich an ihr vorbei ins Wartezimmer. Sie kannte das Bild schon.

»Schön, daß du wiedergekommen bist«, sagte sie freundlich zu der in der Spielecke hockenden Frau. »Wollen wir wieder malen?«

Die Frau nickte mit eifrigem Lächeln.

»Dann komm, du kennst ja den Weg.«

Sie gingen an dem ausnahmsweise sprachlosen Vorzimmer-Zerberus vorbei. Gero blieb einen Moment zurück und raunte der Sprechstundenhilfe zu, sie solle alle Patientinnen vertrösten.

»Ein Notfall. Und rufen Sie Susanne Straaten an. Nummer im Register. Sie soll sofort kommen. Sie weiß dann schon Bescheid.«

Gero führte die Frau in ihren Arbeitsraum neben dem eigentlichen Behandlungszimmer und bedeutete ihr, an dem schweren, eichenen Schreibtisch Platz zu nehmen. Schnell kramte sie die Malutensilien hervor. Diesmal ließ sie die Frau allerdings nicht allein, sondern setzte sich neben sie und schaute ihr beim Malen über die Schulter.

»Gleich kommt noch eine Freundin von mir, die auch gerne malt.«

Die Frau sah sie ängstlich an.

»Du brauchst keine Angst zu haben. Die ist nett. Ich habe ihr dein Bild gezeigt. Jetzt will sie dich kennenlernen.«

Die Frau nickte und wandte sich wieder ihrem Bild zu.

Nur kurze Zeit später öffnete sich die Tür, und Susanne schaute fragend herein. Sie mußte geflogen sein.

»Darf ich mich zu euch setzen? Ich bin Susanne.«

Die Frau bedachte sie mit einem langen, prüfenden Blick, dann lächelte sie. Susanne nahm's als Aufforderung, sich mit an den Schreibtisch zu setzen.

Gero hielt sich ganz zurück, und auch Susanne machte nicht den Fehler, gleich mit aufdringlichen Fragen zu nerven. Entspanntes Schweigen. Sie sahen der Frau beim Malen zu.

Wieder schwebte auf dem Bild über allem das vogelähnliche Tier mit

Rüssel über etwas Gezacktem. Flammen fielen von oben in einen blutroten See. Ein Pferd mit einem Schwanz, der aus Schlangen zu bestehen schien. Dann war da noch etwas Rundes mit acht Beinen. Offensichtlich ein Insekt. Und plötzlich wußte Gero, was das Vogeltier darstellte. Aber noch bevor sie etwas sagen konnte, brach Susanne das Schweigen.

»Was bedeutet das?«

Die Frau blickte sie einen Moment mit unsagbar traurigen Augen an. Dann malte sie einen ganzen Schwung der maskierten Dreiecksmännchen, die sich ihre Stricharme wie schützend vor herabstürzenden Brocken über den Kopf hielten. Mit dem Zeigefinger deutete sie auf den großen Vogel.

»Das ist der Posaunenengel auf der Engelkirche, stimmt's?« sagte Gero.

Die Frau nickte eifrig und freute sich über das Verstehen. Gero und Susanne sahen sich betroffen an.

*

Oberstudienrätin Vera von der Mark hatte sich eigentlich heute krankmelden wollen. Ging aber nicht. Zweiunddreißig Obertertianer freuten sich auf ihren Klassenausflug nach Xanten. Ein Bus war bestellt. Sie durfte heute nicht schlappmachen. Trotz verquerer Verdauung und rasender Kopfschmerzen. Hinzu kam ein bohrendes Unbehagen. Was war gestern abend passiert? Sie hatte nur noch nebulöse Erinnerungen. Aber daß sie sich im Restaurant ganz schön danebenbenommen hatte, das wußte sie genau. Mit Fleischmann stand es damit jetzt unentschieden. Sein Hinterhof-Auftritt gegen ihre Trash-Inszenierung beim Vegetarier. Aber Gero, wie sollte sie der bloß wieder unter die Augen treten? Jetzt bloß nicht daran denken. Ihr war zum Heulen.

Sie bog von der Korbmacher- in die Martinistraße ab. Von weitem sah sie schon den bereits von etlichen Schülern umlagerten Bus. Na, wenigstens war der pünktlich. Sie sah auf die Uhr und erschrak. Kurz nach neun. Sie mußte sich beeilen. Heftig trat sie in die Pedale ihres Hollandrades. Die Frühschicht des Hammerwerkes, das in ihrem Kopf arbeitete, machte sich daran, den Akkord zu brechen. Sie kettete das Rad an ein Verkehrsschild und riß die Tasche vom Gepäckträger. Da eilte auch schon der vierzehnjährige Maximilian heran.

»Darf ich Ihre Tasche tragen, Frau Oberstudienrätin?«

Vera überließ sie ihm mit wohlwollendem Blick. Das war nicht so ein pubertärer Stinker wie seine Jung-Macho-Mitschüler. Was lugte denn da für ein dicker Wälzer aus seiner Umhängetasche? James Joyce, ›Ulysses‹, war für alle gut sichtbar zu entziffern. Tja, der Maximilian war schon jetzt ein ganz Großer.

»Nimm doch auch Marie das schwere Ding ab«, ermunterte sie das Gentleman-Zäpfchen.

»Meine auch, meine auch«, jubelten die anderen Mädchen der Gruppe, die ihrer Dompteuse in allerdings böser Absicht entgegengeeilt waren, und warfen dem Schmächtigen die Tragriemen ihrer Taschen um den Hals. Der brach unter der Last und dem verächtlichen Geschubse zusammen, kriegte aber gerade noch mit, wie jemand einen mitgebrachten Flachmann in die Thermoskanne seiner verehrten Erzieherin leerte.

»Frau Oberstudienrätin!«

Aber die hatte jetzt keine Zeit. Gerade hatte sie die Begleitperson aus der Elternschaft entdeckt. Was machte der denn da? Gab's doch gar nicht. Der Mensch rauchte, mitten unter ihren Schutzbefohlenen. Wutschnaubend pflügte sie heran. Sie hatte es ja geahnt, daß der nicht der Richtige für so eine verantwortungsvolle Aufgabe war. Wirt. Danach kam doch direkt Dealer.

»Können wir so verbleiben, daß Sie Ihr Suchtverhalten wenigstens heute zügeln? Schließlich haben wir als Erwachsene Vorbildfunktion«, herrschte sie den Verdutzten grußlos an. Als Gastwirt ließ der sich allerdings nicht so schnell die Butter vom Brot nehmen.

»Geht schon in Ordnung, Frau Oberstudienrätin.« Und breit grinsend: »Ist ja dann wohl auch keine frische Fahne, die mir da entgegenweht?«

Vera schoß das Blut in den Kopf. Schuldbewußt hielt sie sich die Hand vor den Mund.

»Antiseptisches Mundwasser, alkoholhaltig. Entzündung im Rachenraum, verstehen Sie?«

Der Wirt, von Berufs wegen in diesen Dingen großzügig, nickte mit freundlichem Äugskenkneifer und sog weiter genußvoll an seiner Zigarette. Vera wandte sich geschlagen ab. Diese Niederlage mußte schleunigst kompensiert werden. Das war sie ihrem angeknacksten Ego schuldig, sonst war der Tag im Eimer. Sie sah sich suchend um. Und da hatte sie auch schon ihr nächstes Opfer.

Ein Kappenträger setzte gerade in einer Gruppe uniform Bemützter eine Dose Cola an, um sich den in Folge eines eben genossenschaftlich konsumierten Gras-Zigarettchens recht trockenen Mund zu spülen.

Cola! *Das* Symbol des Dollar-Imperialismus. Und noch nicht mal aus 'ner Mehrwegflasche. An dieser Jugend mußte man doch verzweifeln.

»Hatten wir uns nicht darauf geeinigt, wenigstens während unseres Ausflugs Müllvermeidung zu praktizieren? Weißt du nicht, was für eine Energie- und Ressourcenverschwendung die Herstellung dieser Dose bedeutet?«

Warum grienten die denn alle wie zwanghaft?

»Meine Eltern sagen immer, sie hätten diese Erde nur von ihren Kindern geborgt.«

Na also. Wenigstens das Elternhaus schien noch intakt zu sein. Vera nickte freudige Zustimmung.

»Na, dann hauen Sie mal bei den jetzigen Besitzern nicht so auf den Putz.«

Die Kappenträger jubelten, als wäre die fünfte Jahreszeit angebrochen. Das würde ein Nachspiel haben. Das Thema des nächsten Klassen-Aufsatzes stand genauso fest wie die Note, die der Jung-Sophist dafür kriegen würde.

Vera nahm ganz vorne im Bus Platz, so daß sie den Fahrer im Auge hatte. Man kannte das ja, wahrscheinlich kam der gerade von einer langen Tour und steuerte sie womöglich völlig übernächtigt ins Verderben. Was trugen Lehrer doch für eine Verantwortung! Sie lehnte sich zurück und schloß die Augen. Kleine Auszeit für das ständig der Korrektur ihrer leider meist unterbelichteten Mitmenschen verpflichtete Bewußtsein.

»Frau Oberstudienrätin!«

»Jetzt nicht, Maximilian.«

»Aber Sie haben –«

»Mach mal Platz, Junge, und laß deine Lehrerin in Ruhe. Die ist heute nicht gut zurecht«, sprang ihr unerwartet der Gastronom bei, schob Mäxchen aus dem Weg und ließ sich auf den Sitz neben Vera fallen. Noch bevor der Bus die Rheinbrücke erreicht hatte, begann er sein Freßpaket auszupacken. Hartgekochte Eier wurden unter der nun mal unvermeidlichen Geruchsentwicklung gepellt.

»Wer furzt denn da?« wurde gleich folgerichtig die Frage aufgeworfen und ebenso unverzüglich wie vielstimmig mit »die von der Mark« aus dem hinteren Teil des Busses beantwortet. Vera hatte jetzt nicht die Kraft, diesen Angriff auf die ihr zu zollende Subordination gebührend abzuschmettern. Aber sie merkte sich so was.

»Einen schönen Beruf haben Sie da«, sagte der Wirt, »manchmal beneide ich Sie richtig. Nette Klasse. Ein Solei?«

Das war wohl als Friedensangebot gemeint. Vera entschloß sich, es anzunehmen. Sie bot jetzt ihrerseits Tee an. Ihr Nebenmann nahm einen tiefen Zug aus der Thermoskanne und schloß dann genießerisch die Augen.

»Echt lecker. Ich glaub, wir liegen auf einer Wellenlänge, Frau von der Mark. Hab da 'nen Kollegen in Xanten. Direkt am Dom. Die ›Börse‹. Wenn sich die Kinder an Historischem delektieren, finden wir zwei beiden bestimmt Zeit für 'nen kleinen Frühschoppen.«

Was war denn mit dem los, delirierte der bereits? Vera hielt jegliche Antwort für überflüssig. Sie nahm einen großen Schluck Tee und begann fast zeitgleich, hektisch unterm Sitz zu grabbeln. Da mußten doch irgendwo Kotztüten sein.

»Frau Oberstudienrätin, in Ihrem Tee ist –«

Unter dem vernichtenden Blick der Pädagogin verstummte der belesene Jungmann. Also auch du, mein Sohn Brutus. Vera schraubte ihre Thermoskanne zu und ließ sich voll maßloser Enttäuschung zurücksinken. Den Tag noch überstehen. Aber gleich morgen würde sie mit Verve eine breitangelegte Initiative zur Wiedereinführung der Prügelstrafe lostreten.

*

Für Meier drei hatte der Tag im Büro gut begonnen. Seine Chefin hatte ihn zwar zum Aktenführer verdonnert, ihn dann aber doch plötzlich mit einer persönlichen Bitte ins Vertrauen gezogen. Ihr Zorn auf ihn schien wie das Veilchen ihres Sprößlings abzuschwellen. Meier drei atmete wieder Morgenluft.

Susanne hatte, gerade erst ins Büro gekommen, einen Anruf von ihrer Freundin Gertrud Rosenbaum bekommen und war im Anschluß hektisch wieder aufgebrochen. Nicht ohne ihm einen Zettel mit einer hingekritzelten Telefonnummer auf den Schreibtisch zu werfen und wie selbstverständlich um Deckung für private Eskapaden zu bitten.

»Muß weg, Meierchen. Ist privat. Wenn ich hier vermißt werde, rufst du mich schleunigst bei Frau Doktor Rosenbaum an. Bin dann zehn Minuten später wieder an Deck.«

Schon fiel die Bürotür ins Schloß. Meier drei war selig. Für diese Frau würde er lügen, ja selbst unter Folter nicht petzen. Auf ihn konnte sie sich verlassen.

Als Aktenführer hatte er Berichte zu schreiben, das Material der Kollegen aufzubereiten und eingehende Hinweise zu sichten und zu sortieren. Aber im Fall des verschwundenen Babys trat man weiterhin auf der Stelle. So war er schnell fertig.

Er hatte bereits alle Blumen gegossen und die Kaffeemaschine entkalkt. Gerade wollte er sich daran machen, das Waschbecken zu wienern, da fiel sein Blick auf den Schreibtisch seiner Chefin. Neben einem Wust von Akten, Papieren und Notizen lag aufgeschlagen eine Zeitschrift. Ein Bericht über den Frauen-Motorrad-Club ›Kuhle Wampe‹. Meiers Herz schlug zwar mehr für die Dichtung der Romantik, aber als Kultur-Mensch war ihm natürlich auch Bert Brecht kein Unbekannter. Interessiert begann er zu lesen. Aber um Literatur ging es hier gar nicht. Ein Fähnlein selbstbewußter Frauen, die feministisch und politisch korrekt der Welt auf PS-starken Choppern demonstrierten, daß sie das Leben al dente nahmen. In Meiers Frauenbild paßten die Leder-Emanzen nicht so recht hinein. Aber wie er seine Chefin kannte, war sie fasziniert.

Er kam ins Grübeln. Die Welt auf zwei Rädern erobern. Mit dem Fahrtwind Freiheit genießen, Marlboro rauchen, Jack Daniels trinken. Irgendwie prickelnd. Und schließlich hatte so ein Motorrad nicht nur zwei Räder, sondern auch zwei Sitze. Und wer da hinter ihm Platz nehmen würde, war ja wohl klar. Lederhose und Westernstiefel hatte er schon. Und eine scharfe Kutte, irgendwas Fransiges in Buffalo-Bill-Optik, war auch noch drin. Allerdings rauchte er nicht, und das mit dem Whisky ging auch schlecht, wenn einem der Lappen lieb war. Überhaupt der Führerschein, er hatte doch bloß Klasse drei. Schwierigkeiten über Schwierigkeiten. Ein Traum zerbarst.

Doch halt. Führerschein und finanzielle Ressourcen reichten immerhin für einen Roller. Und mit ein paar verchromten Accessoires ließ sich auch so ein 50ccm-Teil gewaltig aufbrezeln. Meier drei war wieder obenauf. Schon morgen würde er beim Roller-Shop am Großen Markt reinschauen und am Wochenende dann cool bei Susanne vorfahren.

Er fühlte schon jetzt, wie sich Susannes Arme von hinten um ihn legten, während sie durch die herrliche niederrheinische Landschaft schnurrten. Vielleicht nach Schloß Moyland bei Kleve. Erst die Beuys-Ausstellung als Pflicht und dann die Kür auf irgendeiner Blumenwiese. ›Wo unser Zweierbette und gebrochen Blumen was‹. Das Telefon klingelte.

»Hier Lindemann. Ich bin Dompropst in Xanten. Bei uns sind am Wochenende konsekrierte Hostien entwendet worden.«

»Moment, ich verbinde Sie mal eben. Für so was ist die Wache zuständig.«

»Die haben mich ja gerade an Sie vermittelt.«

Meier drei rollte mit den Augen. Aber bevor er dem Gottesmann die komplizierte Kompetenzstruktur des Hauses verdeutlicht hätte, war es wohl einfacher, die Sache direkt hinter sich zu bringen.

»Na, dann erzählen Sie mal. Ihnen sind konservierte Hostien geklaut worden.«

»Konsekriert, nicht konserviert. Sie gehen wohl nicht in die Kirche?«

»Nur zur Beerdigung von im Dienst erschossenen Kollegen.«

»Scheint nicht so oft vorzukommen. Bedauerlich.«

Meier drei überlegte noch, worauf sich das ›bedauerlich‹ bezog, da setzte der Dompropst schon zu einer weitschweifigen Erklärung an. Daß es sich bei konsekrierten um geweihte Hostien, also ganz praktisch um den Leib Christi handele. Meier drei, der mit Kirche nichts am Hut hatte, kapierte nicht, warum der aufdringliche Mensch wegen ein paar verschwundener Backoblaten so einen Wind machte. Sollten sie doch neue weihen, und fertig aus. Er machte es kurz.

»Ich hab's mir notiert. Wir melden uns wieder bei Ihnen.«

»Das hoffe ich, junger Mann. Die Sache könnte für Sie doch von höchster Wichtigkeit sein.«

Bloß jetzt nicht beim Prediger nachfragen, warum. Überhaupt, ›junger Mann‹, wo gab's denn so was? Hatte wohl zuviel Meßwein gehabt.

»Wiederhören, Herr Domprost.«

»Tschö, Herr Geier.«

Meier drei knallte den Hörer auf. Frechheit. Leute gab's. Schon mußte er wieder zugreifen. Diesmal meldete sich der Staatsanwalt und wollte die Chefin sprechen.

»Tut mir leid, Frau Straaten ist im Moment nicht im Raum.«

»Macht nichts. Trommeln Sie mal die Mannschaft zusammen. Ich bin gegen zehn mit ein paar wichtigen Facts im Haus.«

Meier drei legte den Hörer erst gar nicht aus der Hand. Schon hatte er die Nummer der Frauenarztpraxis Rosenbaum eingetippt.

»Frau Straaten ist bei Frau Doktor drin, da kann ich nicht stören.«

»Es ist aber wichtig.«

»Alles ist wichtig.«

»Jetzt machen Sie schon! Es geht um Kindesentführung, Mafia, Drogen!« brüllte Meier drei. Ein taktischer Fehler.

»Und 'n Ei vom Konsum«, lachte die Sprechstundenhilfe glockenhell und legte auf. Vielleicht hätte er nicht so dick auftragen sollen.

Meier drei war runter mit den Nerven. Die Ankunft des Staatsanwalts dräute, und er, er drang nicht zur Chefin durch. Susanne hatte ihm vertraut und jetzt das, ›der Freund dem Freunde gebrochen die Pflicht‹. Gottlob tauchte gerade Kollege Scholten auf. Meier drei fiel ihm fast um den Hals. Schnell setzte er den Hünen ins Bild. Der kapierte sofort und sah grinsend auf die Uhr.

»Mach dir nicht ins Hemd, Kumpel. Punkt zehn flieg ich mit der Chefin ein.«

Meier drei war nur zu gern bereit, es zu glauben. Seine schon nicht geringe Bewunderung für Scholten stieg ins Unermeßliche. Das war ein Kerl, der würde selbst mit resoluten Sprechstundenhilfen fertig werden.

*

Scholten trug nur bei brenzligen Einsätzen sein Schulterhalfter. Das Ding kniff wie ein Wonderbra. Aber jetzt hatte er sich ganz bewußt damit ausstaffiert. Das würde Eindruck machen. Den Griff der Sig/Sauer gut sichtbar betrat er die Praxis Rosenbaum und ließ gleich den fiesen Cop raushängen. Breitbeinig stakste er zum Tresen, hielt der verdutzten Sprechstundenhilfe seinen Dienstausweis unter die Nase und schnarrte:

»Wo ist Frau Straaten?«

»Bei Frau Doktor, nehmen Sie einen Moment Platz.«

Scholten, der bereits einmal verheiratet gewesen war, kannte das Kaliber. Also null Bock auf Diskussionen. Er ging einfach zum Sprechzimmer durch. Wüstes Schimpfen und Drängeln von rückwärts. Aber an seinem breiten Kreuz kam in dem engen Flur niemand vorbei. Kurzer Klopfer, schon hatte er die Tür aufgerissen.

Die drei am Schreibtisch sahen überrascht auf.

Die malende Frau starrte die Erscheinung Sekundenbruchteile mit weit aufgerissenen Augen an. Ein bedrohlicher, muskelbepackter Riese mit Pistole und finster entschlossenem Blick. Niemand bemerkte die Veränderung, die von einem Moment auf den anderen mit ihr vor sich ging. Gefährliches Glitzern hinter zu Schlitzen verengten Augen, zurückgezogene Lippen, gebleckte Zähne. Noch bevor irgend jemand etwas sagen konnte, kam es zu tumultartigen Szenen. Eine wütende Männerstimme:

»Miese Verräterin.«

Gero wurde mit einem brutalen Stoß vom Stuhl geworfen. Die Frau, dieses gerade noch so sanfte Wesen, packte den schweren Eichenschreibtisch und kippte ihn mit unglaublicher Leichtigkeit auf die davor sitzende Susanne, die sofort nach hinten wegsackte. Nur der Geistesgegenwart des vorspringenden Scholten war es zu verdanken, daß das schwere Möbel der am Boden Liegenden nicht das Gesicht zermalmte. Die Frau nutzte das Tohuwabohu und stürmte aus dem Raum.

»Festhalten«, brüllte Susanne.

Aber Scholten mühte sich noch mit dem schweren Tisch, und die Sprechstundenhilfe war zur Salzsäule erstarrt.

Gero funkelte Susanne wütend an.

»So sieht das also aus, wenn ich dich als Freundin zu mir bitte!«

Susanne schüttelte nur immer wieder den Kopf.

»Es tut mir so leid. Das hab ich nicht gewollt. Ich hoffe, ich kann dir später alles erklären.«

Geros Schultern zitterten.

»›Miese Verräterin‹ hat sie gesagt. Und sie hat ja recht. Die seh ich nicht mehr wieder.«

Susanne breitete hilflos die Arme aus. Nicht der richtige Moment für Erklärungen. Zu reden gab's jetzt nichts.

»Ich ruf dich an.«

Wortlos ging sie an Scholten vorbei, der ihr wie ein Bernhardiner mit hängenden Ohren folgte.

*

»Was haben Sie sich eigentlich bei diesem Auftritt gedacht?«

Scholten hielt lieber die Klappe. Wenn die Chefin zum ›Sie‹ wechselte, war Gefahr im Verzug. Susanne beantwortete ihre rhetorische Frage auch gleich selbst.

»Wahrscheinlich nichts. Und das ist ja das Erschreckende. Ihnen ist dieses Rambo-Auftreten schon so in Fleisch und Blut übergegangen, daß Sie ganz selbstverständlich annehmen, Sie kämen damit überall durch. Aber nicht bei mir. Dann müssen wir uns trennen. So was ist nicht mein Stil.«

Scholten hob in hilfloser Entschuldigung beide Arme, aber Susanne wollte jetzt nur sich selber reden hören.

»Das muß man sich mal vorstellen. Platzt mit gut sichtbarer Knarre ungebeten und unangemeldet in den Behandlungsraum einer Frauenarztpraxis. Sie gehören in den Komödienstadel, nicht zur Polizei.«

Meier drei hielt es jetzt für angezeigt, seinem Kollegen beizuspringen.

»Es ist alles meine Schuld. Ich hab ihn –«

»Sie haben jetzt Pause.«

Meier drei traf die distanzierende Anrede wie eine Ohrfeige.

»Nicht nur, daß Sie mich vor meiner Freundin unmöglich gemacht haben. Nein, Sie haben auch eine für unseren Fall möglicherweise wichtige Zeugin vertrieben, die wir jetzt mühsam suchen müssen. Und ob das gelingt, steht in den Sternen. Sie entwickeln sich zur Bremse, Scholten.«

So wäre es wahrscheinlich noch eine ganze Weile weitergegangen, hätte nicht der Staatsanwalt seinen Kopf zur Tür hereingesteckt.

»Man hört Sie über den ganzen Flur. Da findet wohl eine Exekution statt. Darf man beiwohnen?«

Kai aus der Kiste. Susanne war baff.

»Das wollte ich dir ja schon die ganze Zeit sagen«, versuchte Meier drei zu erklären. »Konferenz um zehn. Darum ja der Wirbel.«

Susanne legte sofort den Hebel um und lachte, wenn auch etwas gezwungen, freundlich.

»Keine Hinrichtung. Wie sind nur mal kurz im Rollenspiel auf das Thema der letzten Fortbildung zurückgekommen. Defensive Gesprächsführung. Wenn man zum Beispiel von aufgebrachten Bürgern angegangen wird. Der Kollege Scholten hier beherrscht das perfekt.«

Der Staatsanwalt war enttäuscht. Scholten und Meier drei aber ging das Herz auf. Wenn es diese Klasse-Frau nicht schon gäbe, man müßte sie erfinden.

*

Meier drei hatte es natürlich in der Kürze der Zeit nicht geschafft, alle Kollegen, die an dem Fall dranwaren, einzubestellen. Aber schlußendlich stellte sich das als segensreich heraus. So waren wenigstens ein paar Leute nicht von der Arbeit abgehalten worden. Denn die ›wichtigen Facts‹ des Staatsanwalt hatten sich als furztrockene Zusammenfassung einer Fachtagung zum Thema Designer-Drogen entpuppt, von der der Staatsanwalt gerade völlig inflamiert zurückgekehrt war. Über eine Stunde lang hatte er sich aufgebläht. Die Beamten, denen das alles nicht neu war, versuchten ihr Gähnen mit Anstand zu unterdrücken. Im Westen nichts Neues. Und vielen Dank, Herr Staatsanwalt.

»Da hat vorhin ein Herr Lindemann angerufen, Dompropst in Xanten.«

Inzwischen saß das Dreigestirn wieder in Susannes Büro. Stimmung noch kühl, aber doch wieder deutlich über Null.

»Dem sind konsekrierte Hostien abhanden gekommen.«

»Konsewas?«

Scholten verstand nur Bahnhof. Meier drei, inzwischen in liturgischen Fragen leidlich sattelfest, erklärte.

»Das sind Hostien nach der Wandlung. Von der Oblate zum Allerheiligsten. Und die Dinger sind weg.«

Scholten zuckte mit den Achseln, und auch Meier drei winkte wegwerfend ab.

»Der war ganz schön keß. So 'n religiöser Spinner mit Amt. Windbeutel. Fällt eh nicht in unser Ressort.«

Susanne, die die ganze Zeit schweigend zugehört hatte, sah die beiden jetzt nachdenklich an.

»Meierchen, quatsch keine Opern. Die Sache könnte für uns von höchster Wichtigkeit sein.«

Meier drei traute seinen Ohren nicht. Genau das hatte der Pope doch vorhin auch gesagt. Er kannte sich nicht mehr aus. Seine Stimmung schwankte zwischen Dur und Moll. Über den Mund gefahren, okay. Aber wenigstens waren sie wieder bei der vertraulichen Anrede. Und schon ging die Sonne auf.

»Scholten, du gehst der Sache sofort nach. Du fährst nach Xanten und protokollierst alles genau.«

Der kleinlaute Riese nickte ergeben. Um die Scharte von vorhin auszuwetzen, hätte er sich klaglos auf die Suche nach dem Osterhasen gemacht.

*

Vera saß zusammengesunken vor einem der vielen Altäre im Xantener Dom und stierte auf die in Eichenholz geschnitzten Szenen aus dem Leben der Mutter Gottes. Aber selbst der vierhundertfünfzig Jahre alten Holzschnittkunst eines Heinrich Douvermann konnte die sonst so Kunstsinnige im Moment nichts abgewinnen. Nix Kontemplation, Vera war schlicht fertig.

Den Archäologischen Park, absolutes Muß bei jedem Schulausflug nach Xanten, hatten sie bereits hinter sich. Hier war vor neunzehnhundert Jahren die Römersiedlung Colonia Ulpia Traiana gegründet worden. Originalgetreu rekonstruierte Bauten. Amphitheater, römische Herberge, Thermenanlage und vieles mehr. Ein Stückchen Pompeji am Niederrhein. Vierzig Hektar. So was schlauchte.

Jetzt noch den Dom abhaken, danach eine Freistunde für die Schüler in der hübschen Siegfriedstadt, dann war's vollbracht. Vera seufzte, erhob sich und begann, durch die gotischen Kirchenschiffe zu spazieren. Aus der Krypta glaubte sie viel zu laut die Stimmen einiger ihrer Schüler zu hören. Dort unten wurde neben dem Heiligen Viktor auch einigen jüngeren katholischen Märtyrern gedacht, die für ihren Glauben in Konzentrationslagern ermordet worden waren. Entschlossen stieg sie die Stufen hinab. Doch die Schüler hatten die Krypta bereits durch den zweiten Ausgang verlassen.

Sie begann, sich in die ausgehängte Biographie des hier begrabenen und inzwischen seliggesprochenen Karl Leisner zu vertiefen. Was für ein Mensch! Fels des Glaubens in der Hölle von Dachau. Dortselbst von einem bischöflichen Mithäftling zum Priester geweiht. Wenige Monate nach der Befreiung an den Folgen der unmenschlichen Lagerhaft verstorben. Vera war tief bewegt.

Plötzlich wurde sie abgelenkt. Auf dem Treppenabsatz, verborgen durch die Mauerbiegung, standen zwei und unterhielten sich im Flüsterton. Veras Lehrerinnenohr hörte automatisch zu. Leider konnte sie nur Satzfetzen aufschnappen.

»... in einem unbeobachteten Augenblick nach der Abendmesse ...«

Vera war sofort alarmiert. Sie pirschte sich näher ran.

»... Kelch ... konsekrierte Hostien ... strengste Geheimhaltung ...«

Sie lugte vorsichtig um die Mauerbiegung. Die beiden Männer gingen gerade die steinerne Treppe nach oben. Der Ältere im korrekten schwarzen Anzug sah gepflegt, distinguiert, aus. Ein Herr. Der Jüngere war ein bulliger Zwei-Meter-Recke in Jeans. Physiognomie zum

Fürchten. Jetzt stopfte er mit einer raschen Bewegung sein Sporthemd hinten tiefer in den Hosenbund. Die leichte Windjacke wurde für Sekundenbruchteile zurückgeschlagen. Vera machte deutlich ein Schulterhalfter samt Pistole aus. Ihr wurde heiß. Kein Zweifel, zwei ganz schlimme Finger. Der Pate und einer seiner Kapos. Die führten doch was im Schilde. Kirchenraub! Vera war sich nach allem, was sie gesehen und gehört hatte, jetzt fast sicher. Sie heftete sich den beiden unauffällig an die Fersen.

*

Scholten konnte Meiers Einschätzung überhaupt nicht teilen. Dompropst Lindemann war ihm durchaus sympathisch. Von wegen Windbeutel und religiöser Spinner. Grandseigneur von Zeh bis Fontanelle. Einer, der keinen Zweifel daran aufkommen ließ, daß er von seiner Sache felsenfest überzeugt war. Keine Moral-Spritze, der Mann hatte Mutterwitz. Scholten schätzte so was. Fast war er ein bißchen neidisch. Wo waren eigentlich *seine* Überzeugungen geblieben? Je älter er wurde, um so mehr verdampfte alles, an das er mal geglaubt hatte. Er mußte sich eingestehen, daß er langsam zum Zyniker mutierte. Keine schöne Lebenshaltung.

»Wissen Sie, Herr Scholten, wir beobachten immer wieder mal, daß Leute das Allerheiligste mißbrauchen. Die stellen sich dann zur Kommunion an, kommunizieren aber nicht, sondern nehmen den Leib Christi heimlich mit. Weiß der Teufel, was sie dann damit machen.«

Der Dompropst grinste über sein ungewolltes Wortspiel. Aber sofort wurde er wieder ernst.

»Sakrilege in geweihten Räumen, mit Kultgegenständen, kommt alles vor. Wer so was macht, verdient unser Mitgefühl und Gebet. Wir pflegen solche Vorgänge aber eher kleinzuköcheln.«

Lindemann war stehengeblieben und schaute Scholten jetzt voll ins Gesicht.

»Aber daß gleich ein ganzer Kelch konsekrierter Hostien verschwindet, ich korrigiere, nicht der Kelch, nur der Inhalt, hat mich aufs höchste alarmiert. Da will sich keiner bereichern. Da ist Schlimmeres im Busch.«

Sie waren vor dem Martinusaltar stehengeblieben. Die aufgeklappten Flügel hatte der Weseler Jan Baegert vor über vierhundertfünfzig

Jahren bemalt. In der Mitte teilte Martin seine Kleidung mit einem Nichtseßhaften. Lindemann wies Scholten auf einige leere Stellen am Rand des Arrangements hin.

»Von sieben Hohlkehlenfiguren sind fünf gestohlen. Sehen Sie, so was hat es immer gegeben. Nicht schön, aber erklärbar. Aber das jetzt.«

Scholten entschloß sich, offen zu reden.

»Es tut mir leid, Herr Lindemann, aber ich halte die Chance, daß die Polizei in der Hostien-Angelegenheit etwas unternehmen kann, für äußerst gering.«

»Nicht in der Hostien-Angelegenheit, da haben wir uns mißverstanden«, der Dompropst hatte Scholten fest am Arm gefaßt, »im Fall des in Wesel entführten Säuglings.«

Für Scholten kam der Themenwechsel etwas plötzlich. Aber Lindemann setzte ihn unverzüglich auf den Topf.

»Ich habe die ganze Sache natürlich nur in der Zeitung verfolgen können. Ziemlich boulevardmäßige Berichterstattung. Aber für mich stellt sich die öffentlich geäußerte Vermutung, daß sich ein paar Sekten-Finsterlinge das Baby geschnappt haben, um ihre grausigen Rituale abzuhalten, jetzt in einem völlig neuen Licht dar. Das mit den Hostien waren keine orientierungslosen Jugendlichen, dazu war die Vorgehensweise zu planvoll. Ich bin zwar kein ausgesprochener Experte, stecke aber doch tief genug im Thema, um Ihnen zu versichern, daß der rituelle Satanismus mit all seinen Scheußlichkeiten auch heute noch Konjunktur hat. Und geweihte Hostien spielen bei dessen perversen Ritualen immer eine zentrale Rolle.«

Scholten stierte nachdenklich. Sein Blick blieb absichtslos an Vera von der Mark hängen. Die verdrückte sich sofort erschrocken hinter die nächste Säule.

Ihm schmeckte das alles nicht. Sekten, Hostien, Rituale. Das war nicht seine Welt. Der Dompropst schien's zu merken und legte noch eine Kohle drauf.

»Vielleicht mache ich mich ja lächerlich. Aber die Sache hat mir einfach keine Ruhe gelassen. Hier das entwendete Allerheiligste, da der entführte Säugling. Ich mußte Sie einfach informieren. Nehmen Sie die Sache als Mosaiksteinchen in Ihrem Fall. Ich bin mir sicher, daß da ein Zusammenhang besteht. In diese Richtung müssen Sie ermitteln.«

Sie waren aus der Kühle des Doms in den Sonnenschein getreten und gingen auf den Marktplatz zu. Im Schlagschatten des Michaelstors blieben sie stehen. Die Heiligen Viktor und Gereon blickten streng auf sie herab. Scholten fixierte die ihm unbekannte Vera. Was schlawenzelte die dicke Frieda denn ständig um sie rum? Aber da beanspruchte der Gottesmann noch einmal seine Aufmerksamkeit.

»Ich muß Sie um strengste Geheimhaltung bitten. Für heute abend hat sich ein Fernsehteam des WDR angemeldet, das über unsere Kunstschätze berichten wird. Das ist die Art, wie wir uns in der Öffentlichkeit darstellen wollen. Nicht mit diesen unerquicklichen Ereignissen.«

»Geht klar, mein Vater«, trompete Scholten, im Freien bereits wieder übermütig, und salutierte salopp. Der Dompropst lächelte und sagte leise:

»Geh mit Gott, mein Sohn.«

Vera hatte sich zurückgezogen und deshalb nur Bruchstücke des Gesprächs mitbekommen. Aber sie wußte ja sowieso schon Bescheid. Wie der bewaffnete Riese sie angeglotzt hatte. Ob der was gemerkt hatte? ›Vater‹ hatte der zu seinem Boß gesagt. Vater hieß doch auf lateinisch Pater. Vera war sofort bereit, das ›r‹ zu schlabbern und bingo. Sizilien war überall. Sie hatte es doch gleich gewußt.

*

Klara arrangierte mit Hingabe den Blumenschmuck vor dem Ambo, dem erhöhten Lesepult, in der Krypta. Um fünfzehn Uhr war Gottesdienst der Frauengemeinschaft mit anschließender Beichtgelegenheit. Die Damen waren kritisch. Klara ließ sich auf die erste Bank fallen und beäugte ihr Werk. Völlig in Ordnung.

Sie blieb noch einen Moment sitzen. Sie liebte diese Atmosphäre. Ganz allein in der großen Ruhe. Nur ab und an, wenn draußen auf der Fusternberger Straße ein Wagen vorbeifuhr, drangen gedämpfte Geräusche herein. Mattes, nicht unfreundliches Licht fiel durch die kleinen, schmucklosen Fenster. Hier war Geborgenheit.

Was war bloß heute morgen wieder losgewesen? Sie wußte es nicht. Erst als sie der von irgendwoher aufgetauchte van der Leuen heftig zurückriß, gerade bevor sie panisch auf die vielbefahrene Kurt-Kräcker-Straße stürzen wollte, war sie wieder zu sich gekommen. Was vorher war, blieb ein schwarzes Loch. Sie mußte zur Ruhe kommen.

*

Auch Agnes liebte diesen Ort. Ein guter, friedlicher Ort. Ein guter Ort, um mit dem Schädelbruder zu reden. Aber Erik war nicht friedlich gestimmt.

»Was hast du dir eigentlich dabei gedacht, eine wildfremde Frauenärztin mit deiner Malerei auf die Gemeinschaft aufmerksam zu machen? Willst du uns umbringen?«

»Wäre das so schlimm? Besser wir als das Baby.«

»Da bin ich aber ganz anderer Meinung.«

»Ach komm schon, Erik. Reg dich nicht auf. Die Ärztin war so nett. Ich habe ihr vertraut. Daß sie mich so enttäuscht, hätte ich nicht gedacht. Dabei fing sie gerade an, zu verstehen.«

»Und hat die Polizei informiert.«

»Ich mußte halt irgend etwas unternehmen. Es geht doch um das Baby. Ich glaube nicht mehr an das, was sie uns eingeimpft haben, an die unumschränkte Macht Satans und seiner Diener.«

»Du bist ein kleines, dummes Mädchen. Erkennst du denn nicht seine Macht? Nach deinem Frevel ist sofort die Polizei aufgetaucht. Wäre ich nicht eingeschritten, würden wir beide uns jetzt in der Klapse unterhalten.«

»Ich bin dir ja auch dankbar. Aber es geht um das Baby. Wir können es retten. Jetzt kommt es auf uns an.«

»Unsinn! Ich werde niemals gegen die Arkandisziplin verstoßen. Ich kann gar nicht. Das weißt du. Außerdem hängen wir alle mit drin. Der Herr der Finsternis hat alle Macht, auch über dich. Du gehörst ihm, für immer. Finde dich damit ab und laß den Dingen ihren unabwendbaren Lauf.«

»Dann beweis doch seine Macht. Gib dem Pastor hier, wo alles stattfinden soll, eine echte Chance. Er gegen den Meister, Michael gegen Luzifer. Dann werden wir ja sehen. ›Und als der siebte Engel posaunte, ließen sich laute Stimmen im Himmel vernehmen, die riefen: Die Herrschaft über die Welt gehört nun unserem Herrn und seinem Gesalbten.‹«

»Das ist aus der Offenbarung des Johannes. Ich dachte, du kannst nicht lesen?«

»Das kann ich auch nicht. Dafür vieles andere. Und ich höre sehr genau zu. Also stellen wir die Machtfrage. Aber mit den Mitteln eines kleinen, stummen Mädchens geht das nicht. Ich hab's versucht. Es müssen stärkere Zeichen als Kinderbilder her. Jetzt bist du gefragt. Oder bist du zu feige?«

Agnes wußte, wo sie Erik packen mußte. Nichts verletzte ihn mehr als der Feigheitsvorwurf. Es tat ihr leid, ihn, der ihr so oft beigesprungen war, zu verletzen. Aber es mußte sein. Erik schwieg lange. Fast schon glaubte sie, er hätte sich beleidigt zurückgezogen, da meldete er sich wieder.

»Ich bin nicht feige, das weißt du genau, also red nicht so. Es geht mir nicht um mich. Um dich sorge ich mich. Aber ich sehe, daß du nicht mehr aufzuhalten bist. Ich werde dich niemals allein lassen. Niemals, was du auch tust. Also sag mir, was du von mir erwartest.«

Agnes, die alles bereits bis ins Detail geplant hatte, setzte ihn mit Begeisterung ins Bild.

»Mach dir keine Sorgen. So retten wir das Kind und befreien uns selbst für immer. Wenn sie diese Zeichen, diese deutlichen Botschaften, nicht zu lesen wissen, dann gebe ich mich geschlagen. Aber ich bin mir sicher: Wer Augen hat zu sehen ...«

Wieder langes Schweigen. Dann mit ruhigem Ernst:

»Sei es! Ich bin an deiner Seite. Weil ich dich liebe. Vielleicht ist es ja auch besser so. Du hast unser Todesurteil gesprochen.«

*

»Einen Grog für den Lehrkörper«, orderte die Begleitperson aus der Elternschaft fröhlich, die statt Dombesuch die Inaugenscheinnahme einer eher weltlichen Weihestätte vorgezogen hatte, als Vera die ›Börse‹ betrat. Der Mann war halt mehr spirituös als spirituell veranlagt. Dafür mußte man doch Verständnis haben.

Hatte Vera aber nicht. Kein Blick für den Zapfhahn-Enthusiasten, der, bereits ziemlich in Fahrt, seit geraumer Zeit mit dem hiesigen Berufskollegen am Tresen fachsimpelte.

»Lehrer und Wirte, immer im Dienst«, versuchte er noch einmal den Brückenschlag zwischen Gastronomie und Pädagogik. Der Brückenschlag mißlang.

Vera hatte jetzt anderes im Sinn. Ihr hartnäckiger Kater hatte sich ganz plötzlich verzogen, und auch die völlig ungewohnten Selbstzweifel waren schon vergessen. Wer war schon Gertrud Rosenbaum? Irgendwie hatte sie diesen Medizin-Vamp doch nie leiden können. Die Frau hatte doch eine ganz miese Aura. Aber daß sie bei Ferdi so vergeigt hatte, das schmerzte. Doch nicht mehr lange. Mit dem eben im

Dom heimlich Belauschten hatte ihr das Schicksal, Göttin sei Dank, eine gänzlich unerwartete Steilvorlage geliefert.

›Heute nach der Abendmesse‹, sie hatte es ganz deutlich gehört, sollte das Ding gedreht werden. Und ihr Journalisten-Lover in spe würde dank ihrer Information live mit dabeisein. Sozusagen in der ersten Reihe. Ein Knaller. ›Lokaljournalist trickst Kirchenräuber aus‹ würden auch überörtliche Blätter titeln. Ein Karriereschub war unvermeidlich. Sie würde Ferdi zum Medienstar machen. Was zählte da noch der etwas verunglückte Abend beim Vegetarier? Ferdi würde ihr auf ewig dankbar sein. Na ja, hinter jedem erfolgreichen Mann stand halt eine starke Frau. Und auch ein Ferdi Fleischmann würde einsehen, daß Schönheit nur ein vergänglich Gut, innere Werte aber von Dauer waren. Waren das Hochzeitsglocken, die sie da zu hören glaubte? Inflamiert griff sie zum Telefon.

»Hallo, Hallöchen! Fleischmann vom Niederrhein-Boten.«

»Ich bin's, Vera. Wollte mich für den netten Abend gestern bedanken.«

Fleischmann straffte sich wie elektrisiert. Die schon wieder. Er faßte es nicht. Nach den gestrigen Ereignissen hatte er geglaubt, nie wieder diese Schräpelei vernehmen zu müssen. Nerven hatte die.

»Ich habe zu danken, Frau von der Mark. So was Kurzweiliges. Werd ich noch Jahre von zehren.«

»Nun hab dich mal nicht so, Ferdilein. Bist doch selbst kein Kind von Traurigkeit. Ich will ja jetzt keine ollen Kamellen auftischen. Außerdem waren wir doch per du.«

Eiskalt, das Luder. Zuckerbrot und Peitsche. Die war ihm einfach über. Plötzlicher Handschweiß. Der Telefonhörer glitschte. Das Weib ließ ihn nicht vom Haken. Gefangen im tiefen Tal der Super-Hexen.

»Also gut, Vera. Was hast du auf dem Herzen?«

Vera registrierte das Einknicken des eben noch so kühlen Journalisten mit Wohlwollen. Na also, es ging doch. Als Lehrerin wußte sie schließlich, wie's gemacht wird. Jetzt gab's Streicheleinheiten. Sie zog alle Register.

Aber trotz der drehbuchreifen Schilderung des bevorstehenden Mafia-Coups wollte vor Fleischmanns geistigem Auge nicht das Bild von Marlon Brando in seiner Parade-Rolle entstehen. Da war nur Vera. Überlebensgroß.

»Bist du noch dran, Ferdilein?«

Fleischmann nickte matt, kriegte aber, sich erinnernd, daß er über kein Bildtelefon verfügte, gerade noch die Kurve.

»Sicher, sicher, Vera. Sehr interessant.«

Und schon ging's munter weiter. Obwohl sein Verstand hauptsächlich damit beschäftigt war, mit dem launenhaften Schicksal zu hadern, drang das, was Vera erzählte, irgendwie osmotisch in sein Journalistenhirn.

»Ich hol dich um sieben in der Redaktion ab. Nach der Abendmesse läßt du dich im Dom einschließen. Ich bleib in der Nähe und benachrichtige, wenn es richtig losgeht, die Polizei. Alles klar? Das ist deine Chance. Der Durchbruch.«

Fleischmanns Ehrgeiz verdrängte das Unbehagen über seine Partnerin bei dem Coup. Inzwischen war er Feuer und Flamme. Er würde das ganze Geschehen von A bis Z dokumentieren. Und erst die Sensationsfotos, die er bei der Verhaftung schießen würde. Die hochnäsigen Fatzken von Bild, Stern, Spiegel würden ihm die Füße küssen.

Sein Blick suchte den verhaßten Angeber im Redaktionsleiter-Glaskasten. Ein hämisches Grinsen begann Fleischmanns rundes Gesicht zum Oval zu ziehen. Lokalchef, pah, mit so was gaben sich doch bloß mediokre Kleingeister wie der da zufrieden. Hoppla, jetzt kommt Fleischmann. Die Großstadt ruft. Die von der Mark mußte als Beamtin natürlich vor Ort bleiben. Schade, schade. Sein Herz tat einen Hopser.

»Vera, du bist ein Schatz.«

Frau Oberstudienrätin bekam weiche Knie.

*

Kurzes, aber intensives Workout am Sandsack statt Mittagsschlaf. Jetzt stand Anton unter der Dusche und wusch sich den Schweiß vom Körper. Heißkalte Wechseldusche. Er frottierte sich ab. Herrlich. Wie neugeboren. Gleich war Beichtgelegenheit. Irgendwie so ähnlich wie duschen, ging es ihm durch den Sinn. Reinigung der Seele.

»Eigentlich komisch, daß das Bußsakrament so aus der Mode gekommen ist. Wenn schon die Reinigung des Körpers zu solchem Wohlbehagen führt, warum dann auf die der Seele verzichten?«

»Stimmt. Es wäre so einfach. Aber das Einfache ist den meisten verdächtig.«

»Das Therapiegeschäft boomt jedenfalls. Katharsis auf Krankenschein oder für teures Geld aus der Privatschatulle. Wat nix kost, dat is halt nix.«

»Bußsakrament statt Psychotherapie?«

»Okay, der Vergleich hinkt. Aber in seinen Auswirkungen dann wieder doch nicht so. Schuld anerkennen und sich verzeihen lassen, Buße annehmen und zu neuen Ufern aufbrechen. Ja, was will die liebe Seele mehr?«

»Anton?«

»Ja?«

»Ich mag dich.«

Anton streifte sich seine auf Hochglanz polierten schwarzen Arbeitsschuhe über.

»Weil du so ein kluges Kerlchen bist.«

So bestärkt kantaperte er beschwingt die Treppe hinunter, aus dem Haus und auf die Krypta zu. Er freute sich auf den Gottesdienst.

Van der Leuen, der mit einem Werkzeugkasten von irgendwoher aufgetaucht war, grüßte nur knapp, ehe er in der ehemaligen Krypta-Sakristei verschwand, die jetzt als Lagerraum genutzt wurde. Ob der immer noch wegen des morgendlichen Rüffels verschnupft war? Er mußte ihn bei Gelegenheit mal ein wenig pflegen. Der Mann setzte sich ja wirklich ein.

Klara half ihm beim Anziehen der liturgischen Gewänder. Dann begann der Gottesdienst. Und schon hatte er alles vergessen.

Drei Frauen hatte er das Bußsakrament gespendet. Jetzt saß er still im Finstern und wartete. Seine Gedanken machten sich selbständig. Gero! Nackt im Aue-See. Den vollendeten Schwung ihrer Brüste hatte er im algengrünen Wasser zwar nur erahnen können, aber genau das machte ja gerade den entscheidenden erotischen Kick aus. Er bekam eine Erektion.

Sachlich stellte er fest, daß es sich nicht nur um schlichte Erotik handelte. Damit wäre er fertiggeworden. Er war halt ein Mann. Aber diesmal ging es tiefer, um mehr. Er machte sich Sorgen. Gleichzeitig hätte er sich wie beraubt gefühlt, wäre der Anlaß dafür aus seinem Leben verschwunden. Vertrackt. Fast ein wenig amüsiert mußte er an seinen heiligen Namenspatron denken. Den hatte es ja auch ganz schön gebeutelt. Aber das war ein Heiliger und er nur ein Mensch.

»Freund, ich werde ein Problem bekommen.«

»Du wirst es lösen.«

»Was soll ich tun?«

»Tu, was dein Herz dir sagt.«

»Ich will tun, was du mir sagst.«

»Im besten Fall ist es dasselbe.«

Jemand betrat den Beichtstuhl. Anton zog den Vorhang vor dem Gitterfensterchen zur Seite. Obwohl er nichts erkennen konnte, wußte er sofort, daß er es nicht mit einer Frau zu tun hatte. Merkwürdig.

»Gelobt sei Jesus Christus.«

Aber der Unbekannte ließ sich nicht auf die üblichen Eingangsformeln ein. Übergangslos begann er mit gepreßter Stimme zu sprechen:

»Der erste Engel posaunte, und es entstand Hagelschlag und Feuer mit Blut gemischt und wurde auf die Erde geschleudert. Der dritte Teil der Erde verbrannte, der dritte Teil der Bäume verbrannte, und alles Grün verbrannte. Wer Augen hat zu sehen ... Handeln Sie!«

Unter Gepolter verließ die Person den Beichtstuhl. Anton war wie versteinert. So etwas war ihm noch nie untergekommen. Nach kurzer Schrecksekunde zog er den Vorhang seiner Kabine ein wenig zurück und lugte in den Kirchenraum. Niemand da. Nur Klara kniete versunken vor der ›Immerwährenden Hilfe‹. Wie war das möglich?

*

Klara blickte verständnislos auf den geschwungenen Halter mit den vielen brennenden Opferkerzen vor dem Marienbild. Was war geschehen? Sie betete doch nie. Was machte sie hier? Kalter Schweiß pappte ihren kurzen Pony in häßlichen Strähnen an die blasse Stirn. Ihr war übel. Die Blackouts häuften sich. Angst. Fehlende Zeit. Sie fühlte sich wie in einem Strudel, der ihre gesamte Existenz wegzureißen drohte.

Ihr Blick suchte den Marias auf dem Bild. Aber der war irgendwie nicht faßbar. Da war kein Trost. Woher auch. Klara machte sich keine Illusionen. Sie wußte Bescheid. Das Kind auf Marias Arm. Nur geboren, um den Opfertod zu sterben. Ihr Gesicht verhärtete sich. Was hatte Maria denn getan, um das zu verhindern? Nichts! Nie hatte sie sich aufgelehnt.

Eine Hand legte sich sachte auf ihre Schulter. Sie fuhr erschrocken herum. Van der Leuen versuchte zu beschwichtigen:

»Ist ja schon gut, Klara. Was ist mit dir?«

Klara hatte sich noch nicht gefangen. Verstört sah sie den Alten an und brachte kein Wort heraus. Van der Leuen wiegte ernst den Kopf.

»Geh ins Haus, Klara. Wir reden später darüber.«

*

Fleischmann war ganz allein im Xantener Dom. Durch die hohen, buntverglasten Kirchenfenster fiel nur noch dämmriges Licht in den eh schon ziemlich düsteren Bau. Der Küster hatte alle Kirchentüren verschlossen. Jetzt gab es kein Zurück mehr. Was, wenn Vera sich geirrt hatte? Dann konnte er hier die Nacht verbringen.

Seine Schritte hallten wie Donnerschläge durch das totenstille Gotteshaus. Er fühlte sich beobachtet. Die vielen Heiligenfiguren schienen ihn streng aus toten Augen anzublicken. Ihn fröstelte. Vor dem Matthiasaltar blieb er stehen. Auf dem rechten Flügelbild bearbeiteten drei kernige Burschen den bereits am Boden liegenden Heiligen mit Steinen und Knüppeln. Ein Omen? Vorschau auf das, was ihm blühte, wenn die Kirchenräuber ihn entdeckten? Heiligsprechen, zur Ehre der Altäre erheben, würde man ihn dann später sicher auch nicht. Ihm fielen alle seine Sünden ein. Bloß jetzt nicht daran denken.

Er lenkte seine Gedanken auf den bevorstehenden ganz großen journalistischen Coup. Mentales Aufrüsten. Er straffte sich und sah auf den dicken Bucker am linken Handgelenk. Kurz nach acht. Vor Mitternacht stieg das Ding bestimmt nicht. Er sah sich suchend nach einem Versteck um. Der Strahl der mitgebrachten Taschenlampe fiel auf einen Beichtstuhl. Heureka! Genau das Richtige. In dem Kabuff würde man nächtens niemanden vermuten. Schon hatte er das halbhohe Holztürchen aufgeklappt und auf dem Sitz des Beichtvaters Platz genommen. Sogar ein kleines Leselämpchen gab's. Richtig gemütlich.

Fleischmann hatte sich vorbereitet. Fotoapparat und Diktiergerät. Logisch! Ein Six-Pack Diebels-Dosen und eine Mini-Pizza vom Lieblings-Italiener. Conditio sine qua non. Die Sache konnte sich ja schließlich ganz schön hinziehen. Als elaborierter Denker hatte er natürlich auch an Nahrung für den Geist gedacht. ›Micky's Lustige Taschenbücher‹, Band 236. In jeder Lage das richtige Vademecum. Er riß eine Dose auf und begann zu lesen. Sofort hatte er alles um sich herum vergessen. Nur die kalte Pizza schmeckte irgendwie wie der Karton, in dem sie verpackt war.

Fleischmann wieherte fröhlich im Beichtstuhl. Er war gerade mal wieder an einer der Stellen, wo Donald lustig was mit Onkel Dagoberts Krückmann übergezogen bekam. So wäre ihm fast entgangen, daß das Kirchenportal geöffnet wurde. Die Beleuchtung ging an. Fleischmann knipste sofort das Leselämpchen aus und verhielt sich mucksmäuschenstill. Wenn nur die eben genossenen Peperoni nicht so blähen würden.

Potzblitz! Diese Mafia-Jungs waren ja abgewichste Burschen. Nix Heimlichtuerei und im Dunkeln grabbeln, direkt ans Eingemachte bei voller Saalbeleuchtung. Hatten wahrscheinlich den Regionalbischof als Geisel genommen.

Jetzt stand die Mafia-Abteilung wohl vor dem Hauptaltar. Man unterhielt sich ungeniert. Fleischmann konnte weder etwas sehen noch verstehen. Es half alles nichts. Er mußte aus der Deckung und näher ran. Bei der Beleuchtung konnte er vielleicht ohne Blitzlicht ein paar Fotos schießen. Der absolute Bringer. Ehrgeiz siegte über Fluchtreflex. Zwar etwas knieweich, aber entschlossen verließ er das heimelige Gehäuse und wieselte zum nördlichen Portal der Chorschranke. Er spinxte um die Ecke und hätte vor Überraschung fast ein Juchzerchen getan.

Drei verdammt kreativ aussehende Jungmänner in Turnschuhen und Rot-Kreuz-Sack-Outfit. Schulterkamera, Mikrogalgen, Handscheinwerfer. Ein seriöser Herr in Schwarz. Kukidentgeneration. Und eine Klassefrau im schicken Modezar-Kostüm, bei deren Anblick jedem Brillenträger die Gläser beschlagen würden. Die kannte er doch. Gundis Zambo, oder so. Seine Lieblingsmoderatorin beim WDR. Was machte die denn hier?

Es drängte ihn, aus der Deckung zu treten und sich Gundis gegenüber als Berufskollege zu outen. Wäre jetzt aber wahrscheinlich irgendwie blöd rübergekommen. Schade. Und nun mußte er sich auch tummeln. Der Seriöse führte die Gruppe geradewegs in seine Richtung. Fleischmann schaffte es noch, sich in die dunkle Nische zwischen Wand und Beichtstuhl zu quetschen.

Ausgerechnet dicht vor dem hölzernen Bußmöbel blieb der Seriöse stehen und dozierte, mit weit ausholenden Bewegungen hier- und dorthin weisend. Noch bevor Fleischmann es verhindern konnte, hatte die vor dem Bauch ausschwingende Kamera dreimal leise Tock, Tock, Tock ans Gebälk gemacht. Der Herr in Schwarz fuhr herum. Fleischmann betete, daß er das mit den Peperoni noch ein Weilchen im Griff behielt.

»Poltergeist? Wie spannend«, flachste die nette Gundis und wuschelte mit dieser unnachahmlichen Geste durch ihren Pagenkopf. Süß.

Der Dozent wollte es jetzt genau wissen und schlug den Vorhang zurück. Pizza-Karton, Dosenbier, Micky Maus! Sofort wieder dicht, bevor das Stilleben richtig ausgeleuchtet wurde. ›Und wieder schweigen wir betroffen, der Vorhang fällt und alle Fragen offen‹. Aber mit dem Kaplan würde er morgen mal ein ernstes Wörtchen reden.

»Holz! Das arbeitet«, erklärte der schwarze Anzug kundig und drängte zum Weitergehen.

Fleischmann dankte Gott dafür. Endlich die Gesäßmuskulatur entspannen. Jetzt hielt ihn nichts mehr hinter dem Schrank. Opa hatte doch bestimmt was gespannt. Jedes Entdeckungsrisiko ignorierend, wuselte er im Rücken des Quintetts dem nördlichen Krypta-Abgang zu. Da drehte die Phalanx auch schon wieder um und steuerte ebenfalls das Kellergeschoß an.

Au Backe. Jetzt gab's nur eins. Rein in den Bau und direkt an der anderen Seite wieder raus. Fleischmann trippelte, Schuhe in der Hand, auf Zehenspitzen. Oh nein, das durfte nicht wahr sein. Vom gegenüberliegenden Aufgang kam ihm jemand entgegen.

Ein starker Lichtstrahl fiel um die Treppenbiegung. Offensichtlich der Beleuchter. Fleischmann äugte panisch nach einem Schlupfloch. Ohne lange darüber nachzudenken, flankte er über die Mauer der sogenannten archäologischen Zone, die einen kleinen Teil des freigelegten historischen Mauerwerks dem Besucher zur Beschau freigab, und verharrte in Bauchlage.

»Ziemlich schlechte Luft hier unten«, mokierte sich der Kameraträger.

»Harzer Roller kurz vorm Wechsel in den flüssigen Aggregatzustand«, mutmaßte der Mikrogalgen.

»Wird doch nicht der olle Viktor sein«, haute der Lichtfritze pietätlos in die Kolonne und deutete auf das ausgestellte Reliquiengebein unter dem Altar.

Zöpfchenträger! Die sind so. Dafür kriegte er gleich eins drüber.

»Reißen Sie sich zusammen, junger Mann. Sie stehen auf heiligem Grund.«

Der Seriöse konnte auch anders. Aber Zöpfchen war renitent und wollte jetzt zeigen, daß es ebenfalls Abitur hatte.

»Wanderer, kommst du nach Sparta, dann zieh deine Schuhe aus, denn –«

»Jetzt reicht's aber wirklich«, giftete Gundis in Richtung Beleuchter und stampfte mit dem Fuß auf.

Mein Gott, war die hübsch, wenn sie zornig war. Alle sahen es mit Wohlwollen. Und schon war das Gewitterwölkchen weitergezogen. Der Anzug dozierte. Fleischmann deckte die Quelle der Geruchsbelästigung mit beiden Händen. Kopf im Staub lernte er, quasi von Grund auf, etwas über die Geschichte der alten Kirche. Spannend. Konnte man vielleicht in der Saure-Gurken-Zeit mal zu 'nem Feature verwursten. Aber dann passierte es. Die Peperoni.

Schweigen. Alle fixierten den Vorlauten von eben, der der archäologischen Zone am nächsten stand.

»Aber ich war –«

»Gehn wir. Die Luft wird ja ziemlich stickig hier unten«, befahl der Herr im Schwarzen, Verteidigungsreden abschneidend, eisig und verließ die Krypta. Die anderen folgten fast im Laufschritt.

Fleischmann atmete auf. Treter drüber und nichts wie weg. Aber kaum war er aus dem Keller, machte die gnadenlose WDR-Kamarilla schon wieder Jagd auf ihn. Gerade konnte er noch unentdeckt in den durch hohe Mauern vom Rest der Kirche abgetrennten Chorraum fliehen.

Eine verhängnisvolle Fehlentscheidung, denn jetzt nahmen sie ihn von drei Seiten in die Zange. Nord- wie Südausgang versperrt, von vorn, vom Lettner, näherte sich Gundis im Gespräch mit dem Geistlichen. Da gab's nur eins. Über die Chorschranke. Mindestens vier Meter hoch. Aber wo ein Wille, da auch ein Weg.

In Windeseile kraxelte Fleischmann von geschnitztem Gestühl, irgendwas Vogelähnliches an einer Säule als Fußtritt nutzend, an einer Steinfigur der Mauerkrone entgegen. Fast hätte er es geschafft. Da erging es ihm wie Götz George in der Schampus-Reklame. Nur daß es sich bei der Statue, an der er hinabrutschte, um keine Schönheit mit sanften Rundungen, sondern um einen scharfkantigen Bischof aus Stein handelte. Tat gemein weh. Fleischmann konnte nicht mehr. Loslassen, einfach loslassen. Eine Art Urschrei gellte durchs Kirchenschiff. Im Fallen verhedderte er sich in einem antiken Wandteppich.

Ihm stand jetzt nicht der Sinn nach sakraler Kunst. Er blieb einfach hocken, Teppich überm Kopf, das WDR-Team samt Dompropst völlig baff vor sich. Durch eine Öffnung zwischen den Teppichfalten nahm er noch wahr, wie der Kameramann instinktiv voll draufhielt. Was sollte er jetzt sagen? Wo ist der Deinhard? Irgendwie unpassend. Schließlich hatte er das große Latinum.

»Ora et labora«, rief er mahnend, verschleierte Gesicht und Körper tschadormäßig im muffigen Gobelin und eilte segnend am Taufstein vorbei durch den Lettner gen Ausgang. Das Newtonsche Gesetz, wonach Masse träge sei, war eindrucksvoll widerlegt. Aber schon hörte er es hinter sich trappeln. Entweder wollten die nicht auf ihn hören, oder sie konnten kein Latein.

Also kurzer Stop am Gesangbuchständer. Mit links den Teppich vors Gesicht haltend pfefferte er das Notenmaterial im Stalin-Orgel-Rhythmus. ›Gotteslob!‹ wirkte Wunder.

»Inter arma silent leges«, entschuldigte sich Fleischmann, inzwischen ganz auf der Latein-Schiene.

Den Schwarzkittel erwischte es voll vor die Glocke. Da mußten die anderen natürlich erst mal Hilfestellung leisten. Go Fleischmann, go!

Am Kirchenportal ließ er den kostbaren Teppich fahren. Siebtes Gebot. Du sollst nicht stehlen. So was hat der Katechismuskundige schließlich internalisiert. Schon war er draußen. Und da war auch Vera. Das Goldstück hatte ausgeharrt. ›Und die Treue, sie ist doch kein leerer Wahn‹. Laufender Motor. Fleischmann ließ sich auf den Beifahrersitz fallen.

»Das vergeß ich dir nie.«

Vera trat voll durch. Quietschende Reifen. Wie hatte Ferdilein das eben wohl gemeint? Sie war sich nicht ganz sicher.

*

Die Frau hatte Angst. Der Rat der Neun hatte sie einbestellt. Das verhieß nichts Gutes. Aber warum nur? War ihr irgendein Fehler unterlaufen? Sie prüfte sich selbst. Irgendwas mit dem Baby? Nein. Sie hatte alles getan, was man ihr aufgetragen hatte. Sie konnte sich keinen Grund für die Vorladung vorstellen. Das war ja das Entsetzliche.

An Schönhubers Gartenpforte verharrte sie einen Moment. Einfach weglaufen, Schluß machen. Sie sah sich gehetzt um. Es ging einfach nicht. Sie war zu absolutem Gehorsam erzogen. So drückte sie das Törchen auf und lief direkt auf das Holzhaus im hinteren Teil des Gartens zu. Der Mond hing voll und rund am Himmel. Nicht tröstlich. Kalt. Sie schauderte.

»Da kommt sie.«

Einer der beiden Männer spähte durchs Laubenfenster. Sie trugen schwarze Kutten, die Gesichter waren weißgeschminkt. Der Meister trug seine mit rotem Satin ausgeschlagene Kutte. Jetzt setzte sich der andere zu dessen Rechten. Auf dem Tisch stand ein siebenarmiger Leuchter. Der Kerzenschein tauchte alles in ein unwirkliches Licht. Die Laubentür wurde geöffnet. Sie trat zögernd ein und blieb direkt an der Tür stehen. Schweigen. Die beiden Männer starrten sie eine volle Minute an, bevor der Meister das Wort ergriff.

»Knie nieder«, herrschte er mit nur mühsam zorngezügelter Stimme. Sie ließ sich sofort auf die Knie fallen.

»Hast du vergessen, daß es den Auserwählten des Lichtbringers verboten ist, die Sakramente des Sklavengottes zu empfangen?«

Sie starrte den Meister mit weit aufgerissenen Augen verständnislos an. Sie begann, den Kopf zu schütteln, hörte gar nicht mehr damit auf.

»Es ist zwecklos, zu leugnen. Du warst im Beichtstuhl. Was wolltest du da? Was hast du gesagt?«

Ein unartikulierter Laut. Ihre Stimme krächzte.

»Meister, ich schwöre es, ich war noch nie –«

Der Meister schnitt ihr mit einer herrischen Geste das Wort ab.

»Es ist genug. Du warst im Beichtstuhl. Ich weiß es. Also rede. Oder müssen wir nach unten gehen?«

Sie schlug jetzt beide Hände vors Gesicht und begann zu schluchzen.

»Nein, Meister, bitte nicht. Ihr müßt mir glauben. Ich weiß nicht, wovon Ihr sprecht.«

»So, so, aber ich werde gleich wissen, worüber du mit dem Pfaffen gesprochen hast.«

Er gab seinem Begleiter einen Wink. Der rollte den Teppich zusammen und öffnete die Falltür. Der Meister riß sie hoch und führte sie, ihr den Arm brutal auf dem Rücken verdrehend, die Treppe hinab.

Unten war bereits alles vorbereitet. Der Gehilfe entzündete die Kerzen auf den Wandleuchtern. Baphomet schien höhnisch von der Wand zu grinsen. Mitten im Raum stand ein großes Plastikfaß, randvoll mit Wasser gefüllt. Sie wand sich unter dem harten Griff.

»Rede!«

Sie konnte nicht.

Der Meister gab das Zeichen. Schon drückte der Gehilfe ihren Kopf unter Wasser. Der Meister sah auf die Uhr. Nach dreißig Sekunden begann die Frau heftig zu zucken. Nach fünfundvierzig Sekunden stiegen Luftblasen auf. Dann erschlaffte der Körper. Der Meister winkte. Der Kopf wurde aus dem Faß gerissen.

»Hast du mir etwas zu sagen?«

Sie atmete pfeifend und spuckte Wasser, starrte ihn aber nur aus haßerfüllten Augen an. Sie sagte kein Wort mehr.

Agnes, die Retterin, hatte übernommen. Sie konnte die Folter ertragen, würde eher sterben, als kooperieren. Wieder winkte der Meister. Diesmal dauerte es eineinhalb Minuten, ehe ihr Kopf wieder an die Luft gerissen wurde. Sie blieb stumm. Nachdenklich fixierte sie der Meister, ließ sie Luft schnappen. Stille. Dann senkte sich sein Zeigefinger wieder auf das Faß. Nach zwei Minuten war sie ohnmächtig. Der Gehilfe legte sie auf den Boden in die Seitenlage. Wasser lief aus Mund und Nase, aber sie atmete.

»Erstaunlich«, sagte der Meister wie zu sich selbst, »sie weiß tatsächlich nichts. Als ob es jemand anderes gewesen wäre.«

»Wie ist das möglich?«

»Kümmere dich nicht darum. Davon verstehst du nichts. Ich weiß, daß sie loyal ist.«

»Was passiert jetzt mit ihr?«

»Geh jetzt. Ich mache das schon. Nach dem großen Fest werden wir entscheiden, bis dahin behalte ich sie im Auge. Jetzt haben wir Wichtigeres zu tun.«

FÜNF

Freitag, 19. Juni 1997

Der schwere Kühlwagen, der die Fusternberger Grundschule täglich mit Pausenmilch versorgt, röhrte wie ein Panzer in die nächtliche Stille. Nervöse Scheinwerferfinger tasteten beim Abbiegen die Fassaden ab. Die Gestalt im grünen Overall ließ sich hinter einen buschigen Rhododendron am Kirchberg fallen. Es war drei Uhr morgens.

Hinter dem Strauch blieb alles ruhig, auch, nachdem der Laster zum Schulhof abgebogen war. Zehn Minuten später kam der Kühlwagen zurück. Die Person im Gebüsch harrte aus, bis der sich entfernende Motorenlärm in der Stille der Nacht verklungen war. Erst als der volle Mond von einer langsam vorbeidriftenden Wolke notdürftig verhüllt wurde, kam wieder Leben in die Gestalt. Ein Kopf tauchte zwischen den lederartigen Blättern auf. Sichernder Blick ringsum. Etwas Schweres wurde hervorgezerrt und aufgerichtet. Reiben von Metall an Metall, ein kurzer Plop. Intensiver Benzingeruch breitete sich aus.

Die eher schmächtige Gestalt im Overall begann, das Benzin schwappend ringsum zu verteilen. Erst kamen die Sträucher dran, dann, in Schlangenlinien den gesamten Kirchberg abgehend, Bodendecker, Ziergräser und Heidekraut. Sorgfältig achtete sie darauf, mit der Flüssigkeit nicht in Berührung zu geraten. Unten angekommen wurde der große Kanister erst im sicheren Abseits des Krypta-Portals verstaut, dann huschte die Gestalt zurück. Zeitungspapier raschelte, ein Feuerzeug flackerte auf. Die Fackel flog lodernd durch die Luft. Ein kurzes, fast sanftes Fauchen. Sekunden später stand der ganze Kirchberg in Flammen.

Das Feuer fraß sich gierig ins sommerlich trockene Gesträuch. Knacken und Prasseln, hoch auflodernde Flammen, stiebende Funken. Inmitten der taghell beleuchteten Szene starrte der gußeiserne Engel mit ausgebreiteten Flügeln stoisch auf das Flammenmeer.

Die Gestalt konnte sich von dem furiosen Anblick nicht losreißen. Aber schon holte sie das Geräusch hektisch vor den Fenstern des Nachbarhauses hochgezogener Rolladen in die Wirklichkeit zurück. Rasch huschte sie in den Schatten des Krypta-Portals. Sie griff den Kanister und verschwand in der Nacht.

*

Anton wurde erst vom Klang der Sirenen geweckt. Er brauchte einen Moment, um sich zu orientieren. Hatte er geträumt? Nein, das war echt. Und verdammt nah. Irgendwas war los. Er sprang aus dem Bett und begann, hektisch nach den Latschen zu suchen. Mist, nie waren sie da, wo er sie vermutete. Barfuß lief er ins Treppenhaus. Böse Ahnungen. Ihm schoß seine Beobachtung von neulich durch den Kopf. Flammenschein im Kirchenkeller. Aber als er durchs Flurfenster schaute, wurden seine Befürchtungen übertroffen.

Zuckendes Blaulicht, hin- und herwuselnde Feuerwehrmänner, eine sich ständig vergrößernde Gruppe nur notdürftig bekleideter Nachbarn. Flammendes Inferno. Das Kirchenschiff im Feuermeer. Er rieb sich die Augen.

»Das jüngste Gericht?«

»Wie der kleine Moritz sich das so vorstellt. Aber ruhig Blut, noch ist es nicht soweit.«

Anton war jetzt hellwach. Ohne sich weiter um die pastorale Kleiderordnung zu kümmern, stürmte er die Treppe hinab und aus dem Haus. Der Mann in Blau, der so cool inmitten der hin- und herrennenden Wehrmänner stand und ruhig, aber bestimmt Anweisungen gab, mußte der Chef sein.

»Was ist hier los?«

Spöttischer Blick. »Scheint zu brennen. Und jetzt ziehen Sie sich mal auf den Bürgersteig drüben zurück.«

»Ich bin der Pastor!«

»Halleluja, aber das ist mir im Moment wurscht. Zurücktreten!«

Wild entschlossen, sich endlich eine würdige Soutane zuzulegen, zog Anton sich zurück. Aber noch bevor er den Bürgersteig erreicht hatte, rief ihm der Einsatzleiter noch etwas zu:

»Hochwürden!«

»Ja?«

»Ziehen Sie sich was an die Füße. Sonntag hab ich bei Ihnen Silberhochzeit. Nicht, daß Sie verschnupft sind.«

Ach, der war das. War ihm doch gleich so bekannt vorgekommen. Freches Aas. Aber irgendwie nett, wenn man so zwanglos zusammenkam. Anton schaute auf seine nackten Zehen und mußte grinsen. Doch schon wurde seine Aufmerksamkeit auf etwas anderes gelenkt. Die Feuerwehrleute hatten inzwischen die Schläuche ausgerollt. Wasserfontänen bestrichen das brennende Gehölz, Rauch und Wasserdampfwolken verhüllten das Kirchenschiff. Jemand klopfte ihm auf die Schulter. Van der Leuen, grau im Gesicht.

»Die ganze Seite hier hab ich erst im letzten Herbst neu angelegt. Als Heidelandschaft. Fächerahorn, Wachholder, Rhododendren, Azaleen. Alles für die Katz. Wer so was macht, den sollte man erschießen.«

»Aber vorher aufs Rad flechten, vierteilen und zerhacken«, giftete Anton, der solche Reden nicht abkonnte.

Der Alte sah ihn traurig an und schüttelte den Kopf.

»Sie verstehen nicht, was das für einen Gärtner bedeutet.«

Anton legte ihm die Hand auf den Arm.

»Schon gut, vielleicht tröstet es Sie, daß sich die Gerüstbauer für heute angesagt haben. Die hätten sowieso vieles zertrampelt. Und nach der Sanierung des Frieses hätte das alles wahrscheinlich eh neu gestaltet werden müssen.«

Van der Leuen nickte, nicht im mindesten getröstet.

»Trotzdem, wer macht so was?«

Das fragte sich Anton auch. Sein Blick fiel auf den Engel, zu dessen Füßen es immer noch heftig flackerte. Und auf einmal hatte er die merkwürdige Stimme aus dem Beichtstuhl wieder im Ohr.

›Der erste Engel posaunte, und es entstand Feuer mit Blut gemischt und wurde auf die Erde geschleudert.‹ Ein Zeichen? Wofür? Von wem? Ihn schauderte. Das war erst der Anfang. Da war er sich plötzlich ganz sicher.

*

Die Hälse der leeren Bierflaschen drückten ihr schmerzhaft ein Muster in den Po. Sie selbst hatte den Kasten in die Garage des Pastors gestellt. Der hatte zwar kein Auto, sich aber angeboten, ihn mit van der Leuens Wagen, der hier gewohnheitsmäßig parkte, zum Getränkeshop zu bringen und für Nachschub zu sorgen. Jetzt saß sie darauf. Es stank nach Sprit. Sie starrte den großen, offenen Benzinkanister zwischen ihren

Beinen an wie ein Objekt von einem anderen Stern. Dann fiel ihr Blick auf die grünen Hosenbeine. Overall. Auf der linken Brustseite ein Aufnäher. Erik! Beide Hände fuhren ins feuchte Haar. Erinnerung. Sie sah auf die Uhr. Die Erkenntnis traf sie wie ein Keulenschlag. Sie war verrückt. Komplett verrückt. Machte Dinge, von denen sie später nichts mehr wußte. Sie konnte sich ihrer selbst nicht sicher sein. Sie hatte ja schon immer geahnt, daß etwas mit ihr nicht stimmte. Das hier war der Beweis. Sie begann zu wimmern. Die Sirenen rissen sie für einen Moment aus ihrer Verzweiflung, um sie gleich darauf noch tiefer wieder hineinzustürzen. Der Kanister. Was hatte sie getan?

Sie sprang auf und löschte das spärliche Garagenlicht. War da nicht Brandgeruch? Lautes Rufen. Kommandos wurden gebrüllt. Hektisches Getrappel. Sie zwang sich, den rechten Flügel des Garagentores einen Spalt breit zu öffnen. Feuerschein an der gegenüberliegenden Fassade. Nachbarn strömten in Bademänteln auf die Straße. Es brannte. Aber wo? Sie erschrak vor sich selbst. War sie das gewesen? Sie mußte Gewißheit haben.

Niemand bemerkte die schmächtige Gestalt, die die im dunklen Abseits liegende Garage verließ. Alle Augen waren auf das Feuer gerichtet. Klara schlich den nördlichen Aufgang zur Kirche empor und duckte sich hinter die brusthohe Mauer der Treppenwange. Ein bizarres Bild. Der Kirchberg stand in Flammen. Flackerndes Blaulicht. Feuerwehrleute spritzten Wasser aus armdicken Schläuchen. Pastor Rabe im Schlafanzug. Und da, da war auch van der Leuen. Klara war sich ganz sicher, daß sie für die ganze Aufregung verantwortlich war. Irgend etwas war da in ihr, das ein Eigenleben führte. Das Dinge tat, auf die sie keinen Einfluß hatte. Sie hätte am liebsten laut geschrien. Sie war ein Alien. Unfreiwilliger Wirt etwas Unheimlichen.

Klara blickte in die Tiefe. Mindestens zehn Meter. Das reichte. Einfach springen. Da war auch wieder das Stechen im Unterleib. Einfach Schluß machen. Die Hölle war doch in dieser Welt. Lockende Tiefe. Schon stand sie auf der Brüstung. Niemand sah in ihre Richtung. Sie schwankte.

Plötzlich dachte sie an ihren Auftrag. Sie war aus dem Haus gegangen, um ihn auszuführen. Irgend etwas zwang sie zur Pflichterfüllung.

Sie konnte nicht springen. Es war, als ob ihr eine innere Stimme befehle. Schon stand sie wieder auf sicherem Grund. Mit ihrem Schlüssel öffnete sie das Nordportal und lief zur Wendeltreppe in die Kirchengewölbe.

*

Anton war nicht mehr ins Bett gekommen. Natürlich hatte er den Abschluß der Löscharbeiten abgewartet. Dann hatte eine Streifenwagenbesatzung etliches fürs Protokoll wissen wollen und weitere polizeiliche Ermittlungen für den Vormittag angekündigt. Nachbarn wollten diskutieren, Unmut und Erstaunen Luft machen. Auch dafür mußte er zur Verfügung stehen. Als der Spuk endlich vorbei war, war an Schlaf nicht mehr zu denken.

Er hatte bereits den Sandsack ausgiebig verdroschen und einige Zentner Eisen an der Langhantel bewegt. Jetzt saß er im Arbeitszimmer, schlürfte Tee und versuchte, sich auf den Niederrhein-Boten zu konzentrieren.

Mit mäßigem Erfolg. Die Ereignisse der vergangenen Nacht ließen ihn einfach nicht los. Er legte die Zeitung weg, stand auf und trat ans Fenster. Der abgeflämmte Kirchberg rauchte noch. Verkohlte Strauch- und Baumreste. Bizarr. Am Morgen nach der Schlacht. Mit der Fernbedienung schaltete er den elektronisch steuerbaren Springbrunnen neben dem Krypta-Eingang an. Den hatte van der Leuen gerade erst gereinigt. Helle Kiesel blitzten. Anton schaltete wieder ab. Paßte nicht ins Zerstörungs-Ambiente.

»Warum das alles? So weit geht doch Alltags-Vandalismus nicht. Hat das was mit dem Unbekannten aus dem Beichtstuhl zu tun? Aber was will er damit sagen?«

»Vielleicht soll ich dir auch noch die Lottozahlen von morgen abend mitteilen. Nein, nein, die Rätsel, die ihr euch gegenseitig aufgebt, müßt ihr auch selber lösen.«

»Verzeih, Freund, ich will dich nicht als Glaskugel mißbrauchen. In meinem Kopf dreht sich einfach alles. Ich kapier's nicht. Aber irgend etwas braut sich zusammen. Und nichts Gutes, soviel steht fest.«

»Du wirst schon noch dahinterkommen. Tummel dich. Nicht daß du irgendwann überm Rabenstein flatterst.«

Anton stierte auf die rußgeschwärzte Südmauer der Kirche. ›Rabenstein‹. Merkwürdig. So hatte man im Mittelalter die Hinrichtungsstätte bezeichnet.

»Wie hast du das gemeint?«

Funkstille. Anton zuckte mit den Schultern. Was er jetzt brauchte, war ein weltlicher Gesprächspartner. Er sehnte sich wie so oft nach Shanghai. Mit ihm hatte er immer alles bereden können. Lang war's her. Einen solchen Freund fand man nur einmal im Leben. Was wohl aus ihm geworden war? Seine Nachforschungen nach dem Verbleib des Freundes waren stets ins Leere gelaufen. Nebbich.

Aber eine Freundin wie Gertrud, die fand man vielleicht ein zweites Mal. Vielleicht? Ein warmer Glücksschauder durchrieselte ihn. Ganz bestimmt! Gero!

Schon hatte er das Telefonbuch in der Hand und suchte unter ›R‹ wie Rosenbaum. Aber bereits nach zweimaligem Tuten glaubte er zu wissen, daß Gero nicht daheim war. Es klang irgendwie nach verlassener Wohnung. Trotzdem ließ er zwölfmal durchklingeln, bevor er auflegte. Es war kurz vor sieben. Wo konnte sie jetzt sein? Und dann mußte er plötzlich an runde, weiße Schultern in algengrünem Wasser denken. Rotes, nasses Haar, das sich dicht an ein hochwangiges Gesicht schmiegte. Nur eine kleine Chance. Aber er würde es versuchen. Er mußte sie jetzt einfach sehen. Sofort.

Zwanzig Minuten später war er am Sporthafen. Und tatsächlich, da kam sie ihm vom Aue-See kommend auf ihrem Hollandrad entgegen. Er hatte sie schon von weitem erkannt. Zwei Zöpfe, lachender Mund. Shorts und Turnhemd. Alle Lagerfelds der Welt hätten diesen Körper nicht vorteilhafter verpacken können. Jetzt winkte sie fröhlich mit gebräuntem Arm. Anton machte sich nichts mehr vor. Er liebte. Und da war kein Schuldgefühl mehr. Er konnte doch nichts dagegen tun, ohne sich selbst zu zerstören. Es war, als ob eine Feder, die ihn lange unter Spannung gehalten hatte, zersprang. Noch zwanzig Meter.

»Freund, ich werde dich trotzdem nie verlassen.«

»Ich dich auch nicht. Niemals.«

Jetzt bremsten beide. Schüchterne Schweigesekunde. Die Welt schmolz auf diese paar Quadratmeter zusammen und stand still. Dann tutete etwas vom Strom her, und die große Spieluhr kam wieder in Gang.

»Gero, ich hatte gehofft, dich hier zu treffen. Es geschehen merkwürdige Dinge. Ich muß einfach mit jemandem darüber reden.«

»Komm«, sagte Gero einfach und schob ihr Rad auf die große Landzunge zwischen Hafen und Fluß. Anton folgte und begann, sich alles von der Seele zu reden. Der Brand, sein Erlebnis im Kirchenkeller. Gern hätte er auch über die merkwürdige Geschichte im Beichtstuhl gesprochen. Aber das durfte er nicht.

Sie waren ganz am Ende angekommen, da, wo sich die Hafeneinfahrt dem Strom öffnete. Dicht nebeneinander setzten sie sich in den Kies, ganz vorn an die Wasserlinie. Es roch ein bißchen nach Teer und Schlamm, nach Weite und Freiheit. Und nach einer Ahnung von Geros nassem Haar. Und das war das Beste.

Gero hatte beide Arme um die angezogenen Knie geschlungen und sah blicklos über den Strom. Ab und an tuckerte ein Lastkahn gemächlich vorbei, mit einiger Verzögerung sanften Wellenschlag am Ufer verursachend. Anton betrachtete ihr klares Profil. Und Ruhe überkam ihn. Zusammen würden sie alles in den Griff kriegen.

»Ich muß unbedingt noch einmal das Bild, das die multiple Frau in deiner Praxis gemalt hat, sehen.«

Kein erstauntes ›Warum?‹. Gero nickte nur zustimmend. Dann erzählte sie vom zweiten Besuch der Frau und von dessen abruptem Ende. Von der plötzlichen Veränderung, die mit der Frau vorgegangen war, und von ihren enormen Kräften.

Während sie sprach, kam Anton eine irre, aber klärende Idee. Was, wenn er es im Beichtstuhl gar nicht mit einem Mann, sondern mit der multiplen Frau zu tun gehabt hätte?

Gero holte ihn aus seinen Gedanken. »Susanne dazuzuholen war ein Vertrauensbruch. Ich hab meine Schweigepflicht, und wahrscheinlich nicht nur die, verletzt.«

Sie wischte sich an der Stirn beginnend den Sorgenausdruck aus dem Gesicht. Jetzt sah sie ihn an.

»Ich habe auf dem zweiten Bild, das die Frau gemalt hat, etwas entdeckt, das ich dir zeigen möchte. Hast du heute abend Zeit?«

Anton nickte stumm, fasziniert das schöne Gesicht betrachtend. Sonnenaugen. Jetzt lächelte sie. Zwischen den leicht geöffneten Lippen blitzte es weiß. Küssen! Er wollte sich rüberbeugen, aber sein Körper gehorchte ihm nicht. Schon war der Moment vorbei.

»Um acht im Café Fehr. Da ist heute Jam-Session der hiesigen Jazz-Szene. Ich bring das Bild mit. Dann sehen wir vielleicht klarer.«

*

Auch der führende journalistische Kopf am Niederrhein, Ferdi Fleischmann, hatte in dieser Nacht kaum Schlaf gefunden. Bereits unchristlich früh hatte er sich vor die Glotze gehockt und das Frühstücksfernsehen des WDR verfolgt. Nichts über den vorabendlichen Budenzauber an geweihter Stätte. Er seufzte erleichtert. Hieß das nur Galgenfrist oder bereits Amnestie? Wahrscheinlich lag das Team nur schlicht noch in der Pofe. Merkwürdig. Gundis war doch sonst so ausgeschlafen.

Fleischmann mochte gar nicht an den Abend denken. ›Aktuelle Stunde‹. Sicherlich würde er spätestens dann zum Medien-Star avancieren. Nur ein bißchen anders, als er sich das immer gewünscht hatte. Voller Inbrunst hoffte er auf die schützend verhüllende Wirkung des Tschador. Vielleicht kam er ja noch einmal davon. Inshalla!

Das Mettwurstdubbel schmeckte ranzig, das Frühstücksei nach Fisch, der Kaffee wie Galle. Er schob alles niedergeschlagen weg und griff zur verdauungsfördernden Zigarette. Prompte Wirkung. Ferdi eilte. Loslassen, einfach loslassen.

Fünf Minuten später ging es ihm erheblich besser. Noch beim Händewaschen tat er ein Gelübde: Wenn dieser Kelch an ihm vorüberging, würde er sein Leben und Streben ändern. ›Das im Leben viel Geehrte ist leer und faul, gering und gegenseitiges Beißen von Hündchen‹, hatte schon Marc Aurel gewußt. Und der war ja schließlich Kaiser und ein ziemlicher Schlaumeier gewesen.

Demut. Akzeptieren, wo sein Platz war. Zweite Reihe. Ja, warum denn nicht? Stellvertretender Redaktionsleiter. War doch immerhin auch was und nährte seinen Mann. Ein bescheidenes, dafür ruhiges, bürgerliches Leben führen. Bausparvertrag bei Wüstenrot, Schützenverein, abends friedlich mit Zigarre und Zeitung unter der Lampe sitzen, an der Seite einer treuen, ihn umsorgenden Frau.

Jetzt stutzte er doch ein wenig. Vera! Ob die dafür die Richtige war? Aber tiefe Depression überlagerte alle aufkommenden Zweifel. Im Moment fühlte er sich so verlassen wie Heidi in Frankfurt. Er mußte daran denken, wie Vera ihm bei seinem peinlichen Hinterhof-Fauxpas aus der Patsche geholfen hatte. Die gute Seele. Wie gern hätte er sich jetzt an ihrer mütterlichen Brust ausgeweint. Es drängte ihn, sie anzurufen. Aber wahrscheinlich war sie schon auf dem Weg zur Schule. Und so machte auch er sich daran, sein schweres Tagwerk zu beginnen. Zwanzig Minuten später war er in der Redaktion.

»Hallo, Hallöchen, ihr Lieben.«

Noch im Trench eilte er zur Kaffeemaschine und werkelte kundig. Die Sekretärin, von Ferdi sonst nur angebellt, faßte es nicht. Männer, erst recht nicht Fleischmann, hatten diese subalterne Tätigkeit hier noch nie ausgeführt. Was war denn jetzt los? Internationaler Frauentag? War doch im März. Wahrscheinlich eher ein Fehler in der synaptischen Transmission des Dicken.

»Auch ein Täßchen?«

Die Sekretärin konnte nur stumm nicken. Regelrechtes VIP-Treatment. Unheimlich.

»Ihr Artikel über das Pfarrfest, erste Sahne. Exakte Recherche, brillant formuliert. Aus Ihnen wird noch was.«

Auch die eben hereingekommene freie Mitarbeiterin erstarrte, so angesprochen, zur Salzsäule. Harmony and understanding oder großkalibriger Zynismus? Man rätselte. In der Redaktion breitete sich tiefes Schweigen aus. Tausch besorgter Blicke. Was war los mit Commandante Fleischmann? Da winkte der Chef im Glaskasten. Redaktionskonferenz.

Fleischmann, der sonst immer mindestens zwei Drittel der Gesprächszeit für sich beanspruchte, hielt sich erstaunlich zurück. Der Chef begann sich schon zu wundern. Aber Ferdi war eine erleichternde Idee gekommen. Jetzt arbeitete er daran, wie er sie rüberbringen sollte. Flucht nach vorn. Er mußte mit dem Dompropst sprechen. Rauskriegen, ob der ihn wiedererkannte, wann und was das Fernsehteam berichten würde. Den Täter zieht's halt immer an den Ort der Tat zurück.

»Ich würde gern ein breitangelegtes Feature über sakrale Kunst am Niederrhein für die Wochenendausgabe erstellen«, meldete er sich endlich knotig zu Wort.

Der Chef verschluckte sich prompt, konnte aber gerade noch verhindern, Kaffee aufs Armani-Jackett zu siffen. Fleischmann und sakrale Kunst, das war wie Charles Bukowsky und Haute Couture, John Wayne und Eierlikör, Bischof Dyba und ›Kirche von unten‹. Der wollte ihn wohl verarschen. Aber Fleischmann lächelte nur milde und wartete. Wenn er einen Schwanz gehabt hätte, jetzt hätte er damit gewedelt.

Kurzes Chef-Sinnieren. Warum eigentlich nicht? Hatte nicht auch Harald Juhnke sein schauspielerisches Meisterstück ausgerechnet mit Frischmilchwerbung abgeliefert? Außerdem war Saure-Gurken-Zeit.

Sie brauchten Material. Vielleicht hatte er den Mann ja immer unterschätzt. Also zustimmendes Nicken. Jedem seine Chance.

*

Der Duisburger Kollege knallte Meier drei ein paar zusammengetackerte Blätter auf den Schreibtisch.

»Die Chefin nicht da?«

Meier drei schüttelte verneinend den Kopf.

»Ist auch nicht wichtig. Hier, mein Bericht. Das war verlorene Liebesmüh. Ein ganzer Haufen mehr oder weniger offen operierender Esoterik-Spinner, ein paar Sekten, Logen, Freikirchen, das Übliche. Nichts, was nur entfernt mit Satanismus zu tun hat. Und ich hab mich wirklich reingehängt. Klar, daß diese Vögel keine Öffentlichkeitsarbeit betreiben, aber ich hab nicht mal den kleinsten Hinweis gefunden. Keine Opfer, keine Täter, nichts. Das sind Hirngespinste. So was gibt's gar nicht. Nicht hier bei uns.«

Aktenführer Meier zuckte nur mit den Schultern und heftete den Bericht sorgfältig ab. Sie traten auf der Stelle. Insgeheim glaubte er nicht mehr daran, daß sie das Baby noch lebend aufspüren würden. Irgendwann würde die Meldung vom Fund einer Säuglingsleiche eingehen. Und gab's erst eine Leiche, dann gab's auch Spuren. Über kurz oder lang hätten sie dann den Täter. So lief das doch. Meistens.

Unter der Tür drehte sich der gefrustete Kollege noch einmal um.

»Ach, da ist noch was. ›Löwe von Juda‹ oder so. Hab ich erst heut morgen von erfahren. Ein paar durchgeknallte Freaks in weißen Kutten. Zehn Männlein und Weiblein, drei Kinder. Leben im Haus Aspel bei Rees. Wahrscheinlich harmlos. Irgendwas Kirchliches. Ich prüf's trotzdem noch nach.«

Meier drei hatte noch jede Menge Überstunden abzufeiern und sich zwecks Rollerkauf für heute nachmittag freigenommen. Da kam ihm eine Idee. Haus Aspel. Wäre doch ein schönes Ziel für seine erste Probefahrt. Sozusagen Vortour für den geplanten, aber leider noch nicht fest abgesprochenen Ausflug mit seiner Angebeteten.

»Moment, Kollege, das übernehme ich. Muß eh heute nachmittag in die Richtung.«

»Gebongt, ich notier's mir.«

Ein Computer-Ausdruck segelte auf den Schreibtisch. Die Bürotür klappte. Meier drei begann querzulesen: »... Unter dem Namen ›Der Löwe von Juda und das geopferte Lamm‹ gegründet, später in ›Gemeinschaft der Seligpreisungen‹ umbenannt. Die Gruppe hält die alte Bezeichnung als verborgenen Namen bei, als Ausdruck unveränderlicher Bestandteile ihrer Berufung und eines Mysteriums, dem sie in Gebet und Anbetung treu bleiben will ...«

Atheist Meier, dessen Spiritualität so ausgeprägt war wie sein Selbstbewußtsein gegenüber Frauen und dem bei ›Mystik‹ nur der Name seiner Grafikkarte im PC einfiel, verstand kein Wort. Geopfertes Lamm, aha. Verborgener Name, Anbetung. Nachdenklich rieb er sich das Kinn, auf dem er seit neuestem immer drei Tage lang Stoppeliges stehenließ. War ja interessant. Die Brüder würde er jedenfalls unter die Lupe nehmen.

*

Susanne und Scholten standen minutenlang schweigend vor dem verwüsteten Kirchberg und ließen das Bild auf sich wirken. Schließlich hielt es Scholten nicht mehr aus.

»Traurig, traurig, so was. Aber doch wohl kein Fall für unsere Abteilung.«

Susanne reagierte nicht. Sie war woanders. Scholten, der sich vorgenommen hatte, noch etliche kleine Brötchen zu verbacken, hielt achselzuckend den Mund. Dann begann Susanne übergangslos zu sprechen:

»Wir haben ein verschwundenes Baby, einen Verdacht auf satanistische Entführer, eine stumme Schizo-Frau, die ganz offensichtlich was über kultischen Mißbrauch mitteilen will, und am nächsten Tag brennt um die Ecke der Kirchberg. Das gibt doch zu denken.«

Nicht Scholten. Aber Susanne wollte auch gar nichts hören. Sie zeigte jetzt aufs Kirchendach.

»Schau mal, da oben. Denk an das Bild der Frau.« Sie hatte ihren Kollegen das Bild der Stummen beschrieben. »Vielleicht der erste konkrete Hinweis in unserer Sache. Fällt dir nichts auf?«

Nö, Scholten fiel nichts auf. Posaunenengel über stilisiertem Flammenmeer. Na und? Frauen! Bißchen viel Phantasie. Hätte er gern laut gesagt, aber da waren die kleinen Brötchen. Also versuchte er, in anderes Fahrwasser zu gelangen.

»Mit der Suche nach Kontakten der toten Kindsmutter laufen wir übrigens überall gegen Wände. Niemand will sie gekannt haben. War wahrscheinlich 'ne Nutte. Anders kann ich mir das kollektive Schweigen nicht erklären. Familie hat sie auch keine, außer einem Bruder irgendwo im Ausland.«

»Was ist mit der Säuglingsnahrung? Wurde irgendwo hyperallergene Kost in größeren Mengen gekauft?«

»Fehlanzeige.«

»Das ist es doch gerade. Niemand kann allein einen Säugling entführen, ohne daß irgendwer was merkt. Da muß ein Netzwerk bestehen. Und schon sind wir wieder bei der Geheimsekte.«

Schätzchen, das Kind ist längst tot, hätte Scholten gern gesagt. Tat er aber nicht. Statt dessen punktete Susanne noch einmal.

»Ich habe übrigens eine Info von einem V-Mann aus der Drogenszene. Die Tote stand auf Death-Metal. Diese Durchgeknallten im Grufti-Look. Na, klickert's?«

Mitnichten. Schlagerfreund Scholten, der schon beim Phänomen Guildo Horn die Totenglocken für die abendländische Kultur läuten hörte, hatte derlei Niederungen nie zur Kenntnis genommen. Trotzdem Nicken. Gewichtiges Unwissen.

»Was ist mit dem Ketamin?«

»Das ist das Erstaunliche. Hier im Raum völlig unbekannt. Da ist sich unser Mann in der Szene ganz sicher. Für mich ein weiterer Hinweis auf Kult-Finsterlinge. Denk an das Referat des Sekten-Spezialisten vom LKA.«

Jemand räusperte sich. Susanne und Scholten fuhren wie einstudiert synchron herum.

»Entschuldigen Sie. Ich wollte niemanden erschrecken. Rabe mein Name. Ich bin der Gemeindepfarrer.«

Shakehands im Trio. Susanne äugte wohlgefällig. Smarter Bursche. Die katholische Frauengemeinschaft lag dem Beau wahrscheinlich zu Füßen.

»Das trifft sich ja. Wir waren gerade unterwegs zu Ihnen.«

Anton musterte Scholten grinsend. Geros Beschreibung paßte.

»Sie müssen der Kollege sein, der gestern einen ziemlich starken Auftritt in der Praxis Rosenbaum hatte.«

Scholtens Gesicht wechselte die Farbe so plötzlich wie eine auf Stop umspringende Verkehrsampel. Ehe er etwas erwidern konnte, schaltete sich Susanne ein.

»Woher wissen denn Sie davon?«

»Gero hat es mir erzählt. Wir sind befreundet. Sie ja wohl auch. Freut mich wirklich, Sie kennenzulernen, Frau Straaten.«

Nun schau mal schau, die Gero. Susannes Mundwinkel hoben sich. Hatte sie ja gar nichts von erzählt. Stille Wasser. Kirchenaustritt war wohl erst mal aufgeschoben.

»Prima, dann sind Sie ja im Bilde. Das macht alles viel einfacher. Wir ermitteln im Fall des verschwundenen Babys. Es gibt ein paar Hinweise darauf, daß wir es mit einer okkulten Sekte zu tun haben könnten. Nur eine Theorie. Aber für mich fügt sich eins zum anderen. Selbst das hier.« Susanne wies auf die Brandstelle. »Schlichter Vandalismus oder kultische Inszenierung? Ich seh den Zusammenhang zu unserem Fall noch nicht, aber ich spüre, daß wir dicht dran sind. Weibliche Intuition. Kollege Scholten lacht darüber. Vielleicht behält er ja recht. Aber im Moment ist es das einzige, was wir haben. Alle anderen Hypothesen haben bisher zu keinerlei Ergebnissen geführt. Wir arbeiten seit Tagen im Leerlauf.«

Scholten sagte keinen Ton. Seine Gesichtsdurchblutung hatte sich zwar wieder normalisiert, aber im Moment hätte er es nicht gewagt, beim Thema ›weibliche Intuition‹ auch nur mit dem Mundwinkel zu zucken.

Die Pfarrhaustür ging auf. Klara Lommer machte sich auf den Weg zum Rewe-Markt. Anton berichtete von seinen Erlebnissen im Kirchenkeller. Scholten und Susanne lauschten gespannt. Niemand drehte sich um.

»Das Pentagramm kann ich Ihnen leider nicht mehr zeigen. Ein übereifriger Mitarbeiter mit Ordnungssinn hat es bereits entfernt.«

Susanne zuckte mit den Schultern.

»Trotzdem, lassen Sie uns mal die Gewölbe sehen.«

Anton winkte van der Leuen, der gerade mit Schubkarre und Gartengerät herankam, um erste Aufräumarbeiten nach den nächtlichen Löscharbeiten vorzunehmen.

»Haben Sie mal den Schlüssel für den Kirchenkeller? Das sind zwei Kriminalbeamte, die sich unten ein bißchen umsehen wollen.«

Van der Leuen nestelte wortlos den Schlüssel vom Ring. Die Zerstörung seines gärtnerischen Schaffens schien ihm immer noch ziemlich zuzusetzen. Anton nahm sich vor, ihn später im Pfarrhaus mit Cognac und ›Schwarzer Weisheit‹ ein wenig aufzurichten.

Susanne inspizierte alles ganz genau. Besonders die mit einem Trick von außen zu öffnende Metalltür interessierte sie.

»Sind Sie sicher, daß es keine weiteren Gänge und Räume gibt?«

»Absolut. Der Mann, von dem wir gerade den Schlüssel bekommen haben, ist hier seit Jahrzehnten tätig und ein intimer Kenner der Anlage. Der wüßte das.«

Sie waren an die Stelle zurückgekehrt, wo das Pentagramm gewesen war. Susanne ließ die merkwürdige Atmosphäre des Gewölbes auf sich wirken.

Von dem Video-Auge, das sie, versteckt in der Dämmerung des Heizungsschachtes, anstarrte, bemerkten die drei nichts.

»Der ideale Ort für Satans-Freaks. Ich seh die Szene förmlich vor mir. Ich glaube nicht, daß Sie sich mit Ihren Beobachtungen geirrt haben. Wahrscheinlich haben Sie die Vögel mit Ihrem plötzlichen Auftauchen verscheucht. Und da hinten durch die Metalltür sind sie rein und raus.«

»Und das Harmoniumspiel?« wagte Scholten einzuwenden.

»Vom Rekorder.«

Susanne wollte keine Einwände gelten lassen. Sie hatte Feuer gefangen.

»Sie haben Baby-Schreien gehört. Das paßt doch alles. Mensch, Scholten, wir haben den Ritual-Treffpunkt einer Satans-Sekte gefunden. Darauf wett ich.«

Das bestätigte Antons Vermutungen. Trotzdem war er geschockt. In seiner Kirche. Da würde er ein Stöcksken vor tun. Aber die Kommissarin hatte ganz anderes im Sinn.

»Die kommen wieder. So was wie hier brauchen die doch. Also kein Aufhebens von der ganzen Sache, Herr Pastor. Strengstes Stillschweigen.«

Anton nickte, aber Susanne hatte sich schon Scholten zugewandt.

»Du organisierst eine Rund-um-die-Uhr-Observation. Die Brüder können nur durch diese Tür. Einen unauffälligen Wagen an die Ecke Rundsporthalle und Fusternberger Straße. Unter der alten Kastanie. Von da aus hat man alles im Blick.«

Scholten war skeptisch.

»Aufwendige Sache, so eine Observation. Willst du dir nicht lieber erst Rückendeckung von oben holen?«

»Das nehm ich auf meine Kappe. Endlich kommt Schwung in die ganze Angelegenheit.«

Die Stirn des Mannes, der dank modernster Überwachungstechnik im geheimen Raum hinter dem Eichenschrank alles interessiert mitgehört und -gesehen hatte, zog sich unwillig zusammen.

*

Das große Heftpflaster, das Dompropst Lindemann mitten auf der Stirn klebte, wirkte wie ein Zyklopenauge. Fleischmann nahm die Folgen seiner nächtlichen Gesangbuch-Schmeißerei mit Beklommenheit wahr. Fürsorglich spontane Anteilnahme:

»Haben Sie sich verletzt?«

Automatisch fuhr die Hand des Dompropstes zur Stirn.

»Wie sind Sie jetzt bloß *darauf* gekommen? Man merkt gleich, daß Sie sich dem investigativen Journalismus verschrieben haben.«

Fleischmann, ironie-resistent, freute sich. Irgendwie nett, der alte Knabe. Menschenkenntnis hatte der jedenfalls. Scheinheilig:

»Wie ist das denn passiert?«

»Die Wucht geistlicher Musik«, erklärte Lindemann sibyllinisch, machte auf dem Absatz kehrt und begann die Führung durch das an Kunstschätzen reiche Gotteshaus. Fleischmann hinterher. Unterwegs warf er unbemerkt einen Blick in den Beichtstuhl. Schnelle Truppe, die hiesige Putzkolonne. Nur schade um das Micky Maus-Buch. Mist, war er nicht mal halb mit durchgekommen. Lindemann drehte sich um. Sofort riß Fleischmann die Kamera hoch und knipste, was das Zeug hielt.

»Näh, wat is dat alles schön hier. Und so farbenfroh. Ich steh ja da drauf, wenn man auf Bildern auch was erkennen kann. Was einem heutzutage so geboten wird, ist doch bloß als Kunst getarnter Müll. Kulturelles Reinheitsgebot, verstehen Sie, so wie beim Bier, dat wär wat.«

Der Dompropst war nach diesen kulturkritischen Essentials kommentarlos in den Chorraum vorangeschritten. Fleischmann sah sofort, daß der Wandteppich wieder an seinem Platz war. Zielstrebig steuerte er darauf zu und befingerte das Teil.

»Hatten ja richtig was drauf, die Textil-Designer von anno dunnemals. Feines Stöffken.«

»Und nicht mal mit Perwoll gewaschen«, sagte Lindemann, der sich über die Qualität der zu erwartenden Kultur-Reportage inzwischen keine Illusionen mehr machte.

»Sagen Sie mal, sind wir uns eigentlich schon einmal begegnet? Ihre Stimme kommt mir so bekannt vor.«

Fleischmann zuckte zusammen. Tonlage sofort eine kleine Terz tiefer:

»Unwahrscheinlich, ich bin evangelisch«, versuchte er sich sonor gegen jeglichen Verdacht zu imprägnieren. Jetzt war er es, der voranstürmte. Ab in die Krypta. Knips, knips.

»Schon tolle Hechte, diese Märtyrer. Und alles wegen des Glaubens. Hätten es ja auch wie Galilei halten können, aber nein, beinhart.«

»Ich komm einfach nicht drauf«, blieb Lindemann hartnäckig.

»Gehen wir, ganz schön stickig hier unten.«

Der Dompropst fixierte Fleischmann mit gerunzelter Stirn. Aber der eilte schon weiter. Vor dem Altar, dessen Figuren entwendet worden waren, blieb er stehen.

»Da hat wohl einer lange Finger gemacht. Verdammte Sauerei, so was. Sagen Sie mal, kommt das öfter vor?«

Lindemann war schon wieder ganz bei den Vorgängen der letzten Nacht und antwortete gedankenverloren arglos.

»Oft eigentlich nicht. Aber gerade letzte nacht hat sich hier jemand eingeschlichen. Stellen Sie sich vor, wie der Zufall oder besser Gottesfügung so spielt: Ausgerechnet gestern abend filmt hier ein WDR-Team und hat den Mann vertrieben.«

Plötzlich wurde er sich bewußt, vor welchem Dummbartel er hier aus dem Nähkästchen plauderte. Sofort wurde er wieder ernst.

»Das dürfen Sie natürlich unter gar keinen Umständen schreiben. Nachahmungstäter, Sie verstehen. Auch das WDR-Team wird über den Vorfall nicht berichten. Also halten Sie sich daran. Ich kenne übrigens Ihren Chefredakteur persönlich.«

Fleischmann war zu glücklich, um sich über die offene Drohung zu ärgern. Jetzt hatte er es eilig.

»Geht klar. Vielen Dank und Tschö, Hochwürden. Was ich hab, reicht für ein ganzes Buch.«

Bloß das nicht, betete Lindemann inständig und starrte dem wehenden Trench hinterher. Fast hätte der hektisch eilende Journalist rempelnd den Gesangbuchständer erneut geleert. Aber dann schaffte er es doch noch unfallfrei nach draußen.

Nie war Fleischmann die Welt schöner vorgekommen. Gefahr gebannt. Plumpsender Herzstein. Sich weitende Brust. Unwillkürlich ein kleiner Freudenhopser. Auf ins neu geschenkte Leben.

Unterwegs zum Wagen kam er an der ›Börse‹ vorbei. Ohne groß zu überlegen trat er ein. Neues Leben verlangt nach Taufe. Also Diebels und Kümmerling. Zwei verläßliche Paten.

Während der Alkohol wohlig durchs Geäder rieselte und die schräg einfallende Sonne trauliche Schatten auf den Boden des stillen Wirtshauses malte, kam ihm Vera wie verklärt in den Sinn. Fleischmann schwebte. Ach, dies standhaft treue Frauenzimmer. Der Qualm seiner Gauloise zog kratzig durch die Kavernen seiner Lunge, durch sein Gemüt aber eine süße Melodei: ›Aus meinen Tränen sprießen viel blühende Blumen hervor...‹ Und die würde er Vera schenken. Wem denn sonst? Schon hatte er sich Buch und Telefon geben lassen. Und, bingo, Vera nahm fast augenblicklich ab.

»Hallo, Hallöchen, hier Ferdi. Ich muß dich einfach sehen, Vera. Dir für dein heldenhaftes Ausharren gestern abend, für meine Rettung danken. Ich hab dir so viel zu sagen.«

Fast glaubte er, die Telekom hätte mal wieder Mist gebaut, aber dann hauchte ihm Vera doch noch ins Ohr:

»Aber gern, Ferdilein, wann und wo du willst. Ich bin ja so glücklich.«

Dito Ferdilein.

*

Meier drei stand schon eine geraume Weile vor dem Schaufenster des Roller-Ladens am Großen Markt. Drinnen stand genau das Teil, das ihm vorgeschwebt hatte. Eine Vespa, schwarz. Das beste aber war der Chrom-Schnickschnack, mit der das Kleinteil zum Zweirad-Ereignis hochgejazzt worden war. Verchromte Scheinwerfer, verchromte Gepäckträger hinten und vorn, ringsrum eine glänzende Fußreling. An beiden Lenkergriffen baumelten Fuchsschwänze, und natürlich hatte das Ding auch einen integrierten Rekorder und zwei Boxen, über die der Fahrer seiner Umwelt kundtun konnte, wes Geistes Kind er war. Meier drei war zum Kauf entschlossen.

»Hi, Justus, willst du unter die Biker gehen?«

Meier drei bemerkte Jonas, den Sohn seiner heimlich Verehrten, der auf dem Heimweg von der Schule vorbeikam, erst jetzt.

»Nicht gehen, fahren. Und zwar damit.«

Sichtlich erfreut, einen Mitbegeisterten gefunden zu haben, zeigte er ins Innere des Ladens. Jonas drückte sich die Nase an der Scheibe platt und staunte.

»Voll geil!«

»Komm mit«, sagte Meier drei, und sie betraten den Laden. Es dauerte eine ganze Weile, bis alle Formalitäten erledigt waren. Jonas hörte gut zu, als seinem Freund Bedienung und Handhabung des Protz-Rollers erklärt wurden. Besonders, wo Meier drei den Ersatzschlüssel unterm hochklappbaren Sitz versteckte, speicherte er genau ab. Langsam wurde er unruhig. Er zupfte Meier drei am Ärmel.

»Ich muß jetzt wirklich abhauen. Hoffentlich hat die Tagesmutter nicht schon bei Mama im Büro angerufen.«

Meier drei winkte lässig ab.

»Ich fahr dich nach Hause.« Sprach's und stülpte dem Jungen den eben erstandenen zweiten Sturzhelm über. Minuten später rollten sie, noch etwas unsicher zwar, aber sichtlich stolz, durch die Innenstadt.

»Was machst du denn morgen?« fragte Meier drei etwas scheinheilig vor der Haustür.

»Ab mittags bin ich bei meinem Vater.«

Nach Jonas' Gesichtsausdruck zu schließen war er von der Aussicht nicht gerade begeistert. »Duisburger Zoo ist angesagt. Ober-uncool. Daddy hält mich wohl immer noch für ein Baby.«

Meier drei fiel es ob solcher Aussichten allerdings selber schwer, cool zu bleiben. Freie Bahn. Das lief ja wie am Schnürchen. Den Mann, der Zoos erfunden hatte, sollte man heiligsprechen. Gleich nachher würde er die morgige Tour minutiös vorbereiten. Er sah auf die Uhr. Jonas war bereits im Haus verschwunden. Kurz nach eins. Er verspürte Hunger. Zur Feier des Tages würde er irgendwo essen gehen. Das Leben war einfach wunderbar.

*

»Die Bullen waren also im Kirchenkeller, und das Pfäfflein hat die Sache von neulich nacht ausgeplaudert. Langsam wird's wirklich gefährlich.«

»Reg dich ab, die wissen nichts, stochern doch nur im Nebel.«

»Und wenn sie den Eingang finden? Die brauchen doch bloß den Schrank wegzuschieben.«

»Wenn, wenn, wenn. Ist doch noch nie jemand draufgekommen.

Und selbst wenn die sich die Mühe machen, das schwere Teil zu bewegen, dann finden sie halt unsere Kultstätte. Na und?«

»Na und? Du bist lustig. Da drin sind doch Fingerabdrücke satt von jedem von uns. Und wenn sie erst den Geheimraum gefunden haben, sind sie doch direkt bei Schönhubers. Die halten so ein Polizeiverhör auf die Dauer bestimmt nicht aus. Dann haben sie uns am Arsch.«

»Du bist ein kluges Kerlchen. Denkst ja richtig mit. Aber keine Sorge, im Moment putzen ein paar Frauen die Räume. Und die Schönhubers hat der Rat der Neun für eine Woche auf Urlaub geschickt. Fangen die Bullen an, sich für die beiden zu interessieren, dürfen sie vom Ketamin naschen. Und dann, du weißt ja: Fliegen ist das Größte.«

»Du bist wirklich ein eiskalter Hund.«

»So ist es.«

»Aber vielleicht nimmst du die Sache zu sehr auf die leichte Schulter. Du hast mir doch eben selbst erzählt, daß die Bullen die Kirche ab heute rund um die Uhr observieren. Ich finde Polizei in der Nähe einfach ungemütlich.«

»Du bist und bleibst ein Kleingläubiger. Das macht doch gerade den besonderen Reiz aus. Wir feiern das große Opferfest für den Lichtbringer praktisch unter der Nase der blöden Bullen. Ein Zeichen dafür, wer hier die Macht hat.«

»Könnte ich getrost drauf verzichten. So was kann sich verdammt nachteilig auf unsere Geschäfte auswirken.«

»Geld, Geld, Geld. Ist das das einzige, was für dich zählt?«

»Ja, denn Geld ist Macht, und die ist für mich das Geilste, was es gibt.«

»Dann denk an die viele Kohle, die du mit den Videos von unseren kleinen Ausschweifungen gemacht hast. Und am Dope-Geschäft hast du bisher ja auch kräftig partizipiert. Also hör auf, mit dieser ewigen Bedenkenträgerei zu nerven.«

»Ist ja schon gut, du weißt ganz genau, daß man sich auf mich verlassen kann. Aber dieses verdammte Feuer. Ist doch kein Wunder, wenn man da nervös wird. Ohne den Brand wäre von dem Pfaffen nie was zu den Bullen gedrungen. Jetzt haben wir sie auf der Pelle.«

»Du hast recht. Das Feuer ist auch mir ein Rätsel. Wie eine Einladung für die Bullen. Brandstiftung ist hier in diesem friedlichen Stadtteil noch nie vorgekommen. Und dann noch an der Kirche, ausgerechnet drei Tage vor dem großen Fest. Ist schon merkwürdig. Wenn ich jemals herausfinde, wer das war, kriegt der Lichtbringer ein neues Opfer und du Material für ein exzellentes Snuff-Video.«

*

Fleischmann hatte mit geübtem Schwung sein Kultur-Feature runtergehackt. Die Fotos waren entwickelt, die Seite gespiegelt. Nach so viel Einsatz und dem Hinweis auf drückende Magenbeschwerden hatte man ihm erlaubt, sich bereits früher zu verabschieden. Jetzt würde er erst mal sein Wehwehchen mit ein, zwei Schnitzelchen kurieren. Bei Hermann, Gaststätte ›Lilienveen‹ am Fusternberg. Vera wartete wahrscheinlich schon.

Diesmal hatte er die Lokalität ausgesucht. Mit Bedacht. Essen: viel und gut. Bier: marschierte flott. Zivile Preise. Das alles in jenem mit Patina versehenen Ambiente, das nur Traditionslokale anheimelnd vorweisen können. Auf Hosenträger hatte er heute bewußt verzichtet. Und die unter Alkohol recht obstinöse Vera gedachte er auf Mineralwasser zu setzen, indem er ihr beim anschließenden Ausflug das Steuer seines geliebten BMW überließ. Hoffentlich wußte sie das Zeichen, das dieser unerhörte Vertrauensbeweis darstellte, richtig zu deuten. Eigentlich konnte nix schiefgehen.

Vera wartete noch nicht. Machte aber nichts. Von der Nordkurve des Tresens winkte bei seinem Eintreten schon ein agiler Mittsechziger, der sich an ›Weseler Aufbautröpfchen‹ delektierte und prompt ein Gläschen für Fleischmann orderte. Sie kannten sich aus dem Schützenverein. Gab's natürlich sofort viel zu besprechen. Lange konnten sie aber nicht fachsimpeln. Vera kam.

Unter der Tür blieb sie stehen und sah sich um. Nur kurzes Suchen, Fleischmann und Kumpel waren die einzigen Gäste. Schüchterner Fingerwinker, so aus dem Handgelenk.

»Huhu, Ferdi!«

»Hallo, hallöchen, Vera!«

Für Sekundenbruchteile betrachtete er sie sprachlos. Das Bild würde er so schnell nicht mehr von der Festplatte löschen können. Eine Göttin. Schön ist, was man mit Liebe anschaut.

Fleischmann hopste wie angestochen vom Hocker. Schützenwesen schon vergessen. Er eilte und nahm ihr galant die dünne Strickjacke ab, die sie sich fesch um die Schultern geworfen hatte. Selbstgemacht, sah man sofort. Ferdi sah sich schon wieder mit Zigarre unter der Lampe, während neben ihm die Nadeln klapperten. Ein Heim gründen. Mit Vera und keiner anderen. Er war ja bisher mit Blindheit geschlagen gewesen.

Dann aßen und tranken sie, als würde es morgen nichts mehr geben. Die Vera war gar nicht so. Fleischmann sah's mit Wohlgefallen.

»Noch ein Häppchen zum Dessert?«

»Aber gern, Ferdilein.«

Recht so. Die Frau war klasse. Schließlich schob sie den Teller weg, und Ferdi verpaßte nicht das Signal, mit der Lehrerin gebildet Konversation zu machen.

»Der Niederrhein ist ja ein weites Feld, was Kultur angeht.«

Innerlicher Schulterklopfer. ›Ein weites Feld‹! Gelungene Anspielung auf literarische Kenne. Weiter so, Ferdi. Grass! Mußte doch bei 'ner Deutschlehrerin verfangen. Und die nickte dann auch prompt und eifrig.

»Habe gerade heute ein kleines Feature über einen Aspekt meiner kunsthistorischen Forschungen am Beispiel des Xantener Doms verfaßt.«

Vera, die doch in der vergangenen Nacht mit dabei gewesen war, mußte nicht mal grinsen. Liebe machte ganz offensichtlich nicht nur blind, sondern manchmal auch blöd. Fleischmann zitierte weitschweifig das vorhin im Dom mitgenommene Faltblatt, aus dem er seinen Forschungsbericht destilliert hatte. Vera atmete nur noch durch den offenen Mund. Was der so alles drauf hatte!

»Diese gegenständliche Malerei ist natürlich heute nicht mehr en vogue. Mich als Mensch der Postmoderne reizt auch etwas ganz anderes. Beuys zum Beispiel. Die Kraft seiner Imagination. Wollen wir nachher nicht die Ausstellung auf Schloß Moyland bei Kleve besuchen?«

Vera himmelte ihn an. Seht, welch ein Mensch. Unter der jovialen Oberfläche verbarg sich ja ein regelrechter Born brillanter Gedanken und großer Gefühle. In ihrem Gesicht ging die Sonne auf.

Fleischmann merkte sofort, daß er ins Schwarze getroffen hatte. Als echter Womanizer hatte er es eben raus, wo man Lehrerinnen packen konnte. Fett und Filz, heftpflasterverklebte Badewannen, ohgottohgott, nicht gerade vergnügungssteuerpflichtig. Sei's drum, da mußte er jetzt durch. Vera gab's halt nicht zum Nulltarif.

Die Kneipe hatte sich langsam gefüllt. Gerade betrat ein neuer Gast das Lokal.

»Guck mal, Ferdi, ist das nicht der Bürgermeister?« wisperte Vera so aufgeregt, als wäre Udo Jürgens hereingeschneit.

Seit Wochen war der Mann täglich mit Bild in der Lokalzeitung. Zur anstehenden Wahl, bei der die Doppelspitze von Stadtdirektor und Bürgermeister abgeschafft und auf eine Person, den hauptamtlichen Bürgermeister, vereinigt werden würde, wollte er sich als agiler Volkstribun empfehlen. Also erst mal Ochsentour. Bürgernähe demonstrieren.

Fleischmann registrierte die unverhohlene Bewunderung in Veras Augen und sah seine Chance. Jetzt würde er ihr mal zeigen, daß er mit den Großen dieser Stadt per du war.

Der Bürgermeister warf seine Elbsegler-Mütze über einen Haken am Mantelstock. Fleischmann war erstaunt. Seit er einmal in einer Glosse den knebelbärtigen und meist schirmbemützten Bürgermeister wegen seiner äußerlichen Ähnlichkeit mit dem russischen Revolutionsführer launig mit ›Lenin‹ tituliert hatte, schien die Kopfbedeckung erst mal in der Versenkung verschwunden zu sein. Allerdings war es auch ihrem vormals recht guten Verhältnis so ergangen.

»Schau schau, Herr Doppelspitze in spe, und wieder revolutionär behütet. Ich dachte, ich hätte Ihnen den Deckel endgültig vom Kopf geschrieben. Na, wieder Wählerstimmen am baggern?«

Der Bürgermeister, der Fleischmann übersehen hatte, blieb mitten im Raum stehen. Dann drehte er sich langsam um und bedachte ihn mit einem Blick, den er vermutlich auch einem im Weg liegenden Hundehaufen geschenkt hätte.

»Lieber Herr Kreischmann, oder wie war doch noch Ihr Name, ob ich die Doppelspitze in meiner Person vereinigen kann, wird sich zeigen. Daß Sie es aber seit Jahren mit Erfolg verstehen, die Dick-und-Doof-Story als Ein-Personen-Stück zu geben, steht außer Frage.«

Sprach's und reihte sich schulterklopfend bei den Feixenden am Tresen ein. Selbst Aufbautröpfchen griente.

Fleischmann ventilierte heftig. Sein viel zu hoher Blutdruck. Aber er wußte, wann eine Schlacht verloren war. Vera sah ihn stumm mit großen Augen an. Hier zählte nur Sieg, nicht Platz. Jetzt gab's nur eins: Rückzug, möglichst geordnet.

»Hermann, zahlen!«

*

»Ich bin stolz auf dich, Erik. Alles ist so gelaufen, wie ich es mir vorgestellt habe. Danke. Der Pastor macht sich Gedanken, die Polizei ermittelt, und niemand, wirklich niemand weiß, wer dahintersteckt.«

»Noch nicht, Agnes, noch nicht. Aber es wird böse enden. Was versprichst du dir überhaupt davon? Die ahnen doch gar nicht, was sich da unten wirklich abspielt. Und wenn sie jemals dahinterkommen, dann ist alles längst vorbei. Der Lichtbringer ist stärker, und wir werden seiner Strafe nicht entgehen.«

»Vielleicht ja doch, und mit uns das Baby. Wir sind ja gerade dabei, uns starke Verbündete zu schaffen. Das war erst der Anfang.«

»Wie meinst du das? Was hast du denn noch vor?«

»So einiges. Wenn alles klappt, dann ist es am Sonntag mit der furchtbaren Gemeinschaft vorbei. Und das Baby und wir alle sind frei, für immer.«

»Frei? Du träumst. Wir gehören auf ewig Satan, wir sind ihm geweiht. Das solltest du nie vergessen.«

»Wenn Michael die Posaune bläst, werden Luzifer die Ohren klingen.«

»Michael, pah! Es ist doch bloß die stumme, kleine Agnes, die hier ins Horn stößt. Und niemand hört es. Wirst du schon noch erleben.«

»Laß uns nicht streiten, Erik. Ich hab doch nur dich. Vertrau mir. Morgen werden wir zwei ganz groß rauskommen. Und dann wird alles gut, wart's ab.«

*

Anton saß am Schreibtisch und arbeitete. Sein Prediger-Debüt in der Gemeinde. Er wollte gut sein. Plötzlich sah er auf und schnupperte. Irgendwas kokelte doch da. Er war sofort alarmiert. Bitte nicht schon wieder. Der Schreibtischstuhl flog zurück, schon hatte er die Tür des Arbeitszimmers aufgerissen. Aus der halb geöffneten Küchentür nebelte dünner, grauer Qualm. Es stank nach verbranntem Essen.

Er stürzte in die Küche. Auf dem Herd glühte ein Suppentopf vor sich hin, dessen feste Inhaltsstoffe sich unter besagter Rauchentwicklung langsam zu Kohle verwandelten. Klara, die mitten in Qualm und Brand erstarrt schien, hielt den Kochlöffel mit beiden Händen fest umklammert.

»Was ist denn hier los, Klara?«

Sie antwortete nicht, sah ihn nur stumm aus großen, freundlichen Augen an. Anton griff sich eine Kelle und schob damit den Topf von der rotglühenden Platte. Er drehte am Herd, dann riß er das Fenster zum Garten auf. Aus etlichen, wie immer ungelesenen Ausgaben der Vatikan-Prawda ›Osservatore Romano‹, die im Altpapierkorb eines erfüllteren Daseins nach dem Recycling harrten, knüllte er sich einen Hitzeschutz für die Hände zusammen. Dann lief er zum Herd und warf den glühenden Topf einfach aus dem Fenster. Gottlob war van der Leuen nicht vor Ort. Der hätte sich ganz schön gewundert.

Ein Aufschrei in seinem Rücken: »Mein Suppentopf! Herr Pastor, was machen Sie da?«

Klara sah sich verständnislos in der verqualmten Küche um.

»Oh Gott, schon wieder.«

Sie schlug beide Hände vors Gesicht und begann zu schluchzen. Anton, der glaubte, sie sei schlicht zu spät in die Küche zurückgekehrt und weine nun um das verdorbene Essen, wollte beschwichtigen.

»Nun nehmen Sie sich das doch nicht so zu Herzen. Das kann doch jedem mal passieren.«

Begütigend wollte er den Arm um Klaras zuckende Schultern legen. Aber die tauchte sofort weg, die Arme wie schützend ausgestreckt.

»Mir ist nicht gut. Darf ich nach Hause gehen?«

»Aber sicher. Kann ich Ihnen irgendwie helfen?«

»Vielen Dank, ich schaff das schon allein.«

*

Meier drei tat ein kleines Rülpserchen. Er war pappsatt. Die Brüder und Schwestern von der ›Gemeinschaft der Seligpreisungen‹ hatten ihn zum Essen eingeladen. ›Das Brot miteinander teilen‹ hatten sie es bescheiden genannt, obwohl es Nudeln mit Hackfleischsauce gegeben hatte. Meiers Leibgericht. Hier konnte man nicht nur selig preisen, sondern auch lecker speisen.

Nette Leute. Die waren nicht mal sauer gewesen, daß sich ein Kriminaler bei ihnen nach Sektenumtrieben erkundigte. Und wie sie gelacht hatten, als er sich streng nach dem ›verborgenen Namen‹ erkundigt hatte. ›Der Löwe von Juda und das Geopferte Lamm‹. Peinlich, peinlich. Aber ihm war die Bibel halt so fremd wie das Kursbuch von British Railways.

Daran sollte er mal was ändern. Vielleicht mit einem Bibel-Comic für den Anfang, quasi als Sekundärliteratur. Und dann – wow! – die volle Wucht des Klassikers. Aber erst mal hatten die Christgenossen ihn mit einem ganzen Karton diversen Materials versehen, über dessen Rezeption sich Meier drei bereits beim Erhalt keine Illusionen machte. Na ja, vielleicht kam er auf dem Rückweg an einem Papier-Container vorbei.

Das Zeug einfach dankend abzulehnen, hätte er nicht übers Herz gebracht. Dazu waren die Jungs zu nett gewesen. Zum Abschied hatte ihm einer der Strahlemänner sogar zwei saftige Schmatzer gegeben und ihn zu sonntäglicher Wiederkehr aufgefordert. Hetero Meier, der soviel direkte Brüderlichkeit nicht gewohnt war, fremdelte dann doch etwas. Trotzdem. Er hatte rausgefunden, was er wissen wollte. Die Leute waren über jeden Verdacht erhaben. Sonnensauber, windfrisch.

Vor dem Portal schnallte er den Karton auf den Roller-Gepäckträger. Bruder Schmatzer winkte noch mal freundlich vom Treppchen. Da schob sich ein Silber-Metallic-BMW durch die alte Burgeinfahrt. Meiers Roller stand im Weg. Sofort freches Hupen. Bevor Meier drei sich den Helm überstreifte, zeigte er erst mal noch Vögelchen. Dann gab er Gas. Die schnöde Welt hatte ihn wieder.

*

Fleischmann hatte sich, wenn auch schweren Herzens, tatsächlich dazu durchringen können, Vera das Steuer seines BMW zu überlassen. Ein Mann und sein Auto, da entwickelt sich eine Beziehung ganz besonderer Art. Freundschaft, ja Leidenschaft. Bei Fleischmann war es Liebe. Daß Vera jetzt auf seinem angestammten Sitz Platz nahm, alles verstellte, Hebel und Schalter befummelte, das war, als würde ein geliebter Partner vergewaltigt. Aber nachdem sein Versuch, sich als Promi-Duzfreund zu empfehlen, so kläglich gescheitert war, mußte er jetzt Pluspunkte sammeln.

Vera war ganz aufgeregt: »So einen Schlitten bin ich ja noch nie gefahren.«

Fleischmann hatte es geahnt.

»Packen mer's. Ist ja wahrscheinlich Vollkasko versichert. Wird schon schiefgehen, hohoho.«

Fleischmann, der fest an Murphy's Gesetz glaubte, mußte sich beherrschen, ihr nicht den Schlüssel gleich wieder aus der Hand zu reißen. Ergeben ließ er sich in den Beifahrersitz fallen. ›In der Liebe gibt es ebenfalls, wie in der römisch-katholischen Religion, ein provisorisches Fegefeuer, in welchem man sich erst an das Gebratenwerden gewöhnen soll, ehe es in die Hölle geht‹, hatte schon der olle Heine gewußt. Und der hatte nicht mal ein Auto gehabt.

Gleich beim Anfahren gab Vera dermaßen Gas, daß sich der Zeiger des Drehzahlmessers am rechten Ende der Skala zu biegen schien. Katapultstart. Den BMW riß es im Getriebe, Fleischmann in der Seele. Spontanes Anschnallen. Er schloß die Augen und sagte, die Zähne zusammenbeißend, nichts. In einer Vision aber legten sich zwei Hände würgend um einen Hals.

Als sie endlich durch die Stadt und auf der Reeser Landstraße waren, hatte sich Vera einigermaßen an den Wagen gewöhnt. Und weil es am Niederrhein bekanntlich ja so schön ist, fuhr sie jetzt dementsprechend langsam. In einem fort: »Guck mal hier, Ferdi, schau mal dort.« Fleischmann atmete ein wenig auf.

Sie hatten sich entschlossen, die rechtsrheinische Route zu nehmen. In Emmerich dann über die Brücke und weiter in Richtung Kleve. Fleischmanns Kopf ruckte, Veras ständig aktivem Zeigefinger folgend, tennisfanmäßig hin und her. Langsam kriegte er es im Nacken.

Flüren, Diersfordt, Mehrhoog. Lief doch bestens. Sommersonne über weitem Land. Dem Auge ein Fest. Und neben ihm dieses Vollblut-Weib. Der Schmerz in Nacken und Autofahrerseele war fast vergessen. Aber in Bergerfurth kriegte er erneut einen Dämpfer. Vera gab plötzlich Gas und drehte Ferdis Hochgefühl damit gleich wieder auf Null.

»Achtung, Starenkasten!« kreischte er hektisch.

»Na und?« fragte Vera, der der Radarfallen-Euphemismus unbekannt war. »Ist doch nichts Besonderes.«

Subkutaner Prickel. Da blitzte es auch schon.

Fleischmann schlug die Hände vors Gesicht und rechnete. Dreißig Stundenkilometer zu schnell. Er sah die Blauen förmlich aus dem Portemonnaie flattern. Na, wenigstens würde er ein gestochen scharfes Ausflugsfoto von sich und Vera frei Haus bekommen. Reframing ist alles. ›Loslassen, einfach loslassen, Fleischmann‹, hörte er seinen Therapeuten sagen. In Momenten wie diesem kam ihm allerdings der Verdacht, daß der vielleicht selbst nicht alle Synapsen in der Oberleitung hatte.

Zur Linken die ›Lange Renne‹, ein wunderschönes, campingwagengesäumtes Alt-Rhein-Gewässer. Bratwurstduft allüberall. Herrlich. Schon waren sie vorbei. Haldern, nicht mehr weit bis Rees. Auf der Fahrerinnen-Seite tauchte eine schmucke Wasserburg auf. Vera war ganz aus dem Häuschen, Zeigefinger wieder in Aktion.

»Nun schau doch, Ferdi, Haus Aspel, da bin ich zur Schule gegangen.«

»Ist das nicht ein Kloster?«

»Ganz genau. Aber die Nonnen haben da früher auch ein Mädcheninternat geführt. Die schönsten Jahre meines Lebens«, schwärmte Vera. »Komm, laß uns mal sehen, was daraus geworden ist.«

Ohne seine Einwilligung abzuwarten, bog sie nach links in Richtung des ganz in Gelb gehaltenen Gebäudes ab. Ferdi war nicht sauer. Das war seine Chance, nach dem Besichtigungs-Stop selbst wieder das Steuer zu übernehmen.

Schon fuhren sie über eine steinerne Brücke, schoben sich langsam durch das enge Burgtor. Ein Roller stand im Weg. Vera tat instinktiv das, was auch Fleischmann in solchen Fällen stets mit Wonne zu tun pflegte. Tröt-tröt-tröt.

Der neben seinem Zweirad stehende Fahrer antwortete sofort mit dem sich international unter Verkehrsteilnehmern eingebürgerten Gruß.

»So ein Flegel!«

Aber Fleischmann achtete nicht auf Vera. Den Mann kannte er doch. Das war doch dieser Kripo-Fritze, der meist im Gefolge der kessen Kommissarin Susanne Straaten auftauchte. Was machte der denn hier?

Fleischmanns berufliche Neugier war sofort geweckt. Er registrierte Lederhose, Fransenkutte, spitze Stiefel. Der hatte sich verkleidet, war offensichtlich undercover unterwegs. Interessant. Sofort fiel ihm der Fall des entführten Babys ein. Hier residierten doch seit ein paar Jahren so ein paar merkwürdige Jünger. Ob die was mit der Sache zu tun hatten? Irgendwas war hier jedenfalls nicht ganz koscher, soviel stand fest. Sonst würden die Bullen keinen verdeckten Ermittler auf ’nem Roller vorbeischicken.

»Schau mal, Vera, ›Gemeinschaft der Seligpreisungen‹«, Ferdi wies auf ein Schild. »Klingt interessant, sollen wir uns da nicht mal ein bißchen schlau machen?«

Vera, die ja sowieso eine mystische Ader hatte, war sofort begeistert.

Oben auf dem Eingangstreppchen des Gebäudes grinste noch immer der Seligpreiser wie bekifft in die Runde. Fleischmann knipste das wonnige Motiv gleich aus dem Wagen. Dann folgte er Vera, die dem Friedvollen bereits mit offenem Herzen entgegeneilte.

*

Outfitmäßig wirkten die unisono in Schwarz und Grau gekleideten älteren Herren, als hielte die Bestatterinnung Versammlung. Aber das war nicht ihr Geschäft, obwohl sie bei Beerdigungen stets eine tragende Rolle spielten. Anton stach in Jeans und hellem Polohemd jedenfalls mächtig ab. Aber dem Nesthäkchen sah die Vätergeneration milde den Verstoß gegen die Kleiderordnung nach. Die Jugend. Das verwächst sich.

Conveniat. Wöchentliches Corpstreffen der Weseler Pastoren. Anton hatte sich den Kollegen in Christo vorgestellt und sich als Newcomer bereitwillig mit Fragen löchern lassen. Durchweg nette Burschen. Er hatte sich gleich angenommen gefühlt.

Stimmungsmäßig ging's überhaupt nicht getragen zu. Im Gegenteil, hoher Wellengang. Besonders, nachdem sich der Dechant hatte durchringen können, eine Flasche Cognac in die Kolonne zu schmeißen. Da hatte Theologie erst mal Ruh, man ging zum gemütlichen Teil über.

Seit geraumer Zeit nun wurde intensiv die schwerwiegende Frage hin und her ventiliert, wieso Schalke schon wieder gegen Gladbach vergeigt hatte. Die pastorale Blau-Weiß-Fraktion sah darin ein echtes Theodizeeproblem. Von der berufenen Bökelberg-Liga kam dafür nur Hohn und Spott.

Gemütlich. Anton wäre gern länger geblieben, aber er hatte noch etwas vor. Man verabschiedete sich herzlich. Der gastgebende Pastor der Maria-Himmelfahrt-Gemeinde begleitete ihn bis zur Pfarrhaustür. Anton nahm seinen Blouson, in den er seine Trompete eingewickelt hatte.

»Sie beherrschen ein Instrument, wie schön. Machen Sie heute noch Musik? Was spielen Sie denn so?«

Anton dachte beklommen an die Jam-Session. Das heißersehnte Wiedersehen mit Gero in verqualmter und alkoholseliger Kneipenatmosphäre. Er wollte mitjazzen, Gero gefallen. Vom Conveniat direktemang in den Sündenpfuhl. Er sah in das offene, abgeklärte Gesicht des älteren Mitbruders. Der war seinem Versprechen bis ins Alter treu geblieben. Und Versuchungen hatte es da doch bestimmt auch gegeben. Wie hatte er es geschafft, sich dagegen zu wappnen? Anton fühlte sich plötzlich wie ein Wurm. Mangelte es ihm an Glauben? Quatsch! Aber an der Treue schien's zu hapern. Mißmutig antwortete er:

»Och, ich spiele nur so 'n bißchen für den Hausgebrauch und fast nur geistliche Musik.«

»Anton, du sollst doch nicht lügen!«

»Aber wieso denn? Gospelsongs, Spirituals, eine der Wurzeln des Jazz.«

»Und mit Hausgebrauch hast du dann wahrscheinlich das Café Fehr schräg gegenüber gemeint?«

Anton zog den Kopf ein. Endlich war er draußen. Tiefstehende Sommersonne. Abendgold. Gemächliche Kleinstadtgeräusche, Feierabendstimmung. Im Rücken das Gotteshaus, in Front das Café Fehr. Er kämpfte mit sich und dem Freund. Jakobsringen. ›Ich lasse dich nicht, du segnest mich denn‹.

Plötzlich schwang sich aus dem Klangbrei, der aus der offenen Kneipentür quoll, ein wundersames Sax-Solo empor. Süß und traurig, wie eine Verheißung. ›I've got the blues.‹ Und dann war alles klar. Gero! Er mußte sie heute abend einfach sehen.

»Freund, ich werd schon nicht über die Stränge schlagen, aber ich muß da hin.«

»Aber ja, geh. Du wirst es schon richtig machen.«

*

Vera schritt, ohne sich weiter um Fleischmann zu kümmern, das Treppchen empor. Das Gesicht des oben wartenden Lächlers kriegte fast etwas Chinesisches. Li Peng am ersten Mai. Jetzt breitete er auch noch wie weiland der große Steuermann die Arme aus.

»Der Herr ist auferstanden.«

Schon fielen sich die beiden um den Hals. Küßchen knallten. Vera war nicht im mindesten irritiert. Im Gegenteil. Inbrünstig sagte sie:

»Er ist wahrhaftig auferstanden.«

Als gewohnheitsmäßige Kirchentagsgängerin kannte Vera sich schließlich aus. Sie hielten sich noch eine Sekunde umschlungen, so daß Fleischmann, der mit offenem Mund die herzliche Verbrüderung beobachtet hatte, schon glaubte, sie würden noch ein lustig Tänzlein wagen. Aber da ließ der Seligpreiser ab und wandte sich ihm zu. Sofort ließ Fleischmann seinen rechten Begrüßungsarm verteidigend vorschnellen. Es half nichts. Auch er wurde tüchtig durchgeknuddelt.

»Der Herr ist auferstanden!«

Auf die hier offensichtlich übliche Begrüßungsfloskel fiel ihm im liebevollen Handgemenge so recht nichts ein. In seiner Not nahm er Zuflucht zur menschheitseinenden Kraft des Humors.

»Wird ja auch langsam Zeit, geht schließlich schon auf sechs. Harhar.«

Bei Li Peng machte es Puff, das Lächeln zerplatzte. Keine Perlen vor die Säue. Fast schubste er Fleischmann von sich. Distanziert fragte er:

»Was kann ich für Sie tun?«

Vera warf Fleischmann aus zusammengekniffenen Augen vernichtende Blicke zu. Schnell hatte sie sich bei dem Seligpreiser untergehakt und kumpelte, was das Zeug hielt.

»Ich komme aus Wesel. Ich hatte ja keine Ahnung, daß sich Ihre Gemeinschaft hier im Haus Aspel angesiedelt hat. Wie wunderbar. Haben Sie sich nicht früher ›Löwe von Juda‹ genannt?«

Sie zerrte den ob soviel Interesses schon wieder Versöhnten förmlich ins Haus.

»Der Löwe von Juda und das geopferte Lamm, richtig. Löwe und Lamm, Kraft und Schwäche, Gott, der Allmächtige, und Gott, das kleine Kind, überreiches Leben und äußerste Erniedrigung, Tod, der den Tod besiegt, um die Pforten des ewigen Lebens zu öffnen.«

Jetzt mußte der Bruder doch erst mal Luft holen. Vera schob sofort eine Frage nach.

»Und wieso jetzt ›Gemeinschaft der Seligpreisungen‹?«

»Wir sind inzwischen international verbreitet. Da war es oft schwierig, den alten Namen zu tragen. Mit ›Seligpreisungen‹ wollen wir unserem Wunsch nach einer größeren Offenheit für die Armen Ausdruck verleihen. Natürlich bleiben wir auch unserem alten Namen treu, der ja gerade auch unsere Berufung zum Gebet für Israel verdeutlichen soll.«

Fleischmann verstand nur Bahnhof. Aber jetzt galt es, erst einmal Boden zurückzugewinnen. Vera stahl ihm ja mit ihrer Fragerei völlig die Show. Schließlich war er hier der Journalist. Gerade hatte er Ecos ›Der Name der Rose‹ gelesen. Vielleicht konnte er den kleinen Fauxpas von eben mit der neu erworbenen Kloster-Kenne ein wenig ausbügeln. Etwas zusammenhanglos stellte er dem Freundlichen die Frage, die schon mittelalterliche Mönche bewegt haben sollte, ob Jesus gelacht habe. Der Seligpreiser brauchte nicht lange zu grübeln. Wie aus der Pistole geschossen:

»Über Sie wahrscheinlich schallend.«

»Gut gebrüllt, Löwe«, wieherte Vera prustend, um sich sofort auf den Mund zu schlagen.

»Um Gottes willen, das sollte keine Anspielung sein.«

Aber der Hebel war inzwischen fest bei permafröhlich eingerastet. So traute sich Vera, nun ganz echtes Interesse, gleich die nächste Frage.

»Wie leben Sie hier eigentlich?«

»Unsere Gemeinschaft umfaßt Menschen aller Lebensstände mit kontemplativer Berufung. Ehepaare mit Kindern, den Zölibat lebende Ehelose, Priester und Brüder mit Berufung zum Priestertum. Jeder lebt seinem Stand gemäß. Wir streben danach, wie die Urkirche zu leben, in der die Gläubigen ein Herz und eine Seele waren.«

»So richtig WG-mäßig, Kommune und so, alles gehört allen, gemeinsame Haushaltskasse – und das läuft?« Fleischmann, an dem als Nesthocker studentisches Leben vorbeigegangen war, kannte so was nur vom Hörensagen. Aber daß es sich bei ›Kommune‹ um ein gescheitertes Modell handelte, da war er sich mit allen, die es nie versucht hatten, einig. Ein Herz und eine Seele, von wegen. Konnte ihm doch keiner erzählen. Aber der Bruder lächelte nur milde.

»Könnte man so sagen. Gemeinschaft an Gütern und Einnahmen sowie Verzicht auf Privateigentum.«

»Und wozu das alles?« platzte Fleischmann heraus, der nicht kapieren konnte, daß Menschen so etwas freiwillig machten.

War da jetzt eine steile Falte zwischen den Augen des Gefragten? Schon wieder weg.

»Um ein unserer Berufung würdiges, kontemplatives Gebetsleben zu führen«, erklärte er schlicht. »Aber wollen Sie nicht an der Vesper teilnehmen? Sie beginnt in fünf Minuten. Sie sind herzlich eingeladen.«

Vera nickte spontane Zustimmung, und Fleischmann, der mit dem, was er unter Vesper verstand, natürlich auf dem Holzweg war, hatte durchaus nichts einzuwenden.

*

Anton stand an der niedrigen Metallkette, die den Kirchenvorplatz der Maria-Himmelfahrt-Kirche von der Straße absperrte, und lauschte. Saxophonklänge quollen sanft lockend aus der geöffneten Kneipentür gegenüber, umfingen und banden ihn mit großem Gefühlslasso. Das zerrte und zog.

Er hatte alles um sich her vergessen. Ewige Menschheitsklage und Frohe Botschaft in Rhythm 'n Blues.

Anton begann zu beten. Ein Dankgebet. Wofür? Er hätte es selbst nicht sagen können. Aber da war dieses Glücksgefühl, die beruhigende Sicherheit einer durch nichts zu erschütternden Freundschaft. Hatte er sich eben noch wie ein Wurm gefühlt, jetzt richtete er sich auf. Vor diesem Freund brauchte er nicht zu kriechen. Und was er nicht in Worte fassen konnte, dem verlieh er mit seinem Instrument Ausdruck. Trompetengebet.

Noch hinter der Kette setzte er an und begann, mit dem Saxophonisten zu korrespondieren. Harmonierte prima. Sie hatten ganz offensichtlich die gleichen Vibes im Bauch. Harter Aufeinanderprall wie beim Boxkampf und heiße Klangekstase, auseinanderstrebende Linien, die sich aber immer wieder wie ein hin- und herwiegendes Schwalbenpärchen zum eleganten Paarflug vereinigten.

Passanten blieben stehen und starrten freundlich-erstaunt. Wahrscheinlich stand auch schon die gesamte Pastoren-Riege auf dem Pfarrhaustreppchen und wunderte sich. War ihm im Moment komplett egal.

Piano-Solo. Er nutzte den Moment, um die Straße zu überqueren. Der Saxophonist hatte wieder eingesetzt, und auch Anton stieß noch im Gehen erneut in seine Trompete. Die Menge im total überfüllten Café Fehr spaltete sich, und er schritt – vielleicht nicht ganz so hastig und ein wenig swingender – hindurch wie Moses durchs Rote Meer.

Sie erkannten sich zeitgleich, ohne die Instrumente von den Lippen zu nehmen. Geros Finger kosten das Saxophon. Ihr Gesicht war schweißüberströmt, der Pony klebte an der Stirn. Die dicken roten Zöpfe flogen im rhythmischen Vor- und Zurückwiegen. Anton gesellte sich, immer weiterspielend, zu ihr. Die anderen Musiker, die sofort gemerkt hatten, daß hier etwas ganz Besonderes passierte, gaben den beiden Raum. Ein fast fünfminütiger musikalischer Dialog. Sehr intim, privat. Aber wer Ohren hatte zu hören, wußte genau, worum es hier ging.

Anton gab sich völlig hin. So hatte er noch nie gespielt. Sie hatten nur noch Augen für einander. Und plötzlich sah er, daß nicht nur Schweiß auf ihrem Gesicht glitzerte. Dann vereinigten sie sich noch einmal in einer furiosen Klangkaskade.

Der Rest der Musiker drängte sich wieder in den Vordergrund. Es war vorbei. Sie hatten sich alles gesagt, alles verstanden.

*

Vesper! Fleischmanns Magen knurrte schon wieder. Er freute sich auf eine zünftige Brotzeit. Kuttenträger brauten doch oft auch ein hervorragendes Bier. Aber wo waren denn hier die Tische? Nur karge Stuhlreihen. Vornean ein improvisierter Altar, die fensterfreie Wand zur Rechten dicht an dicht mit Heiligenbildern geschmückt. Kein Zweifel, der Raum war zu einer Kapelle umfunktioniert worden.

Hätte er sich doch denken können. Vor profaner Spachtelei war bei den Jungs hier erst mal Beten angesagt. Er ließ sich mit Vera in einer der hinteren Reihen nieder. Plötzlich fiel ihm auf, daß sie seit geraumer Zeit kein Wort mehr mit ihm gewechselt hatte. Als er sich jetzt mit einem versöhnlichen Scherzchen auf den Lippen zu ihr rüberbeugte, knallte sie ihm nur ein bereitliegendes Gesangbuch vor den Latz. »Pst!«

Wie aufs Stichwort betrat ein Dutzend seltsam Gewandeter die Kapelle und nahm seine Aufmerksamkeit voll und ganz in Anspruch. Die Hälfte in hellem Habit, der Rest wirkte wie eine Mischung aus Krankenpfleger und Land-Kommunarde am Sonntag. Von den Gesundheitslatschen bis zum gestrickten Sweater ganz in Weiß. Die Frauen sahen auf den ersten Blick so aus, als erwiesen sie mit ihren züchtigen Kopftüchern und wadenlangen weißen Röcken dem Islam ihre Referenz. Fleischmann staunte. Aber wahrscheinlich hatte er da mal wieder was nicht richtig kapiert. Beim Oberammergauer Passionsspiel hätten die Mädels jedenfalls, ohne sich groß umzuziehen, sofort einsteigen können. Nett.

Man gruppierte sich, Rücken zu den Besuchern, im Halbkreis um den Altar. Plötzlich hoben alle synchron die Arme, als habe irgendein Pistolero von hinten ›Hände hoch‹ gerufen. Fleischmann sah sich verstohlen um, aber da war niemand. Er atmete erleichtert aus, alle anderen tief ein. Und dann sangen sie, voll Inbrunst und wunderschön. Fleischmann war hin und weg. Für einen Moment vergaß er sogar Hungergefühl und Bierdurst. Und dann merkte er, daß da jemand neben ihm lautstark mitschmetterte. Nun schau mal an, die Vera. Da wollte er sich auch nicht lumpen lassen. Nach kurzem Reinhören stieg er inflamiert in den Refrain ein. ›Daß Du mich einstimmen läßt in Deinen Jubel, oh Herr …‹

Vera klappte sofort den Mund zu. Die vorne taten so, als merkten sie nix. Fleischmann wiegte sich inbrünstig hin und her und gab stimmlich sein Bestes.

Leider war das nicht genug. Er traf den richtigen Ton einfach nicht. Ein Problem, das er nicht nur beim Singen hatte. Aber genau wie all den vielen anderen, denen es auch ständig so ging, war er selbst der Meinung, genau richtig zu liegen.

Vera knuffte ihn dermaßen in die Seite, daß er gerade bei ›Jubel, oh Herr‹ einen völlig deplazierten Jodler ablieferte. Mit herrischem Zeigefinger über ärgerlich gespitzten Lippen brachte sie ihn zum Schweigen. Fleischmann legte indigniert das Gesangbuch weg. Lehrerinnen! Unberechenbar.

Die Weißgewandeten hatten sich inzwischen auf die vor dem Altar ausgebreiteten Teppiche gehockt. Man verharrte schweigend in stummem Gebet. Plötzlich sagte jemand in die Stille:

»Ich danke Dir, oh Herr, daß Du mich Dein Wort verstehen läßt.«

Kurze Pause, dann ging's reihum weiter. Jeder kam dran und sagte seinen ganz persönlichen Dankspruch. Und plötzlich stand auch Vera auf, hob beide Arme und sprach ergriffen:

»Ich danke Dir, Herr, daß Du mich vor einer schweren Versuchung bewahrt hast.«

Fleischmann war platt. Sollte er jetzt vielleicht auch? Er grübelte und grübelte, ihm fiel einfach nichts ein. Aber schon erlöste ihn einer der Brüder, der jetzt rumging und, sich vor jedem Anwesenden verbeugend, üppig weihräucherte. Schon wurde wieder gesungen, daß es eine Lust war. Fleischmann unterdrückte mit Mühe einen Hustenreiz und schaute auf die Uhr. Sie vesperten jetzt schon seit über einer Stunde, und noch war kein Ende abzusehen. Ihm fiel der Undercover-Agent wieder ein. Was hatte der bloß hier gewollt? Führte die Spur des entführten Babys etwa hierher? Man konnte nie wissen. Es war sonnenklar, daß er sich ein wenig umsehen mußte. Die Gelegenheit war günstig.

Verstohlen betrachtete er Vera von der Seite. Die stand mit hocherhobenen Armen und verfolgte entrückten Blickes das spirituelle Geschehen. Und immer lächeln, lächeln. Hatte da vielleicht jemand was ins Weihrauchfaß … aber nein, so was machten die hier nicht. Er selbst fühlte sich ja auch stocknüchtern. Mußte was anderes sein. Sachte schob er sich, von allen unbemerkt, nach rechts aus der Reihe.

Sekunden später stand er im stillen Dämmer der Vorhalle und atmete auf.

*

Sie hatten sich in den lauschigen, halbrunden Alkoven, der ganz von einem ovalen Tisch und einer maßgezimmerten Bank drumherum ausgefüllt war, zurückgezogen und tranken Altbier aus großen Glaszylindern. Nach dem überbordenden, nonverbalen Austausch von eben herrschte jetzt eine merkwürdige Atmosphäre von Schüchternheit. Eine Stimmung zwischen Peinlichkeit und Trotz, die Menschen überfällt, die sich gehenlassen, für einen Moment die Maske gelupft, ihre Gefühle gezeigt hatten. Hab ich mich zu weit aus dem Fenster gehängt, bin ich richtig verstanden worden, oder war es eine Lachnummer? Prickelnde Spannung.

»Warum hast du mir denn nicht gesagt, daß du heute abend hier mitmischen würdest?«

Anton sah Gero mit schiefem Grinsen von der Seite an. Ihr Haar klebte immer noch strähnig in der Stirn. Er hatte nie etwas Schöneres gesehen. Und dann warf sie die Zöpfe in den Nacken und lachte. Zähne perlten.

»Sollte eine Überraschung sein. Du hast ja auch verschwiegen, daß du es wie Dizzy draufhast.«

Die Band hatte längst weitergespielt. Andere Musiker waren dazugestoßen. Blues, ewig aktuell. Sie sahen sich einen Moment tief in die Augen, und dann war jeder Anflug von Befangenheit weg. Sie hatten sich schon richtig verstanden. Voreinander mußte ihnen nie wieder etwas peinlich sein. Anton nahm Geros Hand und drückte sie, ließ sie gar nicht mehr los.

»Gero, du bist einfach umwerfend.«

Sie sah ihn nur schweigend an.

»Erinnerst du dich an das Foto? Gertrud Knauthe, meine Jugendfreundin? Ich habe sie geliebt. Du bist so, wie ich mir vorstelle, daß sie jetzt sei. Und du lebst.«

Gero nickte nur schlicht. Sie dachte an *ihre* verlorene Liebe, den entsetzlichen Unfall. Nie hätte sie geglaubt, noch einmal so zu empfinden. Aber jetzt brauchte sie nichts zu sagen, dafür war später noch Zeit. Viel Zeit, da war sie sich plötzlich ganz sicher.

Gerade verebbte ein Stück im Applaus, aber sofort begann eine neue musikalische Blüte daraus zu treiben. »Komm«, sagte Gero und griff nach ihrem Saxophon. Anton sprang begeistert auf und stieg noch am Tisch wieder voll ein. Das Publikum jubelte. Dann setzte Gero ihr Instrument ab und begann zu singen. »Summertime and the living is easy…« Klar und wahr. Besser konnte man es nicht ausdrücken.

Anton mußte die Trompete von den Lippen nehmen. Es ging einfach nicht mehr.

»Mein Gott, ist das schön. Freund, kannst du mich verstehen?«

»Natürlich, ich kann alles verstehen.«

*

Fleischmann verharrte einen Moment in der weiträumigen Vorhalle und lauschte. Außer dem nur gedämpft aus der angrenzenden Kapelle dringenden Singen war es im Haus totenstill. Alle mit Kind und Kegel am Jubilieren. Wunderbar. Aber wie lange noch? Hau rein, Fleischmann.

Er begann bei seiner Durchsuchungsaktion intuitiv mit dem Keller. Kannte man schließlich aus jedem Fernseh-Thriller. Richtig spannend zur Sache ging es immer in muffig düsteren Kellern. Also los.

In Ermangelung einer Taschenlampe mußte er sich der regulären Beleuchtung bedienen. Irgendwie schade, schon war aus dem spannenden Detektivspiel ein wenig die Luft raus. Und so fand er, trotz akribischen Vorgehens, auch nichts Aufregendes. Der ganz normale Krempel, der sich bei jedem im Keller ansammelt. Die aufkommende Enttäuschung hielt er mit der Ahnung nieder, daß die Jungs hier möglicherweise ganz besonders tricky waren. Keller! Kam doch jeder sofort drauf. Aber ein Fleischmann ließ sich so leicht nicht täuschen.

Mit dem Erdgeschoß war er ebenfalls ziemlich flugs durch. Rasch überschaubare spärliche Möblierung mit Second-Hand-Charme. Also weiter.

Kurz legte er das Ohr an die Kapellentür. Einer der Brüder setzte gerade zu einer weitschweifigen Predigt an. Gut so. Fleischmann wuselte die Treppe in den ersten Stock hoch. Hier war ganz offensichtlich der Wohnbereich der Gemeinschaft. Und gleich im ersten Zimmer wurde er fündig: der Aufsatz eines Kinderwagens samt schlafendem Säugling. Mein Gott, waren die abgebrüht. Das beste Versteck war doch immer noch die Harmlosigkeit des scheinbar Normalen. Er grinste zähnefletschend. So ließ sich vielleicht ein blöder Bulle wie der Verkleidete von vorhin täuschen, ein Fleischmann aber blickte durch.

Er riß die Kamera aus dem Trench und wollte gerade anfangen zu knipsen, da bemerkte er das Babyphon. Auf Zehenspitzen schlich er heran und schaltete das Ding ab. Dann besah er sich den schlafenden Säugling. Paßte alles: schwarzhaarig, Teint wie ein Apache. Kein Zweifel, südländischer Einschlag. Er war sich jetzt ganz sicher: Er hatte Babs Bachmann gefunden.

Schon hatte er einen ganzen Film durchgerattert. Er mußte sich zwingen, nicht vor Aufregung zu trippeln. Mein Gott, pures Gold. »Der Retter kam aus der Lokal-Redaktion«, so oder ähnlich würde die Schlagzeile der nächsten Ausgabe von Bild lauten. Über Buch- und Filmrechte der ganzen Story mußte gleich morgen verhandelt werden. Und natürlich würde er sich sofort so einen Armani-Fummel kaufen, wie sein Chef ihn immer trug. Die vielen unvermeidlichen Fernsehauftritte. Journalistenpreise. Bye bye, Niederrhein-Bote. Er hatte es geschafft.

Seine Gedanken rasten. Er rief sich zur Ordnung und zwang sich, an das Nächstliegende zu denken. Er mußte mit dem Baby schleunigst verschwinden, solange es noch ging. Vorsichtig hob er den Säugling aus dem Wagen und kuschelte ihn schockelnd in die Weichheit seines üppigen Männerbusens. Das Kind gluckste nur kurz und schlief weiter. Brav. Schlaf, Kindchen, schlaf.

Schon war er auf dem Gang. Was sollte er jetzt mit Vera machen? Keine Chance, sie zu benachrichtigen. Es half alles nichts. Er mußte sie in der Höhle des Löwen zurücklassen. Aber in Kürze würde dann ja auch die Polizei, die er natürlich sofort verständigen würde, hier eintreffen. Jetzt mußte er erst mal den Säugling und seine Karriere retten. Dafür hatte Vera bestimmt Verständnis.

Gedanklich noch bei seiner Begleiterin, vernahm er von unten plötzlich ihr unverwechselbares Organ. Nach zwei Stunden ging halt auch die andächtigste Vesper einmal zu Ende. Mist, ausgerechnet jetzt. Hätten die nicht noch ein paar Minuten quinquilieren können? Er beugte sich über das Geländer und sah in die Vorhalle. Vera ließ sich in angeregtem Gespräch herumführen. Jetzt kamen sie auf die Treppe zu. Wollten die etwa…? Sie wollten!

Fleischmann äugte hektisch nach einem Fluchtweg. Wohin, wohin?

Gerade schaffte er es noch hinter den Vorhang an einem der hohen Fenster, da tauchten Vera und ihr pausenlos referierender Begleiter auch schon auf. Vera, immer wieder neue Fragen über die Gemeinschaft stellend, war völlig begeistert. Ihren so plötzlich verschwundenen Journalisten-Begleiter schien sie völlig vergessen zu haben. Ausgerechnet am Fenster blieben sie stehen. Vera ließ sich ausgiebig über die Aufnahmekriterien des Instituts, über die verschiedenen Stadien von Versprechen und Gelübden informieren. Fleischmann hinter der Gardine schwitzte Blut und Wasser. Schlaf, Kindchen, schlaf. Da wurde der Seligpreiser nach unten ans Telefon gerufen. Fleischmann atmete auf. In Höhe des Bauches hatte sich auf seinem Hemd ein großer, nasser Fleck gebildet. Das kam halt davon, wenn auf die Benutzung von original Pampers verzichtet wurde. Und schon wachte das Baby auf. Kräh, kräh.

Vera riß es herum. Sofort sah sie die Schuhspitzen, die unter dem sich mittig beachtlich wölbenden Vorhang hervorlugten. Edgar Wallace ließ grüßen. Trotz Schauders riß sie mutig den Vorhang zur Seite und hätte sich nicht gewundert, wenn ihr Klaus Kinski entgegengegrinst hätte. Über Fleischmann mit Säugling war sie allerdings regelrecht erschrocken.

Ferdi ließ ihr keine Zeit für fragendes Lamentieren. Sofort aufgeregtes Zischeln:

»Das Baby, ich habe das entführte Baby gefunden. Wir müssen sofort hier weg. Das ist hier eine ganz scheinheilige Bande, brandgefährlich.«

Vera konnte nur fassungslos den Kopf schütteln. Wie konnte man sich bloß so in einem Menschen irren? Der hatte ja ganz objektiv einen Sprung in der Schüssel. Aber ehe sie ihrem momentanen Gefühl verbal Ausdruck verleihen konnte, zerriß ein Schrei die friedvolle Atmosphäre des Hauses.

»Mein Baby, mein Baby ist weg!«

Das kam aus einem der Zimmer hinten im Flur. Vera kapierte sofort und zeigte jetzt, was in ihr steckte. Ganz große Form. Wortlos riß sie Fleischmann den inzwischen heftig schreienden Säugling vom Arm und eilte im Laufschritt auf das Zimmer zu. Unter der Tür wäre sie fast mit der hysterischen Mutter, eine der zivilen Vesper-Besucherinnen aus Haldern, die ihren Säugling hier geparkt hatte, zusammengeprallt.

»Was machen Sie mit meinem Kind?«

»Das, was Sie eigentlich längst hätten machen müssen.«

Die junge Mutter blitzte Vera böse an. Aber die ging sofort in die Offensive. Mit impertinenten jungen Frauen kannte sie sich schließlich aus. Erst mal bißchen schlechtes Gewissen machen.

»Das arme Würmchen schreit sich ja die Seele aus dem Leib. Völlig durchnäßt, Sie Rabenmutter. Beten ist ja gut und wohl, aber darüber die eigene Brut vergessen, ich weiß nicht.«

Schon etwas kleinlaut: »Aber ich hab doch das Babyphon –«

Vera sah sofort, daß das Kontrollämpchen nicht leuchtete.

»Dann müssen Sie es auch einschalten.«

Ohne sich auf weitere Diskussionen einzulassen, knallte sie der Frau das schreiende Bündel auf den Arm. Strenger Blick und kurzer Heranwinker mit Lehrerinnen-Zeigefinger in Richtung Fleischmann. Ohne sich noch einmal umzusehen, trabte sie wortlos die Treppe hinunter. Fleischmann, dem zu schwanen begann, daß er mal wieder einen ziemlichen Bock geschossen hatte, folgte artig auf dem Fuße. Schon waren sie draußen.

Sie fuhren schweigend. Ferdi, weil er sich nicht traute, Vera, tief in Gedanken versunken. Ausflug vorbei, es ging zurück nach Wesel. Erst in Diersfordt versuchte Fleischmann wieder Konversation zu machen.

»Hätte doch aber so sein können. Nur wer nichts tut, macht auch keine Fehler.«

»Blödsinn.«

Weitere drei Kilometer Schweigen.

In Flüren: »Was machen wir denn nun mit dem angebrochenen Abend?«

»Ich will nach Hause.«

»Schön, machen wir es uns bei dir gemütlich.«

»Allein!«

*

Die Session war vorbei, aber der Stimmung im Café Fehr tat das keinen Abbruch. Altbier satt und Wodka eiskalt. Musiker und Gemeinde waren zu verbaler Kommunikation übergegangen. Es brodelte. Und über allem eine dichte Wolke Zigarettenqualm. Sweet Smoke.

Gero und Anton hatten sich wieder in ihr Eckchen zurückgezogen. Gero holte die Zeichnung der Multiplen heraus. Dicht beieinander sitzend betrachteten sie das merkwürdige Kinderbild. Niemand kümmerte sich um die beiden. In der sich lautstark miteinander beschäftigenden Menge waren sie so privat wie auf einer einsamen Waldlichtung. Gero tippte auf das Blatt.

»Ich glaube, daß die multiple Frau mit alldem, was sich abgespielt hat, im Zusammenhang steht. Sie ist der Schlüssel. Auch im Fall des verschwundenen Babys.« Sie zeigte auf das, was ihrer Meinung nach eine kultische Opferung darstellte.

Anton nickte bedächtig. Dann deutete er auf die stilisierten, vom Himmel fallenden Flammen und zitierte die entsprechende Stelle aus der Offenbarung des Johannes.

»Ich habe das Gefühl, dicht dran zu sein, aber noch kann ich das Bild nicht richtig interpretieren. Was bedeutet das Tier? Ist es ein Pferd? Der Kreis mit den acht Haken, dieses Insekt? Soll das ein magisches Zeichen sein? Oder da drüben, das, was aussieht wie ein See. Was soll das?«

»Keine Ahnung, aber erkennst du nicht, was der Rüsselvogel über der Säge ist?«

Anton schüttelte den Kopf.

»Das ist der Posaunenengel auf der Engelkirche. Und hier rechts, die Dreiecksmännchen, die sich wie schützend die Arme über den Kopf halten. Das sind die Sataniker, denen von irgendwoher Ungemach ins Haus steht.«

Schon wieder die Engelkirche. Anton fiel es wie Schuppen von den Augen. Er mußte an das Gespräch mit den Polizisten am Kirchberg denken.

»Ich hab übrigens heute deine Freundin Susanne Straaten kennengelernt. Die stößt ins selbe Horn. Sie hat sich die Brandstelle angesehen. Und nachdem ich ihr von meinen Beobachtungen im Kirchenkeller erzählt habe, ist sie davon überzeugt, einen der Treffs der Geheimloge gefunden zu haben. Jetzt steht ständig ein Zivilfahrzeug der Polizei an der Fusternberger Straße und beobachtet den Gewölbeeingang.«

Gero klatschte begeistert in die Hände.

»Na siehst du. Susanne hat's geblickt und die Multiple ein Teilziel erreicht.«

»Wieso Teilziel erreicht?«

»Mensch Anton, kapierst du denn nicht? Die will doch ganz offensichtlich auf etwas aufmerksam machen. Aus irgendwelchen Gründen kann sie das nur auf diese merkwürdige Tour. Vielleicht handelt es sich dabei um schlichten Selbstschutz, weil sie selbst mit drinsteckt. Wir müssen das Bild völlig neu lesen. Wie einen Veranstaltungskalender. Wo etwas passiert, das steht ganz oben. Der Posaunenengel, also an deiner Kirche. Wann was gegeben wird, bleibt leider unklar. Aber die Ankündigung des Feuers hat sich ja bereits bewahrheitet.«

»Also jetzt mal Klartext. Du meinst, die Multiple will mit dem Bild auf den bevorstehenden kultischen Mißbrauch des entführten Babys aufmerksam machen, der irgendwann bei uns im Kirchenkeller stattfinden soll?«

»Davon bin ich überzeugt.«

»Was können wir tun?«

»Abwarten und die Zeichen richtig deuten. Und daß es da noch ein paar geben wird, davon bin ich nach allem, was hier weiter verschlüsselt auf dem Bild angedeutet ist, überzeugt.«

Anton hob resigniert die Arme.

»Na, wenigstens ist die Polizei bereits vor Ort.«

SECHS

Samstag, 20. Juni 1997

Fröhliches Kinderlärmen ließ Anton, der am Schreibtisch seiner Antrittspredigt den letzten Schliff gab, von seiner Arbeit aufsehen. Es riß nicht ab. Frauenstimmen mahnten zur Ordnung. Irgendwas war da vor der Kirche los. Neugierig trat er ans Fenster.

Fototermin. Gerade begannen die Kinder, die in der vergangenen Woche Erstkommunion gehabt hatten, sich vor dem eisenengelbewachten Brunnen zum Erinnerungsfoto aufzustellen. Keine leichte Aufgabe für die anwesenden Mütter. Die Jungen, die in ihren schwarzen Anzügen wie kleine Filmkomparsen wirkten, kabbelten, knufften, blieben keinen Moment am Fleck. Ganz anders die Mädchen. In ihren an Brautroben erinnernden Kommunionkleidern standen sie giggelnd, aber gesittet im Halbrund, bewunderten, ließen sich bewundern. Stolze Mütter rückten Haarkränzchen zurecht, kämmten, striegelten, zerrten hier, zupften da.

Anton mußte grinsen. Wie kritiklos da Rollenklischees tradiert wurden. Früh übt sich, was ein Dämchen werden will. Hätten die anwesenden, vorwiegend jungen Mütter die Gedanken ihres Pastors lesen können, sie hätten seine Einschätzung empört zurückgewiesen. Mein Gott, es war doch Erstkommunion, und die war schließlich nur einmal im Leben.

Anton hoffte, wenigstens einige der Kinder auch nach der großen Show in der Kirche wiederzusehen. Er hatte zwar selbst noch nie eine Erstkommunion-Feier zelebriert, aber er wußte, daß für den überwiegenden Teil der Kinder der nächste Kirchgang, wenn überhaupt, erst wieder zur Firmung anstand. Schade, aber die meisten Eltern ließen sich ja auch nie sehen. Doch Kommunion mußte sein, mit Lackschuhen und weißen Rüschen. Je teurer, desto besser. Und natürlich alles auf Video, für die Ewigkeit. Als gälte es, für die Ewigkeit nicht anders vorzusorgen.

»Anton, Anton, du bist ja ein richtiger Pharisäer. Statt dich darüber zu freuen, daß die Kinder und ihre Eltern wenigstens in diesen Tagen den Weg in mein Haus finden, mäkelst du nur herum.«

»Aber bei vielen ist das doch bloß Theater, dein Haus die festliche Kulisse, und der Geistliche der Showmaster.«

»Hast du dich eigentlich schon mal gefragt, woran es denn liegt, daß Gottesdienst und Gemeindeleben für die Masse nicht mehr attraktiv sind? Könnte es nicht auch ein bißchen an denen liegen, die Verwalter meiner Sache sind? Vielleicht müßten da mal neue Wege beschritten werden? Im übrigen scheinst du mir ja in anderen Fällen durchaus bereit, alte Zöpfe abzuschneiden.«

Anton fiel sofort sein Verhältnis zu Gero ein. Er schämte sich ein wenig. Wer ohne Sünde ist, werfe den ersten Stein. Aber: Kann denn Liebe Sünde sein? Er glaubte es mit Zarah Leander nicht. Wo würde das enden? Er wußte es nicht. Da war es gut, einen Freund an der Seite zu haben, der einen auf dem Teppich hielt, wenn man abzuheben drohte.

Der Blick, den er auf das Geschehen draußen warf, wurde wieder freundlicher. Das ging schon in Ordnung. Jetzt hatten Mütter und Fotograf die Schar endlich in der Reihe. Der abgeflämmte Kirchberg kam als Hintergrund natürlich nicht in Frage, aber vor dem Brunnen war es ein wirklich schönes Motiv. Anton wollte ein übriges dazutun. Die kleine Fontäne machte sich bestimmt gut. Er griff zur Fernbedienung.

Sofort schoß ein dicker roter Strahl in den Himmel. Irgend jemand hatte die Düse, die das Wasser in viele kleine Strahlen zerlegte, abgeschraubt. Kinder schrien, Mütter kreischten. Die blutrote Fontäne regnete auf die Umstehenden ab. Anton stand wie versteinert und vergaß völlig, den Brunnen wieder abzustellen.

Die Szene war gespenstisch. Besonders die Mädchen, die in ihren rotbesudelten Kleidern schreiend hin- und herliefen, sahen aus wie die Opfer eines Bombenattentats. Anton erwachte aus seiner Trance und stellte ab. Und plötzlich wußte er, was der rote See auf dem Bild der Multiplen zu bedeuten hatte. Die zweite Ankündigung war eingetroffen.

*

Fleischmann hatte eigentlich samstags frei. Wochenendtermine wurden meist von freien Mitarbeitern wahrgenommen. Trotzdem hatte er sich gleich vormittags in die Redaktion begeben. Zu Hause war ihm die Decke auf den Kopf gefallen. Kurz hatte er mit einem zünftigen Frühschoppen irgendwo am Kornmarkt geliebäugelt, den Gedanken aber sofort wieder verworfen. Er hatte nur Vera im Kopf. Wie die ihn hatte abfahren lassen. Nicht mal ein Abschiedsküßchen an der Haustür. Bei den Seligpreisern war sie nicht so spröde gewesen.

Okay, die Sache mit dem Baby war ein bißchen dumm gelaufen, aber ihm deswegen gleich die kalte Schulter zu zeigen, war einfach nicht fair. Hatte doch 'nen gewissen Unterhaltungswert gehabt. Bißchen Stimmung im klösterlichen Einerlei. Fleischmann seufzte. Lehrerinnen sahen so was offensichtlich anders.

Er hatte sich gleich hingesetzt und eine lange Jubel-Reportage über die Gemeinschaft runtergehackt. Vielleicht würde das Vera wieder versöhnen. Zumindest bei seinem Chef würde er Punkte machen. Jetzt war er damit fertig und grübelte. Warum sie nicht einfach anrufen, ein Date machen? Schon hatte er den Hörer in der Hand und tippte ihre Nummer ein.

»Hier ist die automatische Anrufbeantworterin von Oberstudienrätin Vera von der Mark ...«

Mist! Er knallte den Hörer auf die Gabel, um sofort wieder neu zu wählen.

»Hallo, Hallöchen. Hier ist Ferdi. Ich muß dich sehen. Ruf mich in der Redaktion an.«

Klang doch viel zu herrisch. Lieber etwas lyrischer. Er versuchte es noch einmal.

»Ach Veralein, ach Veralein, nun laß mich doch dein Liebster sein.«

Schon besser, aber vielleicht hätte er noch etwas Versöhnliches wegen gestern sagen sollen. Dritter Versuch:

»Ich möcht mich gern versöhnen, drum laß uns telephönen.«

Klasse, das war's. Launig mit einem Spritzer Unterwürfigkeit. Jetzt brauchte er bloß noch abzuwarten.

Vera, die über einem Stapel zu korrigierender Aufsatzhefte saß und kopfschüttelnd am Anrufbeantworter mithörte, wollte es nicht glauben.

*

»Was ist denn mit dir los? Karneval?« Susanne prustete beim Anblick ihres Kollegen, der offensichtlich versuchte, mit seiner Lederkluft beinharte Biker-Credibility rüberzubringen.

War wohl mißlungen. Obendrein ließ sie ihn gleich an der Wohnungstür stehen, ehe er etwas erwidern konnte.

»Momentchen, Telefon, ich geh mal eben ran.«

Schon war sie irgendwo im Hintergrund verschwunden.

»Also *ich* find deine Klamotten echt scharf. Komm doch rein, Justus.«

Wieso war Jonas noch hier, der hätte doch längst mit Daddy im Duisburger Zoo Affen füttern sollen? Meiers Stirn runzelte sich, Schweißperlen kamen ins Rollen. Nach dem Treppenaufstieg schwitzte er in den für einen Rollerfahrer etwas überdimensionierten Ledersachen wie ein Schwein. Langsam kam er sich jetzt auch selbst ein bißchen komisch darin vor. Ihm begann zu schwanen, daß der Nachmittag nicht wunschgemäß verlaufen würde.

Susanne saß im Wohnzimmer auf dem Sofa und lauschte konzentriert in den Telefonhörer. Mit der Linken wedelte sie Meier drei in einen Sessel. Dann bedeckte sie die Muschel mit der Handfläche.

»Ist meine Freundin Gertrud Rosenbaum. An der Engelkirche war wieder was los.«

Jonas hatte sich die Lederjacke angezogen, die Meier drei über die Sessellehne geworfen hatte, und war ins Schlafzimmer vor den großen Spiegel verschwunden. Justus wäre Begeisterung von anderer Seite eigentlich lieber gewesen. Aber Susanne beschäftigten ganz andere Dinge.

»Okay, Gero, ich fahr da gleich mal vorbei und schau mir die ganze Sache an.«

Also nix mit Ausflug. Meier drei hatte einen dicken Enttäuschungsklumpen im Magen. Susanne legte auf und sah einen Moment nachdenklich vor sich hin.

»Was war denn da los?«

»Eigentlich nichts Besonderes. Deshalb haben mich ja auch die Kollegen, die den Kirchenkeller observieren, nicht benachrichtigt.«

Sie kaute weiter nachdenklich an ihrer Unterlippe. Meier drei rollte mit den Augen.

»Nun mach's doch nicht so spannend.«

»Jemand hat das Wasser des Brunnens an der Kirche rot eingefärbt und die Fontäne so manipuliert, daß Passanten bespritzt wurden.«

Meier drei faßte es nicht. Na und? Ein Dummejungenstreich. Und deswegen die ganze Aufregung?

Susanne schien seine Gedanken lesen zu können.

»Gero meint, daß das im Zusammenhang mit dem Brand letzte nacht steht. Daß dahinter die Frau steckt, die Scholten, der Hammel, aus ihrer Praxis vertrieben hat.«

»Und was soll das bedeuten?«

»Sie meint, daß wir uns noch im Stadium der Ankündigung eines Großereignisses befänden.«

Meier drei konnte so schnell nicht folgen.

»Was für ein Ereignis soll das denn sein?«

»Ritualmord«, sagte Susanne schlicht und stand auf.

Meier drei kriegte die Tür nicht zu, aber es kam noch dicker.

»Meierchen, kannst du mir noch mal einen Riesengefallen tun?«

Er ahnte, was kommen würde, und nickte matt.

»Unternimm was mit Jonas. Sein Vater hat den Termin platzenlassen. Ich bin spätestens um sechs wieder da.«

*

Fleischmann tigerte in der Redaktion auf und ab. Warum rief Vera nicht an? Er hatte bereits die blonde Mitarbeiterin, die ja bei ihm noch was im Salz liegen hatte, genüßlich fertiggemacht, seinem Chef eine vergessene Camembert-Stulle ganz hinten in die Schreibtischschublade geräumt und den Rest Asbach ausgetrunken. Jetzt wußte er nicht mehr, was er machen sollte.

Sein Blick fiel auf den Blondschopf, der verbissen an der von ihm eingeforderten dritten Fassung eines Dreißigzeilers über die Leistungsschau der Karnickelzüchter arbeitete. Knackig, knackig, das Biest. Eins mußte man der lassen, wenn sie genausoviel im Kopf wie in der Bluse hatte, würde sie es noch weit bringen. Seine Gedanken schweiften in erotische Gefilde ab. Vera! Er mußte es noch einmal versuchen. Und mit Blick auf die Mitarbeiterin kam ihm eine kolossale Idee. Er griff zum Telefon.

»0-281 – 972-533«, jodelte er in den Hörer wie die nachmitternächtlichen Werbedamen im Fernsehen. »Suchst du netten Kontakt? Willst du heiße Gespräche führen? Ich geb dir...« – Spannungspause, frivoler Stimmsenker – »... alles. Ruf an!«

Bingo. Damit würde er den Jackpot endgültig knacken.

Die Mitarbeiterin verließ fluchtartig die Redaktionsräume, Vera zog daheim erschrocken den Telefonstecker aus der Buchse. Kommunikations-Guerillero Fleischmann hatte, was Frauen anging, den Bogen einfach raus.

*

»Dein Gesicht könnte man ja direkt als Beleidigung auffassen.«

Jonas sah Meier drei an, der, zusammengesunken im Sessel, finster vor sich hin starrte.

»So grauenvoll kann ein Nachmittag mit mir ja auch nicht sein.«

Meier drei entschloß sich, seine Enttäuschung herunterzuschlucken.

»Quatsch, ich bin doch gern mit dir zusammen. Was machen wir denn jetzt?«

Sie mußten nicht lange überlegen. Beide verband die gleiche Leidenschaft: der Computer.

»Gehen wir doch zu Matuschcyk, ein bißchen Internetsurfen.«

»Matu-wer?«

»Sag einfach Uwe. Netter Typ, ein echter Freak. Er hat einen Laden an der Grünstraße. Hardware-Verkauf, Schulungen und so. Ich geh da regelmäßig hin, der hat einen ISDN-Anschluß.«

Meier drei, der schon lange plante, online zu gehen, war sofort dabei.

»Okay, wir fahren mit dem Roller hin.«

Er warf Jonas den Helm zu, den er eigentlich für Susanne mitgebracht hatte. Fünf Minuten später knatterten sie durch die Innenstadt. Als sie am alten Friedhof an der Caspar-Bauer-Straße vorbeikamen, fiel Meier drei siedendheiß das Grab seiner Mutter ein. Er war für die Pflege verantwortlich und schon Wochen nicht mehr dagewesen. Vielleicht konnte er sich ja bei dem Computer-Freak für eine Stunde loseisen und das eben miterledigen. Wenn Jonas mal vor dem Bildschirm saß, kriegte ihn so schnell keiner wieder weg. Die Gelegenheit war also günstig.

Sie bogen in die Steinstraße ab. An der nächsten Kreuzung lag schräg gegenüber neben einer Frittenbude der kleine Laden.

Jonas begrüßte Uwe wie einen alten Kumpel, bezahlte eine kleine Gebühr und ließ sich vor einem der Bildschirme nieder.

Meier drei schien vergessen. Er pellte sich aus der schweren Lederjacke und sagte zu Uwe Matuschcyk:

»Bin mal eben auf dem Friedhof. Dauert höchstens 'ne Stunde. Der Junge stört doch nicht?«

»Auf keinen Fall. Ein echter Experte, der selbst mich noch manchmal überrascht.«

Meier drei entschloß sich, den Roller stehenzulassen und das kurze Stück zu Fuß zu gehen.

*

»Miez, miez, miez, nun komm schon.«

Erik stand im Dämmer der Kellertür, die Katze oben an der Treppe im hellen Sonnenschein. Hier oben war es mollig warm, da unten feucht und kalt. Aber der verführerische Duft hatte sie von den aufgeheizten Platten hoch getrieben.

»Na komm, lecker, lecker.«

Erik stellte das Schälchen mit Katzenfutter auf den Boden. Die Katze war noch unentschlossen. Unruhig strich sie auf der obersten Stufe hin und her. Ihr Instinkt mahnte zur Vorsicht, ihr Magen zu Leichtsinn.

Der schwere Hammer traf den über den Napf gebeugten Kopf völlig unvorbereitet, preßte das Katzengesicht tief in den Fleischbrei. Kein Maunzen, nichts. Das Tier war auf der Stelle tot.

»Mußte das wirklich sein, Erik?«

»Sie hat nichts gespürt. Bei lebendigem Leibe ersäufen, so was kann ich nicht. Außerdem, für wen mach ich das denn hier? Du hast es doch so gewollt.«

»Ist ja schon gut. Jetzt beeil dich mit dem Rest.«

*

»Achtung, Kanzelschwalbe«, zischelte van der Leuen, der gerade mit einem ganzen Arm voll Feldblumen erschienen war, Anton zu. Der mühte sich gerade mit dem Blumenschmuck für Vorabendmesse und Sonntagsgottesdienst. Sein Debut, er wollte gut sein. Da war ihm selbst die Wahl der Blumen wichtig. Er runzelte die Stirn.

Van der Leuen war jetzt still, denn Oma Bierbaum betrat die Kirche, machte trotz Stock eine tiefe Kniebeuge in Richtung Tabernakel und ließ sich in der Bank ächzend auf die Knie fallen. Ein Rosenkranz wurde hervorgekramt, Lippen bewegten sich stumm.

Anton sah auf die Uhr. Noch eine Stunde bis zur Vorabendmesse. Fromm war die Frau jedenfalls. Er wandte sich wieder den Blumen zu und ließ sich von van der Leuen helfen. Sie arbeiteten schweigend und hatten die Beterin schon vergessen.

»Ist die heilige römisch-katholische Kirche inzwischen so arm, daß sie mit Unkraut den Altar schmücken muß?«

Die beiden Männer riß es herum. Van der Leuen grinste schon wieder breit. Anton war etwas irritiert. Oma Bierbaum hatte einen Zwanzigmarkschein aus dem Portemonnaie gefummelt.

»Hier haben Sie Geld für Rosen.«

Anton winkte dankend ab.

»Gemeindeleben, herrlich! Irgendwie nett. Nächste Woche gibt's jedenfalls Rosen. Gefällt dir das Unkraut auch nicht?«

»Doch, sehr. Aber die Geschmäcker sind halt verschieden. Warum hast du ihr nichts von den Lilien auf dem Feld erzählt?«

»Darauf bin ich so schnell nicht gekommen. Bei der Frau hab ich jedenfalls erst mal Minuspunkte gesammelt.«

»Laß dich nicht ins Bockshorn jagen. Es gibt nur einen Weg zum sicheren Mißerfolg.«

»Und der wäre?«

»Der Versuch, es allen recht zu machen.«

Die Frau kniff die Lippen zusammen und steckte den Schein wieder ein. Dafür kramte sie aus den Tiefen ihrer riesigen Handtasche eine Tonflasche hervor, auf deren Bauch ein P und ein X über drei Wellen modelliert war, und gab sie Anton.

»Könnte ich etwas für mein privates Weihwasserbecken zu Hause bekommen?«

»Aber selbstverständlich.«

Anton sah van der Leuen hilflos an. Der nahm ihm die Flasche aus der Hand.

»Ich mach das schon, Herr Pastor. Kümmern Sie sich nur um die Blumen.«

Van der Leuen schritt an der kleinen Marienkapelle vorbei. In der Ecke daneben stand ein großer Steingutkrug mit Zapfhahn. Hier wurde das in der Osternacht geweihte Wasser aufbewahrt, mit dem täglich die Weihwasserbecken an den Türen gefüllt wurden. Er entkorkte die Flasche, hielt sie unter den Hahn und drehte auf. Es kam nichts. Kopfschüttelnd gab van der Leuen der alten Frau, die hinterhergeschlurft war, die Flasche.

»Halten Sie mal.«

Das Ding konnte doch nicht leer sein. Er wuchtete den schweren Deckel vom Krug und legte ihn vorsichtig auf der nächsten Bank ab. Dann griff er beherzt ins Dunkle. Wahrscheinlich war nur etwas verstopft. Und tatsächlich, er fühlte etwas Weiches, Amorphes. Reflexartig riß er seinen Arm heraus.

Oma Bierbaum schrie gellend in die wunderbare Kirchenakustik. Die Tonflasche zerschellte auf den Bodenplatten. Anton rannte.

»Das hat der Teufel gemacht«, flüsterte sie leichenblaß. Dann lief sie, so schnell es ihr mit dem Stock möglich war, aus der Kirche.

Von van der Leuens Unterarm tropfte es rot.

»Was ist passiert?«

»Ich weiß es nicht. Noch nicht.«

Sein Gesicht bekam einen finsteren, entschlossenen Ausdruck. Schon fischte er noch mal im Krug. Sekunden später tauchte seine Hand mit etwas Pelzigem wieder auf. Eine tote Katze. Van der Leuen betrachtete das tote Tier einen Moment, dann stöhnte er auf.

»Oh nein, das ist mein Peterle.«

In seine Augen traten Tränen, dann der blanke Haß. Er sah Anton an, als habe der etwas mit dem Tod der Katze zu tun.

»Glauben Sie mir, wenn ich rauskriege, wer das getan hat, dann bring ich den um!«

»Mäßigen Sie sich, van der Leuen, erinnern Sie sich, wo wir sind.«

Aber der wollte oder konnte nicht. »Ist mir scheißegal, wo wir hier sind, ich versprech's, den bring ich um!«

Anton glaubte ihm aufs Wort. So viel Haß. Schockiert blickte er dem aus der Kirche Eilenden nach. Dann fiel sein Blick auf den schweren Deckel. Von allein war die Katze nicht in den Krug gekommen. Mein Gott, was war eigentlich los? Hier lief ein schrecklicher Film, das war mal klar. Und er blickte noch nicht durch.

*

Jonas sah für einen Moment vom Bildschirm auf. Sein Blick fiel auf die weit geöffnete Tür des Computerladens. Ein breites Band Sommersonnenschein fiel herein. Verlockend. Zwei Seelen wohnten in seiner Brust. Jetzt kämpften sie miteinander. Auf der einen Seite war da die Vorliebe für alles, was mit Computern zusammenhing, auf der anderen seine Begeisterung für motorisierte Zweiräder. Die Gelegenheit war günstig, supergünstig. Meier drei würde frühestens in einer Viertelstunde zurück sein, und draußen stand ein nagelneuer Roller, der zu rufen schien: ›Komm Jonas, fahr mich!‹ Und er wußte, wo der Ersatzschlüssel versteckt war. Ein schlechtes Gewissen gegenüber seinem großen Freund hatte er ja schon. Aber der würde doch gar nichts merken. Nein, es wäre pure Blödheit, eine so einmalige Gelegenheit nicht zu nutzen.

»Ich schieb mir mal eben nebenan ein paar Pommes rein.«

Uwe, die Nase dicht über einer Steckverbindung, sah nicht mal auf. Er nickte nur.

Schon war Jonas draußen. Schnell hatte er den Zündschlüssel gefunden, steckte ihn ins Schloß, startete aber noch nicht, sondern schob den Roller erst ein wenig die Grünstraße hoch, außer Sichtweite. Das Antreten war ein bißchen schwierig, aber dann schnackelte es doch noch. Er knatterte los. Klappte prima. Herrlich. In einer Viertelstunde würde er bestimmt wieder zurücksein. Nur ein bißchen durch die Aue. War doch nichts dabei.

Am Kreisverkehr Nordstraße passierte es. Jonas, der nichts davon wußte, daß im Kreis Vorfahrt herrschte, rammte ungebremst die Flanke eines Golfs. Er flog wie eine Feder und landete wie ein Sack. Bereits zehn Minuten später fuhr er unter Blaulicht und Martinshorn zurück in die Innenstadt. Er spürte allerdings nichts davon.

*

Die Kirche war voll. Man wollte den neuen Pastor kennenlernen. Seine Antrittspredigt hatte er prima rüberbringen können. Er spürte so was. Vielleicht wurde trotz der verwirrenden Ereignisse vom Tag noch alles gut.

Der Kirchenchor sang das ›Ave verum‹. Anton war bewegt. Schweres Stück, die hatten echt was drauf. Er schritt die wenigen Stufen zum Altar empor und trat unter das gewaltige Holzkreuz. Gabenbereitung.

»Und am Abend, als er ausgeliefert wurde, nahm er das Brot, brach es, reichte es seinen Jüngern mit den Worten, nehmet und esset alle davon…«

Die Rechte hielt die Hostie über den Kelch, die Linke den Kelch hoch über den Kopf. Die Meßdiener läuteten ihre Schellen. Plötzlich spürte er, wie etwas auf seinen Handrücken krabbelte. Er blickte hoch, ohne mit dem Sprechen aufzuhören.

»... dies ist mein Leib, der für euch und für alle hingegeben wird, zur Vergebung der Sünden.«

Die große, haarige Spinne saß auf dem linken Daumenballen, der sich um den Kelch schmiegte, und begann, an seinem Unterarm herabzuklettern. Ohne Hast senkte Anton den Arm und hielt ihn an das große Meßbuch, das auf einem kleinen Pult lag. Niemand merkte etwas.

»Und dann nahm er auch den Kelch mit Wein, dankte wiederum...«

Eine Vogelspinne.

»... reichte ihn seinen Jüngern und sprach...«

Die Härchen auf seinem Unterarm begannen sich aufzurichten.

»... dies ist der Kelch des neuen und ewigen Bundes...«

Die Vogelspinne änderte ihre Richtung und krabbelte langsam vom Arm auf die Seiten des Meßbuchs. Anton machte eine tiefe Kniebeuge.

»... tut dies zu meinem Gedächtnis...«

Als er wieder stand und die Gemeinde kollektiv ›Deinen Tod, oh Herr, verkünden wir‹, murmelte, gingen plötzlich alle Lichter aus. Anton nutzte die Chance sofort. Rumms, schon hatte er das schwere Meßbuch mit Wucht zugeschlagen. Der Heilige Franziskus rotierte wahrscheinlich jetzt im Grab, aber Anton wußte sich einfach nicht anders zu helfen.

»Danke, Freund.«

»Ich habe damit nichts zu tun.«

Die Gemeinde saß zwar nicht völlig im Dunkeln, durch die Kirchenfenster sickerte dämmriges Licht, und dann waren da ja noch die Kerzen, aber trotzdem setzten allgemeine Unruhe und Geraune ein. Anton unterbrach den Gottesdienst für einen Moment.

»Könnte mal jemand unten am Krypta-Eingang den Sicherungskasten überprüfen?«

Und so, als wäre nichts gewesen, setzte er die Messe fort. Keine Minute später gingen alle Lichter an, Mikros und Lautsprecher funktionierten wieder. Na also.

»... Gehet hin in Frieden...« Auch die Orgel hatte wieder Saft. Brausender Auszugsgesang. ›Ein Haus voll Glorie schauet, weit über alle Land...« So war es.

Später fragte er Klara, die ihm beim Umziehen in der Sakristei behilflich war:

»Was war denn mit dem Strom los?«

»Nichts Besonderes. Irgend jemand hat unten alle Sicherungen rausgeschmissen. Die Kirche war ja auf. Wahrscheinlich Jugendliche.«

Anton schüttelte unmerklich den Kopf. Er war anderer Meinung. Aber von der erschlagenen Katze im Weihwasserkrug und der zerquetschten Vogelspinne im Meßbuch erzählte er Klara nichts.

*

Gegen siebzehn Uhr verließ Meier drei den Friedhof. Es war schneller gegangen, als er erwartet hatte. Die Trockenheit der letzten Wochen hatte kaum Unkraut wachsen lassen.

Schon von weitem sah er, daß sein Roller nicht mehr vor dem PC-Laden stand. Er begann zu rennen.

Als er in den Laden stürmte, war Jonas' Platz leer. Meier drei hatte schon so eine Ahnung.

»Wo ist der Junge?«

Uwe sah, überrascht über die fast schreiend gestellte Frage, von seiner Arbeit auf.

»Nebenan, Pommes essen.«

Meier drei war schon wieder draußen. Kein Jonas in der Imbißstube. Er zählte eins und eins zusammen: Junge verschwunden, Roller weg, klar, was gelaufen war. Zurück im Computerladen brüllte er seine Vermutung heraus.

Uwe wurde blaß.

»Mensch, vor einer Viertelstunde sind hier Kranken- und Streifenwagen voll Karacho vorbeigekommen. Dem Jungen wird doch nichts ...? Komm!«

Schon saßen sie in seinem Wagen. Instinktiv nahmen sie die richtige Richtung. Am Kreisverkehr entdeckte Meier drei sofort seinen am Rand liegenden, völlig demolierten Roller.

»Halt an«, sagte er gepreßt.

Er durfte hier jetzt nicht rummemmen, das war er dem Jungen und Susanne schuldig. Beim Gedanken an Susanne krampfte sich sein Herz zusammen. Aus der Traum. Er straffte sich. Das war zweitrangig, jetzt mußte er rausfinden, was mit Jonas war.

»Fahr mich zur Wache.«

*

Fleischmann war dann doch wieder da gelandet, wo er fast allabendlich zu enden pflegte, in der Kneipe. Heute war er allerdings mächtig vom gewohnten Rundgang abgewichen. Es drängte ihn nicht nach trautem Gespräch unter Saufkumpanen. Er wollte niemanden sehen.

Vera. Warum hatte sie nicht zurückgerufen? Er hatte sich doch so ins Zeug gelegt. Und daß sie zu Hause war, da war er sich sicher. Hatte sie selbst nicht gestern noch über den Berg von Arbeit, ›der ihrer am Schreibtisch harrte‹, formvollendet gestöhnt, wie so was eben nur Deutschlehrerinnen konnten? Also, warum ging sie dann nicht ans Telefon? Ferdi konnte sich einfach keinen Grund vorstellen. Sie hatte ihn doch angehimmelt wie die Susi den Strolch. Regelrecht scharf war sie auf ihn gewesen. Ein Mann, erst recht ein Fleischmann, spürte so was doch schließlich.

Er gluckerte noch ein Literchen Altbier, dann hatte er die Lösung. Sofort ließ er das halbvolle, bereits in der Schwebe befindliche Glas wieder auf den Deckel zurückknallen. Vera war etwas zugestoßen. Konnte doch gar nicht anders sein. Oberschenkelhalsbruch, Schlaganfall, Gebärmuttersenkung oder so. Wahrscheinlich lag das arme, einsame Frauenzimmer hilflos in ihren vier Wänden und weinte sich verzweifelt die Augen nach ihm aus. Jetzt war er sich ganz sicher.

Draußen senkte sich langsam die Sonne. Ferdis ganz persönliche Sonne allerdings stand High noon. Seine Augen verengten sich zu Schlitzen. Nicht weinen, kleine Frau, Ferdi ist unterwegs. Er stakste zur Tür.

»Wat is mit Schores, Tönneken?«

Fleischmann ließ sich verärgert auf den Pfennig genau herausgeben und dann noch eine Quittung ausstellen. Tönneken, der hatte sie wohl nicht mehr alle.

»Ist ja ein ganz schöner Saustall hier. Morgen schick ich dann mal das Ordnungsamt vorbei. Ich vertrete in Wesel nämlich die vierte Gewalt. Macht der Presse, Sie verstehen.«

»Höres, Tönneken, gleich krisse die Macht von meine Presse direktemang inne Fresse.«

Der Wirt klatschte seine rechte Faust demonstrativ in die linke Handfläche. Fleischmann eilte Vogel zeigend. Geistiger Sitzriese, konnte er sich jetzt nicht mit aufhalten. Schließlich galt es ein Frauenleben zu retten.

Zehn Minuten später stand er am ersten der Bahnhofshochhäuser und studierte die Namensschildchen an der Klingelanlage. Schnell hatte er Veras gefunden. Schreibschrift auf poliertem Messing. Leuchtender Stern über Kulizettel-Niederung. Er klingelte vehement. Kein freundlicher Türsummer. War aber auch klar. Vera lag ja hilflos auf dem Rücken und zappelte wie ein Käfer mit den Extremitäten. Rasch zählte er die Klingelknöpfe ab, trat zurück und versuchte herauszufinden, wo Veras Wohnung lag. Dritter Stock, das war klar. Und dann sah er sie. Zwar nur kurz, wie sie die Gardine lupfte, nach draußen spinxte und wieder verschwand, aber sie war es gewesen. Kein Zweifel, die Physiognomie einer Vera von der Mark verwechselte man nicht.

Fleischmann atmete auf. Na, wenigstens war ihr nichts zugestoßen. Wahrscheinlich waren Türschelle und Telefon kaputt, und die treue Seele saß schon den ganzen Tag über Aufsatzheften und wunderte sich, warum der Märchenprinz sich nicht meldete. Fleischmann schwankte innerlich wie äußerlich. Er mußte sie irgendwie auf sich aufmerksam machen.

Vera hatte den Hin- und Hertorkelnden im Trench sofort erkannt. Mein Gott, der war ja zäh wie Kaugummi und genauso lästig, wenn man ihn mal an den Fersen hatte. Jetzt schrie er auch noch laut nach ihr. War das peinlich. Oh Gott, was machte er jetzt?

Fleischmann grabbelte beidhändig in der flächendeckend zugeschissenen Pflanzung nach Steinchen.

Der würde ihr die Scheiben einwerfen. Sie mußte die Polizei rufen.

Aber Ferdis Liebesgeschosse ergaben sich bereits in Höhe des ersten Stocks der Schwerkraft. Vera grinste herablassend hinter der Gardine. Schlappschwanz. Jetzt schien er aufzugeben. Sie sah dem Schwankenden angewidert hinterher und atmete auf. Freud hatte schon recht. Glück war das Empfinden von Unterschieden. Und zwischen ihr und diesem Vollgesoffsky gab's nur Antagonismen. Es war vorbei.

Fleischmann sah das anders. Amor hatte noch einen Pfeil im Köcher.

*

»Sollen wir die ganze Sache nicht abblasen? Mir gefällt das alles hier langsam gar nicht mehr.«

»Bist du wahnsinnig? Dazu ist es zu spät. Die Zeichen sind günstig. Saturn ist bereits in das Sternzeichen des Wassermanns gewechselt. Morgen ist Sonnenwende, und wir haben das absolut passende Opfer.

Auf so eine Gelegenheit müssen wir erst lange wieder warten. Nein, morgen wird dem Lichtbringer geopfert. Wir sind es ihm schuldig.«

»Schuldig? Ich bin niemandem etwas schuldig. Paß nur auf, daß *du* mir nichts schuldig bleibst. Ich hab ziemlich viel investiert, das soll nicht in den Sand gesetzt sein. Der ganze Satansquatsch interessiert mich nur insoweit, wie er die Geschäfte fördert.«

»Red nie wieder von Quatsch, hörst du, nie wieder! Könnte gefährlich für dich werden.«

»Willst du mir drohen?«

»Du hast es gehört. Und denk immer dran: Du hängst mit drin, auf ewig. Die Gemeinschaft kennt nur eine Art des Ausstiegs. Also füge dich.«

»Ist ja schon gut. Du weißt, daß du dich auf mich verlassen kannst. Aber was faselst du da von günstigen Zeichen? Der Brand, das rotgefärbte Brunnenwasser, die tote Katze. Alles Zufälle? Wer's glaubt. Die Bullen gehen ein und aus, und der Pfaffe ist aufs höchste alarmiert. Wirklich günstige Zeichen.«

»Woher weißt du von der Katze?«

»Klara hat es mir erzählt. Die zuverlässige Klara. Über die solltest du dir mal ein paar Gedanken machen. Was auch Merkwürdiges gelaufen ist, sie war immer mit der Nase dicht dran. Siehst du da keinen Zusammenhang? Sie ist das einzige Bindeglied zwischen den Vorfällen und uns.«

»Davon verstehst du nichts. Klara ist loyal, das weiß ich. Da ist etwas anderes, aber das braucht dich nicht zu kümmern. Im übrigen kann ich dich beruhigen, der Rat der Neun hat, was Klara betrifft, bereits eine Entscheidung getroffen. Sie wird morgen den gleichen Weg wie das Kind gehen.«

*

»Das ist alles so wenig greifbar, und trotzdem bin ich mit euch davon überzeugt, dicht dran zu sein.«

Susanne schüttelte resigniert den Kopf. Gemeinsam mit Gero und Anton stand sie vor dem großen Weihwasserkrug in der Engelkirche und versuchte sich einen Reim auf das Vorgefallene zu machen.

»Den Brand, die Farbe im Brunnen, den Stromausfall, selbst die Sache mit der toten Katze könnte man als Dummejungenstreiche abtun.

Aber die Vogelspinne, so was haben Jugendliche doch nicht so einfach zur Hand. Wer konnte das Tier denn in den Kelch setzen?«

»Leider praktisch jeder. Ich war ein wenig nachlässig mit dem Abschließen der Kirche. Vormittags waren die Kommunionkinder hier zugange, dann hat der Sing- und Spielkreis geprobt, ein paar Stunden später bin ich hier raus und rein wegen des Blumenschmucks. Hier stand also alles die ganze Zeit über offen.«

Anton breitete entschuldigend die Arme aus.

Susanne schnaufte ärgerlich.

»Famos. Da wissen wir ja genau, wo wir anzusetzen haben. Liebe Leute, ich fürchte, es bleibt uns nichts anderes übrig, als abzuwarten und auf die Observation zu vertrauen. Hoffentlich stellt sich nicht am Ende heraus, daß sich hier bloß jemand einen Jux erlaubt hat.«

Gero war sofort in Fahrt.

»Einen Jux? Das glaubst du doch selber nicht. Denk doch mal an die multiple Frau, das Bild.«

Susanne nickte. »Ja, ich weiß. Aber willst du wissen, was der Staatsanwalt gesagt hat, als ich mit ihm über das Multiple-Persönlichkeit-Phänomen gesprochen habe? Gelacht hat er. Gäb's doch gar nicht, wissenschaftlich nicht haltbar und so weiter. Ich solle mir keinen Bären aufbinden lassen.«

Gero wollte sofort loslegen, aber die Freundin tätschelte ihr beruhigend den Arm.

»Ich sag's doch bloß, damit ihr wißt, wie die offizielle Meinung ist. Ich bin ja selbst davon überzeugt, daß hier was faul ist. Aber langsam müssen Ergebnisse her, sonst kann ich einpacken.«

In Susannes Handtasche begann es zu piepen. Das Handy. Sie lauschte kurz und wurde blaß.

»Wo ist er?« Kurz darauf: »Ich komme!«

Grußlos rannte sie aus der Kirche. Gero und Anton starrten ihr perplex hinterher.

*

Meier drei saß auf dem Flur vor dem OP-Trakt des Marienhospitals. Den Kopf in beide Hände gestützt, hockte er tief nach unten gebeugt und wiegte sich hin und her, ohne es zu merken. Ein und derselbe Gedanke kreiste in stets gleicher Bahn. Wie bei diesen digitalisierten Werbetafeln, auf denen immer wieder ein Satz abläuft. Immer rum und rum, kaum zu Ende, gleich wieder von vorn beginnend, bis man den Stecker rauszieht.

›Rette den Jungen, rette den Jungen‹. Lippenbewegungen ohne Ton. War das ein Gebet? Zu wem?

Hektisch klappernde Absätze auf Krankenhaus-Linoleum stoppten die Gebetsmühle. Meier drei sprang auf.

»Susanne, ich –«

»Wie geht es ihm?«

»Er ist noch im OP, ich bin erst seit einer halben Stunde hier. Es tut mir so leid.«

»Wie konnte das passieren?«

Meier drei senkte den Kopf. Seine Schultern zuckten.

»Es ist alles meine Schuld«, murmelte er.

Hinter den milchverglasten Schwingtüren des OP-Traktes kam Bewegung auf. Ein junger Mann in weißem Kittel trat mit freundlichem Lächeln auf den Flur.

»Sind Sie die Mutter?«

Susanne konnte nur nicken. Ihr Blick hing hoffnungsvoll am Arztlächeln.

»Der Junge hat Glück gehabt. Sein rechtes Bein ist gebrochen, der rechte Arm etwas komplizierter, aber wir haben die Sache im Griff. In ein paar Wochen ist alles wieder wie vorher. Machen Sie sich keine Sorgen.«

Die Schwingtüren wurden aufgestoßen, zwei Krankenpfleger in islamgrünen Kitteln schoben ein Bett hinaus. Jonas, der aus der Narkose noch nicht erwacht war, lag blaß in den Kissen. Susanne stürzte zu ihm. Sachte strich sie ihm das verwuschelte Haar aus der Stirn.

»Was machst du bloß für Sachen.« Sie lief neben dem Bett her, das jetzt in Richtung Aufzug geschoben wurde.

Kein Blick für Meier drei. Und der war froh darüber. Er hatte versagt. Zu blöd, Verantwortung für einen Dreizehnjährigen zu übernehmen. Und alles nur wegen seines lächerlichen Imponiergehabes.

Die Aufzugtüren glitten zu, und Meier drei war sich sicher, daß sich damit für ihn auch das Kapitel Susanne für immer schloß. Aus, vorbei, game over. Und das war nur gerecht.

Geschlagen ging er in Richtung Ausgang. Eine Entscheidung reifte heran. Er mußte sein Leben ändern. Noch im Krankenhaus-Foyer riß er sich die Lederjacke von den Schultern. Draußen stopfte er sie achtlos in einen Papierkorb.

*

Anton blieb verdutzt auf dem Bürgersteig stehen. Was war in seiner Garage los? Die beiden schweren Torflügel standen sperrangelweit auf, das Licht brannte. Er trat näher heran. Durch die Heckscheibe des Mercedes konnte er deutlich van der Leuen auf dem Fahrersitz ausmachen, der regungslos dasaß und keine Anzeichen machte, den Motor zu starten.

»Stimmt was nicht, ist Ihnen nicht gut?«

Anton näherte sich der Fahrertür.

»Hey, Herr van der Leuen, was ist mit Ihnen?«

Keine Antwort. Der alte Mann war wie erstarrt, beide Hände um das Lenkrad geballt, daß die Knöchel weiß hervortraten. Sein Blick ging stier geradeaus. Anton beugte sich zum heruntergekurbelten Seitenfenster hinab. Saurer Angstgeruch schlug ihm entgegen.

»Ruhig, bleiben Sie stehen, nicht bewegen«, quetschte van der Leuen leise aus den Mundwinkeln, ohne die Blickrichtung zu ändern.

Und dann sah Anton die Schlange, die sich oberhalb des Lenkrades auf dem Armaturenbrett ringelte. Mindestens einen Meter lang, glänzend schwarz, mit filigraner Rückenzeichnung. Anton war zoologisch nicht besonders bewandert, aber daß das Tier nicht aus Westeuropa stammte, war klar. Jetzt hob die Schlange wiegend den Kopf, ohne die kalten Augen von van der Leuen zu nehmen. Wulstige Lederlippen öffneten sich, die gespaltene Zunge fuhr ein und aus. Der Angstgeruch weckte ihre Lebensgeister.

Anton war sich nicht sicher, ob das Tier giftig war. Aber wenn er jetzt nicht eingriff, würde womöglich selbst van der Leuens robustes Herz den Schock nicht überstehen.

Afrika. Anton hatte nichts vergessen. Er wußte, was jetzt zu tun war. Als wäre sein letztes Zusammentreffen mit einer Schlange erst gestern gewesen, steckte er seinen Arm durch das Fenster. Die Schlange richtete sich erregt noch weiter auf. Antons Arm stieß vor, packte das Reptil mit zangenartigem Griff direkt hinter dem Kopf und riß es heraus. Der krampfhaft zuckende Tierkörper peitschte in van der Leuens Gesicht.

Ohne Hast griff sich Anton einen in der Ecke lehnenden Spaten, ging zur Werkbank und trennte mit einem wuchtigen Stoß den Kopf des Tiers ab. Der sich aufbäumende Körper ringelte sich noch einmal wie ein Gebetsriemen um Antons Unterarm, bevor er erschlaffte. Würgende Geräusche hinter dem Benz. Van der Leuen kotzte sich die Panik aus dem Leib.

Mit Hilfe das Spatens verfrachtete Anton Kopf und Körper des Reptils in die Mülltonne, dann wandte er sich dem alten Mann zu.

»Ich glaube, wir können jetzt einen Cognac vertragen.«

Van der Leuen, weiß wie die Wand, nickte nur dankbar. Er war nicht in der Lage, irgend etwas zu sagen. Anton verschloß die Garage. Schweigend gingen sie zum Pfarrhaus.

*

Türklingel kaputt und Telefon im Eimer. Fleischmann zog keinen Moment in Erwägung, daß es vielleicht noch andere Gründe geben könnte, warum er nicht zu Vera durchdrang. Er war trotz ständiger Nackenschläge bar jeden Selbstzweifels.

Voll alkoholduseliger Zärtlichkeit dachte er an seine Dulcinea. Die Ärmste war ja kommunikationsmäßig praktisch völlig von der Außenwelt abgeschnitten und wußte es nicht einmal. Aber er hatte schon so eine Idee. Wenn Rapunzel ihr Haar hochgesteckt ließ und sich die Augen ausweinte, weil sie das Rufen des Prinzen nicht vernahm, dann mußte der Prinz eben andere Wege finden, um nach oben zu gelangen. Und schon eilte Märchenprinz Fleischmann mit wehendem Trench von dannen, sich das nötige Equipment zu verschaffen.

Zehn Minuten später war er am Café Fehr, wo er auf Hilfstruppen hoffte. Und richtig, an der Stirnseite des Tresens stand Georg Schulze und übte sich im beidhändigen Alt-Korn-Reißen. Eine harte Disziplin. Er wirkte auch schon etwas abgespannt. Trotzdem gleich fröhliches Begrüßungsgegröle, als hätten sie sich Jahre nicht gesehen.

»Ferdi, alte Knackwurst!«

»Georg, altes Rübenschwein!«

Knuffen, schubsen, boxen, zwicken, dann rituelle Hin-und-Her-Ausgeberei. ›Ein Freund, ein guter Freund, das ist das Schönste, was es gibt auf der Welt.‹ Fast wäre im Altbiergeglucker der Grund für Ferdis Kommen untergegangen. Aber dann betrat ein tamilischer Rosenverkäufer die Szene und erinnerte Fleischmann an seine Mission.

»Wat kost der ganze Rotz?«

Lag es an Fleischmanns inzwischen recht nuscheliger Aussprache? Der Blumenverkäufer verstand jedenfalls nur ›Rotz‹ und bot freundlich ein Tempo an. Ferdi schneuzte sich artig, merkte dann aber doch, daß hier offensichtlich eine gewisse Kommunikationsbarriere existierte. Ärgerlich steckte er das Papiertuch weg. Na gut, wenn's so nicht ging, dann eben anders, schließlich beherrschte er die Weltsprache.

»What cost the whole arm full flowers?«

Die Kumpel am Tresen schrien sich weg, die Bedienung flüchtete, Geschirrhandtuch vorm Gesicht, prustend in die Küche.

»Die Rose à fünf Mark, macht zweihundertfünfzig Mark für den kompletten Strauß«, rechnete der geschäftstüchtige Rosenverkäufer in lupenreinem Hochdeutsch vor.

Na also, warum denn nicht gleich so? Kam halt immer auf die richtige Ansprache an. Fleischmann zahlte ohne Wimpernzucken. Wat nix kost, dat is nix. Überhaupt, für Vera war ihm nichts zu teuer.

Der Tamile verließ beschwingt, aber nachdenklich das Lokal, ahnend, daß ihm die Tiefen der deutschen Seele wohl immer dunkel bleiben würden.

Fleischmann, fünfzig einzeln in Folie verpackte Rosen im Arm, zerrte Georg an den ovalen Tisch in der Wandnische. Gut zehn Minuten redete er mit gerecktem Kopf über den mittig auf dem Tisch gelagerten Blumenberg auf den Freund ein. Dessen Mundwinkel zogen sich immer weiter in Richtung Ohren. Dann patschte er wiehernd die fleischige Handfläche tremolierend auf den Tisch. Es klang, als würden Steaks geklopft.

»An meine Brust, Rosenkavalier, dir soll geholfen werden.«

Schon hatten sie sich baucheinziehend aus dem Oval Office gequetscht.

»Ruf ma 'n Taxi, Ulli!«

Zwanzig Minuten später standen sie schwankend vor der Maschinenhalle des Schulzeschen Baugeschäfts. Georg kriegte nicht gleich den Schlüssel ins Rolltor, aber mit vereinten Kräften klappte es dann doch noch. Stolz ging Schulze junior auf einen Laster mit Hebebühne zu.

»Hab ich dir zuviel versprochen? Ist doch genau das, was du brauchst. Dein Weg zum Erfolg, stufenlos nach oben.«

Fleischmann, der ja schon seit fast einer halben Stunde nicht nachgetankt hatte, kamen jetzt doch ganz nüchterne Bedenken.

»Kannst du das Teil denn bedienen? Und überhaupt, wenn uns unterwegs die Bullen anhalten, wir sind ja nicht mehr gerade taufrisch.«

Georg, der inzwischen fast mehr Spaß an der ganzen Sache hatte als der liebeskranke Ferdi, wedelte alle Einwände mit ausgebreiteten Armen weg.

»Ruhe bewahren, ich mach die gelbe Warnleuchte auf dem Wagendach an, damit kommen wir überall durch. Und dann kriegst du 'nen ganz großen Bühnenauftritt. Bist doch zu Höherem berufen, da ist das Ding hier genau richtig. Romeo und Julia am Niederrhein.«

»Hoffentlich geht's schlußendlich nicht wie in Italien aus«, hauchte Fleischmann ahnungsvoll gedankenklar.

Aber dann mußte er sich tummeln, Georg hatte sich bereits ins Führerhaus des Lasters gewuchtet und den Motor angelassen. Schon bretterten sie über die Schermbecker Landstraße der Innenstadt entgegen. Die gelbe Warnleuchte blitzte fröhlich in die inzwischen weit fortgeschrittene Dämmerung. Pursuit of Happiness.

*

Sie standen vor der geöffneten Mülltonne und sahen hinein.

»Du darfst die Schlange nicht einfach so entsorgen, sie könnte ein wichtiges Indiz sein. Außerdem kann ich nichts erkennen. Traust du dich, sie noch mal rauszuholen?«

Anton sah Gero lächelnd an. Was für eine Frage. Für sie hätte er in die Tonne gegriffen, auch wenn das Tier lebendig und nicht zweigeteilt gewesen wäre. Schon grabbelte er tief gebeugt im Müll. Vorsichtig legte er Kopf und Körper der Schlange auf die Werkbank. Gero näherte sich schaudernd.

»Und das Vieh hast du mit bloßer Hand aus dem Wagen gezerrt?«

Anton nickte lässig. Stolzgeschwelltes Understatement.

»War nicht so wild. Kleinigkeit, wenn man weiß, wie's gemacht wird.«

»Anton, Anton. Gilt Hoffart nicht als Sünde?«

»Natürlich hatte ich Schiß, aber ich konnte den armen van der Leuen doch nicht hängenlassen.«

»Du bist schon ein richtiger Held.«

Gero sah ihn bewundernd an.

»Du bist schon ein richtiger Held.«

»Quatsch, wahrscheinlich war das Vieh nicht mal giftig.«

»Ist ja gut, Anton.«

Anton mühte sich um Themenwechsel.

»Du hast recht, wir sollten die Polizei verständigen.«

»Ich habe Susanne schon versucht zu erreichen. Sie hat ihr Handy abgeschaltet. Irgendwas muß passiert sein, so, wie sie vorhin abgezogen ist.«

»Die Kripo besteht doch nicht nur aus Susanne.«

»Aber sie ist die einzige, die auf unserer Wellenlänge ist. Du hast doch gehört, wie die offizielle Meinung zu den Ereignissen hier ist. Also müssen wir warten, bis Susanne sich wieder meldet. Wie geht's eigentlich van der Leuen?«

»Ein paar Cognac haben ihn wieder aufgemöbelt. Der ist zäh, aber nach der Geschichte mit seiner Katze und jetzt dem Ding mit der Schlange verdammt wütend. In seinem Zorn ist er mir manchmal richtig unheimlich. Wenn der rauskriegt, wer dahintersteckt, möcht ich nicht in dessen Haut stecken.«

Gero hatte von irgendwoher eine Plastiktüte hervorgekramt.

»Hier, tu die Schlange da rein und heb sie auf, bis wir sie Susanne zeigen können.«

Anton nickte, verfrachtete das tote Reptil in die Tüte und schob sie tief unter die Werkbank. Gero hatte sich zum Gehen gewandt.

»Komm, laß uns noch einen kleinen Spaziergang machen. Ich war inzwischen nämlich auch nicht untätig und hab dir was zu erzählen.«

Sie gingen schweigend nebeneinander her die Fusternberger Straße runter. Unentschlossene Dämmerung nach einem herrlichen Sommertag. Samstagabend. Kinder kickten auf der Straße, rasenmähende Väter, turtelnde Jugendliche, hinter bereits erleuchteten Fenstern Vorbereitungen auf den Sonntag. Anton sog die friedvollen Eindrücke auf wie ein Schwamm.

»Warum kann ich nicht so leben? Stilles Glück, trautes Heim.«

»Der Alltag sieht anders aus. Du weißt es.«

»Nicht mit ihr.«

»Wenn du meinst. Du mußt dich entscheiden.«

»Ich habe mich schon einmal entschieden.«

»Das Sollen gründet im Sein.«

»Und wenn sich das Sein ändert?«

»Eben.«

»Aber ich hab doch eine Aufgabe.«

»Das ist wahr. Also sieh zu, wie du sie erfüllst.«

»Sag mir, was ich tun soll.«

»Es ist alles gesagt. Du mußt dich entscheiden. Du bist frei.«

»Frei und allein?«

»Nie allein und immer frei!«

In Höhe des alten Wasserwerkes blieb Gero stehen.

»Was ist mit dir, Anton? Hast du jetzt auch noch ein Schweigegelübde abgelegt?«

›Auch noch‹, mein Gott, wieso war ihr das jetzt rausgerutscht? Gero durchflutete es heiß. Aber er schien die Spitze nicht bemerkt zu haben. Er nahm ihre Hände und sah sie an.

»Mit mir ist nichts, Gero. Und eigentlich ist das gleich wieder gelogen. Ich werd dir später alles sagen. Aber ich bin mit mir noch nicht im reinen.«

Schon hatte er ihre Hände wieder losgelassen. Aber Gero wußte alles, sie kannte seine Not. Wie gern hätte sie ihm geholfen. Aber das konnte sie nicht.

Eine lärmende Horde Roller-Skater kam vorbeigesaust. Sie mußten zur Seite springen. Die Spannung war aufgelöst. Sie nahmen ihren Spaziergang in Richtung Aaper Busch wieder auf.

»Du wolltest mir doch was Wichtiges erzählen.«

Gero nahm den Ball dankbar an und spielte ihn weiter.

»WWW.dissoc.de.«

»Bitte?«

Gero lachte über die verständnislose Reaktion.

»Die Adresse einer Arbeitsgruppe im Internet. Net-Surfen ist eins meiner Hobbys. Und da hab ich mal ein bißchen zu unserem Thema geforscht. Unter dieser Adresse bin ich fündig geworden. Das sind Fachleute, die sich mit destruktiven Kulten, ritueller Gewalt und Dissoziation beschäftigen. Und einen dieser Experten hab ich dann später einfach angerufen und ihm alles erzählt. Der war ganz aus dem Häuschen und hat dringend um einen persönlichen Kontakt gebeten. Ich hab spontan zugesagt. Kommst du mit?«

»Logisch. Wann und wo?«

»Wir haben Glück, es ist nicht weit. Der Typ wohnt in Moers. Komischer Vogel, aber er klang sympathisch. Theologe und Doktor der Philosophie, betreibt aber ein Antiquariat. Der scheint in seinem Laden zu wohnen, denn da will er sich morgen abend um acht mit mir treffen. Ich soll unbedingt das Bild der Multiplen mitbringen.«

*

Am Bahnhofshochhaus fuhr Georg beim Rüchwärtsransetzen an das Gebäude erst mal ein dort abgestelltes Kinderfahrrad um. Das malmende Knirschen und Krachen würde wahrscheinlich gleich den jungen Besitzer plärrend auf den Plan rufen. Fleischmann brach der Schweiß aus. Das fing ja prächtig an.

»Ach du liebe Himmelfahrt, kannst du nicht aufpassen? Du bringst uns ja in Teufels Küche.«

Georg winkte lässig ab und rangierte weiter.

»Ruhe bewahren, bisken Verschnitt hasse immer. Jetzt zählt nur die Liebe.«

Ferdi betrachtete seinen Kumpel erstaunt von der Seite. So kannte er den ja gar nicht. Arbeitete offensichtlich gerade an seiner Diplomarbeit in Romantik. Nett. Und recht hatte er: Nur die Liebe zählt. Jawoll!

Entschlossen sprang er aus dem Wagen, schnappte sich das inzwischen recht handlich gefaltete Zweirad und entsorgte es im angrenzenden Gebüsch. Sollten die Blagen doch lernen, abends ihre Plörren wegzuräumen. Ordnung ist schließlich das halbe Leben. Sichernd äugte er in die Runde. Alles ruhig. Er sah an der Fassade empor. Überall das bläuliche Flimmern bildschirmerleuchteter Zimmer.

Fleischmann wiegte sachte hin und her. Deutlich spürte er, daß der Erdball ein rotierendes Etwas war. Oder war es doch nur der Alkohol? Egal. Für einen Moment fühlte er sich eins mit dem ewigen Universum. Ganz großes Gefühl. Und so blubberte plötzlich ein Satz aus den Tiefen seines Bewußtseins an die Oberfläche, den er eigentlich bereits vor zwanzig Jahren noch während der Konfirmandenstunde in den Gedächtnispapierkorb geworfen hatte. ›Und der Mann verläßt Vater und Mutter und bindet sich an eine Frau, und sie werden ein Fleisch.‹

So isses! Vater und Mutter zu verlassen war ihm nicht schwergefallen, nur das mit dem Binden hatte bisher nie so recht geklappt. Aber heute abend würde es schnackeln. Ferdi war wieder ganz Begeisterung. Ein Fleisch werden, klasse.

Er zählte die Fenster ab. Wo war Veras Wohnung noch mal gewesen? Er war sich nicht mehr ganz sicher. Da ging hinter einem Fenster im vierten Stock das Licht an. Richtig, da und nirgends anders. Georg hatte inzwischen alles startklar gemacht. Ferdi zeigte ihm noch mal das entsprechende Fenster, schnappte sich den inzwischen bereits etwas ramponierten Strauß und kletterte auf die Bühne.

Er würde ganz groß rauskommen, das war mal klar. Für ihn konnte es nur nach oben gehen. Mit gerecktem Daumen gab er seinem Regieassistenten das Startzeichen.

Für einen Moment bedauerte er, daß er keine Laute zur Hand hatte. Allerdings konnte er auch nicht spielen. Aber singen, das konnte er. Und so schmetterte er, während es sachte nach oben ging, inbrünstig: »Ach, aus dieses Tales Gründen, wo der kalte Nebel drückt…« Als die Bühne den ersten Stock erreichte, packte Ferdi bereits die Höhenangst. »…du mußt glauben, du mußt wagen, denn die Götter leih'n kein Pfand…« In Höhe des zweiten Stocks wurde ihm fast schwarz vor Augen. »…doch es hemmt des Stromes Toben…« Er ließ das mit dem Singen, schloß die Augen und klammerte sich, Blumen quetschend, an die Reling. Erst als sanftes Auf- und Abrucken des Korbes anzeigte, daß das Ziel erreicht war, wagte er wieder einen Blick. Aber nicht nach unten, bloß nicht nach unten.

Georg hatte trotz zwei Promille ganze Arbeit geleistet. Direkt vor Ferdi die Balkonbrüstung. Er atmete tief ein und schwang sich mannhaft hinüber. Die so plötzlich entlastete Gondel tanzte wild hin und her. Ferdi schaute nicht zurück. Vor ihm lag ein hellerleuchtetes Wohnzimmer. Es war leer.

Er ordnete Trench und Blumen, richtete mit etwas Spucke das schüttere Haar, straffte sich und trat an die Balkontür. Sachtes Klopfen. Nichts. Irgendwo rauschte Wasser. Etwas energischer versuchte er es erneut. Stille, nicht mal mehr Wasserplätschern. Jetzt bummerte seine Faust wuchtig gegen die Scheibe. Mit Erfolg.

In der Zimmertür drinnen erschien eine Frau, mit nichts als einem großen Badelaken bekleidet. Für Sekundenbruchteile fixierten sie sich stumm in wechselseitigem Erschrecken. Da machte sich das Handtuch selbständig. ›…Gold'ne Früchte seh ich prangen…‹ schoß Ferdi noch einmal spontan eine Liedzeile durch den Kopf. Aber er blickte sofort, obwohl er Vera noch nie nackt gesehen hatte, daß sie sich nicht dermaßen verändert haben konnte.

Das war nicht Vera. Ach du Scheiße. Der Mund der Frau, die ihrem Entsetzen über das Erscheinen des fremden Dickmopses auf heimischem Balkon begreiflicherweise auch stimmlich Ausdruck verleihen wollte, öffnete sich.

»Klaus-Dieeeeter!«

Ferdi wandte sich zur Flucht, und sofort packte ihn nackte Panik. Der Korb war weg. Georg, der seinen Auftrag ausgeführt glaubte, hatte die Hebebühne bereits eingefahren und wollte gerade wegfahren. Fleischmann, weit über die Brüstung gelehnt, winkte schreiend mit beiden Armen wie ein Ertrinkender dem Bademeister.

»Geeooorg!«

Und jetzt zeigte sich, was wahre Freundschaft hieß. Blindes Verstehen. Schon surrte der Korb wieder nach oben. Ferdi hatte doppeltes Glück. Klaus-Dieter, der gerade am Ende einer großen Sitzung mit lagenweise Papier kämpfte, verlor so entscheidende Sekunden. Im Wohnzimmer fällte ihn dann die in der Eile nicht gänzlich hochgezogene Jogginghose.

Fleischmann hielt sich schon, alle Höhenangst vergessend, an der Außenseite der Balkonbrüstung fest. Der Korb war fast da, Klaus-Dieter leider auch. ›Loslassen, Fleischmann, einfach loslassen.‹ Geht doch nichts über den Rat von Fachleuten. Kawumm, Ferdi schlug wie eine Bombe in der heftig schwankenden Gondel ein. Klaus-Dieter blieb nichts, als weit über die Brüstung gelehnt den nach unten entschwindenden Kopf mit vergessenen Rosen zu geißeln. ›Oh Haupt voll Blut und Wunden …‹ Fleischmann war im Moment nicht nach Singen.

Im dritten Stock hatte der Lärm Vera auf den Balkon getrieben. Erschrocken trat sie einen Schritt zurück, als Fleischmann, blutige Schrammen auf Stirn und Gesicht, langsam vorbeischwebte. ›… voll Schmerz bedeckt und Pein …‹

Sie erkannten sich sofort, blickten sich aber nur stumm an. Fleischmann mit waidwundem Auge, bei Vera war es blankes Entsetzen.

SIEBEN

Sonntag, 21. Juni 1997

Gero hatte schon lange keinen Gottesdienst mehr mitgefeiert. Aber an diesem Sonntagmorgen hatte es sie in die Engelkirche getrieben. »Unsere Hilfe ist im Namen des Herrn«, hörte man es aus der bereits geöffneten Sakristei murmeln, dann wurde das Glöckchen daneben geläutet. Angeführt von Mädchen und Jungen in Meßdienertalaren zog das Gemeindeoberhaupt ein. Anton machte eine gute Figur. Gero sah's mit Wohlgefallen.

Die Orgel brauste, die Gemeinde erhob sich von den Bänken. Und dann sangen sie: »Wer nur den lieben Gott läßt walten…« Gero hörte Antons markante Stimme, der, inzwischen am Ambo, mikrophonunterstützt im Vorteil war, genau heraus. Und plötzlich hörte sie sich selbst inbrünstig mitschmettern. Ergriffenheitsschauder. Festlicher Blumenschmuck, Kerzen, sakrale Kunst und Musik. Katholisches Ritual verstand es, die Sinne anzusprechen. Selbst bei ihr, die sich innerlich schon fast abgewandt hatte.

Gero beobachtete genau, wie Anton am Altar agierte. Sie glaubte zu spüren, daß er wußte, daß sie da war und ihn beobachtete. Aber ein Blick auf seinen wachen und gleichzeitig seltsam entrückten Gesichtsausdruck zeigte ihr, daß es ihm im Moment völlig egal war. Da wurde ein Glaubensgeheimnis zelebriert, ein Bund geschlossen.

Ihr fiel das Gespräch mit ihm über ihren geplanten Kirchenaustritt wieder ein. Und plötzlich wußte sie, daß er recht hatte. Ging gar nicht. Es war absurd.

Sie reihte sich ganz am Ende des weiten Runds der Kommunionbank ein. Ihr Blick schweifte durch die Kirche. Und dann sah sie die Frau aus der Praxis. Gero hätte fast einen Überraschungsjuchzer getan. Kein Zweifel, sie war es. Die Frau saß in der letzten Bank ganz hinten am Ausgang neben der Sakristei. Für einen Moment sahen sie sich an, aber schon war der Blick der Frau weitergewandert. Sie hatte sie nicht erkannt, das stand fest. Gero wunderte es nicht. Gern wäre sie sofort losgestürzt. Aber von der Kommunionbank abdrehen, sich durch die Reihen der Wartenden drängeln, durch die Kirche hetzen? Einfach unmöglich.

Als Gero endlich ihre Hostie empfangen hatte und durch den Mittelgang auf die Sakristei zuging, war der Platz der Frau leer. Gero beschleunigte ihre Schritte und schaute hektisch zu den anderen Ausgängen. Nichts, die Frau war verschwunden. Bei Gero war jede eben neu entdeckte religiöse Emphase schon wieder weg. Nur ein Gedanke beherrschte sie jetzt. Sie mußte die Frau erwischen. Sie war der Schlüssel zu den geheimnisvollen Ereignissen. Sie wußte etwas über den Verbleib des Babys.

Gero nahm die Wendeltreppe zum Krypta-Ausgang im Laufschritt. Unten war niemand. Sekunden später stand sie auf der Straße und kontrollierte die anderen beiden Ausgänge. Ohne Erfolg. Trotz beengender Sonntagsklamotten spurtete sie einmal um die Kirche. Die Frau war nirgends zu sehen.

Wütend stampfte Gero mit dem Fuß auf. So nah dran und doch abgehängt. Sie überlegte kurz, dann stürzte sie zu ihrem Wagen. In konzentrischen Kreisen begann sie die Straßen um die Kirche abzufahren. Erfolglos. Die Frau konnte sich doch nicht in Luft aufgelöst haben!

*

Meier drei hatte in der vergangenen Nacht kaum ein Auge zugetan und mit sich gerungen. Insgeheim hatte er die ganze Zeit auf einen Anruf von Susanne gewartet. Dessen Ausbleiben war beredter, als es jedes Telefonat hätte sein können. Aus, vorbei, finito. ›Bloß nicht aus Liebe weinen‹. Meier drei fiel das verdammt schwer.

Am Morgen hatte er dann einen Entschluß gefaßt. Die ganze Sache mußte mannhaft zu Ende gebracht werden. Er kam sich ob seiner Vorsätze fast schon ein bißchen heroisch vor. Aber was war das gegen seinen Liebesschmerz. Denn bekanntlich brennt ja ›kein Feuer, keine Kohle, so heiß, wie unerkannte Liebe, von der niemand nichts weiß‹. Und von der auch niemand niemals nichts wissen würde, da war sich Meier drei nach dem Vorgefallenen grausam sicher.

Er strampelte mit dem Fahrrad zum Marienhospital. Zuerst sollte Jonas von seinem Entschluß erfahren. Wie sehr der Junge ihm ans Herz gewachsen war, hatte er erst mit dem Unfall erkannt. Seine Susanne-Fixierung hatte ihn das lange nicht zur Kenntnis nehmen lassen. Wahrscheinlich machte Jonas sich jetzt auch noch Vorwürfe wegen des schrottreifen Rollers. Das mußte er schnell geradebiegen. Hoffentlich hatte sich nicht auch die Mama gerade diese vormittägliche Stunde zum Besuchen ausgesucht.

Er tigerte durch die langen Krankenhausgänge, in denen der Geruch von Medizinischem, Angst, Hoffnung und schalem Essen waberte. Beschämt ertappte er sich bei der klammheimlichen Erleichterung darüber, in Bälde hier wieder verduften zu dürfen. Weiß Uniformierte wiesen den Weg durchs Labyrinth. Dann stand er vor dem Zimmer und lauschte. Totenstille, registrierte er befriedigt, rügte sich aber sofort für den unangebrachten Vergleich. Er klopfte kurz und trat ohne abzuwarten ein.

Er war in einem Dreier-Zimmer. Die ersten beiden Betten standen leer, das letzte am Fenster war durch eine helle spanische Wand fast ganz verborgen. Schräg unterhalb der Decke flimmerte tonlos ein Fernseher. Vier androgyne Dorian-Gray-Typen zuckten spastisch vor einem Heer verzückter Jung-Frauen. Meier nahm es nur aus den Augenwinkeln wahr. Was heute so als männlich galt, erstaunlich. Er linste um die Sichtblende. Jonas' Zehen, die aus einem hochgezurrten Gips lugten, bewegten sich im Takt. Sie bemerkten sich gleichzeitig. Sofort riß sich der Junge den Kopfhörer runter

»Mensch, Justus, das mit dem Roller, ich mach's wieder gut, ehrlich, und wenn ich bis zur Rente abbezahle. Bitte sei nicht sauer.«

Meier drei strahlte. Der Bursche war ja schon wieder an Deck. Ihm fiel ein Stein vom Herzen.

»Vergiß den Roller, ich bin dir geradezu dankbar, daß du ihn so gründlich entsorgt hast.«

Jonas glotzte Meier drei verständnislos an. Du kriegst die Tür nicht zu. Dreieinhalb Mille vergeigt, und der war ihm dankbar. Der Gute sah überhaupt völlig verändert aus.

»Sag mal, stimmt was nicht mit dir?«

»Wieso?«

»Na, wo ist dein Schnäuzer, der Dreitagebart? Du hattest doch auch so 'n komisches Hinterkopfschwänzchen. Alles ab. Und deine Klamotten! Wo ist die scharfe Lederhose? Willst du dich bei der Hamburg-Mannheimer bewerben, oder was?«

Meiers Grinsen fiel etwas schief aus.

»Der Angeber-Roller, die affigen Klamotten, das ganze Macho-Outfit, das war doch gar nicht mein Stil, paßte doch überhaupt nicht zu mir …«

Von den beiden unbemerkt kam Susanne ins Zimmer. Als sie das Gespräch zwischen Jonas und Meier drei hörte, wollte sie sich zuerst diskret wieder zurückziehen. Dann setzte sie sich aber doch auf eins der Betten und hörte zu.

»Ich hab mich doch bloß lächerlich gemacht. Ich wollte jemand anders sein, imponieren. Aber damit ist jetzt Schluß. Mit dem Blödsinn, den du gemacht hast, hast du mir die Augen geöffnet. Ich will noch mal neu anfangen. Von jetzt ab spiel ich nur noch eine Rolle: Justus Meier! Ich bin gekommen, mich zu verabschieden.«

»Wie meinst du das?«

»Ich laß mich versetzen, möglichst weit weg. Montag liegt das Gesuch auf dem Tisch. Ich habe noch den gesamten Jahresurlaub, Überstunden und alten Urlaub noch dazu. Deine Mutter wird mir den sicher gern sofort genehmigen und das Versetzungsgesuch beschleunigen. Ich bin noch mal gekommen, damit wir beide im reinen sind. Ich kann dich nämlich verdammt gut leiden, weißt du.«

Jonas starrte auf seine Krankenbettdecke.

»Und ich hab gedacht, du liebst Mama und wärst irgendwann so was wie mein Stiefvater geworden. Mama ist klasse, aber mit ihr allein ist es auch nicht immer das Gelbe vom Ei. Außerdem ist sie ja kaum zu Hause. Mit dir, zu dritt, das wär prima geworden.«

Meier drei mußte schlucken. Stunde der Wahrheit.

»Ich könnte mir das auch gut vorstellen, Jonas. Aber das ist Wunschdenken. Ich liebe deine Mutter schon lange, aber es ist ein einseitiges Gefühl, verstehst du? Sie liebt *mich* nicht. So sieht's aus. Da können wir zwei uns mögen, wie wir wollen.«

Sie sahen sich jetzt in die Augen.

»Aus dem Familienidyll wird leider nix. Und glaub mir, ich wäre wirklich gern dein Stiefvater, quatsch, dein großer Freund geworden.«

Er hielt Jonas zum Abschied die ausgestreckte Rechte hin. Jonas drehte sich weg.

*

Die Nachricht erreichte Fleischmann am Fuß des Büdericher Arsenwalls. Ortstermin am sogenannten Lärmschutzwall. Lärmschutzwall? Lächerlich. Die Ziegelei, vor deren Lärm angeblich ein paar Anwohner geschützt werden wollten, war längst pleite. Da gab es nichts mehr zu schützen. Aber mit dem Wall ließen sich prima Geschäfte machen. Arsenbelasteter Boden wurde aus Hessen bis an den Niederrhein gekarrt, weil das Zeug hier verwendet werden durfte. Unerwünschter Müll war plötzlich wiederverwertbares Material, und dafür wurde satt bezahlt. »Müll-Mafia verkauft die Gesundheit der Bürger«, titelte Fleischmann schon in Gedanken.

Einer der Kämpfer gegen den verseuchten Dreck stapfte den schlammigen Hang hoch. Seine Linke wedelte mit einem Sandkasteneimer, die Rechte zog ein Gartenschäufelchen aus dem Gürtel wie eine Knarre aus dem Schaft. Das richtete er wild entschlossen auf den Mann vom Niederrhein-Boten und verkündete:

»Ein Pröbchen mit Arsen rein in den Eimer und dann dem Bürgermeister bei der nächsten Ratssitzung aufs Rednerpult geknallt. Vorher bestellen wir den Pressefotografen hin. Der Lenin macht doch immer auf Bürgeranwalt. Zur Not soll er den Arsenwall höchstpersönlich wegschaufeln.«

Beifall von allen Seiten, fordernde Rufe an die Obrigkeit im Weseler Rathaus, über die sonst so gern lästernd hergezogen wurde.

Fleischmann schaute gequält auf die Gruppe der Protestler, die ihn soeben aufforderte, den Wall auf seiner ganzen Höhe in Augenschein zu nehmen. Die hatten gut reden. Sie stapften schließlich in Gummistiefeln durch den matschigen Lehm. Fleischmann blickte entgeistert auf seine feinen Lloyds-Treter. Die waren garantiert nicht arsenresistent. Er würde sich doch sein teures Outfit nicht versauen. Hier hatte die Recherche auch für den härtesten Journalisten eine Grenze erreicht.

Es dudelte im Trench. Ferdi zog wichtig das Handy heraus. Verständnisheischend zu den Umstehenden: »Sorry Leute, das ist der Preis, den wir Enthüller zahlen müssen, immer erreichbar, immer im Dienst. Ist wahrscheinlich einer meiner Informanten.«

Er trat konspirativ ein paar Schritte zur Seite und übersah so das breite Grinsen, das sich auf den Gesichtern der bodenständigen Büdericher breitmachte. Vera war am Apparat. Sofort fielen ihm alle seine Sünden ein. Das herb mißlungene Fensterln vom Vorabend hatte zwar bisher keine Folgen gehabt – Georg und er hatten sich samt Hebebühne unerkannt davonmachen können –, aber Vera hatte ihn gesehen. Da gab's jetzt ganz schön was richtigzustellen.

»Vera, meine Liebe, sag nichts, ich kann dir alles erklären.«

»Das brauchst du nicht, ich habe bereits alles verstanden.«

Sie war einfach klasse. Lehrerin mit Durchblick. Ferdi atmete auf. Ging ja leichter, als er gedacht hatte.

»Du bist ein Schatz. Wann können wir uns sehen?«

»Genau deshalb rufe ich an.«

Fleischmann jubilierte innerlich. Sie rief an, sie wollte ihn sehen, verzehrte sich offensichtlich geradezu nach ihm. Warum hatte er bloß immer diese idiotischen Selbstzweifel?

»Wie wär's mit heute abend bei mir? Pizza-Taxi, Chianti, Kerzenschein. Ich hab dir etwas Wichtiges zu sagen.«

»Dazu wird es nicht mehr kommen.«

Na gut, dann eben ein andermal. Aber warum redete die denn so gestelzt?

»Verstehe, die Aufsatzhefte. Du bist noch nicht fertig.«

»Doch, doch, Ferdi, ich bin fertig, mit den Heften und vor allem mit dir.«

Fleischmann runzelte die Stirn. Wie war das denn jetzt gemeint? Fertig mit der Aufsatzkorrektur war klar. Aber mit ihm? Ganz schön unpräzise Formulierung für eine Deutschlehrerin. Hätte es nicht besser ›fertig *für* dich‹ geheißen? Und wenn schon ›fertig *mit* dir‹, dann bitteschön, wofür? Fertig, mit ihm endlich eine heiße Romanze zu beginnen, ein neues Leben anzufangen, Familie zu gründen, in den siebten Himmel zu gelangen? Aber jetzt bloß kein semantischer Nachhilfeunterricht. Lehrerinnen schätzten so was nicht. Lieber dumm stellen und nachfragen.

»Wie hast du das denn gemeint, Veralein?«

»Ich fange ein ganz neues Leben an.«

Na also!

»Und ich will dich, nach allem, was vorgefallen ist, nie wieder sehen.«

Bitte? Gab's doch gar nicht. Handy defekt, Hörfehler, Freudsche Verneinung? Fleischmanns Temperatur stieg schlagartig an.

»Ich weiß endlich, was meine Bestimmung ist. Ich werde mich der Gemeinschaft der Seligpreisungen anschließen. In meinem Herzen soll nur noch der Herr wohnen.«

Fleischmann kapierte so schnell nicht. Der Herr? Welcher Herr? Und dann kam ihm ein schrecklicher Verdacht. Bruder Schmatzer! Also doch. Wie die sich in den Armen gelegen hatten. Hätte ihm doch gleich verdächtig vorkommen müssen. Falscher Hund. Man war eben viel zu gutgläubig.

»Das kann doch nicht dein Ernst sein, Vera! Die knieweiche Schwuchtel ist doch nicht dein Kaliber. Was hat der, was ich nicht habe?«

Vera, die natürlich einen ganz anderen ›Herrn‹ im Sinn hatte, sog scharf die Luft ein. Unerhörte Blasphemie. Fast tat ihr Fleischmann ein wenig leid. Dafür würde er brutzeln und braten, ewiglich. Aber ihre innere Läuterung war noch nicht so weit fortgeschritten, daß sie nicht noch einmal in den deftigen Sprachgebrauch ihrer Vor-Lebenswende zurückfallen konnte. Ferdi kriegte sein Fett, daumendick.

»Du bist nicht nur ein geiler, sabbernder Spanner. Frau Stramm von oben hat mir doch alles erzählt – jetzt trampelst du auch noch auf meinen religiösen Gefühlen herum. Du solltest dich in Grund und Boden schämen. Aber das Schlimmste ist, du bist größenwahnsinnig. Verpiß dich für immer aus meinem Leben, Schmuddelbacke.«

Eine Sprache, die Fleischmann sofort verstand. Trotzdem lauschte er, völlig baff, noch ein paar Sekunden dem Pockern der toten Verbindung. Die war ja völlig durchgeknallt. Einen Romantiker und Liebesboten wie ihn als Spanner zu bezeichnen, unglaublich! Und was hieß hier Größenwahn? Weil er den Vergleich mit dieser Betschwester im Haus Aspel nicht scheute? Und Veras spirituelle Neigung hatte er, wenn auch nicht geteilt, so doch immer geachtet. Das war alles verdammt ungerecht. Und Unrecht duldete ein Fleischmann nicht, besonders, wenn es ihm selbst widerfuhr. Na warte. Schon hatte er Veras Nummer eingetippt.

»Vera, du bist –«

»Ich werde für Sie beten, Herr Fleischmann.«

Klick. Ferdi trampelte schäumend auf arsenverseuchtem Grund. Vor lauter Wut hätte er fast das Handy in die Landschaft geschmissen. Rechtzeitig erinnerte er sich aber daran, was es gekostet hatte, und ließ es. Schmuddelbacke, und das ihm. Die Frau konnte einen Diamanten nicht von einem Stück Koks unterscheiden. Vergessen, einfach vergessen, die Frieda.

Mißmutig stapfte Fleischmann vom Lärmschutzwall weg. Für Umweltschutz hatte er jetzt keinen Sinn mehr, Selbstschutz war angesagt. Mit lässigem Winken ließ er die verdutzten Arsen-Protestler stehen. Der investigative Journalismus hatte zu warten. Ein kleiner Frühschoppen, mit Georg die Wunden lecken, das Ego aufpumpen. Genau das brauchte er jetzt. Wahre Freundschaft gab's doch nur unter Männern. Sein BMW kam in Sicht. Ein Lichtblick. Zuverlässig, schön, elegant. Wer brauchte schon Frauen? Aufatmend ließ er sich in den lederbezogenen Sitz fallen und schloß die Tür. Zu Hause, die böse, böse Welt war außen vor.

Gestern hatte er in seinem Liebeswahn vergessen, den Briefkasten zu leeren, und das erst heute morgen beim Verlassen des Hauses nachgeholt. Jetzt wandte er sich dem Poststapel zu, den er achtlos auf den Beifahrersitz geworfen hatte, und blätterte ihn flüchtig durch. Sein Blick blieb an dem Absender eines schmucklosen Schreibens hängen. Straßenverkehrsamt! So schnell! Ihm schwante Übles. Mit fahrigen Fingern riß er das Kuvert auf. Schon hielt er ein gestochen scharfes Schwarzweißfoto in der Hand. Die schon wieder. Vera schien ihn auch noch höhnisch anzugrinsen. Ein Alp, Aufhocker Mahr. Hörte das denn nie auf?

Er riß den Aschenbecher aus der Konsole, hielt mit der Befriedigung eines Großinquisitors sein Feuerzeug an das Foto und beobachtete kalt lächelnd, wie Veras Konterfei zu Asche verschrumpelte. Reinigendes Feuer. Aber schon beim Lesen des Anschreibens schlug das Imperium noch einmal voll zurück. Zweihundertfünfzig Ohren! Ihm war sofort klar, daß das schlußendlich an ihm hängenbleiben würde. Ein jäher Schrei entrang sich der gequälten Brust. Seine Faust traf die Lenkradmitte wie ein Vorschlaghammer. Der Airbag gab natürlich sofort kontra. So behandelte man einen Freund schließlich nicht. Paff, machte die segensreiche Erfindung. Und Ferdi kriegte mal wieder Druckluft von vorn. Er fühlte sich wie König Kreon. ›Man ist immer allein, und die Welt ist leer und nackt‹.

*

Der Lauscher an der Wand...! Susanne mußte schlucken. Liebeserklärung durch den Paravent. Sie fühlte sich, als habe sie verbotenerweise in einem fremden Tagebuch gelesen. Schuldbewußt schlich sie aus dem Krankenzimmer. Auf keinen Fall wollte sie sich oder diesen wunderbaren Mann in eine peinliche Situation bringen. Er litt, litt ihretwegen. Was sie für oberflächliche Schwärmerei gehalten hatte, war tiefe Zuneigung, großes Gefühl. Jonas hatte das längst begriffen, während sie Meiers Anhimmelei nie richtig ernst genommen hatte. Im Gegenteil, sie hatte mit seinen Gefühlen gespielt, sie instrumentalisiert, hatte ihn zappelnlassen. Das war nicht fair. Das mußte anders werden. Eine heiße Welle der Zuneigung durchfuhr sie. Wie gern hätte sie ihn jetzt in die Arme genommen, ihn gedrückt, klärende Worte gesagt. Wenn sie jetzt nicht handelte, würde sie ihn und, ja, auch sich selbst, das war ihr schlagartig klar, unglücklich machen.

Die Tür öffnete sich, und Meier drei trat auf den Flur. Susanne duckte sich instinktiv hinter einen großen Rollwagen mit Essenstabletts. Was sollte sie denn jetzt sagen? Meier drei wandte sich in Richtung Treppenhaus. Sie sah ihm hinterher. Tatsächlich, äußerlich hatte er sich mächtig verändert. Alles aufgesetzt Machohafte war verschwunden und Durchschnitts-Optik gewichen. Ein schmächtiger Mann mit schütterem Haar, so smart wie die Millionen anderen Schmächtigen mit beginnendem Haarausfall. Aber plötzlich konnte sie das ganz Besondere im Durchschnittlichen erkennen. Und das zog sie mächtig an.

»Justus!«

Die sich gerade mit leisem Zischen schließenden Schwingtüren schnitten ihr das Wort ab. Sie begann zu laufen. Erneutes Rufen. Sie starrte über das Geländer den Treppenschacht hinab. Da unten war er. Warum blieb er nicht stehen?

»Justus, warte doch!«

Jetzt begann auch Meier drei zu traben. Der mußte sie doch gehört haben. Kein Zweifel, er lief vor ihr davon. Montag würde ihr sein Versetzungsgesuch auf den Tisch flattern, und dann war er weg. Für immer. Sie hatte plötzlich das Gefühl, daß ihr etwas sehr Wichtiges, Wertvolles durch die Finger gleiten könnte, wenn sie jetzt nicht aufpaßte. Sie erhöhte ihre Geschwindigkeit.

Ein Sommergewitter war aufgezogen. Donner rollte, Wind kam auf. Susanne stürmte ins Krankenhaus-Foyer. Gerade sah sie noch, wie Meier drei am Ausgang kurz stehenblieb, in den Himmel sah und den Kragen seiner Jacke hochschlug. Schon war er weitergeeilt. Als Susanne vor das Portal trat, setzte der Regen ein. Schnurgerade, warm, in dicken Tropfen. Sie kümmerte sich nicht darum. Am Fahrradständer hatte sie Meier drei eingeholt. Sie legte dem sich zum Schloß Bückenden sachte die Hand auf die Schulter.

Meier drei wußte sofort, wer hinter ihm stand. Langsam drehte er sich um. Sekunden sahen sie sich schweigend an, während ihnen das Wasser in den Nacken lief.

»Justus, kein Mensch gibt dir die Schuld an dem Unfall. Überhaupt, ich weiß alles. Das mit der Versetzung kommt nicht in Frage. Ich möchte, daß du bleibst.«

So einfach war das. Man mußte sich nur erklären. Meier drei sah sie unverwandt an. Das Wasser lief ihm übers Gesicht. Für einen Moment glaubte Susanne, Tränen in seinen Augen zu erkennen. Vielleicht war es auch nur Regen. Wenn er jetzt nichts sagen wollte, mußte sie halt noch mal:

»Sollen wir heute nachmittag nicht einen Ausflug machen, mit dem Fahrrad?«

Jetzt mußte er grinsen.

»Bei dem Wetter?«

»Wenn's nicht aufhört, kommst du einfach erst mal zu mir. Okay?«

Susanne drückte ihm flüchtig ihre Lippen auf die Wange, winkte noch mal und lief zurück zum Krankenhaus.

Meier drei sah ihr wie versteinert hinterher. Da riß der Himmel auf, die Sonne brach strahlend durch. Er registrierte es mit ein wenig Bedauern.

*

»Die Frau ist hier, ganz in unserer Nähe. Sie war heute morgen im Gottesdienst. Das ist doch kein Zufall. Die muß hier irgendwo wohnen, sonst wäre es ihr nicht gelungen, so schnell abzutauchen. Ich war ihr schließlich ziemlich dicht auf den Fersen.«

Gero hatte Anton mit ihrem Auto abgeholt. Jetzt waren sie unterwegs nach Moers, um den Mann zu treffen, der sich mit Satanismus und kultischen Verbrechen auskannte. Es war kurz nach sieben. Gero steuerte den Wagen in Richtung Rheinbrücke. Antons Stirn war nachdenklich gefurcht.

»Ich bin erst zu kurz in der Gemeinde, um viele Leute zu kennen. Aber so, wie du die Frau beschreibst, so durchschnittlich und unauffällig, würde ich sie wahrscheinlich sowieso nicht zuordnen können. Wo hat sie denn während der Messe gesessen?«

»In einer der hinteren Bänke im Mittelblock.«

Anton zuckte mit den Schultern.

»Tut mir leid, ich habe kein Gesicht vor Augen.«

Gero hatte es nicht anders erwartet. Sie hatte ja selbst gesehen, daß Anton während der Messe zu sehr bei der Sache gewesen war, um auf einzelne Gemeindemitglieder zu achten. Sie fuhren schweigend. Erst hinter Büderich meldete sich Anton wieder.

»Eins ist klar: Die Engelkirche ist das Zentrum. Wir wissen, daß etwas Schreckliches bevorsteht. Was genau, davon haben wir nur eine Ahnung. Wir haben eine offensichtlich psychisch schwer gestörte Frau, von der wir – und bis auf Frau Straaten leider nur wir – glauben, daß sie uns darüber Aufschluß geben könnte. Sie ist in der Nähe, bewegt sich wie ein Trabant um die Engelkirche, aber sie ist nicht greifbar. Wir sind uns fast sicher, wo das Ereignis stattfinden wird, aber was das Schlimmste ist, wir wissen nicht, wann.«

Resigniert sah Anton aus dem Fenster. Der riesige Förderturm des Salzbergwerks von Solvay ragte in die Höhe. Hier war er früher schon mal gewesen. Aus achthundert Metern Tiefe wurde das Steinsalz ans Tageslicht geholt, das sich vor zweihundert Millionen Jahren im niederrheinischen Salzbecken abgelagert hatte. Er sah die schweren Lkw, die dort unten auf richtigen Straßen fuhren, um sich den freigesprengten, weißen Rohstoff in den gigantischen Kavernen von Baggern aufladen zu lassen. Zwischen den Abbauhallen blieben brockige Pfeiler stehen, damit das Deckgebirge darüber nicht einstürzte. Bald würde es weitere Stützen geben, denn Sondermüll sollte ins Bergwerk einfahren und die salzlosen Hallen füllen. Ein Endlager für die chemische Industrie.

Gero riß ihn aus seinen Gedanken.

»Es ist zum Verrücktwerden.« Sie hob kurz beide Hände vom Lenker und ließ sie sofort wieder zurückfallen. »Wir glauben, fast alles zu wissen, und haben doch nichts in der Hand als einen Haufen Spekulationen und ein krakeliges Kinderbild. Wir können nur abwarten.«

»Eine Taktik, auf die sich ja auch die Polizei verlegt zu haben scheint. Warten, bis das Kind in den Brunnen gefallen ist, dann die Leiche rausfischen und nach Schuldigen suchen.«

Sie bogen an der Kreuzung Grünthal nach links Richtung Rheinberg und Moers ab. Sie passierten das Chemie-Werk, in dem das Steinsalz weiterverarbeitet wurde, ließen Rheinberg auf der Umgehung rechts liegen. Nach der Deponie Winterswick führte die Bundesstraße lange geradeaus.

Landschaft satt. Pappelreihen, frisch gescheitelte Kopfweiden, alte Obstgärten. Sie hatten keinen Blick für den Niederrhein und seine Ansichtkarten-Seite.

»Was sollen die denn machen? Die haben doch auch nichts Greifbares. Sie observieren den Kirchenkeller. Wenn da etwas Verdächtiges vor sich geht, dann kriegen sie es mit.«

»Ich hab übrigens heute nachmittag doch mit einem vom Observierungsteam gesprochen. Der hat sich alles genauestens notiert, die Schlange sorgfältig in Plastik verpackt und sogar die Vogelspinne aus dem Meßbuch gekratzt. Aber ich konnte ihm anmerken, daß er das alles eher für groben Unfug als für einen kriminellen Akt hält. Wahrscheinlich klappern sie jetzt alle Zoohandlungen in der Region ab, um rauszufinden, woher die Tiere stammen. Das kann dauern.«

Moers kam in Sicht. Vorbei am klassizistischen Gebäude mit den goldenen Buchstaben »Bergamt Moers« über dem imponierenden Eingang. Aus der Zeit, als das schwarze Gold die Gegend noch reich machte. Das war Geschichte.

Nach mehreren Kilometern auf der Rheinberger Straße bog Gero nach rechts Richtung Innenstadt ab. Am ›Königlichen Hof‹ bremste sie ein wenig zu heftig ab und folgte scharf nach links dem Schild »Schloßtheater«, um auf dem Kastell-Parkplatz zu stoppen.

Was für eine heimelige Stadt, dachte Gero, als sie mit Anton die Fußgängerzone überquerte und sich kurz in den verwinkelten Gassen orientierte. Sie waren ganz in der Nähe der angegebenen Adresse. Es ging auf acht zu. Gero sah sich suchend nach Hausnummern um, dann hatte sie die Lage gepeilt und schritt forsch voran. Drei Minuten später standen sie in dem Nebeneingang eines alten Hauses vor dem Schaufenster eines Antiquariats. Anton blickte in die Auslage. Historische Karten, aufgeschlagene Uralt-Folianten mit wunderschönen Grafiken, Klassiker-Gesamtausgaben. Alles reichlich verstaubt. Der Umsatz schien sich in Grenzen zu halten.

»Bist du sicher, daß wir hier richtig sind?«

Gero nickte nur und stieß die Tür auf. Ein schepperndes Glockenspiel erklang. Sie traten in den Laden wie in die Vergangenheit. An den Wänden hölzerne Bücherregale bis unter die Decke. Ringsum ging eine Schiene, an der eine Leiter verschoben werden konnte. Längs durch den schmalen Raum lief eine Art Tresen, auch er über und über mit Büchern, Zeitschriften, Karten und Drucken bedeckt. Vornean stand eine alte Registrierkasse mit Kurbel. Außer ihnen war niemand im Raum. Es roch nach Räucherstäbchen. Von irgendwoher kam sphärische Meditationsmusik. Anton war das muffige Ambiente sofort sympathisch. Insel im Strom. Gero hüstelte.

»Hallo, ist da jemand?«

Keine Antwort. Gero sah auf die Uhr. Schlag acht.

»Laß uns mal hinten nachschauen.«

Sie ging auf einen Perlenvorhang zu. Von dort schien die Musik zu kommen. Energisch schlug sie den Vorhang zurück. Anton, der direkt hinter ihr stand und ihr über die Schulter sehen konnte, erstarrte.

Auf einem runden Teppich saß ein dicklicher, mandeläugiger, nicht mehr ganz junger Mann im Lotussitz. Das Pfannkuchengesicht einer Kerze zugewandt. Blicklose Augen starrten in die Flamme. Shanghai meditierte. Zen. Wie jeden Abend.

Anton wurde erst blaß, dann vor Aufregung feuerrot.

»Shanghai!« brüllte er dicht an Geros Ohr, die erschrocken zur Seite hüpfte. Rücksichtslos drängelte er sich an ihr vorbei in den Raum. Der kleine, dicke Mann lächelte ihm entgegen.

»Hey, Rabe, schön, daß du mal reinflatterst«, grüßte er schlicht, als hätten sie sich gestern erst gesehen, und erhob sich. Anton riß den Freund an die Brust, lupfte ihn ein wenig vom Boden und wirbelte mit ihm durch den Raum.

»Mein Gott, wie ich dich vermißt habe. Warum hast du dich denn nie gemeldet?«

Drücken, Schulterklopfen, Küssen. Etwas atemlos:

»Deine Spur hat sich in Fontenay-sous-Bois verloren. Dein Vater hatte sogar einen Detektiv beauftragt. Aber vor der Legion hat auch der kapitulieren müssen. Der Unfallfahrer hat sich übrigens damals gestellt. Niemand hat verstanden, warum du dich abgesetzt hast.«

»Du auch nicht?«

»Doch, aber mich hat keiner gefragt.«

Anton schüttelte mit einer unwilligen Geste das Vergangene ab.

»Laß die Toten ihre Toten begraben. Aber jetzt zu dir. Ich hab Himmel und Hölle in Bewegung gesetzt, um dich aufzuspüren. Wo hast du gesteckt?«

Shanghai wiegte lächelnd den runden Kopf.

»Ich hab an verschiedenen Unis im Ausland rumstudiert, mich ein bißchen in der Welt umgetan. Ich bin erst seit ein paar Jahren zurück und führe hier ein auskömmliches Leben als Privatgelehrter, wie man früher gesagt hätte.« Selbstironisches Grinsen. »Aber daß sich unsere Wege wieder kreuzen würden, hab ich nie bezweifelt. Karma, du verstehst?«

»Klar, bin schließlich vom Fach.«

Gero hüstelte. Anton reagierte sofort.

»Darf ich dir eine Freundin vorstellen? Doktor Gertrud Rosenbaum, aber du kennst Gero ja schon vom Telefon.«

Shanghai fixierte Gero ein paar Lidschläge lang mit wissenden Augen.

»Gertrud«, sagte er wie zu sich selbst. Dann zu Anton: »Karma!«

Er reichte Gero die Hand. Sie fand ihn auf Anhieb sympathisch.

»Leider ist der Anlaß unseres Zusammentreffens ja nicht so erfreulich. Aber bevor wir zur Sache kommen, mach ich uns schnell einen kleinen Imbiß.«

Er wies auf einen niedrigen, mit Schnitzereien verzierten Tisch. Anton und Gero ließen sich wie selbstverständlich im Schneidersitz nieder.

»Essen, eine der wenigen Leidenschaften, die ich nie zügeln konnte«, erklärte Shanghai überflüssigerweise und begann sofort emsig in der Kochnische zu werkeln.

»Wir sind Vegetarier«, wandte Gero etwas schüchtern ein.

Unter einem riesigen Wok zischte blau eine Gasflamme auf.

»Macht doch nichts, macht überhaupt nichts.«

Ein kurzes Weilchen später überlagerte köstlicher Essensduft den eigentümlichen Geruch der Räucherstäbchen.

*

Klara trat aus der Dusche und betrachtete ihr Gesicht im Spiegel über dem Waschbecken. Wer bist du? Das Gesicht, bis ins letzte Fältchen vertraut und doch fremd. Sie neigte den Kopf und lauschte in sich hinein. Ihr war es, als wolle jemand zu ihr sprechen, aber sie verstand nichts, als ob der andere hinter einer dicken Glasscheibe stünde. Aber sie wußte, daß er da war. Wer bist du?

Die alte Aufsatzuhr auf dem Kleiderschrank begann metallisch zu schlagen. Zehnmal.

Es war Zeit. Sie begann, sich sorgfältig von Fuß bis Hals alle Körperhaare zu entfernen. Reinheit. Dann salbte sie den glatten Körper mit duftendem, bernsteinfarbenem Öl. Bereit sein. Im oberen linken Viertel des Fensters tauchte der volle Mond auf. Ein kaltes, böses Auge. Sie hatte keine Angst. Jetzt nicht. Es war Zeit.

Schnell zog sie sich ihre Alltagskleidung über und packte mit Bedacht die Dinge zusammen, die sie brauchen würde. Ehe sie das Licht ausmachte, warf sie, die Klinke schon in der Hand, noch einen Blick zurück. Ihre Wohnung. Kein Zuhause. Ein fremder Planet. Ahnungen. Sie löschte das Licht.

Fünf Minuten später stand sie vor dem Krypta-Portal der Engelkirche und sah sich sichernd um. Niemand beobachtete sie. Verächtlich warf sie einen Blick auf die vielen noch hell erleuchteten Fenster gegenüber. Dahinter gaben sich die Sklavenseelen ahnungslos ihren müßigen Vergnügungen hin. Stolz warf sie den Kopf in den Nacken, glücklich, zu den Auserwählten zu gehören. Schon hatte sie das Dunkel der Krypta verschluckt.

Sorgfältig schloß sie von innen ab. Am Kellerabgang zögerte sie noch einmal. Sie wandte den Kopf. Ihr Blick suchte das vom ›Ewigen Licht‹ nur schwach beleuchtete Bild der Jungfrau Maria. Sie ging darauf zu, nahm es vom Haken und lehnte es umgekehrt an die Wand. Merkwürdig erleichtert lief sie nun zielstrebig die Wendeltreppe ins unterirdische Gewölbe hinab.

Das Baby schlief, satt und eingelullt von sanfter, kaum wahrnehmbarer Musikberieselung. Klara bereitete das Bad vor, dann begann sie, den Säugling auszuziehen. Als das körperwarme Wasser die Haut des Babys berührte, wachte es auf und begann zu weinen. Schnuller. Schnell und entschlossen rasierte Klara dem Kind den Schädel, darauf achtend, daß kein Schaum das Gesichtchen erreichte. Anschließend salbte sie das Kind mit dem gleichen Öl, das sie selbst benutzt hatte. Das Baby gluckste unter der sanften Massage vor Vergnügen. Dann wickelte sie es nackt in ein dickes schwarzes, mit blutrotem Satin ausgeschlagenes Tuch. In ein im Wärmer bereitstehendes Fläschchen zählte sie eine genau festgelegte Anzahl Beruhigungstropfen ab. Sie mußte vorsichtig sein, durfte nicht überdosieren. Der Lichtbringer wollte kein regloses Stück Fleisch.

Während das Kind sie schnullernd aus großen, vertrauensseligen Augen anstarrte, begann Klara, ihre Robe anzulegen und sich weiß zu schminken. Die Veränderung, die sich in ihrem Gesicht vollzog, versetzte das Kind in Panik. Schon war der Schnuller ausgespuckt. Schreien. Klara nahm den Säugling auf und gab ihm wiegend das Fläschchen. Sie sah auf die Uhr. Es war noch Zeit.

Das Sedativum begann, Wirkung zu zeigen. Leise singend schritt sie mit dem Kind im Arm auf und ab.

»Ach, wie bald, wie bald, kommt die stille Zeit, da ruhe ich aus, da ruhe ich aus. Und über mir rauscht die schöne Waldeinsamkeit, die schöne Waldeinsamkeit.«

*

Der kleine Imbiß hatte sich zur opulenten Schlemmerei entwickelt. Sie aßen schon seit über einer Stunde. Anton und Shanghai hatten sich so viel zu erzählen, zu fragen. Zwischendurch tischte der rundliche Gourmet immer wieder neue Köstlichkeiten auf. Wiedersehensfeier. Shanghai achtete höflich darauf, auch Gero ständig ins Gespräch mit einzubeziehen. Als sie endlich bei gebackenen Bananen und Lychees angekommen waren, war das Kleeblatt perfekt und auch Gero und Shanghai beim Du. Zum Abschluß gab es grünen Tee, und Shanghai lenkte das Gespräch auf den Anlaß des Besuchs.

Gero berichtete von dem Fall des in Wesel entführten Babys. Shanghai schien darüber genauestens Bescheid zu wissen.

»Ich verfolge solche Fälle immer sehr genau. Meist haben sie nichts mit unserem Thema zu tun. Die Opfer destruktiver Kulte werden fast immer aus den eigenen Reihen rekrutiert. Babys werden in die Sekte hineingeboren. Den Behörden nie bekannt, ohne Papiere, namenlos. Es gibt sie praktisch nicht. Und genauso verschwinden sie auch wieder. Die Logik der Behörden ist verständlich: keine Opfer, keine Täter. So ist man von offizieller Seite meist nicht bereit, überhaupt an die Existenz solcher Praktiken zu glauben. Aussteiger, oft Überlebende extremer Gewaltakte, werden wegen ihrer posttraumatischen Störungen nicht mehr ernst genommen, als kranke Spinner abgetan. So dringt nichts durch. Ein Teufelskreis, im wahrsten Sinne des Wortes.«

»Aber in diesem Fall ist die Existenz des Säuglings allgemein bekannt. Die Polizei fahndet«, wandte Anton ein. »Und wir haben sogar eine Frau, die etwas mit der ganzen Sache zu tun zu haben scheint, die uns anscheinend sogar mit der Nase darauf stoßen will. Nur, wir kommen nicht hinter ihre Botschaften.«

Gero erzählte von den Besuchen der Frau in ihrer Praxis, Anton von den Ereignissen in der und um die Engelkirche. Shanghai nickte dazu, als wolle er sich selbst seine Theorie bestätigen.

»Ich habe im Rahmen meiner Studien intensiv über den Satanismus geforscht. Er lebt, bis heute. Ich weiß es. In diesem Zusammenhang bin ich auch in Kontakt mit einem Rehabilitationszentrum in Holland gekommen, das sich ausschließlich mit der Behandlung posttraumatischer Belastungsstörungen bei Überlebenden sadistischer Gewalt befaßt. Was ihr von dem Verhalten der Frau berichtet, paßt genau ins Bild. Bei allen Traumatisierten scheint es Gemeinsamkeiten zu geben. Dazu gehören bestimmte Strategien als Überlebensschutz.«

»Du willst auf Dissoziation hinaus«, warf Gero ein, »das Auseinanderhalten verschiedener Bereiche des Seelischen. Das, was in der letzten Zeit unter dem Stichwort ›Multiple Persönlichkeits-Störung‹ bekannt geworden ist.«

»MPS, ganz genau. Eine Pforte, die allerdings nur Menschen offensteht, die schon in frühen Jahren Opfer extremer Gewalt wurden.«

»Die Frau ist also selbst als Kind Opfer geworden«, warf Anton ein.

Shanghai nickte. »Und später auch zur Täterin, das ist anzunehmen. Denn in den Kulten sitzen Leute, die diese Dissoziation mit Gehirnwäsche-Methoden oft ganz bewußt herbeiführen, um Menschen zu manipulieren, zu gefügigen Werkzeugen zu machen. Methoden, die dem amerikanischen Geheimdienst entlehnt sind. Sagen jedenfalls die Experten.«

Anton schauderte. »Wie funktioniert denn so was?«

»Man impft den Opfern bestimmte Reize ein, die die Dissoziation hervorrufen. Diese Auslöser können Gesten, Gerüche, Worte, einfach alles sein. In eurem Fall scheint da etwas aus dem Ruder gelaufen zu sein. Ich vermute, daß das Baby einen starken Reiz für die Person darstellt, etwas auslöst, für heftigen inneren Wellenschlag sorgt, mit dem die religiösen Lenker dieser Frau nicht gerechnet haben.«

»Das würde erklären, warum sie Außenstehende auf das bevorstehende Ereignis aufmerksam machen will. Ein Teil von ihr will etwas verhindern.«

Schweigen. Die drei sahen sich an. Shanghai wandte sich an Gero.

»Laß mich mal das Bild sehen.«

Er betrachtete es lange. Dann stand er auf und ging wortlos in den vorderen Teil des Ladens. Kurze Zeit später kehrte er mit einer wunderschön ausgestatteten alten Bibel zurück. Sein Unterarm schob Teeschalen und Kompott-Schüsselchen zur Seite, machte Platz für das schwere Buch. Nach kurzem Blättern begann er aus der geheimen Offenbarung des Johannes vorzulesen. Die sieben Posaunen. Als er geendet hatte, zuckte Gero ratlos die Schultern.

»Na und, was hat das mit unserer Geschichte zu tun?«

Shanghai lächelte. Er tippte auf das Bild.

»Die thematische Vorlage für das hier. Als die erste Posaune erschallte, wurde Feuer vom Himmel geschleudert. Der Brand am Kirchberg. Dann wurde das Meer zu Blut. Das eingefärbte Brunnenwasser. Dritte Posaune: Die Wasser wurden bitter. Die Katze im Weihwasserkrug. Nach der vierten Posaune hatte der Tag während seines dritten Teiles kein Licht. Der herbeigeführte Stromausfall. Fünfte Posaune: Insekten, die die Menschen peinigen. Die Vogelspinne. Und die Schlange in der Garage soll auf die Schweife der nach der sechsten Posaune entfesselten himmlischen Kriegsrösser hinweisen. So läßt sich das interpretieren.«

Er zitierte noch einmal aus der Apokalypse: »Ihre Schweife sind schlangenähnlich und haben Köpfe, mit denen sie Unheil anrichten.«

Gero fiel es wie Schuppen von den Augen.

»Das Pferd auf dem Bild, jetzt kapiere ich, der merkwürdige Schwanz, das sollen Schlangen sein.«

Shanghai nickte.

Anton war nicht ganz so erstaunt. Er hatte schon im Beichtstuhl einen Hinweis auf die geheime Offenbarung des Johannes bekommen. Erstaunt, fast ein bißchen ärgerlich war er vielmehr darüber, daß er diesen deutlichen Fingerzeig nicht weiterverfolgt hatte. Das Bild, es war doch alles sonnenklar.

»Okay, Shanghai, du hast das Bilderrätsel geknackt, eine schlüssige Interpretation geliefert. Aber wie hilft uns das weiter?«

»Hast du nicht mitgezählt? Was bisher passiert ist, soll auf die ersten sechs Posaunen hinweisen. Ist dir nicht aufgefallen, daß die siebte noch aussteht?«

Shanghai deutete mit ausgestrecktem Zeigefinger auf die Dreiecksmännchen auf dem Bild, die sich schützend die Arme über den Kopf hielten, während irgend etwas von oben auf sie herabfiel.

»Erinnere dich! Als die siebte Posaune ertönte, war die Zeit gekommen, alle die zu verderben, die die Erde verderben. Da ist von Blitzen, Getöse, Donnerschlägen und Erdbeben die Rede.«

Gero und Anton sahen sich betroffen an. Shanghais Blick schien nach innen gerichtet.

Plötzlich sprang er auf.

»Jetzt hab ich's. Die ganze Zeit habe ich versucht, mich an etwas zu erinnern. Du hast darauf hingewiesen, daß die Existenz des Babys den Behörden bekannt ist. Und das ist untypisch. Ich kann mir das nur so erklären, daß der Kult unter Druck ist. Sie brauchten ein Baby, koste es, was es wolle. Dafür haben sie sogar dieses große Risiko in Kauf genommen. Und der Druck ist Termindruck.«

Shanghai schlug sich mit der flachen Hand an die Stirn.

»Ich Idiot. Das große Opferfest, natürlich. Wenn sie den Termin verstreichen lassen, müssen sie erst lange wieder auf eine derart günstige Konstellation warten.«

»Wann ist das?« fragte Gero atemlos.

Shanghai schüttelte den Kopf

»Heute nacht. Sommersonnenwende.«

Gero und Anton waren ebenfalls aufgesprungen. Shanghai schob sie mit beiden Armen in Richtung Vorhang.

»Freunde, ich will nicht drängen, aber ihr solltet um Mitternacht an der Engelkirche sein.«

Anton sah auf die Uhr. Es war viertel nach elf.

*

Kundige Finger hantierten mit einer Rohrzange. Aber die Absperrmuffe der Gasleitung widersetzte sich hartnäckig.

»Ich schaffe es nicht, Agnes. Und das ist gut so. Es ist eine Schnapsidee, wir sprengen uns doch selbst in die Luft.«

»Quatsch, ich hab die Zeitschaltuhr an der kleinen Elektroheizspirale im Möbellager genau auf null Uhr dreißig eingestellt. Vorher ist die Gaskonzentration in den Gewölben nicht hoch genug. Irgendwann später, wenn wir mit dem Baby längst in Sicherheit sind, wird der glühende Draht die Explosion auslösen.«

»Und wenn alles einstürzt?«

»Das wird nicht passieren. Dafür sind die Räume viel zu groß. Und selbst wenn, dann wird die Gemeinschaft halt in den Trümmern untergehen. Juckt dich das?«

»Und wenn Unschuldige dabei draufgehen?«

»Wenn, wenn, wenn. Wer sich um Mitternacht in den Gewölben aufhält, ist nicht unschuldig. Und jetzt versuch's noch mal.«

Die Rohrzange wurde erneut angesetzt, und tatsächlich gab die Absperrmuffe nach. Sofort breitete sich intensiver Gasgeruch aus.

»Du bringst uns um, Agnes.«

»Blödsinn. Aber es wird mächtig rappeln im Karton. Ein Zeichen, das man am ganzen Niederrhein sehen wird. Komm jetzt, es wird Zeit, mit dem Baby zu verschwinden.«

*

Sie fuhren über die Autobahn zurück. Gero holte das letzte aus ihrem kleinen Japaner heraus. Sie fuhren schweigend. Anton hing dunklen Gedanken nach. Gero, jede Geschwindigkeitsbegrenzung mißachtend, mußte sich voll aufs Fahren konzentrieren. Als sie Alpen passierten, setzte der Regen ein. Gero ging keinen Millimeter vom Gas. Anton schien wie aus Trance zu erwachen.

»Wenn Shanghai recht hat, was machen wir denn dann? Wie gehen wir vor? Die Leute sind doch brandgefährlich.«

Gero, weit nach vorne gebeugt, nahm den Blick nicht von der regennassen Straße.

»Ich rufe sofort Susanne an. Die soll alle ihre Leute um die Engelkirche zusammenziehen.«

»Meinst du, sie wird sich überzeugen lassen?«

»Sie wird, verlaß dich drauf.«

»Und wenn Shanghai sich irrt? Dann haben wir umsonst einen Großeinsatz losgetreten, der deiner Freundin ganz schön Minuspunkte einbringen wird.«

Gero schnaufte ärgerlich.

»Es geht um das Baby. Hast du einen besseren Vorschlag?«

Anton betrachtete sie von der Seite. Eine schöne Rachegöttin, Mut und Entschlossenheit ins Gesicht gemeißelt. Mit ihr würde er sich freudig selbst auf das aussichtsloseste Himmelfahrtskommando begeben.

Als sie den Rhein überquerten und auf die Stadt zudüsten, knallte der Donner ein gewaltiges Begrüßungssalut. Mitternacht. Vor der Zitadelle hielten sie sich rechts. Sekunden später bog Gero mit quietschenden Reifen verbotswidrig nach links in die Dinslakener Landstraße ab. Schon waren sie unter der Bahn durch. Am Kreisverkehr mußte Gero vom Gas. Blitze zuckten. Einen Lidschlag lang strahlte der Posaunenengel auf der wegen der Sanierungsarbeiten inzwischen ringsum eingerüsteten Engelkirche gleißend auf.

*

Der Zug der Schwarzvermummten bewegte sich langsam durch den feuchten Gang. Unter den Kapuzen schimmerten die weißgeschminkten Gesichter im Schein flackernder Kerzen gespenstisch auf. Von irgendwoher kam düsteres Harmoniumspiel. Vornean schritt der Meister mit der gehörnten Ziegenmaske. Er hielt ein auf dem Kopf stehendes Kreuz empor. Mit mächtiger Stimme begann er den pervertierten lateinischen Text eines Kirchenliedes zu singen. Die anderen fielen ein.

Als die Prozession die von etlichen schwarzen Kerzen erleuchtete Kultstätte erreicht hatte, änderte sich der Gesang, schwoll rhythmisch an. Der Meister schritt auf den Altar zu und stellte das Kreuz umgedreht in einen Ständer unter dem Bildnis Baphomets. Die Gemeinde hatte sich zu einem Kreis formiert und wiegte sich jetzt singend hin und her.

»Cum-ee-she-la, La-she-na, Pen-she-ee-ah, Cum-ee-fa.«

Die Bewegungen wurden immer hektischer. Man tanzte sich in Ekstase. Der Meister warf eine Handvoll Weihrauch auf ein Kohlebecken. Schwerer, betäubender Geruch breitete sich aus. Dann nahm er eine Glocke und läutete. Der Gesang verstummte, und die Gemeinde fiel auf die Knie. Der Meister hielt eine aufgeschlagene Bibel verkehrt herum hoch und begann, Blasphemisches zu rezitieren. Die Vermummten antworteten begeistert:

»Gepriesen sei Satan, denn er ist Herr über alle Dinge. Verdammt sei Gott, denn er ist Herr über nichts.«

Das Harmoniumspiel setzte wieder ein. Der Meister griff unter den Altar und zog einen lebenden, an den Beinen zusammengebundenen Hahn hervor. Mit einem schnellen Schnitt hatte er den Kopf vom Rumpf getrennt und fing das Blut in einem Kelch auf. Durch die Versammlung ging ein fast wollüstiges Stöhnen. Aus einer Phiole träufelte der Meister Flüssigkeit in das Blut. Dann machte er die Runde und gab jedem zu trinken.

Wieder setzte das rhythmische Singen und Tanzen ein. Die Droge begann zu wirken. Man näherte sich dem Höhepunkt des Festes, die große Opferung stand kurz bevor.

Zurück am Altar sah der Meister heimlich auf die Uhr. Wo blieb Klara mit dem Baby? Die ekstatisch Tanzenden waren mit sich selbst beschäftigt. Unbemerkt trat er durch die Tür seitlich des Altars. Sofort bemerkte er an dem Luftzug, daß die Schranktüren hinter dem Mauerdurchbruch offenstanden. Ein rascher Blick in den Nebenraum genügte. Klara und das Baby waren weg.

Er griff sich eine im Schrank bereitliegende Taschenlampe und zwängte sich in den öffentlich zugänglichen Teil der Katakomben. Intensiver Gasgeruch.

Erik, der sich vorsichtig im Finstern vorantastete und gerade um die nächste Ecke verschwinden wollte, wurde herumgerissen.

Im Schein der Lampe sah der Meister Klara mit dem Baby.

»Bleib stehen, Klara, du hast keine Chance!«

Erik riß geblendet ein Feuerzeug heraus und hielt es hoch.

»Wenn ich es anmache, fliegt hier alles in die Luft. Bleiben Sie stehen.«

Der Meister bewegte sich nicht, erschrocken über die unerwartete Männerstimme.

Schon hatte Erik die Dunkelheit verschluckt.

Der Meister löschte die Taschenlampe und ging schnell hinterher. Am Fuß der Wendeltreppe blieb er stehen, die Taschenlampe flammte wieder auf. Kurzes Suchen, dann hatte er den Hauptabsperrhahn der Gasleitung gefunden.

Erik rannte die Wendeltreppe hoch.

»Agnes, wo ist der Schlüssel zum Krypta-Portal?«

Kleinlaut: »In Klaras Hose, unten.«

»Verdammt noch mal, wie kommen wir denn jetzt hier raus, die Kirche ist doch abgeschlossen!«

»Rauf in den Glockenstuhl und dann aufs Dach. Unsere einzige Chance ist, über das Gerüst abzusteigen.«

Der Meister war im Erdgeschoß angekommen und lauschte den sich auf der Wendeltreppe eilig nach oben entfernenden Schritten. Er schickte ein sardonisches Lachen hinterher.

»Lauf nur, Klara, solange du noch kannst. Dafür wirst du bezahlen. Du gehörst dem Lichtbringer.«

Er nestelte unter der Kutte einen Schlüssel hervor und lief zum Krypta-Portal. Schon stand er im Freien und schloß sorgfältig hinter sich ab.

Regen rauschte. Um die Straßenbiegung zum Kirchplatz tasteten sich die Scheinwerferfinger eines sich nähernden Kleinwagens.

*

Gero bog mit Karacho um die Ecke. Für Sekundenbruchteile war der Mann im wehenden schwarzen Umhang und gehörnter Ziegenmaske voll beleuchtet. Anton schrie auf.

Gero stoppte den Wagen vor dem Pfarrhaus. Anton war schon draußen. Rasch warf er ihr noch seinen Haustürschlüssel zu.

»Ruf die Polizei, die sollen mit allem kommen, was sie zusammenkriegen können.«

Er stürzte der unheimlichen Erscheinung hinterher. Wo war der Mann abgeblieben? Da hörte er, wie sich der Lastenaufzug am nördlichen Teil des Gerüsts in Bewegung setzte. Er spurtete. Aber als er ankam, konnte er nur noch der nach oben entschwindenden Plattform hinterhersehen. Der breitbeinig darauf stehende Mann hatte den Kopf weit in den Nacken gelegt und beobachtete das Kirchendach. Er schien ihn nicht bemerkt zu haben.

Anton überlegte kurz. Es half alles nichts, er mußte über das Gerüst hinterher. Das plötzliche Gefühl von Höhenangst. Aber es gab im Moment keinen anderen Weg. Also los.

*

Erik hatte den Glockenstuhl erreicht. Hier kannte er sich nicht aus. Verzweifelt suchte er nach einem Lichtschalter und fand keinen. Da fiel durch die Lamellen der Schallöffnungen ein zuckendes Blitzlicht. Donner rollte. Aber der Sekundenbruchteil Helligkeit hatte gereicht, um ihn die schräg nach oben führende Leiter links neben der mächtigen Hauptglocke erkennen zu lassen. Vorsichtig tastend schob er sich in die Richtung. Das Baby, das er die ganze Zeit an der Brust hielt, schlief dank des Beruhigungsmittels immer noch. Es war ein Segen.

Plötzlich stieß er mit dem Kopf gegen einen Querbalken und hätte das Kind fast fallenlassen. Verzweiflungstränen stiegen ihm in die Augen. Er hatte im Stockfinstern die Orientierung verloren. Er blieb stehen und versuchte, seinen keuchenden Atem unter Kontrolle zu bringen. Warten auf den nächsten Blitz.

Nicht lange. Heftig zuckte es auf, und sofort knallte der Donner, als wäre der Blitz direkt in die Kirche geschlagen. Erik hatte genug gesehen. Momente später hatte seine Linke eine der Leitersprossen umfaßt. Schnell stieg er hoch, zog das Kinn an die Brust und drückte mit beiden Schultern gegen die schwere Dachluke. Nichts zu machen. Er spürte aufkommende Panik. Seine Finger tasteten hektisch. Dann hatten sie den Riegel gefunden, der widerstandslos zur Seite glitt. Krachend flog die Klappe aufs Kirchendach. Regen peitschte Eriks Gesicht.

Auf dem Dach stehend sah er sich um. Er war allein. Aufatmen. Da hörte er das Surren des Lastenaufzugs.

*

Anton hatte schnell begriffen, nach welchem System die Leitern des Gerüsts angebracht waren. Etage für Etage klomm er nach oben. Er zwang sich, nur an sein Ziel, nicht an seine Angst zu denken. Das und jegliches Vermeiden, in die Tiefe zu blicken, half erstaunlich gut. Nur auf dem obersten Gerüstbrett wurde es noch einmal schwierig. Wenn er sich auf die Zehenspitzen stellte, konnte er gerade auf das riesige, von dieser Warte aus ziemlich steil geneigte Metalldach sehen. Wie sollte er da hoch kommen? Eine Leiter war nicht vorhanden.

Er zog sich an dem breiten, hinter dem Fries liegenden Regenkanal hoch, in dem das Wasser dem zentralen Sammler des Dachs, einem gierigen, schwarzen Schlund mit Meterdurchmesser, entgegengurgelte. Da hörte er schwere Schritte auf Metall. Sofort ließ er sich auf das Gerüstbrett zurückfallen und lugte vorsichtig über die Kante.

Von rechts kommend schlitterte der Maskierte, sich immer wieder abstützend und auf allen vieren kletternd, über das regenglitschige Dach. Anton sah in die Richtung, in die der Mann lief. Dann erkannte er dessen Ziel. Über den First floh eine merkwürdig gekleidete Frau dem höchsten Teil der Kirche, direkt über dem Krypta-Portal, zu. Immer wieder sah sie sich nach ihrem Verfolger um. Trotz des weißgeschminkten Gesichts erkannte Anton sie sofort. Es war Klara. An die Brust hielt sie ein Bündel gedrückt. Als eine Ahnung von Babyschreien an sein Ohr drang, war ihm klar, um was es sich dabei handelte.

Schon hatte er sich wieder am Fries hochgezogen und mit den Füßen vom Gerüstgeländer abgestoßen. Für einen Moment hing er zappelnd über dem Abgrund, dann war er auf dem Dach. Keine Zeit für Angst.

Der Mann mit der Maske hatte Klara inzwischen fast erreicht. Jede Deckung aufgebend, stürzte Anton hinterher. Aber die beiden hatten auch nur Augen füreinander.

Plötzlich legte Klara das schreiende Baby auf dem First ab und drehte sich um. Hinter ihr die Tiefe, vor ihr der Verfolger. Kurzes Handgemenge, dann faßte der Maskierte sie bei Gürtel und Kragen und hob sie in die Höhe. Obwohl Klara ein Leichtgewicht war, mußte der Mann über Bärenkräfte verfügen. Anton, keine zehn Meter mehr entfernt, begann zu schreien.

»Aufhören! Lassen Sie sie los!«

Die sich heftig wehrende Klara hoch in die Luft haltend, wandte sich der Mann um. Die Augen hinter den Sehschlitzen der Maske fixierten Anton in grenzenlosem Erstaunen, das rasch einem bösen Glitzern wich.

*

Gero hatte Susanne zu Hause erreicht. Sie würde alles Nötige veranlassen und so schnell wie möglich kommen. Jetzt mußte Gero nur noch das Oberservierungsteam vor der Kirche informieren. Die hatten ganz offensichtlich nichts mitbekommen.

Als sie auf die Straße trat, hörte sie Anton schreien. Sie sah nach oben, konnte aber in der Finsternis nichts erkennen. Da zuckte erneut unter Donnerrollen ein Blitz und beleuchtete schlaglichtartig eine bizarre Szene.

An der äußersten Dachkante, ganz oben über dem Giebel des Glockenstuhls, stand eine gehörnte Erscheinung in wehender Kutte wie Satan persönlich. Er hatte eine Frau gepackt und hochgehoben. Jetzt hörte Gero wieder deutlich Antons Stimme. Sie mußte zu ihm.

Schnell öffnete sie das Krypta-Portal und lief über die Wendeltreppe zum Dach hoch.

*

Für einen Moment fixierten sie sich stumm. Die Atempause vor der Entscheidung. Dann hob der Maskierte Klara mühelos über den Kopf und warf sie wie einen lästigen Müllsack in die Tiefe.

Entsetzensschrei und sofort wieder Stille.

Es war, als habe die Tat bei Anton einen Schalter umgelegt. Er nahm alles nur noch wie durch einen Tunnel wahr. An dessen Ende existierte nur der Maskierte. Und der würde jetzt bezahlen.

Unbändige Lust auf Zerstören, Vernichten, Töten. Adrenalin satt. Ratio auf Null gedreht. Schon hatte Anton die Fäuste oben und hämmerte dem Mann die erste Doublette an den Kopf.

Der taumelte zurück, fing sich und riß einen langen, doppelt geschliffenen Dolch aus der Kutte. Die mit rattenhafter Schnelligkeit geführte Klinge verfehlte Antons Gesicht nur um Haaresbreite.

Aber ihn konnte im Moment nichts aufhalten. Seine rechte Gerade schoß wie ein Marschflugkörper heran.

Den Maskierten riß es von den Beinen. Unwillkürlich entfuhr ihm ein Schmerzensschrei.

Anton zuckte zusammen. Die Stimme kam ihm bekannt vor. Er stürzte sich auf den am Boden Liegenden, um ihm die Maske vom Kopf zu reißen. Der wehrte sich heftig, aber gegen Antons entfesselte Wut hatte er keine Chance. Nach kurzem Ringen rollte der Ziegenkopf übers Dach.

Anton fuhr zurück, als habe ihn selbst ein Schlag getroffen. Grenzenloses Erstaunen, dann blanker Haß. Der Mann war von Anfang an um ihn rum gewesen, hatte alles aus nächster Nähe erfahren, ihn, was die Gewölbe anging, sogar beinflußt. Anton hatte dem Mann vertraut.

»Du mieses Schwein.«

Van der Leuen nutzte den Überraschungsmoment, rappelte sich auf und startete flüchtend durch. Behende rannte er der Dachluke zu. Aber schon hatte Anton ihn erreicht und begrub ihn mit einem riesigen Satz unter sich. Hände, die sich wie Schraubzwingen um den Hals des Alten legten. Gnadenloses Zudrücken. Van der Leuens Glieder zappelten grotesk im Todeskampf.

»Anton, tu's nicht. Hör endlich auf damit.«

Die Stimme drang nicht tief genug in Antons Bewußtsein.

Er sah kalt in zwei Augen, in denen nichts mehr als nackte Angst war. Seine Daumen tasteten nach dem Kehlkopf.

Wieder sagte irgend jemand etwas von irgendwoher. Anton hörte nicht hin. Taube Wut. Plötzlich tauchte ein Bild auf, und dann noch eins, immer mehr, ein ganzer Film. Déjà-vu. Die Hütte in Afrika. Seine Rächerknarre, die auf ein entblößtes Geschlecht zielte. Anton würgte der Ekel. Die Stimme drängte. Diesmal lauschte Anton konzentriert.

»Es ist vorbei, Anton. Tu endlich das, was du tun mußt.«

Anton ließ, entsetzt über sich selbst, den Hals des Röchelnden frei. Was hatte er tun wollen? Der Killer in ihm, den er damals endgültig getötet zu haben glaubte, lebte, war immer da gewesen. Wehe, wenn Rache und Haß das in jedem Menschen schlummernde Böse die Chance gaben, seine Ketten zu sprengen. Eine Frage der Entscheidung. Er hatte sich entschieden.

*

Gero schob sich halb durch die Dachluke. Aufkommender Wind riß ihr die Worte aus dem Mund. Aufgeregte Zeichen.

Anton drehte sich um. Das Baby war vom First gerutscht und kullerte erst langsam, dann immer mehr Fahrt aufnehmend, dem Abgrund entgegen. Anton war schon auf den Beinen und stürmte schlitternd über das glatte, abschüssige Dach hinterher.

Gero kletterte nach draußen und lief Anton über den First nach. Gerade als sie an dem wie tot daliegenden Mann vorbeiwollte, faßten dessen Hände nach ihren Fußgelenken. Für den Bruchteil einer Sekunde blickten sie sich in die Augen. Sie erkannte van der Leuen sofort. Aber noch ehe ihr Gehirn irgendwelche Zusammenhänge herstellen konnte, sah sie, wie Anton mit einem Hechtsprung die Dachkante erreichte. Er griff das Baby gerade noch rechtzeitig, bevor es in den Abgrund rollen konnte. Aber er konnte seinen Schwung nicht abfangen und schoß über den Rand ins Dunkel. Gero schrie vor Verzweiflung, hörte gar nicht mehr auf damit.

Ineinander verkrallt rollten sie und van der Leuen die andere Seite des Firstes hinab.

Geros ganze Wut und Verzweiflung richteten sich jetzt gegen ihn. Sie kratzte, biß, schlug und trat um sich. Er mußte loslassen. Mit beiden Füßen gab sie ihm noch einen kräftigen Stoß.

Van der Leuen fand keinen Halt. Wie auf einer gut geschmierten Rutschbahn sauste er mit den Füßen voran auf den gurgelnden Schlund des zentralen Regensammlers auf dem hohen Kirchendach zu. Schon hatte der Orkus ihn verschluckt. Zwei Hände klammerten sich noch kurz an den Rand, dann waren auch sie verschwunden.

Gero tastete sich vorsichtig heran und sah in den Trichter.

Ein grauenvolles Bild. Van der Leuen steckte wie ein großer Stöpsel in der sich nach unten verjüngenden Röhre. Seine Hände griffen panisch ins Leere. Da schlugen die hereinschießenden Wassermassen, denen der Abfluß versperrt war, über seinem Kopf zusammen.

Gero wandte sich schaudernd ab und machte sich zu der Stelle auf, an der Anton abgestürzt war. Bäuchlings robbte sie auf die Kante zu und sah nach unten. Da tauchten knapp vor ihrer Nase zwei Hände auf, suchten nach Halt. Sie hörte einen Säugling wimmern.

Antons Gesicht erschien, ziemlich zerschunden, aber lächelnd.

»Hey Gero, schön dich zu sehen!«

Fassungsloses Staunen. Dann kapierte sie. Das Gerüst.

Mit beiden Händen griff sie nach seinem Kopf und drückte ihn schluchzend an ihre Brust. Küsse zwischen Himmel und Erde.

*

Das Baby schrie vor Hunger, Kälte und Nässe. Anton reichte es Gero, dann schwang er sich selbst hinauf aufs Dach.

Das Gewitter hatte an Wut noch zugenommen. Aber jetzt zuckten nicht nur Blitze, sondern im ganzen Stadtteil auch die Blaulichter zahlreicher Streifen- und Mannschaftswagen durch die Nacht. Von oben zeigte sich ein imponierendes Bild. Großeinsatz der Polizei. Susanne hatte nicht zu knapp reagiert.

Sie liefen mit dem Baby auf den Abgang zu.

»Was ist mit der Frau? Wo ist sie?«

Anton stöhnte auf.

»Van der Leuen hat sie einfach vom Dach geworfen. Klara, die Küsterin, kapierst du?«

Gero konnte es kaum fassen.

»Die Multiple war die Küsterin? Das heißt, sie war die ganze Zeit in deiner Nähe.«

Anton nickte resigniert.

»Die ganze Zeit dicht dran, und trotzdem bin ich nie auf sie gekommen. Merkwürdig genug hat sie sich ja verhalten. Wenn ich nicht so ein Klotzkopf gewesen wäre, hätte ich sie vielleicht retten können. Aber dafür wird van der Leuen bezahlen.«

Anton hatte noch nicht begriffen.

»Van der Leuen ist tot«, sagte Gero leise. Sie stand noch immer unter dem Eindruck der schockierenden Ereignisse. Stockend erzählte sie von dem furchtbaren Ende, das Rinus van der Leuen im engen Regenschacht genommen hatte.

Anton sagte nichts. Mitleid war im Moment nicht sein stärkstes Gefühl. Er wandte sich ab.

Vor dem Krypta-Portal stand ungefähr ein Dutzend Polizei-Mannschaftswagen. Kuttenträger mit weißgeschminkten Gesichtern wurden in Handschellen abgeführt. Susanne winkte geschäftig, Handy am Ohr, aus einem der Polizeifahrzeuge.

»Ist das das Baby?«

Gero nickte stumm und hielt das wimmernde Bündel vorsichtig hoch. Susanne sprang aus dem Wagen und brüllte durch die Nacht.

»Herhören, Leute! Das Baby ist gerettet und in Sicherheit.«

Kurz blieb alles ruhig, dann antwortete ein uniformierter Jubelchor. Gero und Anton wurden umringt, jeder wollte sich selbst von der guten Nachricht überzeugen. Es hagelte Glückwünsche und Schulterklopfer. Gero drängte sich durch den Kreis der Begeisterten zu Susanne.

»Ich bringe die Kleine zu einer Patientin von mir. Die wohnt da vorn gleich an der Ecke und hat selbst ein Kind. Wenn das Baby nicht bald versorgt wird, geht die Geschichte vielleicht doch noch böse aus. Ich bin gleich zurück.«

Susanne, über die Rettung des Säuglings immer noch ganz aus dem Häuschen, schlug Gero so heftig auf die Schulter, daß die fast ein kleines Hopserchen tat.

»Gero, du bist einfach klasse!«

Dann wandte sie sich an Anton.

»Wir haben unten im Keller einige dieser Satans-Freaks gestellt, als sie gerade durch einen Geheimgang verschwinden wollten. Dabei sind wir auf die ganze andere Gruppe gestoßen. Niemand ist entwischt. Da unten gibt's Räume, von denen Sie sich nie haben träumen lassen. Wollen Sie sie sehen?«

»Später. Im Moment möchte ich erst mal aus den nassen Klamotten. Sagen Sie doch Gero, daß sie ins Pfarrhaus kommen soll.«

Susanne bemühte sich, nicht ganz so verschwörerisch zu grinsen.

»Geht klar, Herr Pastor. Ich sag's Gero. Bei Ihnen schau ich dann morgen mal vorbei. Das Wichtigste ist jetzt, daß das Baby in Sicherheit ist, alles andere hat Zeit.«

*

Gero saß geduscht und eingemummelt in Antons Bademantel vor dem offenen Kamin, in dem wie zur Winterszeit dicke Buchenscheite prasselten, und bürstete ihre Haare.

Anton im Pyjama, ein Tablett mit Rum, starkem Tee, Kandis und zwei Gläsern in der Hand, blieb in der Tür stehen und betrachtete sie. Sie bemerkte ihn nicht.

»Anton, ich bin dir nicht böse. Tu, was du tun mußt. Ich liebe dich.«

»Verlaß mich nicht.«

»Wie kommst du darauf? Ich gehe nur mal rasch vor die Tür, eine Zigarette rauchen.«

»Ich wußte gar nicht, daß du rauchst.«

»Du weißt halt vieles nicht von mir. Du mußt glauben und vertrauen, dann wird alles, ich versprech's dir, Anton, alles, gut.

Anton stellte das Tablett neben Gero und mixte zwei kräftige Grog. Nachdem er ihr das Glas gereicht hatte, fuhr er mit der Hand zärtlich über ihr Haar.

»Priester kann ich nicht mehr sein.«

Sie nickte ohne Erstaunen.

»Das ist sehr, sehr schwer für mich. Aber ich werde einen anderen Weg finden, meine Aufgabe zu erfüllen. Vielleicht zusammen mit dir?«

Jetzt lächelte Gero, stellte ihr Glas weg, legte Anton beide Arme um den Hals und küßte ihn leidenschaftlich.

»Wir werden einen Weg finden«, sagte sie mit Bestimmtheit.

Anton glaubte ihr aufs Wort.

Und dann taten sie das, was jetzt einfach dran war. Wild, schnell und heftig, später dann zärtlich, langsam und genußvoll.

Letzte Meldung: Drama am Fusternberg, zwei Tote

Pastor Rabe rettet Baby vor Todessturz vom Kirchendach

Von FERDI FLEISCHMANN

Wesel. Entsetzen und Glück am Fusternberg: Mit einer unfaßbaren Tragödie endeten gestern die Auseinandersetzungen innerhalb einer Satans-Sekte.

Das Glück: Das vor sieben Tagen in Wesel entführte Baby ist gerettet. Pfarrer Anton Rabe schaffte es. Er kletterte auf das Kirchendach, lieferte sich mit zwei Anhängern des Satans-Kultes eine Verfolgungsjagd in schwindelnder Höhe, brachte sich dabei selbst in Lebensgefahr. Er rettete den Säugling vor dem sicheren Todessturz. Der Pfarrer, ein Held.

Das Entsetzen: Zwei Menschen starben beim Kampf um das Baby. Der Niederrhein-Bote berichtet exklusiv.

Im Kellergewölbe der Engelkirche am Fusternberg. Eine geheime Kultstätte. Im Verborgenen treibt eine Satans-Sekte ihr Unwesen. Niemand hat es bemerkt. Ihr höchstes Fest steht bevor. Ein Säugling muß geopfert werden. Das schreibt der Kult vor. Es ist das entführte Baby Babs. Tagelang wird es in einem geheimen Kellerraum der Engelkirche versteckt und gepflegt. Deshalb findet die Polizei keine Spur des Kindes.

Ein Mann mit schwarzer Kutte tritt vor den Altar. Es ist der in Wesel bestens bekannte Rinus van der Leuen. Der Gärtner der Engelkirche ist der »Meister« der Satanisten. Er will das tödliche Opferritual vollziehen. Er hat viele Menschen in seinen Bann gezogen. Darunter Klara L. Die junge Küsterin von Pfarrer Rabe ist eine gespaltene Persönlichkeit. In ihr leben mehrere Personen. Eine multiple Persönlichkeit, nennt das später der Polizeipsychologe. Eine Krankheit, verursacht durch Mißbrauch und Abhängigkeitsriten der Sekte. Klara L. ist Opfer und Instrument der Satanisten zugleich. Sie tut, was der Sektenführer will, aber sie begreift nicht, was sie tut.

Aber als sie das entführte Baby im Kellergewölbe pflegen muß, erwacht ihr Mutterinstinkt. Die Macht ihres »Meisters« ist gebrochen. Klara L. will das Baby retten, flüchtet mit ihm auf das Kirchendach. Der Mann mit der schwarzen Kutte verfolgt sie, stürzt sie in den Tod. Pfarrer Rabe kann den Säugling retten. Van der Leuen fällt in den riesigen Regensammler und ersäuft jämmerlich.

Satanisten mitten in Wesel? »Ja, der Niederrhein ist Zentrum für obskure Satans-Kulte und schwarze Messen«, sagt Oberkommissarin Susanne Straaten. Oft sei kriminelle Energie im Spiel. Auch bei van der Leuens Satans-Anhängern. Ihr Plan: Sie wollten die neue, bisher nur in Großstädten bekannte Droge Ketamin auf den Markt werfen. Millionengeschäfte, Rekrutierung und Abhängigkeit neuer Sektenmitglieder waren die zynischen Ziele. Dazu spielte die Sekte eine große Rolle in der Kinderporno-Szene. Mehr noch: Sie bot Kinder regelrecht als Sex-Sklaven an, glaubt die Polizei.

»Satans-Kult und Mißbrauch hängen eng zusammen«, sagt die Oberkommissarin. Sie ist sicher, auch den Selbstmord der jungen Mutter des entführten Kindes im Trapp-Haus aufgeklärt zu haben. »Dahinter steckte die Sekte. Sie hat die Frau in den Tod getrieben.«

EPILOG 2

Zwei Jahre später

Anton Rabe fuhr den Kinderwagen fünf Meter vor, fünf Meter zurück und begann wieder von vorn. Und das schon seit einer Viertelstunde. Gottlob war ihm als Chefredakteur der Zeitung ›Kirche und Leben‹ dieses geräumige Büro zugeteilt worden. Endlich schloß Töchterchen Luzia, die er heute hatte mit ins Büro nehmen müssen, die Augen. Die Kinderfrau war heute erkrankt, und Gero konnte sich in ihrer Praxis nicht ausreichend um Luzia kümmern. Auf Zehenspitzen schlich er an den PC zurück.

Er war gerade dabei, dem Münsteraner Bischof Reinhard Lettmann anläßlich dessen fünfundzwanzigsten Priesterjubiläums einen Dankesbrief zu schreiben. Gedrängt vom Generalvikar – wie er ehemaliger Gaesdoncker – hatte der Bischof sich in Rom vehement für die Entpflichtung Antons von den priesterlichen Aufgaben eingesetzt. Mit Erfolg.

Er tippte die letzten Zeilen.

»... Dank Ihrer mutigen Tatkraft werden meine Frau und ich auch weiterhin ›mit Zuversicht zum Thron der Gnade treten. Wir werden so Barmherzigkeit und Gnade finden, die uns hilft zur rechten Zeit.‹ (Hebräerbrief 4,16).«

Niederrhein Krimi

DER ESEL von Thomas Hesse und Thomas Niermann

Freitagabend in der kleinen Stadt. Wesel am Niederrhein. Drei ehemalige Schulkollegen treffen nach zwölf Jahren zufällig wieder aufeinander. Drei extrem verschiedene Ausgangspositionen, die die Ebene begrenzen, auf der sich binnen Kürze ein Drama entwickeln wird.
Der »verkrachte« Franz Huismann will mit krimineller Energie an die nötige Kohle kommen, um seinen Traum zu verwirklichen. Dazu braucht er Dr. Karl Kranz. Der »gemachte« Karl Kranz will verhindern, daß man ihn so einfach benutzt. Dazu braucht er niemanden. Der »verlachte« Fritz Fleischhauer will endlich als Journalist groß rauskommen. Dabei kann ihm keiner helfen.
Und was gibt's noch? Liebesglück und eine Leiche. Schützenfest und Multikulti. Sozialpolitik und Lokalkolorit. Ein bißchen Flower-Power und ganz viel Frauen-Power. Das pralle Leben eben. So ist das halt am Niederrhein.
Niederrhein Krimi 1, Paperback, 192 Seiten, ISBN 3-924491-95-X. DM 16,80.

»Mit viel niederrheinischem Lokalkolorit und Liebe zum Detail erzählen die Autoren, wie leicht Träume platzen können.«

Badische Neueste Nachrichten

»Meisterhaft der Witz der Dialoge. Sarkastisch, spritzig, schlagfertig.«

Rheinische Post